대산세계문학총서 029

서유기 제9권

西遊記

吳承恩

서유기 제9권

오승은 지음
임홍빈 옮김

문학과지성사
2003

지은이 오승은(吳承恩, 1500?~1582?)
중국 명나라 효종-세종 때 문학가로서, 자는 여충(汝忠), 호는 사양산인(射陽山人), 지금의 장쑤성(江蘇省) 화이안(淮安) 지역에 해당하는 산양현(山陽縣) 출신이다.
1550년 성시(省試)에 급제, 공생(貢生)이 되고, 1566년 절강(浙江)의 장흥현승(長興縣丞)으로 재임하였으며, 만년에는 형왕부(荊王府) 기선(紀善) 직을 맡았으나, 평생을 청빈한 선비로 지냈다. 전통적인 유학 교육을 받았고, 고전 양식의 시와 산문에 뛰어났다. 평생 동안 구전된 기록과 민간설화 등의 괴담에 각별한 흥미를 가졌는데, 이것들은 『서유기』의 바탕이 되었다. 『서유기』는 그가 죽은 지 10년 뒤인 1592년에 처음 발표되었다. 저술에는 『서유기』이외에, 장편 서사시 『이랑수산도가(二郎搜山圖歌)』와 지괴 소설(志怪小說) 『우정지서(禹鼎志序)』가 있다.

옮긴이 임홍빈(任弘彬)
1940년 인천 출신으로, 한국외국어대학교 중국어과를 졸업하고 민족문화추진회 국역연구부 전문위원을 거쳐 국방부 전사편찬위원회 민족군사실 책임편찬위원과 국방 군사연구소 지역연구부 선임연구원을 역임하고, 1992년부터 현재까지 개인 연구실 '함영서재(含英書齋)'에서 중국 군사사 연구와 중국 고전 및 현대문학을 번역하고 있다. 역저서로는 『중국역대명화가선』(I·II) 『수호별전』(전6권) 『백록원(白鹿原)』(전5권, 공역) 등 여러 종과 『현대중국어교본』(상·하), 그리고 한국 군사문헌으로 『문종진법·병장설』 『무경칠서』 『역대병요』 『백전기법(百戰奇法)』 『조선시대군사관계법』(경국대전·대명률직해) 등, 10여 종의 국역본이 있다.

대산세계문학총서 029
서유기 제9권

지은이 오승은
옮긴이 임홍빈
펴낸이 이광호
펴낸곳 ㈜문학과지성사
등록번호 제1993-000098호
주소 04034 서울 마포구 잔다리로7길 18(서교동 377-20)
전화 02) 338-7224
팩스 02) 323-4180(편집) 02) 338-7221(영업)
전자우편 moonji@moonji.com
홈페이지 www.moonji.com

제1판 1쇄 2003년 7월 30일
제1판 8쇄 2024년 9월 27일

ISBN 89-320-1434-5
ISBN 89-320-1246-6(세트)

한국어판 ⓒ 임홍빈, 2003
이 책의 판권은 옮긴이와 ㈜문학과지성사에 있습니다.
양측의 서면 동의 없는 무단 전재 및 복제를 금합니다.

이 책은 대산문화재단의 외국문학 번역지원사업을 통해 발간되었습니다.
대산문화재단은 大山 愼鏞虎 선생의 뜻에 따라 교보생명의 출연으로 창립되어 우리 문학의 창달과 세계화를 위해 다양한 공익문화사업을 펼치고 있습니다.

서유기 제9권
| 차례

제81회 진해 선림사에서 손행자는 요괴의 정체를 알아보고, 세 형제는 흑송림(黑松林)에서 스승을 찾아 헤매다 · 17

제82회 아리따운 요녀는 삼장에게서 양기를 얻으려 하고, 당나라 스님의 원신(元神)은 끝내 도(道)를 지키다 · 55

제83회 손행자는 여괴(女怪)의 근본 내력을 알아내고, 아리따운 색녀(姹女)는 드디어 본성으로 돌아가다 · 92

제84회 가지(伽持)는 멸하기 어려우니 큰 깨우침을 원만히 이루고, 삭발 당한 멸법국왕, 승려의 몸이 되어 본연으로 돌아가다 · 126

제85회 앙큼한 손행자는 저팔계를 시샘하여 골탕먹이고, 마왕은 계략 써서 당나라 스님을 손아귀에 넣다 · 159

제86회 저팔계는 위력으로 도와 괴물을 굴복시키고, 제천대성은 법력을 베풀어 요괴를 섬멸하다 · 194

제87회 하늘을 모독한 죄로 봉선군(鳳仙郡)에 가뭄이 들고, 손대성은 착한 행실 권유하여 단비를 내리게 하다 · 230

제88회 선승(禪僧)은 옥화현(玉華縣)에 이르러 법회를 베풀고, 손행자와 저팔계, 사화상은 첫 문하 제자를 받아들이다 · 261

제89회 황사(黃獅) 요괴는 훔쳐 온 병기 놓고 축하연을 베풀고, 손행자와 저팔계, 사화상은 계략으로 표두산을 뒤덮다 · 292

제90회 스승은 죽절산의 사자 소굴로, 사자 요괴들은 옥화성으로 각각 붙잡혀 가고, 도(道)를 훔치려다 선(禪)에 얽매인 구령원성은 끝내 주인에게 굴복하다 · 319

서유기 — 총 목차 · 350
기획의 말 · 358

제82회 아리따운 요녀는 삼장에게서 양기를 얻으려 하고,
당나라 스님의 원신(元神)은 끝내 도(道)를 지키다

제85회 앙큼한 손행자는 저팔계를 시샘하여 골탕먹이고,
마왕은 계략 써서 당나라 스님을 손아귀에 넣다

제86회 저팔계는 위력으로 도와 괴물을 굴복시키고,
제천대성은 법력을 베풀어 요괴를 섬멸하다

제87회 하늘을 모독한 죄로 봉선군(鳳仙郡)에 가뭄이 들고,
손대성은 착한 행실 권유하여 단비를 내리게 하다

제90회 스승은 죽절산의 사자 소굴로, 사자 요괴들은 옥화성으로 각각 붙잡혀 가고,
도(道)를 훔치려 선(禪)에 얽매인 구령원성은 끝내 주인에게 굴복하다

일러두기

1. 이 책의 번역 대본은 중국 베이징 인민출판사(北京人民出版社)가 펴낸 『서유기』이다. 이 판본은 명나라 만력(萬曆) 20년(1592)에 간행된 금릉 세덕당(金陵世德堂) 『신각출상 관판대자 서유기(新刻出像官板大字西遊記)』의 촬영 필름과 청나라 때에 간행된 여섯 종류의 판각본을 참고하여 수정 정리한 것으로 1955년 초판을 발행한 이래 교정을 거듭하였으며, 특히 1977년 제4판부터는 1970년대에 발견된 명나라 숭정(崇禎) 때(1628~1644)의 『이탁오(李卓吾) 평본 서유기』를 대조 검토하여 이전 판을 크게 보완하였다.

2. 대조 보완 작업을 위해 그밖에 수집, 참고한 대본은 다음과 같다.
(1) 명나라 판본: 『서유기』 단권, 악록서사(岳麓書肆), 1997. 1, 제23판.
　　　　　　　『이탁오 평본 서유기』, 상하이 고적출판사(上海古籍出版社), 1997. 4, 제2판.
(2) 청나라 판본: 장서신(張書紳) 편 『신설 서유기 도상(新說西遊記圖像)』, 건륭(乾隆) 14년(1749), 영인본.
　　　　　　　황주성(黃周星) 주해본 『서유증도서(西遊證道書)』, 강희(康熙) 3년(1664).
　　　　　　　『진장본 서유기(珍藏本西遊記)』, 지린문사출판사(吉林文史出版社), 1995.
　　　　　　　『서유기(西遊記)』, 상무인서관(商務印書館)(H.K.), 1997, 전6권.

3. 『금릉 세덕당 본』이 비록 여러 면에서 장점을 많이 지녔다고는 해도 그 역시 결함이 없지 않아, 나머지 다른 판본의 우수한 점을 채택하여 고쳐 썼는데, 특히 현장 법사의 출신 내력을 다룬 대목은 주정신(朱鼎臣) 판본의 내용을 추가하는 과정에서 궁

색하게 '부록(附錄)'이란 형식을 썼으므로, 이를 청나라 때 장서신의 영인본『신설 서유기 도상』의 편차(編次)에 따라 다음과 같이 재구성하고 번역하였다.

『세덕당 본』의 편차

부 록   진광예는 부임 도중에 횡액을 당하고,   附 錄   陳光蕊赴任逢災
강류승은 아비의 원수를 갚고 근본을 되찾다   江流僧復仇報本

제9회   원수성의 신묘한 점술에 사사로이 굽힘이 없고,   第九回   袁守誠妙算無私曲
어리석은 용왕은 치졸한 계략으로 천조를 어기다   老龍王拙計犯天條

제10회   두 장군은 궁궐 문에서 귀신을 진압하고,   第十回   二將軍宮門鎭鬼
당 태종의 혼백은 저승에서 돌아오다   唐太宗地府還魂

제11회   목숨을 돌려받은 당나라 임금이 선과를 지키고,   第十一回   還受生唐王遵善果
외로운 넋 건져주려 소우가 부처의 교리를 바로 세우다   度孤魂蕭瑀正空門

제12회   현장 법사가 정성으로 수륙 대회를 베푸니,   第十二回   玄奘秉誠建大會
관음보살이 현성하여 금선장로를 깨우치다   觀音顯聖化金蟬

재구성한 편차

제9회   진광예는 부임 도중에 횡액을 당하고,   第九回   陳光蕊赴任逢災
강류승은 아비의 원수를 갚고 근본을 되찾다   江流僧復仇報本

제10회 어리석은 용왕 치졸한 계략으로 천조를 어기고,　　　第十回　老龍王拙計犯天條
　　　　승상 위징은 서찰을 보내어 저승의 관리에게 청탁하다　　　魏丞相遺書託冥吏

제11회 저승을 두루 유람하던 태종의 혼백이 돌아오고,　　　第十一回　遊地府太宗還魂
　　　　호박을 바치러 죽어간 유전은 새로운 배필을 얻다　　　　進瓜果劉全續配

제12회 당 태종이 정성으로 수륙 대회를 베푸니,　　　第十二回　唐王秉誠建大會
　　　　관음보살이 현성하여 금선 장로를 깨우치다　　　　　　　觀音顯聖化金蟬

4. 번역에 있어서, 광범위한 독자를 대상으로 원문의 뜻을 충분히 살려 의역(意譯)하고, 될 수 있는 대로 한자(漢字) 용어를 배제하고 우리말로 쉽게 풀어 썼으며, 당시의 제도상 관용어는 그대로 사용하였다.

5. 역주는 중국의 역사적 인물, 사회 제도상 우리나라와 다른 관습, 종교적 용어, 내용과 관계가 깊은 배경 사실, 그리고 관용어와 인용문에 대한 설명을 주로 하였으며, 특히 본문 가운데 우리에게 생소한 중국 속담이나 사두리, 뜻 깊은 경구(警句)는 번역문 다음에 이어 원문(原文)을 부록하였다.

　【예】 "다섯 가지 형벌을 받아야 할 죄목이 3천 가지가 있으되, 그중에서 불효보다 더 큰 죄는 없다(五刑之屬三千, 而罪莫大於不孝)."

　　　　"집안의 살림살이를 맡아봐야 땔나무 값 쌀값 비싼 줄 알게 되고, 자식을 길러봐야 부모님의 은혜를 알아본다(當家才知柴米價, 養子方曉父娘恩)."

　　　　"아무리 술맛이 좋다마다 해도 고향 우물 맛이 최고요, 친하니 어쩌니 해도 고향 사람이 최고(美不美, 鄕中水, 親不親, 故鄕人)."

서유기 西遊記

제81회 진해 선림사에서 손행자는 요괴의 정체를 알아보고, 세 형제는 흑송림에서 스승을 찾아 헤매다

이야기는 계속되어, 삼장 법사 일행은 진해 선림사에 이르러 하룻밤 투숙하게 되었다. 절간의 라마화상들은 동녘 땅에서 온 이 진귀한 손님과 상견례를 나누고 저녁식사를 차려 내다 대접했다. 스승과 제자 일행 네 사람은 덕분에 한 끼니 배를 든든히 채웠다. 그 여자도 닷새나 굶었다고 하더니 과연 식성이 어지간히 좋아 주는 대로 잘 먹었다.

날이 점점 어두워지고, 방장 안에는 하나둘씩 등잔불이 밝혀지기 시작했다.

저녁을 마치자, 선림사 승려들이 모두 몰려나와 등잔불 아래 웅기중기 늘어섰다. 당나라 스님이 경을 가지러 가는 내력도 알고 싶거니와, 여자의 얼굴을 한번 보고 싶어서였다.

삼장은 처음 대면하는 라마화상에게 한마디 물었다.

"주지 스님, 저희는 내일 아침 이 보찰(寶刹)을 떠날까 하는데, 서쪽으로 가는 길 형편이 어떻습니까?"

라마화상은 이 말에 대꾸는 않고 갑작스레 그 자리에 넙죽 무릎 꿇었다. 당나라 장로님이 깜짝 놀라 얼른 부축하면서 다시 물었다.

"주지 스님, 일어나십시오. 저는 그저 갈 길을 여쭈어보았을 뿐인데, 새삼스레 왜 이러십니까?"

그러자 라마화상은 엉뚱한 얘기를 끄집어냈다.

"스님이 내일 서쪽으로 나가시는 길은 평탄할 것이니 마음 쓰실 것은 없습니다. 문제는 지금 당장 거북스러운 일이 있어서 그렇습니다. 아까 스님 일행이 찾아드셨을 때 이런 말씀을 여쭙는다면, 스님의 크나큰 위신을 떨어뜨리지나 않을까 염려되어 차마 말씀드리지 못하고, 이제 식사를 다 마치셨으니 감히 여쭙는 것입니다."

삼장은 이게 무슨 소리인가 싶어 뜨악한 기색으로 조심스레 물었다. 이 마음 약한 장로님은 혹시나 잘못하면 모처럼 하룻밤 편히 쉴 잠자리마저 날아가고 한밤중 길거리에 내쫓길까봐 겁을 집어먹은 것이다.

"꺼림칙한 일이 있으시다니…… 그게 무엇입니까?"

"스님께서는 저 머나먼 동녘 땅에서 오시느라 고생을 많이 하셨으니, 모두 저희 젊은 화상들과 함께 승방에서 편히 쉬시면 그만이겠습니다만, 여보살님 한 분만은 그들과 한 방에서 지내시기가 거북하군요. 어디다가 이분을 주무시게 해드려야 좋을지 모르겠습니다."

라마화상의 얘기를 듣고 삼장 법사는 속으로 가슴을 쓸어 내리면서 이렇게 대답했다.

"주지 스님, 그 일이라면 아무런 문제가 없습니다. 이 여자가 소승과 일행인 줄 아시고 혹시나 우리가 무슨 나쁜 생각을 품고 함께 데리고 다니는 것은 아닌가 의심하신 모양입니다만, 사실은 오늘 한낮에 소나무 숲을 지나던 도중, 이 여자가 나무에 꽁꽁 묶여 있는 것을 보게 되었는데, 저의 큰 제자 손오공이 구해주려 하지 않는 것을, 소승이 보리심(菩提心)을 베풀어서 구해 가지고 여기까지 함께 데려왔을 뿐입니다. 그러하니 주지 스님께서 아무 데서나 좋으실 대로 하룻밤만 재워주시면 됩니다."

이 말에 라마화상도 마음을 놓았는지 얼굴빛이 밝아지면서 사과를 했다.

"그렇게 말씀하시니 소승도 면구스럽군요. 스님께서 그토록 너그럽게 두터운 은혜를 베푸셨다면, 이 여자 분을 천왕전(天王殿)으로 모셔다가 사천왕상(四天王像) 뒤편에 짚단으로 자리를 깔아드려 쉬도록 하겠습니다."

"그것 참 좋으신 생각입니다!"

이렇게 해서, 젊은 라마승들은 그 여자를 천왕전으로 인도하여 잠자리를 보아준 뒤, 저들도 잠을 자러 승방으로 흩어져 돌아갔다.

장로님은 방장에 그대로 남은 채 오공에게 분부했다.

"수고들 했다. 일찍 자고 일찌감치 일어나거라."

이렇듯 삼장 일행은 모두 한 방에서 자게 되었으나, 제자들은 감히 스승 곁을 떠나지 못하고 밤늦도록 스승을 보호했다.

밤은 점점 깊어갔다.

옥토끼 사는 달 중천 높이 솟아오르고,
온 천지는 만뢰구적(萬籟俱寂), 고요 속에 잠기니,
길거리에 오가는 사람의 자취 끊어져 조용하고 쓸쓸하다.
은하수 강물처럼 반짝반짝 별빛 찬란한데,
문루(門樓)에 북소리가 때 바뀌는 시각을 재촉하는구나.

하룻밤 새 이야기는 접어두고, 이튿날이 밝아오자 부지런한 손행자는 자리에서 일어나 저팔계, 사화상을 시켜 말과 행장을 수습하라 이르고 스승을 깨워 길 떠나기를 재촉했다.

그런데 어찌 된 노릇인지, 삼장은 갑자기 잠꾸러기가 된 것처럼 좀처럼 눈을 뜨지 못하고 깨어날 줄 모른다. 손행자가 앞으로 다가가서 다시 한 번 스승을 흔들며 큰 소리로 불렀다.

"사부님!"

제자가 외쳐 부르는 소리에, 스승은 고개를 쳐들더니 멀뚱멀뚱 바라보기만 할 뿐 아무 대꾸도 하지 않는다.

"사부님, 어찌 된 일이십니까?"

장로님이 그제야 신음 소리 섞어 대답을 한다.

"왜 그런지 머리가 어찔어찔하고 두 눈이 푸석푸석하구나. 온몸의 근육과 뼈마디가 욱신욱신 쑤시고 아프니 이게 웬일인지 모르겠다."

저팔계가 이 말을 듣고서 손을 내밀어 스승의 몸을 만져보았더니 열이 다소 잡힌다. 미련퉁이는 씨익 웃으면서 엉뚱한 소리를 늘어놓았다.

"아하, 이제 알겠다! 사부님이 어제 저녁 돈 안 내는 공짜 밥을 몇 그릇 더 잡수시고 과식하신 데다 그대로 누우셔서 세상 모르게 주무셨기 때문에 체하신 거 아닙니까?"

손행자는 꽥 하고 야단을 쳤다.

"바보 같은 소리 말고 가만 있게! 내 사부님한테 여쭤봐야겠네. 사부님, 도대체 어떻게 되신 겁니까?"

삼장이 웅얼웅얼 겨우 들리는 목소리로 이렇게 대답한다.

"한밤중에…… 소변을 보려고 일어났는데, 모자를 안 쓰고 바깥에 나갔더니…… 아마 밤바람을 쐬어 감기가 든 모양이다……"

"그러셨다면 더 말씀하실 게 없겠군요. 지금은 길 떠나실 수 있겠습니까?"

이 말에 삼장이 발끈 역정을 낸다.

"난 지금 일어나 앉을 수도 없는데, 이런 몸으로 어떻게 말을 탈 수 있단 말이냐! 하지만 갈 길이 늦어질까 걱정이로구나……"

"사부님, 그게 무슨 말씀이십니까. '하루를 스승으로 모셨으면 죽을 때까지 어버이로 섬겨라(一日爲師, 終身爲父)' 했습니다. 저희들이 사부님의 제자가 되었으니, 아들이나 마찬가지 아닙니까. 또 '자식을 키우되 금이나 은 덩어리로 기를 것이 아니라, 자라는 상황을 보아가며 정성으로 돌보고 사랑을 쏟아야 한다'고 했습니다. 이제 어버이가 되시는 사부님의 몸이 편찮으신데, 길이 좀 늦기로서니 무슨 걱정이겠습니까. 차라리 여기서 며칠 머물러 쾌차하시거든 떠나셔도 안 될 일은 없을 것입니다."

이리하여 세 형제가 모두 병든 스승을 극진히 돌보고 있는 동안, 어느새 아침이 지나가고 한낮이 되고, 또 얼마 안 있어 황혼이 닥쳐왔다. 그날 밤을 지냈는가 하면 다시 새벽이 오고 아침나절에 이어 점심때를 보내면 어느덧 저녁이 찾아들고……

이렇듯 하루하루를 정신없이 보내고 났더니, 벌써 사흘째가 되었다. 그날, 삼장 법사는 몸을 일으켜 앉더니 맏제자를 곁에 불러놓고 물었다.

"오공아, 내가 요 며칠 동안 몸이 하도 아파서 물어보지도 못했는데, 그날 목숨을 건졌던 여보살에게는 누가 밥이라도 좀 갖다주거나 했느냐?"

손행자는 피식 웃으며 스승에게 핀잔을 주었다.

"그런 것은 일일이 알아서 뭣 하시렵니까? 그저 사부님의 병환이 낫도록 몸조리나 하십쇼."

"그래, 그래! 네 말이 옳다. 너, 날 좀 부축해서 일으켜다오. 그리고 내가 쓰던 종이와 붓과 먹을 꺼내놓고 이 절간에서 벼루를 빌려다 쓸 수 있게 해주렴."

"아니, 그건 뭣에 쓰시렵니까?"

제자가 의아스레 물었더니, 삼장은 이렇게 분부했다.

"내 편지 한 장 써서 통관 문첩을 동봉해줄 테니, 네가 장안성 대궐에 가서 태종 황제 폐하를 만나뵙고 전해다오."

"그런 것쯤이야 손쉬운 일이지요. 이 손선생한테 다른 재간은 없어도 편지 전하는 일이라면 이 세상 천하에 으뜸일 것입니다. 편지를 쓰셔서 저한테 주기만 하신다면, 단숨에 근두운을 일으켜 타고 장안성으로 날아가서 당나라 임금님께 전해드리고 다시 근두운을 되돌려 오겠지만, 아마 그때까지도 사부님이 쓰신 붓과 벼루에 먹물이 채 마르지 않고 그대로 젖어 있을 겁니다. 한데 사부님께서 무슨 일로 느닷없이 편지를 띄우시려는지요? 우선 그 편지 사연을 저한테 한번 들려주십쇼. 생각을 정리할 겸 해서 외워가며 쓰셔도 늦지는 않을 테니까요."

장로님은 눈물을 뚝뚝 흘려가며 청승맞게 입을 열었다.

"얘야, 나는 이렇게 쓰련다……"

신승(臣僧)은 삼가 머리 조아려 세 번 거듭 돈수(頓首)하오며, 만세 산호(萬歲山呼) 외쳐 성군(聖君)께 절하나이다.

문무 양반(文武兩班)의 신하들이 한가지로 이 글월을 보옵고, 사백여 명의 공경대신(公卿大臣)들도 함께 듣고 알리라 생각하옵니다.

당년에 성지(聖旨) 받들고 동녘 땅을 떠나, 영산으로 석가세존을 찾아뵙기 바랐더니, 도중에서 액난(厄難)에 봉착할 줄은 뜻밖이었으며, 중도에 재난을 만나 앞으로 나아갈 수 없게 되올 줄이야 어찌 기약하였으리까?

소승은 신병이 무거워 앞으로 나아가기 어렵사오며, 불문(佛門)은 깊고도 멀어 하늘에 닿은 듯하나이다.

삼장경은 있사오나 목숨이 없사와 모든 수고로움이 헛되오니, 이제라도 달리 사람을 보내시도록 아뢰나이다.

손행자가 스승의 푸념을 다 듣더니, 웃음이 나오는 것을 참지 못하고 껄껄껄 소리가 나도록 웃음보를 터뜨렸다.

"사부님, 그렇게 의지가 약하셔서야 어디 되겠습니까? 몸이 조금 불편하다고 해서 당장 그런 생각을 하신다면, 병환이 중하여 생사지경에 이르실 때에는 어떻게 하시럽니까? 그럴 때는 저한테 한 말씀만 하시면 됩니다. 이 손선생이 당장 유명계로 쳐들어가서 염라대왕에게 따질 겁니다. '염라전 십대 염왕 가운데 어떤 작자가 우리 사부님의 목숨을 거둬들이기로 작심했느냐?' 또 '어떤 놈의 판관이 명 독촉장을 발부했느냐?' 또 '어떤 놈의 저승사자가 감히 내 사부님을 저승으로 끌어가려고 왔느냐?' 하고 일일이 따져 물을 자신이 있습니다. 만약 그들이 저를 건드리는 날이면, 그때에는 천궁을 뒤집어엎던 성깔로 이 철봉 한번 휘둘러 가지고 저승에 쳐들어가 십대 염왕을 모조리 붙잡아 꿇려놓고 하나같이 뼈를 추려내고도 용서해주지 않을 겁니다!"

"얘야, 내 병이 이리 무거운데 그렇게 큰소리만 탕탕 치지 말아라."

곁에서 가만 듣고 있던 저팔계가 앞으로 나선다.

"형님은 사부님의 병환을 괜찮다고 말씀하시지만, 방금 듣지 않았소? 사부님은 당신 병환이 썩 좋지 않다고 하셨소. 아무러나 일 한번 더럽고 치사스럽게 된 셈이지만 더 이상 어쩌겠소? 우리 일찌감치 서로 잘 의논해서 뒷일이나 준비해둡시다. 먼저 말부터 팔아치우고 짐 보따리는 전당포에 잡혀서 돈푼 좀 마련되거든, 관이나 사서 임종을 보아드리고, 우리 깨끗이 헤어지면 다 되는 일이 아니겠소?"

그 소리를 듣자, 손행자는 버럭 호통쳐 꾸짖었다.

"이런 바보 멍텅구리 녀석! 또 말 같지도 않은 소리 지껄이는구나! 네 녀석이 뭘 안다고 그 따위 소릴 지껄이는 게냐! 사부님으로 말하자면, 애당초 우리 여래 부처님의 둘째 제자 금선장로(金蟬長老)이셨으나, 부처님의 법도를 조금 소홀히하신 탓으로 이렇듯 큰 재난을 받게 되셨단 말이다!"

"형님, 그건 새삼스레 얘기하지 않아도 알고 있소. 우리 사부님께서 불법(佛法)에 태만하신 죗값으로 좌천되어 동녘 땅에 귀양 오셔서, 이 시비 많고 구설수 많은 시끄러운 세상에 인간의 몸으로 다시 태어나신 건 사실이오. 하지만 이 머나먼 서천으로 가서 경을 구하여 저승의 원혼들을 천도하시는 것으로 크나큰 발원(發願)을 하셨지 않소? 또 이렇듯 허위단심으로 오시는 도중에 요괴를 만나면 붙잡혀 묶이시고, 마귀들과 마주치면 동굴 속에 갇혀 매달리시는 등, 온갖 신산고초를 받으실 대로 다 받으셨으니 그것만으로도 충분할 텐데, 지금 와서 왜 또 사부님이 이렇듯 병까지 나셔야 한단 말이오?"

모처럼 미련퉁이 녀석이 조목조목 따져 물으니, 손행자도 그제야 말씨를 누그러뜨렸다.

"자네가 어찌 알겠나. 사부님은 여래부처님께서 불법을 강론하시는 것을 듣지 않고 깜빡 졸고 계시다 그만 얼떨결에 왼발로 쌀 한 톨을 밟아버리셨지 뭔가. 그래서 이 아래 세상에 내려오셔서 사흘 동안 병들어 계시지 않으면 안 되게 되신 걸세."

이 말을 듣고 저팔계가 펄쩍 뛰며 놀랐다.

"이크, 저런!…… 내가 밥 먹을 때마다 닥치는 대로 음식을 마구 쑤셔먹느라고 흘린 밥풀이 얼마나 되는지 모르는데, 그렇다면 이 저선생은 도대체 몇 년 동안이나 병을 앓아야 죗값을 다하게 된단 말이오?"

"이것 보게. 우리 부처님은 자네처럼 하잘것없는 중생들까지 일일이 죗값을 따져 묻는 분이 아닐세. 자넨 이런 말도 못 들어봤나? '한낮 뙤약볕 아래 호미로 논밭에 김을 매니, 땀방울은 뚝뚝 떨어져 벼 포기 아래 땅속으로 스며든다. 어느 뉘 알랴, 밥상에 놓인 밥그릇 밥 한 알 한 알이 모두 땀방울 스며든 고통의 결실인 것을(鋤禾日當午, 汗滴禾下土. 誰知盤中餐, 粒粒皆辛苦)'…… 그러니, 사부님은 오늘 하루만 더 고생하시면 내일은 병환이 말끔히 나으실 걸세."

바로 이때, 삼장 법사가 입을 열었다.

"오늘은 몸 아픈 게 어제와 다르구나. 목이 타서 견딜 수 없으니, 어디 가서 찬물 좀 얻어다가 마시게 해다오."

이 말씀에 손행자의 귀가 번쩍 트였다.

"잘됐군요! 사부님께서 물을 드시고 싶다면, 그건 병세가 좋아지는 겁니다. 잠깐만 기다리십쇼. 제가 얼른 가서 물을 떠 가지고 오겠습니다!"

즉시 동냥 주발을 꺼내든 손행자, 부리나케 절간 뒤꼍에 있는 부엌으로 물을 얻으러 달려갔다. 그런데 어쩐 일인지, 승방 근처를 지나가면서 보았더니, 그 많은 라마승 제자들이 할 일은 하지 않고 하나같이 몰려서서, 눈이 시뻘겋게 부어 가지고 소리를 죽여가며 흐느껴 울고 있는 것이 아닌가.

성미 급한 손행자는 지레짐작으로 괘씸한 생각이 들어, 가던 길을 멈추고 그들에게 한마디 호통쳐 꾸짖었다.

"요런 째째한 중 녀석들 봤나! 속이 아주 콩알만하군. 우리가 며칠 더 묵었다고 쌀독이 축날까봐 그런 모양이지만, 떠날 때 사례도 할 것이고 밥값 장작 값도 날짜 꼬박꼬박 따져서 갚아줄 텐데, 이렇게 원통해할 것까지는 없지 않는가!"

이 소리를 듣자 승려들은 송구스러워 모두 그 자리에 꿇어앉았다.

"천부당만부당한 말씀을!…… 아닙니다! 저희들이 어찌 감히 그럴 리가 있겠습니까?"

"아니라니, 그럼 우리 일행 가운데 저 주둥아리 기다란 화상이 먹새가 대단해서, 당신네 밑천을 다 털어먹을까봐 그런 모양이로군!"

"어르신, 저희 이 보잘것없는 산중에도 늙고 젊은 승려가 백 몇 십 명이나 있습니다. 그들 한 사람마다 어르신네를 번갈아가며 하루씩만 모신다 해도 줄잡아 석 달 열흘은 대접해드릴 수가 있을 터인데, 어찌 그런 것 때문에 양심 없게도 잡수시는 것을 아까워하고 날짜를 따지겠습니까?"

"그런 걸 따지는 게 아니라면, 도대체 무엇 때문에 울고들 서 있는 거요?"

"나으리, 사실대로 말씀 여쭙겠습니다. 어느 산에서 왔는지 알 수는 없지만, 요사스런 괴물 한 마리가 이 절간에 들어와 있습니다. 저희들이 밤마다 젊은 상좌승 둘씩 불당에 보내서 종을 치고 북을 두드리게 해왔는데, 요즈음에는 종소리 북소리만 들리고 사람은 다시 돌아오지 않았습니다. 그 이튿날 찾아봤더니, 승모(僧帽)와 승혜(僧鞋)만 뒤뜰에 널려 있지 않겠습니까. 자세히 살펴보았더니 어떤 요괴인지 해골과 뼈다귀는 남겨놓고 사람을 잡아먹은 게 분명했습니다. 어르신네 일행이 머물러 계시는 사흘 동안 우리 이 절간에서 그런 식으로 벌써 여섯 명이나 없어졌습니다. 그런 까닭으로 저희 사형 사제들이 뭔가 모를 두려움과 슬픔을 이기지 못하여 울지 않을 수가 없습니다만, 어르신의 사부님께서 몸이 편찮으시다니 감히 여쭙지도 못하고 이렇듯 남몰래 흐느끼고만 있었던 것입니다."

변괴가 생겼다니, 손행자는 놀랍기도 하려니와 한편으로는 기쁘기도 했다. 진작부터 이런 일이 벌어질 줄 예상하고 있었기 때문이다.

"더 말하지 않아도 알 만하오. 요괴란 놈이 여기서 사람을 잡아먹는 게 틀림없소. 가만히들 계시오. 내가 반드시 그놈을 뿌리째 뽑아 없애드리겠소."

손행자가 장담했더니, 라마화상들은 고개를 절레절레 내둘렀다.

"어르신, 변화술법을 쓸 줄 모르는 요정이라면 요괴가 아니라고 합니다. 그런 놈들은 틀림없이 안개구름을 탈 줄도 알고 저승 세계라도 거침없이 들락거리는 놈일 것입니다. 옛사람의 말씀에도, '곧은 가운데 곧기만 한 것을 믿지 말고, 모름지기 어진 가운데 어질지 못한 사람을 방비하라' 했습니다. 어르신께서는 저희가 드리는 말씀을 언짢게 듣고 나무라지 마십시오. 이제 말씀하신 대로 그놈을 붙잡아서 저희 이 보잘것없는 산중의 화근을 뿌리뽑아주신다면 그보다 더 다행스런 일은 없을 테고 참으로 삼생(三生)¹을 두고 행복한 일이 되겠습니다만, 만에 하나라도 그놈을 잡지 못하고 섣불리 건드려놓기만 하셨다가는 여간 큰일이 아닐 것입니다."

"어째서 큰일이라는 거요?"

"숨기지 않고 솔직히 말씀드리겠습니다. 저희 이 산중 절간에는 비록 백 수십 명이나 되는 승려들이 있다고 하지만, 모두가 어릴 적부터 출가한 자들뿐입니다. 그래서……"

> 머리가 길게 자라면 칼을 찾아서 깎고, 단벌 승복이 해지면 제 손으로 꿰매 입습니다.
> 아침에 일어나 얼굴 씻고 나서, 두 손을 앞가슴에 엇갈려 대고 몸을 굽혀 대도(大道)에 귀의하며, 밤이 되면 향불을 마련하여 사르면서 경건한 마음으로 고치(叩齒)하며 미타(彌陀)²를 외웠습니다.

---

1 삼생: 불교 용어로, 전생(前生) 곧 과거세(過去世), 금생(今生) 곧 현재세(現在世), 후생(後生) 곧 미래세(未來世)를 통틀어 일컫는 말. 영원히 깨닫지 못하는 경우를 두고 '삼생 육십 겁(劫)'이란 말을 쓰기도 한다.

머리를 쳐들어 우러르면, 부처님께서 구품연대(九品蓮臺)에 앉으시어 삼승(三乘)을 설법하시며 자항(慈航)과 더불어 법운(法雲)³을 헤쳐나가심을 뵙고, 기원정사(祇園精舍)의 석가세존을 찾아뵙기만 바랐습니다.

머리를 수그리면 마음속을 들여다보고, 오계를 받고 속세의 대천(大千)⁴을 건너뛰어, 상생부절(相生不絶)의 만법(萬法) 가운데 완공(頑空)과 색공(色空)을 깨우치기 원하였습니다.

시주 여러분이 찾아오실 때에는, 늙은이든 젊은이든, 키다리든 난쟁이든, 뚱뚱보든 말라깽이든, 한결같이 목탁을 두드리고 쇠경

---

2 미타·구품연대: **미타**는 아미타불(阿彌陀佛)의 준말. **구품연대**(九品蓮臺)는 정토에서 왕생하는 염불 행자가 앉을 아홉 등급의 연화대. 『관무량수경(觀無量壽經)』에 따르면, 상상품 금강대(上上品金剛臺)에서부터 아래로, 상중품 자금대(上中品紫金臺)·상하품 금련화(上下品金蓮花)·중상품 연화대(中上品蓮花臺)·중중품 칠보연화(中中品七寶蓮花)·중하품 금련화(中下品金蓮花)·하상품 보련(下上品寶蓮)·하중품 연(下中品蓮)·하하품 금련화(下下品金蓮花)의 아홉 등급으로 나뉘어 있는 극락정토의 연화대를 말한다.
3 자항·법운: 자항(慈航)은 중생을 자비심으로 구제하는 일. 법운(法雲)은 부처님의 법을 구름에 비유한 말. dharma-mega.
4 대천·완공: 대천(大千)이란 삼천 대천 세계(三千大天世界)의 준말. 온갖 우주, 온갖 세계를 뜻한다. 고대 인도인의 세계관에 따르면, 수미산을 중심으로 그 둘레에 사대주(四大洲)가 있고, 그 주변에 아홉 산, 아홉 바다가 있는데, 이것이 우리가 살고 있는 세계이며 하나의 **소세계**(小世界)라고 부른다. 소세계의 위로 색계(色界)인 초선천(初禪天)에서 대지 아래의 풍륜(風輪)에 이르기까지, 해와 달, 수미산·사천하(四天下)·사천왕(四天王)·삼십삼천(三十三天)·야마천(夜摩天)·두솔천(兜率天)·낙변화천(樂變化天)·타화자재천(他化自在天)·범세천(梵世天)을 모두 포함하는데, 이 하나의 세계를 1천 개 모은 것이 곧 **소천 세계**(小千世界)이며, 소천 세계를 1천 개 모은 것이 **중천 세계**(中千世界), 다시 중천 세계를 1천 개 모은 것이 **대천 세계**(大千世界)가 되며, 이런 식으로 대·중·소 세 종류의 세계를 1천 개씩 세 번 모아서 이루어진 것이 **삼천 대천 세계**다. 불교에서는 이 하나의 삼천 대천 세계를 부처님 한 분이 교화하는 영역으로 보고 하나의 불국(佛國)이라 일컫기 때문에, 부처님의 수효에 따라 무한의 우주를 구성한 수없이 너르고 많은 세계라는 뜻이 되는 것이다.
완공(頑空)은 일명 '편공(偏空)'이라고도 부르는데, 풀이해서 공(空)에 사로잡힌 잘못된 생각이나 공에 얽매여 집착하는 견해, 선악·인과의 존재를 완전히 부정하는 잘못된 견해, 이를테면 허무론(虛無論) 같은 것을 뜻한다.

〔金磬〕을 치며, 저희들과 함께 몰려 앉아서 두 권의 『법화경(法華經)』과 『양왕참(梁王懺)』[5]을 읽었습니다.

시주 여러분이 찾아오시지 않을 때에는, 출신이 신참이든 고참이든, 서투른 사람이든 익숙한 사람이든, 시골뜨기든 샌님이든, 모조리 합장하고 눈을 감은 채 명상에 잠기다가, 소리 없이 포단(蒲團) 방석에 앉아서 조용조용히 입정(入定)에 드니, 달빛 아래 무문관(無門關)[6]의 경지를 단단히 터득합니다.

꾀꼬리 울고 산새들 지저귀며 다투거나 말거나 그런 소리 귀담아듣지 않고, 오로지 우리 부처님의 자비로우신 대법승(大法乘)에 오르지 못할까 걱정만 하였으니, 이런 까닭으로 호랑이를 굴복시킬 줄도 모르고 용을 항복시킬 줄도 모르며, 괴물을 알아보지도, 요정을 알아볼 줄도 모릅니다.

이제 만약 어르신께서 저 요사스런 마귀를 섣불리 건드려놓으신다면, 저희들 1백 수십 명의 승려들은 그저 그놈의 한 끼니 밥이나 되기 십상입니다. 그때에 저희들 중생은 윤회에 떨어지게 되려니와, 이 유서 깊은 선림고적(禪林古迹)도 인멸될 것이며, 여러 부처님께서 나타나신다 해도 손톱만한 광휘(光輝)를 더해드리지 못하게 될 것이니, 큰일난다는 것은 바로 이를 두고 하는 말입니다.

여러 화상들이 주절주절 구차스럽게 이런 소리를 늘어놓는 동안, 손행자는 가슴속에 슬그머니 부아가 치밀어 오르더니, 끝에 가서는 발

---

5 『양왕참』: 곧 『양황수참경(梁皇水懺經)』의 다른 말. 제37회 주 **1** 참조.
6 무문관: 불교에서 무문관(無門關)의 '무문'은 부처님의 다른 이름으로, 심성(心性)·진여(眞如)에 이르는 단계를 뜻한다. 또는 수행자를 가르치고 이끄는 데 특정한 관문을 세우지 않음을 뜻하기도 한다.

끈 화를 내고 냅다 호통쳐 꾸짖었다.
"이런 바보 멍텅구리 중 녀석들 봤나! 그저 생각한다는 것이 요괴만 두렵고, 이 손선생의 솜씨가 어떤지는 몰라본단 말이냐?"
라마승들도 솔직히 대꾸한다.
"사실 모르고 있습니다."
제 솜씨를 몰라준다는 말에, 손행자는 기가 막혀 입을 딱 벌리고 있다가 하는 수 없이 자랑을 늘어놓기 시작했다.
"내가 오늘만큼은 대충 얘기해줄 테니까, 잘 들어보라고! 이 손선생으로 말하자면……"

내 일찍이 화과산에서 호랑이를 때려잡고 용을 굴복시킨 적도 있으며,
천당에 올라가 천궁을 한바탕 뒤엎어놓은 적도 있었다.
배고플 때에는 태상노군의 단약을 두세 알쯤 도둑질해서 야금야금 씹어먹고,
목마를 때에는 옥황상제 드시는 술을 대여섯 잔 훔쳐내다 홀짝홀짝 마셔보기도 했다.
두 눈을 한번 부릅뜨면 희지도 검지도 않은 핏발 선 금빛 눈동자 번쩍이니,
하늘이 참담하게 그 빛을 잃고 달빛마저 몽롱하게 흐려진다.
길지도 짧지도 않은 한 자루 여의금고봉을 손에 잡으니,
들이칠 때는 그림자 보이지 않고 떠나갈 때는 흔적조차 사라져 볼 수가 없다.
요정이니 괴물이니 신통력 크다 작다 떠들 것이 뭐 있으며,
제까짓 녀석들 설쳐댄들 겁날 바가 어디 있으랴!

한번 쫓아 나서기만 하는 날이면, 도망칠 놈은 도망쳐 달아날 것이요, 부들부들 떨고 주저앉을 놈은 그 자리에 주저앉을 것이며,

숨을 놈은 숨어 피신하고, 허둥지둥 갈팡질팡할 놈은 허둥지둥 갈팡질팡할 것이니,

그것들을 한 놈 한 놈씩 깡그리 붙잡아다 톱으로 썰어 죽일 놈은 톱으로 썰고, 불태워 죽일 놈은 불태우고, 맷돌에 갈아 죽일 놈은 맷돌에 갈고, 절구에 찧어 죽일 놈은 절구질해 죽일 것이다.

이야말로 여덟 신선이 함께 바다를 휩쓸어 건너간다는 '팔선과해(八仙過海)'[7] 수법이니, 나 혼자 스스로 신통력을 드러내 보이는 것이 아니고 뭔가!

---

[7] 팔선과해: '팔선(八仙)'이란 중국 민간에 사랑을 받아온 전설적 인물들로서 도교에 영입된 여덟 명의 신선. 그 중 가장 큰 영향을 끼친 사람이 당나라 말엽의 유명한 검객 **여동빈**(呂洞賓)으로, 본명은 여암(呂嵒), 검술로 탐욕과 노여움, 애욕과 번뇌를 단칼에 끊어버리고 도를 닦아 전진교(全眞敎) '북오조(北五祖)'의 한 사람이 된 인물이며, 둘째는 나귀를 거꾸로 타고 기행(奇行)을 벌이며 당태종·측천무후와 같은 권력자들의 초빙을 거절한 **장과로**(張果老), 그 다음이 까마귀 둥지 같은 더벅머리에 땟국 절은 얼굴에 맨발 벗고 누더기 걸친 **이철괴**(李鐵拐), 네번째는 여동빈과 같이 전진교 '북오조'의 제이인자가 된 시객 **종리권**(鍾離權), 다섯번째는 무당 출신의 미녀 **하선고**(何仙姑), 여섯번째는 대문호 한유(韓愈)의 손자뻘 되는 주정뱅이 선비 **한상자**(韓湘子), 일곱째는 맨발에 누더기 홑옷을 걸치고 엄동설한 눈밭에 누워 자도 김이 무럭무럭 났다는 괴인 **남채화**(藍采和), 그리고 여덟번째가 여동빈·종리권의 도움을 받아 승천하여 신선이 되었다던 **조국구**(趙國舅)다 이들 여덟 신선이 바다를 건넜다는 팔선과해(八仙過海)의 고사 내용은 대략 이러하다.
이들이 서왕모의 반도연회에 참석하였다가 돌아가는 길에 바다를 건너게 되었는데, 여동빈이 동료들에게 구름을 타고 날아갈 것이 아니라, 각자 바다 위에 소지품을 던져 그 물건을 타고 건너갈 것을 제안했더니, 이철괴는 지팡이를, 한상자는 꽃바구니를, 여동빈 자신은 퉁소를, 남채화는 장단 가락 맞추는 박판(拍板)을, 그리고 장과로·조국구·종리권·하선고는 지마(紙馬)·옥판(玉版)·북·대나무 삿갓을 물위에 던져놓고 바람결 따라 물결을 헤치며 건너가는데, 때마침 동해 용왕의 아들이 우연히 남채화가 딛은 박판을 보고 탐이 나서 빼앗으려다 대판 싸움이 벌어졌다고 한다. 성난 여덟 신선이 동양 대해 수정궁에 불을 질러 태워버리자, 용왕은 천상(天上)의 구원병을 끌어들여 싸웠으나 역시 패배를 면치 못하고, 나중에 관세음보살이 달려와 화해를 붙인 덕분에 서로 사과하고 돌아갔다는 얘기다.

여러 화상들, 내가 그 요괴를 잡아다 그대들 눈앞에 보여주어야만, 비로소 여기에 이 손선생이 있음을 알아볼 것이다!

한바탕 제 솜씨 자랑을 떠벌리고 났더니, 라마승들은 가만히 듣고서 고갯짓을 끄덕거리며 속으로 탄복을 금치 못한다.

"이 대머리 중 녀석, 허풍 한번 어지간히도 크구나. 입담이 저토록 센 걸 보니, 내력이 있기는 제법 있는 모양이다."

저마다 쑥덕공론을 하고 있으려니, 주지 노릇을 하는 라마화상이 먼저 말을 끄집어낸다.

"잠깐만! 당신의 사부님께선 아직도 몸이 편찮으시니, 요괴를 잡는 일은 그리 바쁜 일이 아니라고 봅니다. 속담에 이르기를, '서방님이 잔치 자리에 나가서는 술 취하지 않으면 배를 불리고, 장사가 전쟁터에 임했을 때는 죽지 않으면 부상을 당한다(公子登筵, 不醉便飽, 壯士臨陣, 不死卽傷)'했습니다. 당신이 요괴와 싸우는 동안 사부 되시는 분께 누를 끼치게라도 된다면 오히려 큰일 아닙니까?"

그때서야 손행자도 스승이 목타게 기다린다는 사실을 깨달았다.

"하긴 그럴듯한 말씀이외다. 일리가 있어요. 우선 사부님께 마실 냉수부터 가져다드리고 다시 오리다."

동냥 주발을 집어 들고 부엌으로 달려간 그는 냉수를 떠 가지고 곧바로 방장실에 돌아가 스승을 불렀다.

"사부님, 찬물 드십쇼."

삼장은 한창 목이 말라 죽을 지경이던 참이라, 냉수를 가져왔다는 소리에 머리를 번쩍 쳐들더니 물 대접을 받아들고 단숨에 마셔 비웠다. 정말 목마를 때 한 방울 감로수가 따로 없을 지경이요, 약을 쓰는 데 진짜 약방문대로 조제하니 병이 삽시간에 스러진다는 격이었다.

스승이 냉수 한 대접에 기운을 되찾고 양미간에 주름살이 펴지면서 기운을 내는 것을 보자, 그는 조심스럽게 의향을 떠보았다.

"사부님, 진지를 좀 드실 수 있겠습니까?"

삼장은 고개를 주억거리면서 입맛을 다셨다.

"방금 마신 물이 정말 영단이나 다름없구나. 내 병이 절반은 나은 듯하다. 그래, 밥이 있거든 좀 먹어보자."

스승이 음식을 들겠다는 말에, 손행자는 신바람이 나서 바깥에다 대고 목소리를 높여 연거푸 고함쳐 알렸다.

"여보시오, 우리 사부님께서 병환이 다 나으셨소! 진지를 들겠다 하시니 준비 좀 해주시오!"

분부가 떨어지기 무섭게, 선림사 스님들은 부랴부랴 주방으로 뛰어들더니 쌀밥 짓고, 국수 삶고, 지짐이 부치고, 떡을 찌랴, 당면 국을 끓이랴 한바탕 법석을 떨고 나서 잠깐 사이에 네댓 상이나 떠메고 나왔다.

삼장은 미음을 반 그릇쯤 마시고, 손행자와 사화상이 한 상을 둘이서 적당히 나눠 먹었을 뿐, 그 나머지는 모조리 저팔계의 뱃속을 채우는 데 들어가고 말았다. 밥상을 물리자, 스님들이 거두어 내가고 등불을 밝힌 다음 제각기 승방으로 흩어져 돌아갔다.

"애야, 우리가 오늘까지 며칠째 묵었느냐?"

스승의 물음에, 손행자가 대답한다.

"꼭 사흘이 되었습니다. 내일 저녁때면 나흘쨉니다."

"사흘이면 길을 꽤 밑졌구나."

"사부님, 길 좀 늦은 게 뭐 대수롭습니까. 몸이 괜찮으시면 내일 아침에라도 떠나시면 되지 않습니까."

"그러자꾸나. 병세가 다소 남기는 했다만, 어쩔 수 없는 노릇이지······"

스승이 무거운 기색으로 대꾸하자, 그는 생각해두었던 용건을 말씀드렸다.

"어차피 내일 떠나실 바에는, 제가 오늘밤에 요괴나 잡도록 허락해주십쇼."

삼장은 깜짝 놀라 묻는다.

"또 무슨 요괴를 잡겠다는 거냐?"

"이 절간에는 요정이 있습니다. 신세를 졌으니, 제가 대신 잡아주고 떠나야겠습니다."

"얘야, 내 병이 아직도 완쾌되지 않았는데, 너는 어째서 또 그런 생각만 하느냐? 만일 그 요괴의 신통력이 대단해서 네 손으로 잡지 못할 때에는, 도리어 나까지 해치려 들지도 모르는 일이 아니겠느냐?"

"사부님도 원! 그렇게 남의 사기를 떨어뜨려야 속이 편하십니까? 이 손선생이 가는 곳마다 요괴 마귀를 굴복시켜왔는데, 제가 언제 어느 누구한테 지는 걸 보셨습니까? 손을 안 쓰면 모르지만, 일단 손을 썼다 하는 날이면 당장 이겨낼 수 있습니다."

삼장 법사가 무슨 생각이 났는지, 그 말을 가로막으면서 이렇게 타이른다.

"얘야, 속담에 좋은 말이 있다. '편의를 봐줄 수 있을 만한 때에는 편의를 봐주고, 용서해도 괜찮은 구석이 있거든 용서해주어라(遇方便時行方便, 得饒人處且饒人)'했다. 또 '마음을 쓰는 것이 어찌 마음을 가라앉히기보다 나을 리가 있으랴? 성질 나는 대로 다툰다는 것이 어찌 성미를 참는 것만큼 고매하랴!(操心 似存心好, 爭氣何如忍氣高)'라는 말도 있다."

손행자는 스승이 요괴를 잡지 말라고 간곡히 권유하는 것을 보자, 할 수 없이 사정을 솔직히 말씀드렸다.

"사부님이 그렇게 만류하시니, 저도 숨기지 않고 여쭙겠습니다. 그 요괴는 이 절간에서 사람을 잡아먹었습니다."

이 말에 삼장 법사는 대경실색하며 다시 물었다.

"사람을 잡아먹다니! 도대체 누굴 잡아먹었단 말이냐?"

"우리가 여기 묵고 있는 사흘 동안에, 벌써 이 절간의 젊은 상좌승을 여섯이나 잡아먹었습니다."

그제야 장로님은 얼굴빛이 하얗게 질린 채 고개를 주억거렸다.

"옛말에, '토끼가 죽으면 여우가 슬퍼하고, 세상 만물도 저들끼리 같은 부류가 다치면 가슴 아파 한다(兎死狐悲, 物傷其類)'[8] 했는데, 그 요괴가 이 절간의 승려들을 잡아먹었다면, 나 역시 똑같은 승려의 몸이니 너를 안 보낼 수가 없구나. 하지만 마음 단단히 다져먹고 조심해서 일을 해야 한다."

"그야 이를 말씀이겠습니까. 이 손선생이 일단 손을 썼다 하는 날이면, 그 따위 요괴쯤은 단번에 없애버릴 수 있습니다."

가까스로 스승의 허락을 받아낸 그는 등불 앞에서 저팔계와 사화상더러 스승을 잘 지키라고 신신당부한 다음, 싱글벙글 자꾸만 벌어지는 입을 다물지 못한 채 방장을 뛰쳐나와 단걸음에 불당이 있는 곳으로 달려갔다.

불당 앞에 이르러서 보니, 하늘에는 별이 총총히 떠 있고 달은 아직 떠오르지 않은 때라, 불당 안이 온통 시꺼멓게 어두웠다. 그는 입으로

---

8 토끼가 죽으면 여우가 슬퍼하고……: 이 속담은 '같은 부류가 죽거나 불행을 당하면 서로 슬퍼한다'는 뜻으로, 애당초 『송사(宋史)』 「이전전(李全傳)」에 "토끼가 죽으면 여우가 운다(兎死狐泣)"는 비유에서 시작되어, 삼언 소설(三言小說)의 하나인 『성세항언(醒世恒言)』 「두 현령이 의리로써 앞다투어 외로운 처녀들과 혼인하다(兩縣令競義婚孤女)」, 『수호전(水滸傳)』 제28회, 『홍루몽(紅樓夢)』 제82회, 그리고 『원곡선(元曲選)』 「괴통을 속이다(賺蒯通)」의 네번째 마당 등, 여러 고전 작품에 인용되어왔다.

진화(眞火)를 내뿜어 유리 등잔에 불을 밝혀놓은 다음, 동쪽에서 북을 두드리고 서쪽에서 또 한바탕 종을 쳤다. 북소리, 종소리의 여운이 가시자, 그는 몸을 한번 꿈틀해 가지고 어린 동자승으로 둔갑했다. 나이는 고작 열두세 살, 몸에는 라마승이 입는 누른 비단 편삼에 흰 무명 직철 한 벌을 받쳐 입고, 손으로는 목탁을 두드리며, 입으로는 천연덕스레 불경을 외우기 시작했다.

밤이 초경이 되도록 기다렸으나 아무런 동정이 없었다. 늦은 조각 달이 겨우 떠오르는 이경 무렵이 되어서야 갑자기 "휘리릭, 휘리릭!" 하고 찬바람 소리가 한바탕 세차게 들려왔다. 산중의 밤바람치고 굉장한 기세였다.

시커먼 안개 장막이 하늘 가려 어둡고, 수심 찬 구름이 대지를 비춰 혼돈 속에 빠뜨린다.

사면팔방 천지는 먹물 뿌린 듯, 온통 쪽빛 짙푸른 물감으로 삽시간에 뒤범벅이 되었다.

바람이 일기 시작할 때만 해도 그나마 흙먼지를 흩뿌려 날리는가 싶더니,

그 다음에는 나무줄기를 통째로 뽑아 쓰러뜨리고 숲 속을 엉망진창으로 짓부숴놓는다.

흙먼지 흩뿌려 날리는 가운데 그나마 별빛이 반짝였으되, 나무를 쓰러뜨리고 숲을 짓부숴놓으니 달빛마저 어두워졌다.

바람결이 어찌나 거세게 부는지 달 속의 항아님은 계수나무 단단히 부여안고, 옥토끼란 놈은 약 절구 둘레를 빙글빙글 맴돌며 절굿공이 찾아 헤맨다.

마침내 구요성관(九曜星官)들은 모조리 문호를 닫아걸고, 사해

용왕들도 저마다 용궁의 문짝을 가려놓는다.
　　사당 안의 서낭신은 졸개 귀신 찾느라 야단법석을 떠니, 공중에 신선들이야 어찌 구름을 탈 수 있으랴?
　　저승 세계 염라대왕은 말 대가리 귀신을 찾고, 최명판관(催命判官)은 바람결에 날려간 감투 쫓느라 허겁지겁 뛰어다닌다.
　　세찬 바람이 곤륜산 정상의 바위 더미 들썩이도록 휘몰아치니, 강호 천하의 물결을 어지럽게 휘말아 혼탁하게 만든다.

　　바람이 겨우 지나갔을까 한데, 갑자기 난사(蘭麝)의 짙은 향기가 코끝에 스며들더니 허리에 찬 패옥(佩玉)이 서로 부딪는 소리가 "땡그랑, 땡그랑" 울려온다. 나이 어린 동자승으로 둔갑한 손행자가 몸을 흠칫 웅크리며 고개를 들고 바라보니, 이런! 아리땁기 짝이 없는 절세 미녀 한 사람이 불당으로 올라오는 것이 아닌가?
　　모른 척하고 그저 입 속으로 웅얼웅얼 경을 외우고만 있으려니, 그 여자가 가까이 다가와서 두 손으로 덥석 부여안으며 한마디 묻는다.
　　"어린 장로님, 무슨 경을 읽고 계시나요?"
　　손행자는 한마디로 대꾸했다.
　　"발원(發願)할 것이 있어 읽는 거요."[9]
　　말씨가 퉁명스러웠으나, 여자는 개의치 않고 다시 물어온다.
　　"남들은 다 편히 잠을 자고 있는데, 왜 당신만 아직껏 경을 읽고 있죠?"

---

9 발원할 것……: 명나라 판본에서 손오공이 대꾸한 이 대목은 "발원할 것이 있어서 읽는 거요(許下的)"라고 되어 있으나, 청나라 때의 황주성(黃周星) 주해본『서유증도서(西遊證道書)』에는 "『항마경』을 읽고 있소(降魔經)"라고 되어 있는데, 청대 판본의 내용이 직설적인 것이므로 손오공이 의도하는 유인책에 적합하지 않아 그대로 썼다.

"부처님께 빌 것이 있는데, 경을 왜 읽지 않겠소?"

손행자가 대꾸하는 동안, 여자가 앞으로 돌아 나오더니 두 팔로 그러안으면서 입을 쪽 맞춘다.

"나하고 같이 뒤뜰에 가서 재미있게 놀아요."

손행자는 일부러 고개를 돌려 피하며 심통 맞게 쏘아붙였다.

"당신, 염치도 없군. 뭐가 뭔지 모르는 사람이야!"

"뭐가 뭔지 모르다니, 그럼 당신은 관상을 볼 줄 알아요?"

"웬만큼은 볼 줄 알지."

"내 관상을 보니 어때요?"

"바람이 나서 화냥질을 하다가 시어머니한테 쫓겨난 상이로군."

"잘못 맞혔어, 그런 상이 아니라니까. 나는 말이죠……"

시어머니한테 쫓겨난 것도 아니고, 바람 나서 화냥질을 한 것도 아니에요.

내 전생에 명이 기박하여, 코흘리개 철부지 사내한테 시집을 갔으니 어찌하랴.

동방화촉 재미도 볼 줄 모르니, 속상하고 따분해서 남편 피해 도망쳐 나왔죠.

"지금처럼 별도 반짝거리고 달 밝은 밤에, 머나먼 천리 길에 서로 인연 있어 만났으니, 나하고 같이 뒤뜰로 가서 남녀간에 하는 놀음 있죠? 아기자기하게 우리 그 재미 좀 즐겨보자고요."

이 말을 듣고 손행자는 속으로 고개를 끄덕끄덕했다. 옳거니, 역시 그랬었군! 저 어리석은 중 녀석들이 왜 목숨을 빼앗겼는가 했더니, 모두들 색욕을 이기지 못하고 이 계집의 유혹에 넘어간 탓이로구나. 그런데 요년이 이제는 나까지 홀려볼 작정인가?……

　생각은 이랬으나, 역시 한번 부닥쳐볼 일이라, 그는 입에서 나오는 대로 아무렇게나 대꾸했다.

　"이것 봐요, 아가씨. 나는 출가한 몸인데다 나이도 어리기 때문에, 남녀간에 재미보는 일이란 게 뭔지 모른다오."

　여자는 됐구나 싶어 까르르 웃으면서 잡아끌었다.

　"날 따라와요, 내 가르쳐줄게."

　앙큼스런 손행자는 속으로 웃음이 나왔다. 그것도 좋겠지! 어디 따라가서 네년이 무슨 수작을 부릴 것인지 두고 볼 테니까, 마음대로 해보려무나!

　이리하여 그들 둘이서는 다정하게 어깨도 나란히 손에 손을 맞잡은 채 불당을 나서서 뒤뜰로 돌아갔다. 아니나 다를까, 으슥하게 후미진 뒤뜰에 다다르자 요괴는 느닷없이 손행자의 발목을 걸어 땅바닥에 자빠뜨리더니, 코 먹은 소리로 응얼대면서 손으로 사타구니의 그것을 움켜잡으려고 더듬기 시작했다.

　"흐응, 내가 제일 좋아하는 오빠…… 젊은 오빠!……"

　넋이라도 뽑아낼 듯 달콤한 목소리로 흥얼대면서 손길이 마구잡이로 더듬고 들어오니, 손행자도 정신이 번쩍 들었다. 아이고 맙소사, 요런 망할 것! 진짜 이 손선생을 통째로 잡아먹으려고 덤벼드는구나……잽싸게 돌려 뽑은 손이 요괴의 손길을 덥석 움켜잡더니, 가만히 앉은 자세 그대로 '좌질법(坐跌法)'을 써서 힘 안 들이고 요괴를 땅바닥에 벌렁 자빠뜨렸다.

　"아이고 어머니나! 내 사랑하는 오빠가 색시를 요렇게 자빠뜨릴 줄도 다 아네!"

　놀란 비명 속에서 악착같이 엉겨붙는 요괴, 그러나 손행자의 머리도 재빨리 돌아간다. 이런 틈에 손을 쓰지 않고 어느 때를 기다릴 거냐! 그야말로 선수 치는 쪽이 장땡[10] 아닌가? 뒷손질을 하다가 오히려 내가 재앙을 뒤집어쓰기 십상이겠다.

손행자는 두 손을 겹쳐 가슴에 댄 채 허리를 굽혔다가 기지개 켜듯 활짝 펼치면서 껑충 뛰어오르더니, 눈 깜짝할 사이에 본래의 모습을 드러내고 달려들면서 두 손아귀로 금고 철봉을 휘둘러 요괴의 정수리를 냅다 후려갈겼다.

느닷없이 들이치는 쇠 몽둥이질에, 요괴는 찔끔 놀라 정신없이 달라붙던 기세가 주춤했다.

"아뿔사, 요런 꼬마 중 녀석이 어쩌면 이토록 지독스러울 수가 있나!"

두 눈을 부릅뜨고 다시 살펴보았더니, 웬걸! 어린 동자승으로 알았던 것이 바로 당나라 장로님의 수제자 손가란 놈이 아닌가? 허나 가슴이 철렁 내려앉은 것도 한순간, 요괴는 두려운 기색도 없이 손행자의 무서운 철봉 공격 앞에 마주 대들어 싸우기 시작했다.

도대체 이 요괴는 어떤 정령의 화신이었을까?……

황금으로 빚어 만든 코, 백설을 깔아놓은 듯 하얀 털.
땅속으로 굴을 뚫고 드나드는 집이며, 한 몸 담는 은신처마다 견고하여 부서지지 않는다.

---

10 선수 치는 쪽이 장땡: 이 속어의 원문은 "선수치는 쪽이 강자요, 뒤늦게 손을 쓰는 자는 재앙에 부닥친다(先下手爲强, 後下手遭殃)"로 되었으나 우리 정서에 알맞게 풀이한 것이며, 그 출처는 『수서(隋書)』「원주전(元冑傳)」의 "병력이 모두 그 가문의 소유이니, 일단 그쪽에서 선수를 쳤다가는 대사가 그대로 끝장나고 말 것이오……(兵馬悉他家物, 一先下手, 大事便去矣)"에서 비롯되어, 『고금잡극(古今雜劇)』「관한경 · 단도회(關漢卿 · 單刀會)」 등에서 지금의 내용으로 바뀌어 쓰이기 시작한 것이다.

3백 년 전에 기(氣)를 길러냈으니, 일찍이 영산에도 몇 차례 드나들었다.

부처님 제단 위에 향기로운 꽃과 촛대의 밀랍 훔쳐 배를 불렸으니, 여래께서 분부하여 천조(天曹)에 부치셨다.

탁탑 이천왕이 은혜를 베풀어 사랑하는 딸이 되었으며, 나타 삼태자가 친동기로 알아주는 누이동생이다.

바다를 메우는 전해조(塡海鳥)도 아니요, 산악을 머리에 이고 있는 대산오(戴山鼇)[11]도 아니다.

뇌환검(雷煥劍)도 두려워하지 않으며, 여건도(呂虔刀)[12]의 칼날

---

11 전해조·대산오:『박물지(博物志)』를 보면, '바다를 메우는 새(塡海鳥)'에 관하여 이런 기록이 있다. "정위(精衛)란 새는 까마귀처럼 생겼는데, 머리통은 알록달록하고 부리는 하얀빛이며 두 발은 새빨갛다. 이 새는 저 옛날 남방 적제(赤帝)의 조카따님으로, 동양 대해에 놀러 갔다가 빠져 죽어 돌아오지 못하고 그 넋이 정위가 되었다. 정위는 원통하게 빠져 죽은 바다가 원망스러워 날마다 서산의 돌멩이와 나뭇가지를 물어다가 동해에 떨어뜨려 메우고 있다" 하였다. 그리고 '산을 등에 짊어진 거북(戴山鼇)'에 관하여는,『초사(楚辭)』「천문편(天問篇)」의 "바다거북이 등에 산악을 짊어지고 기뻐 춤추니 어찌 안정시키랴?(鼇戴山, 何以安之)"는 대목에서 나왔다.

12 뇌환검·여건도: 참고로, 단병접전(短兵接戰)에서 '검(劍)'은 양날이 달렸으나 주로 상대방을 찌르는 병기이며, '도(刀)'는 베거나 후려 찍는 병기다. '뇌환의 검[雷煥劍]'에 관해서는『진서(晉書)』제36권,「상우록(尙友錄)」에 다음과 같은 고사가 전해온다. 뇌환은 진(晉)나라 무제(武帝, 265~289) 때 사람으로, 상관인 장화(張華)가 천문(天文)을 보다가 북두칠성 별자리에 자줏빛 검기가 뻗쳐오르는 것을 발견하고 그 빛줄기를 추적하여 뇌환을 강서 지방 풍성현(豊城縣)의 현령으로 파견하였다. 부임지에 도착한 뇌환은 감옥 한 귀퉁이에 버려져 있던 돌 궤짝에서 전설적인 용천(龍泉)과 태아(太阿) 보검 두 자루를 찾아냈는데, 장화가 그 보검 두 자루를 요구하자, 뇌환은 "이 보검은 영특한 신물이라 자격이 없는 사람에게 예속 당하지 않으며, 억지로 차지하였다가는 누구보다 먼저 그 자신이 화를 입을 것"이라 하여, 장화는 뇌환에게 되돌려주었다. 뇌환이 세상을 떠난 후, 그 아들이 보검을 차고 강변에 나갔더니, 과연 보검 두 자루가 칼집에서 빠져나와 물속으로 뛰어들더니 두 마리의 용으로 화하여 사라졌다고 한다.
'여건의 칼[呂虔刀]'에 관하여는『진서』「왕람전(王覽傳)」과『몽구(蒙求)』하권 및「여건패도(呂虔佩刀)」의 기록에 보이는데, 여건이 서주 자사(徐州刺史)로 있을 때 우연히 보도(寶刀) 한 자루를 얻게 되어 늘 자랑스럽게 차고 다녔더니, 서주 관아도 겁내지 않는다.

　　오락가락 돌아다니며 물결 흐르는 대로 내버려두니 장강(長江)도 한수(漢水)도 질펀하기만 하고,

　　오르락내리락 제 마음대로 솟구쳐 오르니 태산(泰山)이나 항산(恒山)인들 무엇이 높다 하랴?

　　보라! 화용월태(花容月態)의 곱고도 아리따운 얼굴에는 애교가 뚝뚝 듣고 있으니, 늙은 쥐가 요정이 되어 호기 있게 설쳐댈 줄이야 뉘 알아볼 수 있으랴!

　　요괴는 제 신통력이 굉장하다고 자부심이 대단한 터라, 손행자의 철봉 앞에 서슴없이 손길 닿는 대로 쌍고검(雙股劍) 두 자루를 뽑아 들더니 양손에 한 자루씩 갈라 잡고 "쨍그랑, 쨍그랑!" 왼편으로 들이치는가 하면 오른편으로 막아내고, 동에 번쩍 서에 번쩍, 눈알이 핑핑 돌아가도록 정신없이 들이치고 잽싸게 빠져나갔다. 이러니 제아무리 난다긴다 하는 손행자도 저 막강한 실력 한번 제대로 써먹어보지 못한 채 허둥지둥 쫓아다니느라 바쁘기만 할 뿐, 좀처럼 요괴를 붙잡아 거꾸러뜨릴 수가 없었다.

　　음산한 바람은 사면팔방에서 일고, 그믐의 조각달은 빛을 잃었다. 아무도 보아주는 이 없는 절간 뒤뜰에서 한바탕 격전이 벌어지는데, 실

의 별가(別駕)로 있던 왕상(王祥)이 그 칼을 보고 "이 보도는 삼공(三公)의 높은 벼슬에 오를 사람만이 찰 수 있으며, 자격이 없는 사람이 소유하면 해를 입게 될 것입니다" 하고 충고하였다. 여건은 이 말을 듣고 선뜻 보도를 왕상에게 넘겨주었으며, 훗날 왕상은 과연 삼공의 지위에 올랐다가 세상을 떠날 무렵 그 칼을 이복형 왕람에게 물려주면서, "형님은 후에 크게 흥성할 인재이니, 이 칼을 소유할 자격이 있습니다" 하였는데, 왕람은 그 예언대로 태중대부(太中大夫)에 올랐다 한다. 왕상에 대하여는 제48회 주 **11** 참조. 왕람은 곧 그 계모의 소생으로, 배다른 아우 왕상과 우애가 깊기로 역사상 유명한 인물이다.

로 보기 드문 한판 싸움이었다.

　　음풍(陰風)은 대지로부터 일고, 잔월(殘月)은 부옇게 흐린 광채를 일렁거린다.
　　대범천왕(大梵天王) 모신 전당은 한산하고 조용한데, 퇴락한 낭하에는 잡귀신이 들끓는다.
　　뒤뜰은 온통 싸움터가 되었으니, 큰 선비 손행자는 천상의 제천대성이요, 흰 털 지닌 색녀는 여걸 중의 여왕이라, 제아무리 신통력을 겨루어보아도 굴복하려 들지 않는다.
　　하나는 꽃다운 마음 홱 돌아서 밉살맞은 검정 대머리 스님을 흘겨보고,
　　하나는 분노에 이글거리는 혜안을 딱 부릅뜬 채, 곱게 단장한 새아씨를 노려본다.
　　양손으로 두 자루 쌍고검을 날려보내니, 그것이 여보살인 줄 어찌 알아볼 것이며, 한 자루 쇠몽둥이가 쉴새없이 들이치고 후려때리니, 사납기가 영락없이 살아 계신 금강보살이다.
　　쇳소리 울리는 곳에 금고봉이 전광석화처럼 날아가니, 삽시간에 시퍼런 서슬에서 별똥이 번쩍번쩍 튄다.
　　옥루(玉樓)의 비취를 뜯어내는가 하면, 금전(金殿)의 원앙을 때려부순다.
　　원숭이 울음소리에 파촉(巴蜀)의 달도 작아 보이며, 기러기 우짖는 소리에 초(楚)나라 하늘이 길게 울린다.
　　서천의 십팔존 나한(十八尊羅漢)들께서 남모르게 갈채 보내며, 하늘의 삼십이 제천(三十二諸天) 신령들도 하나같이 허둥지둥 어쩔 바를 모른다.

모처럼 맞상대를 만나 원기 백배한 제천대성 손오공, 들이치는 쇠몽둥이에 빗나가는 법이 추호도 없다. 이때쯤 되어서야 요괴도 자신이 손행자의 적수가 아니라는 사실을 깨달았는지, 갑작스레 이맛살을 잔뜩 찌푸리고 뭔가 딴 궁리를 하더니 재빨리 몸을 뽑아 싸움터 바깥으로 빠져나갔다.

손행자는 호통을 치며 바짝 뒤쫓기 시작했다.

"요 망할 것! 어디로 도망칠 작정이냐? 어서 항복하지 못할까!"

손행자는 고래고래 악을 썼으나, 요괴는 아예 못 들은 척 달아나기에 바쁘다. 그러나 아슬아슬하게 뒤쫓겨 거의 따라잡힐 지경에 처하자, 그녀는 왼발에 신고 있던 꽃신 한 짝을 벗어들더니 선기 한 모금 불어넣고 주어를 외우면서 외마디 호통을 쳤다.

"변해라!"

주술에 걸린 꽃신 한 짝은 눈 깜짝할 사이에 요괴의 모습으로 둔갑하더니 여전히 두 자루 칼로 쌍검무(雙劍舞)를 추어가며 손행자에게 맞서 싸우고, 그녀 자신은 번뜩하는 찰나에 일진청풍(一陣淸風)으로 화하여 어디론가 사라졌다. 이 역시 삼장 법사가 아직도 재앙의 별에서 벗어나지 못할 운수 탓이 아니고 무엇이랴?……

형체 없는 바람으로 둔갑한 요괴는 곧바로 방장에 휘몰아치기가 무섭게, 단정한 자세로 앉아 있던 당나라 스님을 덥석 채뜨려 가지고 구름 위로 까마득히 솟구쳐 오른 다음, 눈 깜짝할 사이에 벌써 함공산(陷空山)에 이르러 밑바닥 없는 동굴 무저동(無底洞)으로 들어가고 말았다. 그리고 졸개 요괴들을 불러모아 잔칫상을 마련해놓고 혼인식 준비를 서두른 것은 더 말할 나위도 없다.

한편 절간 뒤뜰에서, 손행자는 끈덕지게 물고 늘어지는 요괴의 칼부림에 질릴 대로 질린 데다, 초조감마저 들끓어 올라 도무지 참을 수가 없었다. 약이 바싹 오른 그는 번개 벼락 치듯 몸을 날려 상대방에게 빈틈을 보이는 척하다가, 마주 찔러드는 칼끝을 퉁겨내기가 무섭게 철봉으로 한 대 내리치는 데 성공했다. 그러나 때려뉘어놓고 다시 보니, 어렵쇼, 땅바닥에 나둥그러진 것은 요괴의 시체가 아니라, 뜻밖에도 꽃신 한 짝이 아닌가!

그는 요괴의 계략에 감쪽같이 속아넘어간 것을 깨닫고 허둥지둥 발길을 되돌려 스승이 있는 곳으로 달려갔다. 그러나 이미 요괴의 바람에 휩쓸려간 스승이 어디 있으랴! 눈에 뜨인 것은 어처구니없게도 두런두런 잡담만 늘어놓기에 정신이 팔린 바보 미련퉁이 저팔계 녀석과 사화상의 태평스런 꼬락서니뿐이다.

노기가 부글부글 치밀어 오르다 못해 가슴이 꽉 막혀버린 손행자, 이것저것 따져 물어볼 겨를도 없이 다짜고짜 철봉을 움켜잡고 눈앞에 닥치는 대로 후려갈기면서 미치광이처럼 고래고래 악을 쓰기 시작했다.

"너 이놈들을 다 때려죽일 테다! 두 놈 다 때려죽이고야 말 테다!"

마른하늘에 느닷없이 날벼락을 맞은 미련퉁이가 혼비백산을 해 가지고 철봉을 피해 허겁지겁 도망칠 구석을 찾아봤으나, 주지 스님이 혼자 거처하시던 승방에 어디 빠져나가려 해야 빠져 달아날 구멍이 없다. 그나마 사화상은 영산대장(靈山大將) 출신이라, 미련퉁이 둘째 사형보다는 사태의 심각성을 재빨리 알아차릴 수 있었다. 그는 도망치는 대신 맏형 앞에 무릎 꿇고 앉아서 공손하고도 부드러운 말씨로 이렇게 여쭈었다.

"큰형님, 우리를 때려죽이려는 형님의 마음을 나도 알 만하오. 큰형님은 우리 둘을 다 때려죽이고, 사부님도 구해드리지 않은 채 그대로 혼자서 고향에 돌아가실 작정이구려."

이 말에, 손행자는 버럭 고함을 질러 대꾸했다.

"네놈 둘을 때려죽이고 나 혼자서 사부님을 구해드리러 갈 테다! 어쩔 테냐!"

사화상은 빙그레하니 미소를 띠어가며 다시 맏형을 설득했다.

"형님, 그런 말씀이 어디 있소! 우리 두 사람이 없다면, 그야말로 '외실 한 가닥으로 노끈을 꼴 수 없고, 손바닥 하나만으로는 소리가 나지 않는다'는 격이 될 거요. 형님, 이 짐 보따리하며 마필은 누가 돌봐주겠소? 차라리 관중(管仲)이 포숙(鮑叔)[13]과 재물을 나누며 사귀던 고사를 본받을지언정, 손빈(孫臏)과 방연(龐涓)[14]처럼 지혜와 모략을 다투는

---

[13] 관중·포숙의 우정: **관중**(管仲, ?~기원전 645)은 춘추 시대 정치가. 포숙의 천거로 제환공(齊桓公)에게 발탁되어 당시 약소국이던 제나라에 일대 개혁을 단행, 부국강병책으로 면모를 일신하여 제환공을 모든 나라에 으뜸가는 패자(霸者)의 반열에 오를 수 있게 보필하였다. 포숙(鮑叔)은 제나라의 대부(大夫)로 인재를 알아보는 안목이 뛰어나고 인품이 너그러운 정치가. 제환공이 어려운 시절부터 그를 저버리지 않고 도와 군주의 자리에 오르게 하였으며, 제환공이 자기를 재상에 임명하려 하자, 이를 사양하고 관중을 천거하여 마침내 제나라를 부흥시키는 데 결정적인 공로를 세웠다.

관중과 포숙의 우정은 역사상 '**관포지교**(管鮑之交)'라고 일컬을 만큼 유명하다. 『열자(列子)』「역명편(力命篇)」과 『사기(史記)』「관안열전(管晏列傳)」에 다음과 같은 고사가 있다. 두 사람이 젊은 시절 함께 장사를 하여 이익을 남겼는데, 관중은 으레 포숙보다 많은 몫을 떼어가곤 했다. 그러나 포숙은 관중이 가난하기 때문이라 여기고 탐욕스럽다 하지 않았다. 관중이 어리석은 일을 저지르거나 군주에게 몇 차례씩 쫓겨나거나 전쟁터에서 패할 때마다 제일 먼저 도망쳐 남의 비웃음을 샀으나, 포숙은 그가 어리석고 비겁해서가 아니라 집에 늙은 어머니를 모셔야 하기 때문이라고 변호해주는 등 끝까지 관중을 돌보아주었으며, 그의 포부와 재능이 자기보다 크다는 점을 역설하여 재상의 자리마저 관중에게 양보해주었다. 훗날 관중은 이런 유명한 말을 남겼다. "나를 낳아주신 분은 부모님이시지만, 나를 알아준 사람은 바로 포숙이었다(生我者父母, 知我者鮑叔也)."

[14] 손빈·방연: 손빈(孫臏)은 전국 시대 제(齊)나라의 군사 전략가로, 춘추 시대 『손자병법(孫子兵法)』을 지은 손무(孫武)의 후손. **방연**(龐涓)은 위(魏)나라 대장군. 이들 두 사람은 귀곡자(鬼谷子, 제10회 주 **3** 및 제35회 주 **4** 참조) 왕허(王栩)의 문하생으로 병법을 함께 배운 동문이었으나, 먼저 학업을 마친 방연이 하산하여 위나라

짓을 따르지는 맙시다. 예로부터 '호랑이를 잡으려면 역시 친형제와 나서는 것이 좋고, 전쟁터에 나가서는 모름지기 장병들의 관계를 아버지와 아들 사이처럼 친밀하도록 가르쳐야 한다(打虎還得親兄弟, 上陣須敎父子兵)'[15] 하였소. 형님께 바라기는, 저희들을 제발 때리지는 마시고, 날이 밝거든 우리 셋이 합심 협력해서 사부님을 찾아보도록 합시다."

손행자는 신통력도 너르고 크지만, 이치에도 밝고 경위를 조리 있게 판단할 줄도 아는 사람이다. 그는 사화상이 애원하며 호소하는 것을 보더니 당장 분노를 누그러뜨리고 마음이 돌아섰다.

"이것 봐, 팔계! 사화상! 모두들 일어나게. 내일 사부님을 찾아내려

의 장군이 되었다. 그후 손빈이 학업을 마치고 세상에 나서자, 그의 재능이 자신보다 뛰어나다는 사실을 익히 알고 있던 방연은 질투와 시기심에 복받쳐 손빈이 등용되지 못하도록 온갖 모략을 다 써서 방해하였을 뿐 아니라, 억울한 죄명을 씌워 그의 두 발목 힘줄을 끊는 형벌에 처하여 불구자로 만들어놓고 감금해버렸다. 손빈의 이름 '빈(臏)'자는 곧 '발목의 힘줄을 끊는다' 또는 '무릎 뼈를 도려낸다'는 형벌의 종류였다. 이렇듯 수년 동안 감금되어 있던 손빈은 때마침 위나라에 입국한 제나라 사신의 도움을 받아 탈출에 성공하여 제위왕(齊威王)의 군사 참모가 되었으며, 기원전 354년 방연이 왕명을 받고 출동하여 조(趙)나라를 공격하자, 대장군 전기(田忌)와 함께 구원병을 이끌고 절묘한 계략으로 방연군을 계릉(桂陵) 전투에서 크게 격파하고, 2년 후 또다시 방연군이 한(韓)나라를 침공하였을 때 마릉(馬陵)에 기습 부대를 매복시켜놓고 유인하여 전멸시켰다. 방연은 자신의 재능이 한낱 불구자인 손빈에게 뒤떨어져 번번이 패배한 것을 분하게 여겨, 그 자리에서 스스로 목을 찔러 죽고 말았다. 손빈과 방연의 지혜 겨룸은 끝내 동문 수학한 친구 사이에 불구대천지 원수가 되어, 중국 역사상 '관중과 포숙의 우정'에 반대되는 사례로 일컬어지게 되었다.

15 아버지와 아들 사이처럼 친밀하게 가르치다: 이 말은 전국 시대 초기 위(魏)나라의 명장 오기(吳起)가 저술한 『오자병법(吳子兵法)』 제3편 「군의 운용(治兵)」에서 나왔다. 참고로 본문을 인용하면 다음과 같다. "장수와 병사들이 평시나 전시를 막론하고 신뢰를 쌓아 생사고락과 안위를 함께 한다면, 아무리 병력이 많은 대군이라도 상하가 일치단결하여 두 마음을 가지는 일이 없을 것이며, 장병들의 능력을 효율적으로 발휘하게 하되 지치지 않도록 한다면, 이들을 어떤 싸움터에 투입하더라도 천하에 당해낼 적이 없을 것이다. 이러한 군대를 가리켜 **'아버지와 아들 사이와 같은 군대'**라고 하는 것이다(與之安, 與之危, 其衆可合而不可離, 可用而不可疲, 投之所往, 天下莫當, 名曰父子之兵.)."

면 힘이 여간 들지 않을 걸세. 우리 다 같이 힘을 아껴둬야 할 게 아닌 가?"

미련퉁이는 손행자가 용서해준다는 말을 듣더니, 부끄러운 마음을 금치 못하고 솔직히 사과를 했다.

"형님, 이렇게 된 것이 모두 내가 잘못한 탓이오."

세 형제는 이렇듯 화해를 했으나, 이 생각 저 생각에 잠을 이루지 못하고 그날 밤을 뜬눈으로 지새웠다. 그야말로 '고갯짓 한번 끄덕여 동녘에 아침 해를 불러내지 못하는 게 한스럽고, 온 하늘에 가득한 별들을 입김 한 모금 훅 불어서 흩어버리지 못하는 것이 안타깝다(恨不得點頭喚出扶桑日, 一口吹散滿天星)' 하더니, 모두들 바로 그런 절박한 심정이었다.

셋이서는 날이 밝도록 앉아 있다가, 동녘 하늘이 부옇게 밝아오자 서둘러 떠날 채비를 갖추었다. 언제 무슨 소문을 들었는지 벌써 절간의 라마승들이 몰려와 문을 가로막았다.

"어르신네, 어딜 가십니까?"

손행자는 어제 큰소리 탕탕 친 자신을 생각하고 겸연쩍게 웃으며 솔직히 털어놓았다.

"말씀드리기가 좀 거북스럽소. 어제 여러분 앞에 요괴쯤은 문제없이 잡아드리겠다고 호언장담을 했는데, 요괴는 잡지 못하고 되레 우리 사부님만 없어지고 말았지 뭐요. 그래서 우리도 사부님을 찾아 나서는 길이오."

라마승들이 겁을 집어먹고 떨면서 다시 묻는다.

"어르신네, 저희가 하찮은 일로 사부님께 누를 끼쳐드렸군요…… 그런데 어딜 가서 찾으시렵니까?"

"찾을 만한 곳을 대강 짐작하고 있소."

손행자가 자신 있게 말했더니, 승려들이 또 붙잡는다.

"가시더라도 이렇게 서두르실 것은 없지 않습니까. 우선 아침이나 드시지요."

승려들이 급히 아침밥과 국을 두세 그릇 마련해서 내오자, 저팔계는 씨근벌떡 숨가쁘게 먹어 치우더니 그릇들을 말끔히 비워버리고 칭찬을 늘어놓는다.

"참말 인심 좋은 스님들이로군! 우리 사부님을 찾거든 또 이 절간에 와서 눌어붙어야겠는걸."

낯 두꺼운 소리에, 손행자가 핀잔을 주며 분부했다.

"아니, 여길 또 와서 남들 밥을 축낼 작정인가? 그 따위 생각은 걷어치우고 어서 천왕전에 가서 그 여자가 있나 없나 살펴보기나 하게!"

그러나 저팔계가 꿈지럭대기도 전에 승려들이 먼저 말해준다.

"어르신네, 그 여자는 없습니다. 없어요. 그날 하룻밤만 자고 이튿날 어디론가 사라졌습니다."

이 말에 단서를 잡은 손행자는 기뻐 어쩔 줄 모르면서 절간 승려들과 작별한 다음, 저팔계와 사화상에게 말고삐를 잡히고 짐 보따리를 짊어지운 채 부지런히 동쪽 길로 되돌아가기 시작했다.

저팔계가 길이 다른 것을 보고 한마디 던졌다.

"형님, 길을 잘못 드셨소. 왜 또다시 동쪽으로 돌아가는 거요?"

"자네가 뭘 안단 말인가. 지난번 흑송림(黑松林)에 묶여 있던 그 계집이 누군지 모르나? 이 손선생의 불같은 눈, 금빛 눈동자로 뱃속까지 꿰뚫어 보아서 그것이 요괴라는 걸 알아맞혔는데, 자네들은 그 계집을 양갓집 규수라고 떠벌리지 않았는가! 지금까지 사흘 동안 절간 승려들을 잡아먹은 것도 그 요괴요, 사부님을 채뜨려 달아난 것도 그년일세. 흠흠, 자네들이나 사부님이나 정말 착한 여보살 하나 잘 구해줬네! 잘 구해주었고말고! 그것이 사부님을 낚아채 갔으니 어디로 달아났을 듯 싶은가? 처음 만났던 그 길바닥으로 가서 찾아봐야 할 게 아닌가?"

손행자가 조목조목 따져 말하니, 두 사람은 그저 탄복하지 않을 수가 없다.

"좋소! 좋아요! 모두가 옳은 말씀이오. 형님 성격이 거칠기만 한 줄 알았더니, 그토록 세심한 면이 있었구려. 자, 어서들 갑시다! 가요!"

세 형제는 부리나케 치달려 단숨에 소나무 우거진 숲 속으로 뛰어들었다.

구름은 뭉게뭉게 탐스럽게 피어오르고, 안개 자욱히 뒤덮였다.
바윗돌은 울퉁불퉁 겹겹이 쌓이고, 숲 속의 오솔길은 구불구불 감돌아 나간다.
여우가 사라진 흔적, 달아난 토끼의 발자국이 얼기설기 뒤얽히고, 호랑이, 표범, 늑대와 이리 떼는 갈팡질팡 쑤시고 돌아다닌다.
숲 속에 요괴의 그림자라곤 찾아볼 수 없으니, 삼장 법사는 어디 계신지 더더욱 알 수 없구나.

스승의 행방을 찾지 못하고 마음이 초조할 대로 초조해진 손행자는 철봉을 뽑아 들고 몸뚱이 한번 꿈틀하더니, 저 옛날 천궁을 뒤엎어버리던 법상(法相)으로 둔갑하여 머리가 셋, 팔뚝 여섯 달린 괴물이 되어 가지고 세 자루로 늘어난 철봉을 두 손에 한 자루씩 갈라 잡은 다음, 사면팔방으로 돌아가며 눈앞에 닥치는 대로 후닥닥 툭탁, 마구 후려갈겨 소나무 숲을 온통 쑥대밭으로 만들어놓기 시작했다.

이것을 본 미련퉁이 저팔계가 간이 콩알만하게 오그라들어 사화상을 돌아보고 속닥거린다.

"여보게, 사화상! 우리 형님이 사부님을 찾아내지 못하니까 약이 오르다 못해 울화통이 터져서 미치광이가 된 모양일세. 저걸 보게! 지랄발광을 떨고 있잖나!"

미련퉁이의 지레짐작은 빗나갔다. 손행자가 마구잡이로 철봉을 휘둘러 소나무 숲을 쑥대밭으로 만든 것은 광기가 발작을 일으킨 탓이 아니었다. 몽둥이질을 퍼부은 지 얼마 안 있어, 두 사람의 늙은이가 끌려나왔으니 말이다. 하나는 산신령, 또 하나는 토지신이었다.

두 신령은 제천대성 앞에 무릎 꿇고 엎드려 큰절부터 올렸다.

"대성님, 산신령과 토지신이 문안드리오!"

이것을 보고 저팔계 녀석이 신통하게 여겨 탄복하면서 주절댄다.

"그것 참 영특한 쇠몽둥일세! 한바탕 두들겨 팼더니 산신령과 토지신이 몽땅 끌려나왔네그려. 또 한 번 후려 때렸다가는 저 사나운 흉신 악살 태세(太歲)마저 잡아내겠는걸!"

손행자는 못 들은 척 무시해버리고 두 신령에게 으름장을 놓았다.

"산신령, 토지신! 네놈들이 어쩌면 이토록 무례할 수 있단 말인가! 네놈들은 이런 곳에서 떼강도들과 한통속이 되어 가지고, 강도 녀석들이 수지맞은 날에는 돼지 염소 같은 제물이나 받아먹고, 또 요사스런 정령과 결탁해서 우리 사부님을 납치해 오다니! 이러고도 네놈들이 내 철봉에 얻어터지지 않을 줄 알았더냐? 어서 불지 못할까! 우리 사부님을 어디다 감추었느냐? 빨리 사실대로 자백해야만 매를 모면할 줄 알아라!"

실로 황당하기 짝이 없는 죄목에, 두 신령은 부들부들 떨어가며 변명을 늘어놓았다.

"대성 어르신! 뭔가 잘못 아시고 저희를 꾸짖는 말씀입니다. 너무 억울합니다! 소신(小神)들의 산중에는 요괴가 살고 있지 않습니다. 소신들의 관할 밖이라 복종하지는 않습니다만, 한밤중에 바람 소리를 듣고서 한두 가지 짐작되는 바가 있기는 합니다."

"알고 있다니 좋다! 낱낱이 말해봐라!"

"그 요괴가 대성 어른의 사부님을 납치해 간 곳은 여기서 정남쪽으로 천 리쯤 떨어져 있습니다. 그곳에 산이 하나 있는데 함공산이라 부르고, 그 산 속에 무저동이란 동굴이 있습니다. 그 동굴에 사는 요정이 걸핏하면 여기 와서 둔갑을 하고 나타나는데, 이번에도 그런 수단으로 대성 어르신의 사부님을 잡아채 간 모양입니다."

손행자는 이 말을 듣고 속으로 찔끔 놀랐다. 그래도 내색을 하지 않고 산신령과 토지신을 호통쳐 물러나게 한 다음, 법상을 거두어들이고 본래의 모습으로 돌아가더니 시무룩한 표정으로 저팔계와 사화상 두 아우에게 한마디 던졌다.

"사부님은 아주 멀리 잡혀가셨네."

그러자 미련퉁이가 팔뚝을 걷어붙이고 큰소리친다.

"멀리 가셨다면 구름을 타고 쫓아갑시다!"

말끝이 떨어지기가 무섭게 이 미련한 녀석은 자기 먼저 광풍을 일으켜 타고 허공으로 솟구쳐 오른다. 그 뒤를 이어서 사화상이 구름을 휘몰아 타고, 백마 역시 출신 내력이 용왕의 아들이라 짐 보따리를 안장에 실은 채 안개구름을 딛고 올라섰다. 제천대성 손오공도 즉석에서 공중제비 한 바퀴 돌더니 근두운을 날려 곧장 남쪽으로 달려갔다.

소나무 숲을 떠난 지 얼마 안 되어서 일행의 눈앞에는 벌써 구름 자락을 가릴 정도로 커다란 산이 한 군데 나타났다.

세 형제는 말고삐를 낚아채어 멈추고 구름 위에 자리 잡은 채 멀찌감치 서서 산을 내다보았다.

산꼭대기는 벽한(碧漢)을 무찌르고, 봉우리는 청소(靑霄)에 잇닿았다.

　둘레에는 온갖 잡목이 수천만 그루 뒤덮이고, 오락가락 날짐승 떼가 지절지절 시끄럽게 우짖는다.

　호랑이와 표범이 떼를 지어 몰려다니는가 하면, 노루와 사슴 역시 무리를 짓고 다닌다.

　햇볕 쪼이는 양지녘에는 기화요초가 향기를 토해내고, 응달진 그늘에는 섣달 내린 눈과 얼음이 아직도 녹을 줄 모른다.

　울퉁불퉁 기구한 험산준령에, 깎아지른 절벽과 낭떠러지.

　아찔하게 곤추선 높은 봉우리, 굽이굽이 감돌아 흐르는 깊은 골짜기 냇물.

　소나무는 울창하게 우거지고, 바윗돌은 번들번들 빛을 발해, 지나가는 길손들 보기만 해도 가슴이 서늘하다.

　벌목하는 나무꾼도 그림자 찾아볼 길 없으며, 약초 캐는 선동(仙童) 또한 종적이 간데없다.

　눈앞에서 호랑이와 표범이 곧잘 안개를 일으키고, 온 땅에 널린 여우들도 제멋대로 바람 가지고 장난질을 친다.

"형님, 이 산 좀 보시오. 저렇게 험준하니 반드시 요괴가 살고 있을 거요."

저팔계가 또 아는 체한다.

"그야 두말할 것 있나. 속담에도 '산이 높으면 애당초 괴물이 소굴을 만들고, 영마루가 험준하니 어찌 요정이 없으랴!' 했네."

손행자는 일단 미련퉁이에게 맞장구를 쳐놓고 막내아우를 불렀다.

"사화상, 자넨 나하고 여기 남아 있고, 팔계를 시켜서 먼저 산속 깊숙이 들어가 정찰하도록 하세. 어느 쪽으로 가야 길이 좋은지, 또 동굴이 있는지, 동굴이 있다면 문은 어디로 열려 있는지, 이런 것들을 염탐해 가지고 돌아오거든, 우리 한꺼번에 쳐들어가서 사부님을 구해내도록 하세."

저팔계가 이 소리를 듣고 툴툴거린다.

"이런 젠장! 또 날더러 방패막이가 되라는 거요? 참말 재수 옴 붙었군!"

그랬더니 손행자는 한마디로 입을 봉해버렸다.

"자네, 간밤에 뭐라고 했나? 모든 것이 자네 잘못이라 해놓고, 왜 이제 와서는 뒤꽁무니를 빼는 건가?"

"됐소! 됐으니까, 그 얘기는 더 떠들 것 없소! 내가 가면 될 게 아니오?"

미련한 저팔계는 그 한마디에 질려, 더 이상 말을 꺼내지 못하게 하고 쇠스랑을 내려놓더니, 옷자락을 툭툭 털고 높은 산 아래로 훌쩍 뛰어내렸다. 빈손으로 홀가분하게 길을 찾아 나설 작정이었다.

과연 이번의 정찰 길에 길흉은 어떨 것인지, 다음 회에서 풀어보기로 하자.

제82회 아리따운 요녀는 삼장에게서 양기를 얻으려 하고, 당나라 스님의 원신은 끝내 도를 지키다

산 밑으로 뛰어내린 저팔계는 한 가닥 오솔길을 찾아서 앞으로 나아갔다.

5, 6리쯤 가다 보니 두 여자가 그곳 우물가에서 물을 긷고 있는 것을 발견했다. 저팔계는 이 여자들이 요괴라는 것을 한눈에 알아보았다. 어떻게 알아볼 수 있었을까? 두 여자는 머리 위에 하나같이 길이가 한 자 두세 치나 되는 댓가지 비녀로 쪽을 쪘는데, 그것이 당시 유행과는 전혀 동떨어진 것이었기 때문이다.

계집 요괴라는 것을 알아보기는 잘했으나, 이 미련퉁이는 그들 앞으로 다가가서 부른다는 게 그만 화를 자초하고 말았다.

"요괴야!"

아니나 다를까, 요괴들은 이 소리를 듣고 바락 성을 내더니 이구동성으로 악을 써서 꾸짖었다.

"아니, 어디서 이런 버르장머리없는 중 녀석이 나타났어! 우리가 저하고 피차 아는 사이도 아니고 평소 농담 한마디 주고받은 적도 없는데, 어째서 우릴 보자마자 요괴라고 부르는 거야!"

약이 오른 요괴들이 어깨에 물통 질 때 쓰던 작대기를 하나씩 들고 달려들더니, 저팔계의 머리통을 사정없이 후려갈겼다.

이 미련한 저팔계는 손에 쥔 병기가 없는 터라, 느닷없이 들이치는 뭇매를 몇 대 고스란히 얻어맞고, 머리통을 감싸안은 채 산 위로 다시 도망쳐 올라왔다.

"형님, 안 되겠소! 돌아갑시다, 돌아가요! 저년의 요괴들이 정말 흉악스럽소!"

미련퉁이가 아우성을 치니, 손행자가 영문을 모르고 물었다.

"어떻게 흉악하다는 거야?"

"산골짜기 으슥한 곳에 계집 요정 두 마리가 우물물을 긷고 있기에, 내가 한마디 불러보았더니, 다짜고짜 물통 지는 작대기로 마구 후려때리지 않겠소? 그래서 앗 소리 한번 질러보지도 못하고 서너 대나 얻어맞았지 뭐요."

"자네, 도대체 뭐라고 불렀나?"

"그저 한마디밖에 안 불렀소. '요괴야!' 하고 말이오."

이 말을 듣고 손행자는 어처구니가 없어 웃음이 나왔다.

"자네, 아직 매를 덜 맞았네."

"고맙소! 날 그렇게 생각해주니 정말 고맙구려! 내 머리통 좀 보시오. 이렇게 얻어맞아서 통통 부었는데, 아직도 덜 맞았다는 얘기가 나오시오?"

"이 사람아, 아무리 도둑놈이라도 맞대놓고 '도둑놈아!' 하고 불러서 성을 안 낼 놈이 어디 있단 말인가? 옛사람 말씀에 '성질이 온순하고 부드러우면 이 세상 천지에 못 갈 데가 없고, 억센 성미에 무뚝뚝하게만 굴면 한 걸음도 떼어놓기 어렵다(溫柔天下去得, 剛强寸步難移)'했네. 그것들이 요괴라곤 하지만 결국 이 고장의 토박이요, 우리는 머나먼 타향에서 온 행각승 아닌가? 그런 처지에 자네가 아무리 훌륭한 솜씨를 지니고 있다손 치더라도 주인 격인 그것들한테 다소 부드럽고 점잖은 태도를 보여야지, 첫 대면에 덮어놓고 다짜고짜 '요괴야!' 하고 불렀으니, 그럼 그것들이 자네를 때리지 않고 날 때리겠나? 사람은 무엇보다 먼저 예의범절을 차리고 볼 일이네."

"그런 걸 내가 알 게 뭐요!"

미련퉁이가 심통이 나서 툭 내뱉자, 그는 이렇게 물었다.

"자네, 어릴 적부터 산중에서 사람을 잡아먹고 살아왔으니, 두 가지 나무는 알고 있겠네그려?"

"모르겠소. 뚱딴지같이 무슨 나무 얘기를 하는 거요?"

"하나는 버드나무, 또 하나는 박달나무일세."

"버드나무하고 박달나무를 모르는 사람이 어디 있소! 그래, 그 나무가 어쨌단 거요?"

"버드나무는 나무 질이 아주 무르고 부드러워서 솜씨 좋은 목수가 베어다 성상(聖像)을 깎아 만들기도 하고 여래불상도 새긴다네. 여기에 금박을 입히고 은가루 뿌리고 옥돌을 박고 꽃무늬를 아로새겨 모셔놓고, 모든 사람들이 그 앞에 향을 사르고 절을 하니, 이 얼마나 많은 복을 받는 일인가. 하지만 박달나무는 이와 반대로 나무 질이 굳세고 단단해서 기름 집에 가져다가 들기름, 참기름 짜는 틀이나 만들고, 머리통에 쇠테를 씌워 빠지지 않게 단단히 조여놓을 뿐 아니라 걸핏하면 쇠망치로 두들겨 맞기 일쑤이니, 이게 모두 다 나무의 성질이 너무 굳세고 강하기 때문에 그런 고초를 겪는 것이 아니겠나."

그제야 저팔계는 사형이 하는 말뜻을 알아듣고 원망했다.

"형님, 그런 얘기를 좀더 일찍 해주었더라면 좋았을 게 아니오? 그럼 요괴들한테 얻어맞지도 않았을 텐데……"

"됐네, 이 사람아! 자네 한 번만 더 가서 그것들한테 단서를 좀 캐어 물어보고 오게."

"이번에는 형님이 가시오. 그 계집들이 나를 알아볼 테니 말이오."

"둔갑술을 쓰면 되지 않나?"

"형님, 내가 둔갑해 가지고 가서 그것들에게 뭐라고 불러줘야 좋겠소?"

"둔갑을 해서 가거든, 그것들 앞에 절 한번 꾸벅하고 우선 나이가 얼마쯤 되는지 물어보게. 그래서 우리와 동갑내기쯤 되어 보이거든 '아가씨!' 하고 부르고, 우리보다 늙어 보이면 '아주머니!' 하고 부르게."

"허허, 그것 참 쑥스러운 일이로군. 이렇게 머나먼 타향에 와서 무슨 일가친척 나부랭이가 있다고 아는 체를 한단 말이오?"

"일가친척 나부랭이를 보고 아는 체하라는 게 아닐세. 그저 그 요괴들의 말투를 한번 들어보자는 걸세. 만약 그것들이 사부님을 납치해 갔다면 당장 손을 써서 족쳐댈 수 있겠지만, 납치범들이 아니라면 공연히 우리 시간을 허비해가며 일을 그르칠 필요가 뭐 있겠나? 일찌감치 딴 데로 가서 찾아봐야지."

"흐흠, 듣고 보니 형님 말씀이 그럴듯하구려. 좋소! 내 다시 한 번 다녀오리다."

미련한 저팔계는 쇠스랑을 허리춤에 꾹 질러 넣고 산골짜기로 내려가더니, 몸을 한번 뒤틀어서 생김새가 거무튀튀하고 살이 투실투실 찐 뚱보 스님으로 둔갑했다. 그리고는 뒤뚱뒤뚱 위태로운 걸음걸이로 계집 요괴들이 물을 긷고 있는 우물가로 다가가서, 손행자가 일러준 대로 점잖게 허리 굽혀 인사부터 건넸다.

"아주머님들, 안녕하십니까? 소승이 문안드리오."

깍듯한 인사말에, 두 여괴는 얼굴이 환히 밝아지면서 저들끼리 속닥거린다.

"어머, 이 화상은 정말 괜찮은데? 절도 할 줄 알고 인사성도 바르니 말이야."

그리고 저팔계에게 묻는다.

"스님은 어디서 오셨어요?"

미련퉁이는 더 배운 말이 없는 터라, 똑같은 말로 응답했다.

"예, 어디서 왔습니다."

"어디로 가시나요?"

"예, 어디로 갑니다."

"이름은 뭔가요?"

"예, 이름이 뭡니다."

대꾸가 이쯤 되니, 요괴들은 허리를 잡고 웃음보를 터뜨렸다.

"이 스님 봐라! 정말 재미있는데? 남의 말을 흉내내기만 하니 내력을 알 수 있어야지."

그제야 저팔계도 한마디 묻는다.

"아주머니들은 왜 여기서 물을 긷고 계시오?"

"스님이야 모르실 거예요. 우리 댁 노마님께서 간밤에 당나라 스님을 하나 잡아오셨는데, 지금 동굴 안에서 대접해드리고 있어요. 우리 동굴 안의 샘물은 깨끗하지 못해서, 노마님이 우리를 이 우물에 보내 음양교구(陰陽交媾)가 잘되도록 깨끗한 물을 길어오라고 분부하셨죠. 이 물로 소찬 요리를 정갈하게 마련해서 당나라 스님에게 먹이고, 오늘밤에 그 스님과 혼인을 하실 작정이지요."

미련한 저팔계는 이 말을 듣자, 요괴들한테 예절바르게 인사하는 것도 잊어버리고 냅다 발걸음을 돌리더니 단숨에 산꼭대기로 뛰어올라와 고래고래 소리지르면서 사화상부터 찾았다.

"여보게, 사화상! 어서 빨리 짐 보따리를 가져오게. 가져다가 우리 서로 똑같이 나누세!"

짐 보따리를 나누자는 소리에, 사화상은 이 바보 멍텅구리가 또 무슨 변덕을 부리나 싶어 이맛살을 찌푸리고 따져 물었다.

"둘째 형님, 짐 보따리를 나누어서 또 어쩌겠다는 거요?"

"짐 보따리를 나눠 가지고, 자네는 역시 유사하로 돌아가서 사람이나 잡아먹고, 나는 고로장으로 돌아가 집안 식구들이나 찾아보고, 형님은 화과산에 돌아가서 원숭이 임금 노릇이나 하고, 백마란 놈은 바다에 돌려보내 용이나 되게 하세. 사부님은 벌써 그 요괴 년의 동굴 속에 들어앉아 혼인 잔치 치르고 오늘밤에 그 계집과 부부가 되기로 얘기가 다 되었다네. 그러니까 우리 세 형제도 각각 살길이나 찾아 헤어지자는 말일세."

손행자가 듣다 못해 야단을 쳤다.

"이런 바보 멍텅구리 녀석! 또 허튼소리를 지껄이는구나!"

"누가 바로 멍텅구리고 누가 허튼소리를 지껄인단 말이오? 방금 물을 긷고 있던 두 요괴들의 얘기가, 소찬으로 혼인 잔치를 베풀어서 당나라 스님에게 먹이고, 오늘밤중으로 결혼식을 올린다고 합디다!"

"그년의 요괴가 사부님을 납치해서 동굴에 가둬둔 게 사실이라면, 사부님은 지금 우리가 구해드리러 나타나기만을 눈이 빠지도록 기다리고 계실 텐데, 자넨 여기서 그 따위 소리만 늘어놓고 있을 텐가?"

"그럼 어떻게 구해드린단 말이오?"

"자네 둘이서 말을 끌고 짐 보따리를 짊어지고 나서게. 우리 셋이 몰래 그 요괴들을 뒤쫓아가세. 길잡이로 앞장세워서 동굴 문 앞에까지 따라간 다음, 소굴이 확인되는 대로 한꺼번에 손을 쓰자, 이 말일세!"

미련한 저팔계는 그대로 따라가는 수밖에 도리가 없다. 이리하여 손행자는 아우들을 이끌고 두 요괴에게서 멀찌감치 떨어진 채 미행하기 시작했다.

계집 요괴 둘은 점점 깊은 산 속으로 들어가더니 1, 20리쯤 떨어진 곳에 다다르자 홀연히 자취를 감추고 어디론가 사라졌다. 앞서 따라가던 저팔계가 깜짝 놀라며 뒤를 보고 소리친다.

"이크! 사부님이 낮도깨비한테 붙잡혀 가셨구나!"

손행자는 이 소리를 듣고 기가 막혀 한마디 쏘아붙였다.

"자네 눈썰미 한번 대단하네그려. 어떻게 그것들의 정체를 한눈에 알아낸단 말인가?"

"형님도 생각해보시구려. 눈앞에서 물통을 지고 살랑살랑 걸어가던 것들이 갑자기 보이지 않으니, 이게 낮도깨비가 아니고 뭐요?"

"아마 이 근처 어딘가 동굴 입구가 있어서 그리로 들어간 모양일세. 가만히들 있게. 내가 가서 알아봄세."

용감한 제천대성이 대뜸 화안금정(火眼金睛), 불같은 눈자위에 금빛 눈동자를 딱 부릅뜨고 산골짜기 구석구석을 살펴보기 시작했다. 그러나 아무리 둘러보아도 방금 직전까지 보이던 요괴들의 뒷모습은 어디에서도 찾아낼 길이 없었다. 그야말로 귀신에게 홀린 듯, 감쪽같이 없어진 것이다.

참을성 있게 두리번거리는 손대성의 눈에 마침내 단서가 잡혔다. 맞은편 낭떠러지 아래, 한 군데 영롱한 광채가 지면의 가느다란 틈을 뚫고 비쳐 나오는 가운데, 들꽃이 유별나게 오색찬란한 빛으로 무더기 져서 피어나고, 그 사이로 삼층 겹처마로 지어 올린 패루(牌樓)가 바라보였던 것이다.

그는 즉시 저팔계와 사화상과 함께 패루 앞으로 달려갔다. 패루 처마 아래에는 커다란 글씨로 여섯 자가 씌어 있었다.

함공산 무저동(陷空山 無底洞)

손행자는 그럴 줄 알았다는 듯이 고개를 끄덕끄덕했다.

"여보게들, 이년의 요괴가 이 속에서 거드름을 부리고 있는 모양일세. 한데 출입문이 어느 쪽으로 나 있는지 알 수 없네그려."

사화상이 그 말을 받는다.

"멀어봤자 얼마나 멀겠소? 찾기 쉬울 거요!"

셋이서 패루를 감돌아 뒤편으로 가보니, 패루 아래 비탈진 산기슭에 어림잡아 둘레가 10여리나 되는 거대한 바윗돌이 하나 있는데, 둥글둥글한 바위 한복판에 지름이 물독만한 구멍이 뻥 뚫려 있고, 구멍 주변에는 무엇인가 기어서 드나들었는지 번들번들한 자국이 나 있었다.

저팔계는 구멍을 손가락질해가며 자신 있게 단언했다.

"형님, 이 구멍이 바로 요괴가 드나드는 동굴 입구요!"

손행자는 고개를 갸우뚱하며 혼잣말로 중얼거렸다.

"그것 참 괴상한 동굴도 다 있군! 자네들도 알다시피 이 손선생이 당나라 스님을 모시고 여기까지 오는 도중에 요괴나 마귀를 어지간히 때려잡았어도, 출입구가 이 따위로 생겨먹은 동굴은 처음 보네."

이어서 그는 미련퉁이 선봉장에게 명령을 내렸다.

"팔계, 자네가 먼저 내려가 보게. 동굴 속이 얼마나 깊은지 먼저 알아보고 나와서 일러주면, 이 손선생이 들어가서 사부님을 구해내기가 쉬울 걸세."

그러자 저팔계가 머리통을 절레절레 내두른다.

"그건 어렵소, 어려워! 이 저선생처럼 몸뚱이가 무겁고 둔한 사람이 발을 들이밀고 매달렸다가 헛디뎌서 떨어졌다가는 아마 이삼 년이나 걸려서야 겨우 밑바닥에 닿을 거요."

"설마 그 정도로야 깊겠나?"

"형님이 눈으로 한번 들여다보시구려."

손행자가 동굴 언저리에 엎드려서 그 밑을 내려다보더니, 저도 모르게 입이 딱 벌어지고 말았다.

"허야! 이거 정말 지독하게 깊구나…… 동굴 속 둘레만도 삼백여 리는 좋이 되겠는데, 깊이가 또 얼마나 되는지 끝도 안 보이네그려! 이름이 '무저동(無底洞)'¹이라더니, 과연 글자 그대로 밑바닥 없는 동굴이 아닌가!……"

그는 머리를 들고 두 아우를 돌아보며 다시 한 번 찬탄을 금치 못했다.

"여보게들, 정말 지독하게 깊은걸!"

저팔계가 옳다 됐구나 싶어 냉큼 말꼬리를 잡고 늘어진다.

"형님, 이대로 돌아갑시다. 사부님을 구출하기는 다 틀렸소."

"자네, 무슨 소리를 그렇게 하는가? 속담에 '일이 안 풀릴수록 나태한 생각을 품지 말고, 게으른 마음을 일으키지 말라(莫生懶惰意, 休起怠荒心)'했네. 어서 그 짐 보따리를 부려놓고 말고삐는 패루 기둥에 매어놓게. 그리고 자네는 쇠스랑을 꺼내 들고, 사화상은 항요보장을 가지고 동굴 양편에 갈라서서 출입구를 가로막고 기다리게. 내가 이제 들어가서 알아보고, 만약 사부님이 이 안에 계시거든 내 철봉으로 요괴를 안

---

1 무저동: '밑바닥이 없는 동굴', 즉 너비 3백 리의 함공산(陷空山) 무저동(無底洞)에 관해서는 중국 고대 신화에 여러 가지 형태로 나타난다. 『열자(列子)』 「탕문편(湯問篇)」의 기록을 보면, "발해 동쪽 수억 만 리 되는 거대한 계곡이 있다. '귀허(歸墟)'라는 이름의 이 계곡은 밑도 끝도 없이 크다. 세상의 모든 강물이 이곳으로 흘러들지만, 황제(黃帝)가 이 강물의 흐름이 서극(西極)에 이를까 걱정하여 그 사이에 대륙으로 막아놓았기 때문에 수면이 늘 일정하여, 사람들은 물이 넘칠 우려가 없이 걱정하지 않고 살았다. 귀허의 골짜기에는 대여(岱輿)와 원교(員嶠)·방호(方壺)·영주(瀛洲)·봉래(蓬萊)의 다섯 산이 있는데, 그 높이와 둘레가 각각 3만 리가 넘는다. 산과 산의 거리가 보통 7만 리에, 정상에는 9천 리나 되는 넓은 평원이 있다. 산 위에는 황금으로 지은 궁전과 백옥으로 난간이 있는데, 이곳이 바로 신선들이 사는 곳이다. 그곳의 새와 짐승은 모두 흰색이며 도처에 진주와 보석이 열리는 나무 숲이 자란다." 여기서 중국 사람들은 신비스러운 '귀허'의 골짜기가 대륙의 지하로 뻗어 서역 지방의 '밑바닥 없는 동굴'까지 이어져온 것이라 상상하였다.

으로부터 때려 내쫓을 테니, 출입구 쪽으로 도망쳐 나오거든 자네 둘이 바깥에서 빠져나가지 못하게 가로막아버리게. 안팎으로 들이치면 제까짓 년이 어디로 도망치겠나? 이런 경우를 두고 '내외 호응(內外呼應)'이란 걸세. 무슨 일이 있어도 그년의 요괴를 때려죽여야만 사부님을 구해낼 수 있네."

두 사람은 명령대로 따랐다.

이윽고 손행자가 몸을 번뜻 솟구쳐 올리더니 그대로 곤두박질쳐 동굴 속으로 뛰어내려갔다. 밑바닥이 보이지 않는 아득한 동굴 속, 발밑에서는 오색 채운이 만 갈래로 뻗쳐오르고, 몸 둘레에는 상서로운 기운이 천 겹으로 감돌아 보호하고 있다. 그는 안개구름에 한 몸을 맡긴 채 깊고도 먼 곳으로 하염없이 내려갔다. 그러나 얼마 안 있어 끝도 없을 것처럼 보이던 밑바닥도 형체를 드러내기 시작했다.

동굴 속은 예상 외로 환하게 밝았다. 마치 바깥 세상처럼 햇빛이 있고 바람 소리가 들려올 뿐만 아니라, 화초와 과일나무도 무성하게 자라고 있었다.

뜻밖의 정경에 손행자는 기쁨을 감추지 못하고 찬탄해 마지않았다.

"이것 참말 기막힌 곳이로군! 이 손선생이 세상에 태어났을 때 하늘이 나한테만 수렴동을 점지해주신 줄 알았더니 여기에도 동천복지가 있네그려!"

두 눈을 휘둥그레 뜨고 주변을 둘러보니, 또 한 군데 문루(門樓)가 있는데, 두 갈래 낙숫물이 지붕을 타고 뚝뚝 떨어져 내리고 언저리에는 소나무와 대나무가 무성하게 뒤덮인 가운데 그 뒤편으로 집채가 숱하게 늘어서 있다.

"옳거니! 이곳이 요괴가 살고 있는 소굴이 틀림없구나. 어디 안으로 들어가서 살펴봐야겠다. 한데 가만 있거라…… 이대로 들어갔다가는 그년의 요괴가 나를 알아볼 테니 아무래도 변신술법을 써서 들어가야겠다."

이래서 그는 몸을 한번 꿈틀하고 비결을 맺어 한 마리의 작은 파리로 둔갑하더니, 곧바로 문루 위에 날아 올라가 귀를 기울이고 엿듣기 시작했다.

당나라 스님을 납치한 요괴는 풀로 지붕을 얹은 정자 안에 높다랗게 앉아 있었다. 그 생김새와 옷차림새는 소나무 숲 속에서 풀려났을 때나 절간에서 붙잡으려 싸움을 벌였을 때와는 전혀 딴판으로, 그보다 몇 갑절이나 아름답고 멋들어진 몸단장을 하고 있었다.

친친 감아서 땋아 올린 구름머리는 까마귀 떼가 내려앉은 듯 새카맣고, 몸에는 초록빛 융단 바탕에 꽃무늬 곱게 박아 지은 갑옷을 입었다.

두 발목은 절반 꺾인 금빛 연꽃처럼 한들거리는데, 열 손가락은 봄날에 갓 돋아 나온 죽순처럼 곱고 여리다.

둥그스름하게 분 바른 얼굴 모습은 은 쟁반처럼 더 환하게 빛나고, 새빨간 입술은 앵두처럼 매끄럽게 윤기가 흐른다.

어느 모로 뜯어보나 단정한 미녀의 자태, 달 속의 항아님도 기꺼이 자리를 양보하겠다.

오늘 아침 경을 가지러 가는 스님을 잡아왔으니, 오늘밤에 동침하여 즐겁게 놀아볼 작정이다.

손행자는 말 한마디 없이 참을성 있게 저편에서 무슨 소리가 나오는지 귀를 기울였다. 얼마쯤 있으려니, 과연 무엇인가 기분 좋은 상상에 잠겨 있었는지 앵두 같은 입술이 방긋 열리더니 생글생글 미소를 띠어가며 부하들을 재촉한다.

"애들아, 준비는 다 되었느냐? 어서 빨리 소찬으로 잔칫상을 마련하라니까. 이제 당나라 스님에게 잔치를 베풀어드리고, 잔치가 끝나는 대로 그 오라버니와 혼사를 치러야 해."

손행자는 속으로 웃음이 나왔다.

"이거 참말이었구나! 팔계 녀석이 허튼소리를 지껄이는 줄만 알았더니 진짜 그런 일이 벌어지겠는걸. 안 되겠다. 어디 좀더 안으로 들어가서 사부님이 어디 계신지 찾아봐야겠다. 그분의 마음은 어떤지 살펴봐서, 만약 저 계집의 꼬임에 넘어가셨다면 여기 그대로 머물러 계시게 하고, 우리는 우리대로 뿔뿔이 흩어지면 그만 아닌가!"

두 날개를 펼치고 안으로 찾아 들어가 보니, 동편 낭하에 자물쇠가 잠긴 방이 하나 있는데, 위쪽은 밝고 아래쪽은 어둠침침하게 붉은 종이를 바른 창살 문 너머로 당나라 스님이 앉아 계신 모습을 발견할 수 있었다.

손행자는 선뜻 파리의 머리통으로 들이받아 창호지에 구멍을 뚫고 들어가, 당나라 스님의 번들거리는 대머리 위에 내려앉았다.

"사부님!"

삼장 법사가 그 목소리를 알아듣고 반색을 하며 부른다.

"제자야, 내 목숨을 좀 구해다오!"

손행자는 시침을 뚝 떼고 빈정거렸다.

"원, 사부님도 참말 변변치 못하십니다! 저 요괴는 지금 혼인 잔칫상을 마련해서 한턱 단단히 잡수시게 해놓고, 사부님과 부부의 인연을 맺느니 마느니 하며 야단법석을 떨고 있지 않습니까. 이제 아드님이든 따님이든 자손을 하나 낳게 되시면 스님의 대를 물리게 될 터인데, 궁상맞게 걱정하실 일이 뭐 있으십니까?"

장로님은 이 말을 듣더니 당장 이를 악물고 어금니를 갈아붙인다.

"애야, 내가 장안 도성을 떠나 양계산에 이르러 너를 제자로 받아들이고, 여기까지 서쪽으로 오는 동안에 언제 한 번이라도 육식이나 여색에 마음을 두어본 적이 있었더냐? 또 어느 날 한번 비뚤어진 생각을 가져본 적이 있었더냐? 이제 저 몹쓸 요괴한테 붙잡혀서 배필이 되어달라고 강요를 받고는 있으나, 만약 내가 동정(童貞)을 빼앗기고 진양(眞陽)을 잃어버린다면, 내 몸은 윤회(輪廻)에 떨어질 것이고 저승 세계 음산(陰山) 뒤편 그늘진 곳으로 쫓겨가서 영원히 뛰쳐나오지 못하는 몸이 될 것이다!"

손행자는 그제야 흐뭇한 미소를 띠며 이렇게 위로해드렸다.

"그런 맹세는 하지 마십쇼. 진정으로 서천에 가셔서 경을 받아오실 생각이라면, 하늘이 두 쪽 나는 한이 있더라도 제가 기필코 사부님을 모시고 나갈 겁니다."

삼장 법사는 이 말을 듣고 기운을 차리다가, 이내 시무룩하니 풀이 죽는다.

"이리로 들어오는 길을 내가 다 잊어버려서…… 도무지 생각나지 않는구나."

"사부님이 길을 잊어버리신 것은 말씀하지 않으셔도 다 압니다. 이 빌어먹을 놈의 동굴은 걸어서 들어왔다 걸어서 나가는 데하곤 다릅니다. 위에서 밑으로 곧장 쑤시고 내려와야 하니까요. 이제 사부님을 구해드리려면 밑바닥에서 위로 치고 올라가야 하는데, 운수가 좋으면 단번에 동굴 어귀까지 솟구쳐 올라가서 바깥으로 빠져나갈 수 있겠지만, 운수가 나쁘면 꼼짝없이 이 동굴 속에 갇혀서 죽을 날만 기다려야 할지도 모릅니다."

손행자는 남의 말하듯 천연덕스레 얘길 하는데, 삼장은 벌써 두 눈에 눈물을 뚝뚝 흘리고 있다.

"그토록 힘들고 어려운 일을 어찌하면 좋으냐?"

"괜찮습니다, 괜찮아요! 사부님, 제게 다 생각이 있으니까, 걱정하지 마십쇼. 이제 저년의 요괴가 술자리를 마련해 가지고 사부님과 함께 마시겠다고 할 겁니다. 그때에는 어찌시겠습니까? 술 한잔 받아 드시고 잔을 돌리실 때 일부러 술을 급하게 따르셔서 거품이 일도록 해주십쇼. 그럼 제가 하루살이로 둔갑해 있다가 술잔 거품 속으로 날아 들어가겠습니다. 요괴란 년이 술과 함께 저를 단숨에 들이켠다면, 저는 그 즉시 뱃속으로 넘어 들어가서 그 계집의 심장과 간을 잡아뜯고 허파 줄을 끊어버려서 죽도록 만들어놓겠습니다. 그렇게 되면 사부님은 이곳을 무사히 빠져나갈 수 있습니다."

마음 약한 삼장 법사가 이 소리를 듣더니 찔끔 놀라며 꾸짖는다.

"애야, 그런 말을 하다니, 그게 어디 사람 값에나 드는 짓이냐?"

손행자는 기가 막혀 웃음이 나온다.

"착한 생각만 하시다가는 사부님의 목숨이 끝장나고 맙니다. 요괴란 어차피 사람을 해치는 놈인데, 사부님은 뭐가 안타깝고 아쉬워서 그런 생각을 하십니까?"

삼장이 막상 생각해보니 과연 틀린 얘기가 아니다.

"그래, 그래. 어쨌든 너는 꼭 내 곁에 따라다녀야 한다."

이야말로 제천대성 손오공은 당나라 삼장 법사를 반드시 보호하게 마련이요, 경을 가지러 가는 스님은 모든 일을 미후왕에게 의존하지 않으면 안 되게 마련이다.

스승과 제자 사이에 미처 의논이 다 끝나기도 전이었다. 혼인 잔치 준비를 마쳐놓은 요괴가 동쪽 낭하 바깥으로 다가오더니 문에 걸린 자물쇠를 풀고 삼장 법사를 부른다.

"장로님!"

당나라 스님은 감히 응답할 엄두가 나지 않았다. 또 한 차례 불러도 대꾸를 하지 못한다. 어째서 말 한마디 대꾸도 못 했을까? '입을 열기만 하면 정신이 산만해지고 혓바닥을 놀리면 시비 거리가 생긴다(口開神氣散, 舌動是非生)'는 격언이 몸에 밴 탓이었다. 허나 다음 순간, 이 고지식한 스님의 마음속에 갈등이 생겼다. 한사코 입을 열어 대답하지 않는다면, 이 지독한 요괴는 앙심을 품고 즉석에서 자기 목숨을 해칠지도 모르는 일이 아닌가? 대답을 하자니 마음에 내키지 않고 대답을 안 하자니 죽을지도 모르는 일, 그야말로 진퇴양난이라 마음은 입에 물어보고, 세 번 거듭 생각한 끝에 또 입은 마음에 물어보고, 혼자서 이 궁리 저 궁리를 하는 판국인데, 요괴가 또 한 번 불렀다.

"장로님?"

사세가 이쯤 되니, 당나라 장로님도 어쩔 수 없이 한마디 응답을 하고 말았다.

"아가씨, 나 여기 있소."

이 대꾸 한마디를 입 밖으로 꺼내고 났더니, 그야말로 육신에 살점이 천 근이나 떨어져나가는 듯하여 몸서리가 쳐졌다. 남들은 쉽사리 말할지도 모른다. 당나라 스님은 참된 마음을 지닌 승려로서 이제 서천으로 부처님을 찾아뵙고 경을 구하러 가는 몸인데, 어떻게 이런 계집 요괴의 부름에 그런 말로 대꾸한단 말인가? 그러나 현재 삼장 법사의 입장에서 본다면, 이 순간이야말로 죽느냐 사느냐를 판가름짓는 위급존망지추(危急存亡之秋)라는 사실을 모르기 때문에 하는 소리요, 비록 어쩔 도리가 없는 속수무책, 한마디로 절대절명(絶對絶命)의 시각에 부득불 나온 대꾸였으나, 그것은 겉으로만 하는 대답일 뿐, 실상 그 속마음에는 아무런 욕망도 없음을 알아주어야 할 것이다.

　요괴는 장로님이 한마디 대꾸하는 것을 보더니, 문을 밀어 열고 들어서서 당나라 스님을 부축해 일으켰다. 그리고 정답게 두 손을 맞잡고 어깨를 비벼대랴, 머리를 엇갈려 대고 귓속말로 소곤소곤 속삭이랴, 어떻게 해서든지 당나라 스님의 마음을 녹여보려고 온갖 풍정 어린 교태를 다 떨기 시작했다. 그러나 삼장 법사의 가슴은 백팔번뇌(百八煩惱)로 메어질 듯 아프다는 사실이야 알 턱이 없다.

　손행자도 남몰래 웃으면서, 한편으로는 걱정이 태산 같았다.

　"우리 사부님이 요망한 계집의 유혹에 저토록 시달리니 걱정이로군. 저러시다 한때나마 심경이 흔들리면, 그것 정말 큰 탈이 나겠는걸!"

　스승의 속마음을 알 리 없으니 이야말로 큰일이다.

　　참된 스님이 지독한 괴로움에 빠져 아리따운 계집을 만나게 되니, 요괴의 아름다운 자태야말로 자랑할 만하다.
　　엷디엷은 비취색 눈썹은 버들잎을 갈라놓은 듯하고, 탐스럽게 붉은 얼굴은 마치 복사꽃 잎새 떠받드는 듯하다.
　　꽃수 놓은 신발 한 켤레에 갈고리 모양의 봉황새 한 쌍 살포시 드러내고, 구름처럼 땋아 올린 타래머리에 양쪽 귀밑머리는 갈가마귀처럼 검다.
　　웃음을 머금고 당나라 스님과 손을 맞잡으니, 난사(蘭麝)의 짙은 향기 나부껴 스님의 가사(袈裟) 자락에 가득 스민다.

　이윽고 요괴는 삼장 법사를 부여안은 채 풀로 지붕을 얹은 정자에 가까이 다가서면서 이렇게 속삭였다.

　"장로님, 제가 술 한잔 마련해놓았죠. 스님하고 함께 마시고 싶어

서요."

당나라 스님이 대꾸했다.

"아가씨, 소승은 애당초 냄새나는 음식을 먹지 못합니다."

"냄새나는 것을 잡숫지 않게 하려고 정갈한 음식을 준비했답니다. 이 동굴 안에 물은 깨끗하지 못하기 때문에, 일부러 산꼭대기 우물에 사람을 보내어 음양교구가 잘되는 정화수를 길어다 소과(素果), 소채(素茱)로 잔칫상을 마련해놓았죠. 스님께 대접해드리고, 오늘밤 저와 같이 즐겨보시도록 말이에요."

당나라 스님이 그녀를 뒤따라 들어가 보니, 과연 풍성한 잔치 자리가 마련되었는데 소찬이라고는 하지만 그야말로 보기 드문 진수성찬이 아닐 수 없다.

매끄러운 정자 문 아래 오색 채단(彩緞)이 휘감기듯 얽혀 있고, 뜰 앞에는 온통 향기를 뿜는 금사자(金猊)가 들어차 있다.

검정 칠 바탕에 금가루 뿌린 나전칠기 식탁과, 먹칠 입힌 대나무 쟁반을 줄줄이 벌려놓았다.

나전칠기 식탁에는 색다른 모양의 진수(珍羞)가 놓여 있고, 대나무 쟁반에는 희귀한 소찬(素餐)이 담겨 있다.

능금〔林檎〕과 감람(橄欖) 열매, 연밥의 살〔蓮肉〕과 달디단 포도, 비자나무 열매〔榧〕, 사과〔柰〕, 개암〔榛〕, 잣〔松〕, 여지(荔枝), 용안(龍眼), 생밤〔山栗〕, 마름열매〔風菱〕, 대추〔棗子〕, 감〔柿子〕, 호두(胡桃), 은행(銀杏), 금귤(金橘), 등자나무 열매〔香橙〕, 가지가지 과일이 산더미처럼 쌓였다.

채소는 계절 따라 더욱 싱싱하고 새로운 것들이니, 두부와 국수, 목이버섯〔木耳〕과 갓 돋아 나온 죽순, 마고버섯〔蘑菰〕, 표고버섯

〔香蕈〕, 참마〔山藥〕, 죽대뿌리〔黃精〕 나물이다.

우뭇가사리〔石花菜〕에 원추리 나물〔黃花菜〕은 들기름 참기름에 지지고 볶고, 불콩 꼬투리〔扁豆角〕, 강낭콩〔江豆角〕은 간장에 푹 익혀서 콩장을 만들었다.

쥐참외〔王瓜〕, 조롱박〔瓠子〕, 호박〔白瓜〕, 순무〔蔓菁〕도 있다.

살촉같이 껍질 벗긴 가지〔茄子〕 나물은 메추라기 생김새로 무쳤으며, 별다른 품종의 동아〔冬瓜〕는 네모반듯하게 모양새를 냈다.

약한 불에 오래 삶아 흐물흐물해진 토란〔芋頭〕은 설탕 끼얹어 버무리고, 맹물에 데친 무〔白煮蘿蔔〕는 다시 초를 쳐서 삶아냈다.

후추〔椒〕와 생강〔薑〕, 맵고 찌르는 양념 맛이 가지가지로 입맛 돋구고, 짜고 싱거움이 음식마다 맛깔스럽게도 조화를 이루었다.

요괴가 뾰족뾰족한 섬섬옥수를 드러내더니, 눈부시게 반짝거리는 황금 술잔에 맛좋은 술을 가득 부어 당나라 스님에게 건네주면서 입으로 종알종알 뇌까린다.

"장로님, 내가 좋아하는 분, 이 한 잔의 합환주(合歡酒)를 저하고 같이 나눠 드세요."

삼장은 부끄러움을 이기지 못하고 우물쭈물, 가까스로 술잔을 받아 들더니, 하늘을 향해 흩뿌리며 속으로 축원을 드렸다.

"호법제천, 오방게체, 사치공조 여러 신령들이시여! 제자 진현장은 동녘 땅을 떠나온 이래 관음보살께서 여러 신령들을 보내 암암리에 보호해주신 덕분에 뇌음사로 부처님을 찾아뵙고 불경을 구하게 해주셨나이다. 그러하오나 이제 도중에 사악한 요정의 손에 붙잡혀 혼인을 강요당하고, 이 술 한잔을 건네주어 억지로 마시게 하나이다. 만약 이 잔의 술이 과일로 빚은 소주(素酒)라면, 제자가 억지로라도 마시고 나서 부처님을 뵙고 공덕을 이루겠으나, 만약 냄새나는 술밥으로 빚은 훈주(葷酒)라면, 이 제자는 계율을 깨뜨린 죗값으로 영원히 돌이킬 수 없는 윤회에 떨어질 것이니, 신령들이시여 굽어살펴주소서!"

제천대성 손오공, 그는 변신술법을 썼어도 아주 날렵하고도 교묘하게 둔갑했다. 그는 당나라 스님의 귀뿌리 뒤에 달라붙은 채 마치 밀고자처럼, 아무도 못 알아듣게 삼장 법사에게만 속삭일 수가 있었다.

"사부님, 보통 때는 포도로 빚은 과일 주를 곧잘 드시지 않았습니까? 그 술잔에 담긴 술이 포도즙니다. 그러니 한잔 쭉 비우시고 이 손선생이 말씀드린 대로 급히 한잔 가득 따라서 저 계집한테 건네주십쇼!"

술은 포도주요, 게다가 제자의 부탁이니 안 마실 도리가 없다. 삼장 법사는 두 눈 질끈 감고 술잔을 비운 다음, 지시한 대로 급히 한잔 따라서 요괴한테 돌려보냈다. 과연 술잔에는 거품이 부글부글 가득 일었다. 하루살이로 둔갑해 있던 손행자가 그때를 놓치지 않고 재빨리 거품 속으로 날아 들어갔다.

그러나 요괴는 술잔을 받아들자 그대로 마실 생각은 않고 식탁에 내려놓더니, 당나라 스님에게 허리 굽혀 재배를 올린 다음, 애교가 뚝뚝 듣는 목소리로 종알종알 몇 마디 정겨운 말을 건네고 나서야 다시 잔을 들었다. 이렇듯 지체하는 동안에 술잔 속의 거품은 다 꺼져버리고 하루살이의 모습이 송두리째 드러나고 말았다.

요괴는 그것이 손행자가 변신한 것인 줄 까맣게 모르고 그저 더러운 벌레이려니 하고 생각했는지 무심코 새끼손가락으로 건져서 땅바닥에 퉁겨버렸다.

모처럼 꾸민 계략이 재미 적게 돌아가자, 손행자는 요괴의 뱃속에 숨어 들어가지 못하게 된 것을 알아차리고 그 즉시 변화술법을 써서 이번에는 굶주린 송골매로 둔갑했다. 하루살이에서 눈 깜짝할 사이에 엄청나게 큰 매로 변했으니, 과연 제천대성 손오공의 신통력이야말로 대단하다고 하지 않을 수 없었다.

　　옥돌처럼 매끄러운 발톱, 황금빛 눈동자에 강철보다 더 단단한 깃털, 웅장한 자태와 사나운 기세가 구름을 헤쳐버리고도 남는다.
　　제아무리 요사스런 여우라도 이놈을 보면 갈팡질팡 헤매고, 교활하기 짝이 없는 토끼도 허겁지겁 도망치니, 천 리 밖 산천으로 때맞춰 숨어버린다.
　　배고프면 맞바람결에 곤두박질쳐 참새를 뒤쫓고, 배부르면 하늘 높이 천문(天門)에 발붙이고 편안히 앉아 쉰다.
　　노련한 주먹이 강철보다 더 단단하여 사람마저 곧잘 다치니, 신바람나게 치솟을 때는 까마득히 높은 하늘조차 너무 가까워서 재미없을 지경이다.

　　홀쩍 날아오른 송골매, 옥돌만큼이나 야무진 두 발톱을 번갈아 휘둘러 "와장창!" 하는 소리 한 번에 식탁을 뒤엎어버렸다. 먹음직스런 소과를 담았던 쟁반하며 접시하며 온갖 음식 그릇이 요란한 소리와 함께 모조리 바닥에 떨어져 산산조각으로 부서지고, 혼인 잔칫상을 난장판으로 만들어버린 송골매는 삼장 법사를 그 자리에 내버려둔 채 허공 높이 날아올라 삽시간에 어디론가 도망쳐버리고 말았다.
　　느닷없이 벌어진 소동에 놀라 자빠진 요괴는 간담이 써늘해져 아무 말도 못 하고, 당나라 스님 역시 뼈마디 살점이 녹신녹신 풀어져 물먹은 소금 자루처럼 그 자리에 주저앉고 말았다. 요괴는 전전긍긍 부들부들 떨리는 손으로 당나라 스님을 부여안은 채 가까스로 마음을 진정시키고 이렇게 물었다.

"장로 오라버니, 저것이 어디서 나타났을까요?"

삼장은 고개를 절레절레 내둘렀다.

"소승도 모르겠소."

"내가 이렇듯 갖은 애를 써서 이 소식 잔칫상을 마련해놓고 스님과 재미있게 즐겨보려 했더니, 어디서 저런 못된 털북숭이 날짐승이 들이닥쳐 내 소중한 세간살림을 때려부쉈는지 모르겠네! 아이고 분해라!"

부하 요괴들이 여쭙는다.

"노마님, 세간살림을 때려부순 것은 둘째로 치고, 애써 마련한 소찬 음식이 모조리 흙바닥에 떨어져 더러워지고 말았으니, 이걸 어떻게 잡수시겠습니까?"

삼장 법사는 이 소동이 분명 손행자의 짓이라는 것을 알고는 있었으나, 그렇다고 이런 사실을 어떻게 입 밖에 낼 수 있겠는가. 그저 고개 숙인 채 모른 척 잡아떼고 있을밖에.

요괴가 또다시 분부를 내린다.

"애들아, 내 이제 알았다. 내가 당나라 스님을 가둬놓았더니 하늘과 땅이 그것을 용납하지 않고 저런 날짐승을 내려보내 잔칫상을 엎어버린 모양이다. 너희들은 깨어진 그릇을 거두어서 내가고, 따로 술과 안주상을 준비해놓거라. 비린 고기 음식이든 소찬이든 가릴 것 없다. 무슨 일이 있더라도 나는 오늘밤 하늘을 중매쟁이로 삼고 땅을 증인으로 내세워서 기어코 이 당나라 스님과 혼사를 치르고야 말 테다."

잔치 판에 흥이 깨어지자, 요괴들이 장로님을 먼젓번과 마찬가지로 동쪽 낭하 곁방에 모셔다 앉혀놓은 것은 더 말할 나위도 없다.

한편 허공으로 날아오른 손행자는 본래의 모습을 드러내고 동굴 어귀에 이르러 큰 소리로 아우들을 외쳐 불렀다.

"여보게들! 문 열게!"

저팔계가 이죽이죽 웃으면서 막내 쪽을 돌아본다.

"사화상, 형님이 돌아왔네."

둘이서 동굴 문을 엇갈려 막았던 병기를 한쪽으로 비켜놓았더니, 손행자가 기다렸다는 듯이 훌쩍 뛰어나왔다.

저팔계 녀석은 성미도 급하게 앞으로 다가들더니 손행자의 옷자락을 부여잡고 대뜸 묻는다.

"그 요괴가 있습디까? 사부님은?"

"물론 있고말고! 사부님도 여기 계시다네!"

손행자가 시원스럽게 대답해주었으나, 미련퉁이는 그래도 궁금증이 남아서 다시 물었다.

"사부님이 그 안에서 고초가 막심하시겠소. 그래, 손발만 결박했습디까? 아니면 그대로 사지 팔다리를 통째로 묶어놓았습디까? 찜통에 쪄 먹는답디까, 아니면 삶아 먹는답디까?"

"그런 일은 없네만, 소찬으로 푸짐하게 혼인 잔칫상을 벌여놓고 오늘밤에 그짓을 하려는 모양일세."

"그것 참 형님이 운수 대통하셨구려! 형님 혼자서 잔치 술을 얻어 자셨으니 말이오."

"이 바보 친구야! 그저 먹는 것밖에 모르나? 사부님의 목숨이 왔다 갔다하는 판국에, 무슨 빌어먹을 잔치 술을 얻어먹는단 말인가?"

"그렇다면 형님은 왜 그냥 빈손으로 돌아오셨소?"

손행자는 동굴 속에 들어가 당나라 스님을 만나본 얘기부터 시작해서, 요괴와 스님 사이에 주고받던 얘기하며 나중에는 송골매로 둔갑해서 혼인 잔칫상을 일대 수라장으로 만들어놓고 빠져나온 경위에 이르기까지 자초지종을 낱낱이 얘기해주고 나서, 마지막으로 이런 말로 타일렀다.

"이 사람들아, 두 번 다시 이러쿵저러쿵 쓸데없는 생각을 하지 말게. 사부님은 여기 갇힌 몸이지만, 마음 하나만큼은 굳세게 다져먹고 계시다네. 이제 이 손선생이 다시 한 번 들어가는 날이면 반드시 구해내고야 말 테니까, 두고 보게!"

몸을 한번 뒤채어 동굴 속으로 다시 뛰어든 손행자, 여전히 한 마리의 파리로 둔갑하여 문루 위에 달라붙은 채 동태를 엿보기 시작했다. 일이 뒤틀어져 성이 날 대로 난 요괴가 쌔근쌔근 가쁜 숨을 몰아쉬며 정자 안에서 호통치는 소리가 들렸다.

"얘들아, 훈채(葷菜)고 소찬이고 상관할 것 없이 아무거나 다 차려 놓고 소지(燒紙)를 태워라! 나는 어떤 일이 있더라도 하늘과 땅을 중매쟁이 증인으로 삼아 가지고 기어이 저 당나라 스님과 부부 관계를 맺고야 말겠다."

손행자는 속으로 비웃었다.

"저 뻔뻔스러운 요괴 년 봤나! 염치라곤 손톱만큼도 없는 화냥년이로구나! 청천백일 환한 대낮에 승려를 잡아다 집 안에 가둬놓고 서방질을 하려 들다니! 서두르지 말아라, 요년아! 어디 이 손선생께서 한번 더 가까이 가보자꾸나."

"앵!" 하는 날갯짓 소리에 동쪽 낭하 곁방으로 날아 들어갔더니, 스승은 방 한복판에 털썩 주저앉은 채 두 뺨에 눈물을 뚝뚝 떨어뜨리고 계시다. 그는 창호지를 다시 뚫고 들어가 스승의 머리 위에 달라붙어 한마디 불러보았다.

"사부님!"

제자의 목소리를 알아들은 삼장 법사가 펄쩍 뛰며 일어나더니 이를 악물고 야단을 친다.

"이 몹쓸 놈의 원숭이 녀석아! 다른 사람은 담도 크고 꾀도 많다만, 네놈은 어째 간덩이만 부어터지고 꾀는 없단 말이냐? 네놈이 변신술법을 쓰고 신통력을 부려서 이 집 세간살림을 때려부쉈다 한들, 그게 도대체 몇 푼어치나 되는 일이냐? 섣부르게 싸움을 걸어 가지고 저 요괴의 음심(淫心)만 크게 일으켜놓았으니, 이 노릇을 어쩔 작정이냐! 이제 저 요괴는 소찬이고 비린 음식이고 가릴 것 없이 마련해서 혼인 잔칫상을 벌여놓고, 하늘이 두 쪽 나는 한이 있더라도 나하고 기어이 그짓을 저지르겠다는데, 네놈은 이 일을 어떻게 할 참이냐?"

손행자는 속으로 스승에게 미안스러운 감을 느끼면서도, 겉으로는 빙그레하니 미소를 지어 보였다.

"사부님, 절 너무 꾸짖지 마십쇼. 제게 사부님을 구해드릴 방도가 있습니다."

"어떻게 날 구해낸단 말이냐?"

"방금 제가 다시 들어왔을 때 보니, 이 동굴 뒤편에 화원이 한 군데 있는 걸 눈여겨보아두었습니다. 사부님이 그 계집을 살살 꾀어 가지고 화원으로 들어가 기분풀이 삼아 산책이라도 같이 즐기십쇼. 그럼 제가 구해드리겠습니다."

당나라 스님이 고개를 갸우뚱하며 다시 묻는다.

"동굴 뒤편 꽃밭에 깊숙이 들어간 나를 어떻게 구해낼 수 있단 말이냐?"

"사부님이 그 계집을 데리고 화원에 들어가시거든 복숭아나무 근처까지만 가시고 더 들어가지는 마십쇼. 제가 복숭아나무 가지에 날아올라가서 아주 먹음직스럽게 잘 익은 새빨간 복숭아로 둔갑해 있을 테니, 사부님은 복숭아를 잡숫고 싶다고 하시면서 먼저 새빨갛게 익은 것을 따십쇼. 새빨간 것이 바로 저입니다. 그럼 그 계집도 보나마나 또 한

개를 딸 것이니, 사부님께서는 새빨간 것을 그 계집한테 먹으라고 권하세요. 만약 요괴 년이 그것을 한입 깨물어 먹기만 하는 날이면, 저는 그길로 요괴의 뱃속에 들어가는 겁니다. 제가 뱃속에 들어앉아서 뱃가죽을 찢어놓고 오장육부를 토막토막 끊어버려서 죽도록 만들면, 사부님은 그 즉시 이 요괴의 소굴에서 빠져나갈 수 있게 됩니다."

그것은 손행자가 서천으로 오는 도중 벌써 몇 번째나 써먹어온 수법이다. 허나 심성 바르고 고지식한 삼장은 이런 비겁한 장난이 영 마음에 들지 않는다.

"네게 수단이 있다면 정정당당하게 그 요괴와 싸워 이기면 될 일이지, 하필 남의 여자 뱃속으로 쑤시고 들어갈 것은 뭐냐?"

"사부님은 까닭을 모르시니 그런 말씀을 하시는 겁니다. 이 빌어먹을 동굴이 드나들기에 좋다고 한다면, 저도 굳이 남의 뱃속으로 들어가지 않고 그 계집과 정정당당하게 맞서 싸우겠습니다만, 드나들기가 여간 불편하지 않을 뿐 아니라 길도 꼬불꼬불 정신 못 차리게 복잡해서 도무지 빠져나가기 어렵습니다. 그런 마당에 섣불리 잘못 건드렸다가는 이 소굴 안에 늙은 요괴 젊은 요정 할 것 없이 모조리 덤벼들어서 이곳저곳 길을 다 막아놓고 저마저 꼼짝 못하게 만들어놓으면 어쩝니까? 그렇기 때문에 부득불 이런 속임수를 써야만 사부님이나 저나 무사히 이곳을 빠져나갈 수 있단 말입니다."

이때서야 삼장도 그 말에 믿음이 가는지 고개를 끄덕끄덕 수긍하고, 한마디 말만 더 보탰다.

"넌 그저 나를 따라다녀야 한다."

"알고 있습니다. 저는 언제나 사부님의 머리 위에 있을 겁니다."

스승과 제자가 단단히 약속하고 나서야, 삼장은 비로소 몸을 일으켜 두 손으로 창살 문을 짚고 서서 바깥쪽을 향해 외쳐 불렀다.

서유기 제9권 79

"아가씨! 아가씨!"

정자 안에서 잔뜩 성이 나 있던 요괴가 그 목소리를 듣고 반색하더니, 생글생글 웃으면서 단걸음에 곁방으로 뛰어왔다.

"내가 좋아하는 오라버니, 무슨 하실 말씀이라도 있으시나요?"

삼장은 두 눈 딱 감고 속에 없는 말을 한바탕 늘어놓기 시작했다.

"아가씨, 나는 장안 도성을 떠나 서쪽으로 오는 동안에 산을 넘어 보지 않은 날이 없었고, 물을 건너지 않은 때가 없었소. 이렇듯 신산고초를 다 겪어가며 이곳에 당도해서, 어제는 진해 선림사에 투숙했더니 오랜만에 편한 잠자리에 들어서 그랬는지 긴장이 풀리고 몸이 나른해진 데다 밤바람을 쐰 탓에 그만 지독한 감기에 걸려 사흘 동안 큰 고생을 했소. 오늘은 진땀이 나더니 이제 겨우 다소 나은 듯싶소. 또 아가씨의 두터운 정을 받고 이렇게 좋은 동부(洞府)에까지 데려와주셔서 고맙기는 하나, 이렇듯 하루 온종일 앉아 있기만 했더니 기분이 썩 좋지 못하고 답답해서 견딜 수가 없구려. 날 좀 데리고 어디든지 가서 속시원하게 기분풀이를 하며 놀게 해주실 수는 없겠소?"

좋아하는 사내가 모처럼 부탁하는 데야 요괴가 안 들어줄 턱이 어디 있으랴. 그녀는 기뻐 어쩔 줄을 모르면서 한마디로 승낙했다.

"어머나, 내가 좋아하는 오라버니! 당신한테 그런 멋들어진 풍류도 있었나요? 아이, 좋아라! 그래, 저하고 같이 화원에 가서 놀아요."

그리고는 부하들에게 소리쳐 분부를 내린다.

"얘들아, 열쇠를 가져다 화원을 열어놓고 길바닥을 쓸어라!"

"예에!"

명령 한마디에 부하 요괴들이 일제히 화원으로 달려 나가더니, 화원의 문을 활짝 열어젖히고 산책길을 가다듬었다. 준비를 마치자, 요괴는 창살 문을 열어 삼장이 바깥으로 나올 수 있게 해주었다. 화원으로 통하는 길 양편에는 머리에 기름 바르고 얼굴에 분단장 곱게 한 부하 요괴들이 웅성웅성 몰려 있다가, 당나라 스님이 나서자 그를 에워싸고 간들거리는 걸음걸이로 화원에 모셔 들어갔다.

확실히 그는 훌륭한 스님이었다. 꽃처럼 아리따운 여자들에게 둘러싸여서도 목석처럼 무심했고, 향기로운 비단 치맛자락에 휩싸여서도 벙어리, 귀머거리가 된 듯 아무런 표정도 짓지 않았다. 이렇듯 강철 심장으로 부처님을 뵈러 가는 사람이 아니고, 주색(酒色)에 맛들인 범부속자(凡夫俗子)가 이런 유혹을 받았다면 경을 가지러 갈 엄두는 애당초 내지 못하였을 것이다.

이윽고 화원 바깥에 다다르자, 요괴는 목소리를 낮추어 이렇게 속삭였다.

"내가 좋아하는 오라버니, 우리 여기 들어가 노십시다. 답답한 가슴이 아마 확 풀리실 거예요."

당나라 스님은 계집 요괴와 손을 맞잡고 정겹게 서로 어깨를 기댄 채 화원 안에 들어섰다. 고개를 들고 바라보니, 과연 기막히게 아름다운 정원이었다.

구불구불 감돌아 나가는 오솔길 바닥에, 온통 푸른 이끼가 점점이 끼어 있고,

다소곳이 드리운 비단 창문에 보이는 곳마다 수놓은 발이 보일 듯 말듯 아련히 걸렸다.

산들바람이 불기 시작하면, 촉오(蜀吳) 특산의 능라 비단(綾羅緋緞) 폭이 가볍게 나부끼고, 가랑비 그을 때는 애교가 뚝뚝 듣는 빙옥(氷玉) 같은 살결을 살포시 드러낸다.

태양이 싱그러운 살구꽃 태우니, 선녀가 햇볕 쬐어 말리는 무

지개 치마〔霓裳〕처럼 붉은데,

　달빛이 파초 잎새에 그림자 드리우니, 태진(太眞, 양귀비)의 깃털 부채처럼 푸르디푸르다.

　분칠한 담장은 사면을 에워싸고, 만 그루 버드나무 가지 사이로 노랑꾀꼬리 지저귀는데,

　한적한 건물 주변으로 나비 떼가 뜰에 가득 찬 해당화 꽃떨기 사이로 넘나들며 날아다닌다.

　더구나 저 응향각(凝香閣), 청아각(靑蛾閣), 해성각(解醒閣), 상사각(相思閣)은 층층이 서로 그림자끼리 휘감아 비치고, 붉은 주렴 위에는 새우 수염 장식이 갈고리처럼 뻗쳐 있다.

　또 바라보니 정자가 여러 군데 보이는데, 양산정(養酸亭), 피소정(披素亭), 화미정(畵眉亭), 사우정(四雨亭)은 하나같이 우뚝우뚝 솟은 자태를 자랑하며, 화려한 편액에는 새 모양의 전서체로 아름다운 글씨가 씌어 있다.

　두루미 먹감는 욕학지(浴鶴池), 술잔 씻는 세상지(洗觴池), 달 그림자 반기는 이월지(怡月池), 갓끈 씻는 탁영지(濯纓池) 연못마다 뿌리 없이 떠도는 푸른빛 마름〔靑萍〕과 초록빛 말〔綠藻〕들이 금 비늘처럼 반짝인다.

　또 보니 묵화헌(墨花軒), 이상헌(異箱軒), 적취헌(適趣軒), 모운헌(慕雲軒) 있어, 옥으로 만든 술항아리와 구슬로 만든 술잔에 초록빛 개미²가 떠 있다.

　정자를 두른 연못 위아래로 알록달록 무늬 박힌 태호석(太湖

---

2 초록빛 개미: 술의 별칭. 갓 빚어서 걸러낸 술의 표면에 구더기나 개미 모습 같은 거품이 떠오르기 때문에 이런 별명을 붙인 것이라 한다.

石), 포도 빛깔 자영석(紫英石), 앵무새 내려앉는 앵락석(鸚落石), 비단결 냇물 같은 금천석(錦川石)과 같은 진귀한 기암괴석 있어, 호랑이 수염 같은 푸르디푸른 갯버들 호수포(虎鬚蒲)를 심었다.

들창문 달린 헌각(軒閣) 동편 서편으로 나무로 얽어 올린 목가산(木假山), 요부 반교운(潘巧雲)의 배를 갈랐다는 취병산(翠屛山), 바람 소리 휘몰아치는 소풍산(嘯風山), 옥지산(玉芝山)과 같은 인조산이 둘러 있어, 도처에 봉황새 꼬리 같은 봉미죽(鳳尾竹)이 무더기로 자라고 있다.

겨우살이 덩굴 얹은 시렁 도미가(荼蘼架), 덩굴장미 올린 시렁 장미가(薔薇架)는 그네 틀 가까이 널려 있어, 마치 비단 장막과 휘장을 두른 것 같다.

송백정(松柏亭), 신이정(辛夷亭)은 목향정(木香亭)과 마주 대하니, 흡사 푸른 성벽에 수놓은 장막을 펼쳐놓은 듯 황홀하다.

작약 울타리에 모란 꽃밭은 울긋불긋 파릇파릇 화려한 자태 서로 다투고, 사랑하는 이와 합환 즐기는 야합대(夜合臺), 울안의 말리화(茉莉花)는 오랜 세월 해를 넘겨도 여전히 곱고 어여쁜 모습을 자아낸다.

맑고 깔끔한 이슬방울이 자줏빛 미소 머금었으니, 솜씨 좋은 화공이 그림으로 묘사하기에 알맞고, 허공을 활활 불태우듯 붉은 홍불상(紅佛桑)은 시제(詩題)로 쓰기에 알맞다.

경치를 따지자면 낭원(閬苑)이나 봉래(蓬萊)를 자랑하지 말 것이요, 보다 향기롭고 아름답기는 요황(姚黃), 위자(魏紫)[3] 따위는 그 숫자에 들지도 못할 것이다.

늦봄에 이르러 한가로이 풀 싸움 놀이를 벌인다면, 꽃밭 중에

옥경화(玉瓊花) 한 가지만 적어 아쉬울 따름이다.

장로님이 요괴와 손을 맞잡고 화원을 감상하며 걷노라니, 아무리 보아도 싫증나지 않는 기화요초가 눈앞에 끝도 없이 펼쳐졌다. 숱하게 많은 정자 누각을 지나가니, 그야말로 가면 갈수록 점입가경이었다.

불현듯 고개를 쳐들었을 때, 발걸음은 어느덧 복사나무 숲가에 이르렀다. 손행자는 스승의 머리를 톡 건드렸다. 장로님도 그것이 무슨 신호인지 이내 알아차리고 보일 듯 말듯 고개를 끄덕였다.

손행자가 파르르 날갯짓을 하더니 복사나무 가장귀로 날아 올라가, 파리의 몸뚱이를 꿈틀하는 사이에 어느덧 복숭아로 탈바꿈하여 가장귀에 매달렸다. 정말 새빨갛게 무르익어 보기만 해도 먹음직스러운 열매로 둔갑한 것이다.

장로님이 요괴를 돌아보고 한마디 묻는다.

"아가씨, 이 화원에는 꽃이 향기롭기도 하구려. 나뭇가지에는 과일이 농익어서 보기만 해도 탐스럽고 말이오. 저걸 보시오. 향기로운 꽃에는 벌 떼가 날아들어 꿀을 따려 다투고, 무르익은 과일에는 새들이 쪼아 먹으려 다투고 있지 않소? 그런데 나뭇가지에 매달린 과일들이 어떤 것은 파랗고 어떤 것은 붉으니, 이게 무슨 까닭인지 모르겠소."

아리따운 요괴는 얼굴 가득 웃음꽃을 피우면서 대답했다.

"하늘에 음양이 없으면 해와 달이 밝지 못하고, 땅에 음양이 없으면 초목이 자라나지 못하며, 사람에게 음양이 없으면 남녀를 가려내지

---

3 요황·위자: 유명한 모란꽃의 품종 이름. 전설에 따르면 낙양(洛陽)에 사는 요씨(姚氏) 성을 가진 사람이 황색 모란을 재배하고, 위인포(魏仁浦)란 사람은 자줏빛 모란꽃 품종을 처음 재배하였는데, 사람들이 요황을 '모란꽃 중의 제왕', 위자를 '모란꽃 중의 황후'라고 일컬었다 하여, 각각 그 성을 따서 붙인 이름이다.

못한다 합니다. 이 복숭아나무에 열매들도 마찬가지, 양지쪽으로 향해서 햇볕을 쬔 것은 먼저 익어 붉어지게 되고, 그늘진 응달에서 햇볕을 보지 못한 것은 아직도 익지 못해 파란 거예요. 이것이 음양의 이치가 아니고 뭐겠어요?"

"잘 가르쳐주어 고맙소, 아가씨. 그런 사실을 소승은 모르고 있었구려."

이렇게 대답한 삼장은 곧바로 손을 뻗어 새빨간 복숭아를 한 개 땄다. 요괴도 시퍼렇게 설익은 것을 하나 땄다. 삼장은 공손히 몸을 굽히고 새빨간 복숭아를 요괴 앞에 받들어 올리면서 이런 말을 했다.

"아가씨는 색을 좋아하시니, 이 붉은 것을 잡수시고, 그 퍼런 것은 내가 먹게 주시오."

요괴는 물정도 모른 채 그저 고맙기만 해서 복숭아를 바꾸었다. 그리고는 속으로 기쁨을 감추지 못하고 중얼거렸다.

"정말 멋쟁이 스님이로구나! 이런 정취가 있어야 진짜 사내라고 할 수 있지. 부부 노릇을 하룻밤도 해보지 않았는데, 벌써 이렇게나 정을 주다니!……"

요괴는 당나라 스님이 자기를 공경하는 태도가 견딜 수 없이 흐뭇했다. 삼장이 시퍼런 복숭아를 받아서 먹는 것을 보자, 그녀 역시 기분 좋게 상대해주느라고 입을 벌려 새빨간 복숭아를 깨물었다. 앵두같이 붉은 입술을 벌리고 하얀 이빨로 한입 베어 물었을 때였다. 입 안에 들어간 복숭아 조각을 삼켜 미처 목구멍으로 내려보내기도 전에, 성미 급한 원숭이 손행자는 발딱 몸을 뒤채더니 그대로 목구멍을 넘어서 눈 깜짝할 사이에 뱃속까지 내려가고 말았다. 달콤한 과즙을 맛보기도 전에 복숭아 조각이 저절로 넘어가자, 요괴는 섬뜩한 느낌에 겁을 집어먹고 삼장에게 하소연을 했다.

"장로님, 이 과일은 어쩐지 무서워요. 깨물지도 씹지도 않았는데, 왜 벌써 목구멍 너머 뱃속으로 굴러 들어갈까요?"

삼장은 시침을 뚝 떼고 이렇게 둘러댔다.

"아가씨, 올해 새로 열린 과일은 첫물이라 맛이 아주 좋은 겁니다. 그러니까 씹기도 전에 스르르 녹아서 빨리 넘어간 게지요."

"복숭아씨를 뱉지도 않았는데 그대로 꿀떡 넘어갔으니 이를 어쩌죠?"

"아가씨가 너무 기분이 좋아 맛있게 잡수시는 바람에, 미처 씨를 뱉어내지 못하고 그대로 삼켜버렸군요."

고지식한 당나라 스님이 둘러대느라 진땀을 흘리는데, 요괴의 뱃속에 무사히 들어앉은 손행자는 다시 본래의 모습을 드러내고 바깥쪽을 향해 큰 소리로 외쳤다.

"사부님! 그 계집한테 이러쿵저러쿵 대거리하실 것 없습니다. 칼자루는 이제 손선생이 잡았으니까요!"

"애야, 잘하기는 했다만, 너무 심하게 굴지 말고 웬만큼 적당히 해둬라."

삼장이 제자에게 당부 말을 했더니, 영문을 모르는 요괴가 그 소리를 듣고 어안이 벙벙해서 묻는다.

"누구하고 말씀하시는 거예요?"

삼장은 한마디로 솔직히 말해주었다.

"내 제자 손오공하고 얘기를 나눴소."

"뭐라고요? 그 손오공이 어디 있단 말인가요?"

"당신 뱃속에 들어가 있소. 방금 깨물어 먹은 새빨간 복숭아가 바로 그놈이오."

"아이고머니!……"

요괴는 기절초풍을 해 가지고 비명을 질렀으나, 더 이상 군색하게 거짓말을 늘어놓느라 진땀을 흘리지 않게 된 당나라 스님은 속이 후련해져서 기분이 좋았다.

"이거 큰일났구나, 큰일났어! 이 일을 어쩌나! 그놈의 원숭이가 내 뱃속으로 쑤시고 들어가다니, 이제 나는 꼼짝없이 죽었구나!"

당황한 요괴는 펄펄 뛰어가며 눈에 보이지 않는 손행자를 소리쳐 불렀다.

"손행자야! 네놈이 온갖 꾀를 다 짜내서 내 뱃속으로 들어간 모양이다만, 이제 뭘 어떻게 할 작정이냐?"

뱃속에서 손행자의 목소리가 들려나온다.

"뭘 어떻게 하긴! 네년의 여섯 조각 허파와 간덩이, 세 가닥 털이 나고 일곱 구멍 뚫린 염통을 뜯어먹고 오장육부를 말끔히 훑어내어, 껍질만 남은 딱딱이 도깨비를 만들어줄 테다."

요괴는 이 소리를 듣더니 그만 혼비백산을 하도록 놀란 나머지, 전신을 와들와들 떨면서 당나라 스님을 붙잡고 늘어졌다.

"장로님! 내 말 좀 들어보소······"

전생에 묵은 인연 적승노인(赤繩老人)[4]의 홍실로 묶어, 고기와 물이 서로 화합하듯 그대와 나 사이에 어수지환(魚水之歡)의 뜻이 무르익었나이다.

그러하오나 뜻하지 않게 원앙의 사이가 이제 갈라져 뿔뿔이 흩어지게 되었으니, 난새와 봉황이 동서로 아득히 갈리게 될 줄이야 어찌 기약했으리?

---

4 적승노인: 붉은 끈으로 남녀간 발목을 묶어 연분을 맺어준다는 전설의 노인. 제30회 주 3 '월하노인의 붉은 실' 참조.

남교(藍橋)⁵ 다리 밑에 냇물이 넘치니 성사하기 어렵고, 부처님 사당에 연기 자욱하게 서렸으니 가회(嘉會)도 한바탕 허사가 되었나이다.

굳게 먹은 일편단심이 오늘날에 또다시 이별하게 되다니, 어느 해 어느 세월에야 그대와 다시 상봉할 수 있으리오?

실로 간장을 마디마디 끊는 듯 애처롭기 짝이 없는 하소연, 손행자는 요괴의 뱃속에서 이 말을 듣고 흠칫 놀랐다. 혹시나 이 마음 약한 장로님께서 자비심을 일으켜 요괴의 속임수에 넘어갈까 겁을 집어먹은 것이다. 그래서 당장 두 주먹을 휘두르고 발길질로 걷어차면서, 양팔로 활개치랴 두 다리로 버티랴, 사면팔방 뛰어다니며 짓밟아대랴, 한바탕 야단법석에 난동을 부리니, 요괴의 뱃가죽은 금방이라도 터져 나갈 지경이 되었다.

요괴가 그 고통을 무슨 수로 견뎌내랴, 그녀는 아픔을 참을 길 없어 흙먼지 바닥에 쓰러져 데굴데굴 구르다가, 끝내는 숨통이 막혔는지 얼굴빛만 하얗게 질린 채 꼼짝도 못하고 비명 소리마저 내지 않았다.

비명 소리, 신음 소리가 들리지 않는 것을 본 손행자는 죽었는가 싶어 손찌검을 다소 늦추어주었더니, 그녀는 또다시 숨을 돌리고 부하 요

---

5 남교: 지금의 섬서성(陝西省) 남전현(藍田縣) 동남쪽 남곡수(藍谷水, 일명 남계·藍溪)에 걸려 있는 다리 이름. 이 다리에는 두 가지 고사가 전해온다. 『독사방여기요(讀史方輿紀要)』와 『상우록(尙友錄)』 제3권에는, 당나라 때의 선비 배항(裴航)이 남교에서 절세가인 운영(雲英)을 만나 부부의 인연을 맺고 옥봉(玉峰)에 들어가 함께 도를 닦은 끝에 신선이 되었다는 전설이 있고, 『서상기(西廂記)』「최앵앵야청금잡극(崔鶯鶯夜聽琴雜劇)」에는 옛날 미생(尾生)이란 선비가 어느 여인과 남교 다리 밑에서 만나기로 약속했으나 기다리는 여인은 끝내 오지 않고, 한밤중에 큰비가 내려 냇물이 불어나는데도 미생은 약속을 지키느라 다리 기둥을 부여안고 기다리던 끝에 빠져 죽었다는 고사가 있는데, 후자의 전설이 여기에 부합되는 듯하다.

괴들을 소리쳐 불렀다.

"얘들아! 어디 있느냐?"

애당초 화원까지 따라왔던 요괴의 부하들은 문턱에 들어서자 모두들 노마님의 속셈을 일찌감치 알아차리고 한 군데 몰려 있는 대신에, 눈치 빠르게 뿔뿔이 흩어져 꽃을 따거나 풀싸움을 하거나 마음대로 놀러 다니며 노마님과 당나라 스님이 정을 나누도록 자리를 비켜주고 있었다. 그런데 이제 느닷없이 목이 터져라 부르는 소리를 듣고 비로소 여기저기서 달려와 보니, 노마님은 땅바닥에 쓰러진 채 사나운 꼬락서니가 되어 새파랗게 질린 입술로 무슨 소리인지 알아듣지 못하게 중얼거리면서 잘 기지도 못하고 버둥거리고만 있지 않는가! 깜짝 놀란 부하 요괴들은 허둥지둥 그녀를 에워싸고 경황없는 손길로 부축해 일으키면서 너도나도 한마디씩 물었다.

"마님, 어디가 언짢으십니까? 왜 이러세요? 갑자기 울화병이 치밀어서 그러시나요?"

요괴는 그저 도리질만 해댈 뿐, 말도 제대로 꺼내지 못하고 더듬거린다.

"아니다! 아냐!…… 아무것도 묻지 말아라!…… 내 뱃속에 사람이 들어앉아 있다!…… 어서 빨리 이 스님을 바깥으로 모셔내드리고…… 내 목숨을 건지게 해다오!"

놀란 부하 요괴들이 영문을 모른 채 분부 받은 대로 여럿이서 당나라 스님을 번쩍 떠메 올리려는데, 노마님의 뱃속에서 손행자가 버럭 호통을 쳤다.

"어떤 년들더러 감히 우리 사부님을 떠메 올리라고 하느냐! 정 살고 싶거든 네년이 손수 우리 사부님을 업어 모시고 동굴 밖에까지 나가거라. 그래야만 목숨을 살려주마!"

요괴는 어쩔 수가 없다. 당장 목숨이 아까우니 시키는 대로 할 수밖에. 그녀는 안간힘을 다 써가며 가까스로 몸을 일으킨 다음, 당나라 스님을 등에 업고 동굴 문 쪽으로 걸어 나가기 시작했다.

부하 요괴들이 따라오면서 묻는다.

"마님, 어디로 가시는 겁니까?"

요괴는 한숨 섞어 대꾸했다.

"나도 모르겠다. '오호(五湖)에 밝은 달이 떠 있는 이상, 낚시질할 곳이 없다고 어찌 걱정하랴!' 우선 이자를 바깥으로 내보내주고, 나는 훌륭한 사내를 달리 찾아봐야겠구나!……"

실로 대단한 요괴였다. 말끝이 떨어지기가 무섭게 한 줄기 운광을 번쩍 날렸는가 싶었더니, 어느새 그 깊디깊은 동굴 위로 솟구쳐 올라 문어귀에 당도해 있었던 것이다.

동굴 문 바깥에서는 "쨍그랑, 쨍그랑!" 쇠붙이 소리가 요란하게 들렸다. 그 소리에 놀란 삼장 법사는 또 겁을 집어먹고 제자를 불렀다.

"애야, 바깥에서 병기 부딪는 소리가 요란하게 나고 있구나!"

요괴의 뱃속에서 손행자가 대답했다.

"팔계가 쇠스랑을 바윗돌에 갈고 있는 겁니다. 사부님이 한번 불러 보시죠."

스승은 당장 외쳐 불렀다.

"팔계야!"

저팔계도 그 목소리를 알아들었다.

"여보게, 사화상! 사부님이 나오셨네!"

둘이서 쇠스랑과 항요보장을 비켜주었더니, 요괴가 당나라 스님을 등에 업은 채 훌쩍 뛰쳐나갔다.

허어! 절묘한 계책이다. 이야말로 "심원(心猿, 손오공)은 안에서 호응하여 사악한 괴물을 굴복시키고, 토성(土性, 사화상)과 목성(木性, 저오능)은 문지기가 되어 성승을 영접한다"는 격이 된 것이다.

과연 이 앙큼스런 요괴의 목숨은 어떻게 될 것인지, 다음 회에서 풀어보기로 하자.

제83회 손행자는 여괴의 근본 내력을 알아내고, 아리따운 색녀는 드디어 본성으로 돌아가다

삼장이 요괴의 등에 업혀 동굴 바깥으로 나오자, 사화상은 얼른 다가가서 여쭈었다.

"사부님, 나오셨군요! 그런데 큰 사형은 어디 있습니까?"

곁에 다가온 미련퉁이 저팔계가 또 엉뚱한 소리를 늘어놓는다.

"그걸 몰라서 묻나? 형님은 딴 속셈이 있어서 사부님을 내보낸 걸세. 사부님 대신 바꿔치기로 동굴 안에 들어앉으려는 게 뻔하지!"

이 말을 듣고 삼장이 손으로 요괴를 가리켰다.

"너희 사형은 저것의 뱃속에 있다."

저팔계는 한순간 찔끔 놀랐으나, 이내 껄껄껄 너털웃음으로 얼버무렸다.

"이것 참말 지저분해 죽겠네! 하필이면 남의 뱃속에 들어앉을 게 뭐요? 어서 빨리 나오시구려!"

손행자가 뱃속에서 악을 버럭 쓴다.

"아가리를 딱 벌려라! 내 나갈 테다!"

요괴는 그 말대로 입을 딱 벌렸다. 손행자는 몸뚱이를 작게 움츠려가지고 목구멍 위에까지 뛰어올랐으나, 막상 입 밖으로 나오려니 요괴가 또 덥석 깨물어버리지나 않을까 겁났다. 그래서 철봉을 꺼내 들고 숨한 모금 불어넣고 외마디 소리를 쳤다.

"변해라!"

철봉은 주인의 뜻대로 순식간에 대추씨만한 못으로 변했다. 그는 요괴가 입을 다물 수 없게 못대가리를 입천장에 버팀대로 세워놓고 나서야 몸뚱이를 번뜩 뒤채어 입 밖으로 뛰쳐나갔다. 그리고 두 발이 땅바닥을 딛는 순간, 허리를 구부렸다가 기지개 켜듯 힘차게 세워 본래의 모습으로 돌아가더니, 대뜸 철봉을 휘둘러 요괴의 머리통을 후려갈겼다.

뱃속의 애물 덩어리가 없어지자, 속이 후련해진 요괴도 손길 닿는 대로 두 자루 쌍고검을 뽑아 들더니 무서운 기세로 마주 덤벼들었다.

"쨍그랑!"

보검과 쇠몽둥이가 맞부딪는 쇳소리, 그 뒤를 이어 함공산 마루턱에서는 요괴와 손행자 둘 사이에 한바탕 격렬한 싸움이 벌어지기 시작했다.

쌍고검 두 자루가 칼춤을 추며 날아들어 정면으로 막아내니, 번쩍 들린 금고봉은 정수리를 겨누고 들이쳐온다.

하나는 하늘이 낳은 원숭이 족속의 심원(心猿)이요, 하나는 대지가 낳은 정령 차녀(姹女)의 색골이다.

그들 둘이서는 원한이 가슴에 치밀어 오르니, 기쁨 속에 복수심의 크기가 억(億), 조(兆)를 넘어 경(京), 해(垓)를 따질 만하다.

저편은 스님의 원양을 취하여 배우자로 삼으려 하고, 이편은 여괴의 순음과 싸워 이겨 신념과 수행의 극치 성태(聖胎)를 맺으려 한다.

금고봉을 높이 쳐드니 온 하늘에 차가운 안개가 뒤덮이고, 쌍검무로 마주쳐오니 대지에는 온통 시커먼 흙먼지가 체로 쳐내듯 흩뿌려진다.

장로님이 석가여래를 찾아뵈려 하는 까닭으로, 둘이서는 한사

코 큰 재간 드러내며 악전고투를 거듭한다.

물과 불이 의기투합하지 않으니, 모도(母道)를 다치게 하고, 음양이 화합하기 어려우니 제각기 갈라진다.

두 가문이 오랫동안 싸우고 났을 때, 땅은 요동치고 산악마저 흔들려 숲 속의 나무들이 무참하게 꺾이고 부서졌다.

저팔계는 한참 동안 그들이 싸우는 광경을 지켜보더니, 입 속으로 투덜투덜 불평을 쏟아내면서 도리어 손행자의 처사를 원망했다. 그는 막내를 돌아보며 제 생각에 동의를 구했다.

"여보게, 우리 형님은 어째 저 모양인가? 공연히 일을 시끄럽게 만들어 가지고 저 난장판을 벌이고 있으니 말일세. 방금 저 계집의 뱃속에 들어 있었을 때, 주먹 몇 대 내질러서 뱃속의 오장육부를 깡그리 터뜨려 시뻘겋게 만들어놓고 뱃가죽을 가르고 나왔으면 그걸로 모든 게 진작 끝장났을 것이 아닌가? 어쩌자고 저년의 아가리로 기어 나와 가지고 또 쓸데없는 싸움을 벌이면서 저 계집 요괴를 마구 날뛰게 만들어놓았느냔 말이야!"

사화상도 그 말에는 동감이다.

"맞았소. 큰형님은 동굴 깊숙이 들어가 사부님을 구출하느라 모진 애를 쓰고서도 이제 또 저 요괴를 살려두고 싸움까지 벌이다니, 이게 될 법한 노릇이오? 하지만 우리도 이렇게 구경만 하고 있을 게 아니라, 우선 사부님을 혼자 앉아 쉬게 해드리고, 나하고 형님이 각각 병기를 들고 나서서 큰형님을 거들어 저년의 요괴부터 때려눕히고 봅시다."

이 말에, 저팔계는 두 손을 홰홰 내저었다.

"아닐세, 아냐! 저 계집은 신통력이 굉장해서 우리 실력으로는 아무런 보탬도 되지 않을 걸세."

"아니, 둘째 형님! 무슨 말씀을 그리 하시오? 여럿이서 한꺼번에 덤벼들면 유리할 게 아니겠소? 비록 우리 힘이 변변치 못하지만, '방귀를 뀌어도 바람에 보탬은 된다' 했는데, 이러고 앉아만 있어서야 될 법이나 한 소리요?"

미련퉁이가 이 소리를 듣고 나더니, 공연히 신바람이 난다. 그는 두말할 것도 없이 대뜸 쇠스랑을 움켜잡고서 냅다 고함을 질렀다.

"자, 그럼 갔다 오세!"

두 사람은 스승을 돌볼 겨를도 없이 일제히 바람을 일으켜 타고 싸움판으로 달려가더니, 하나는 쇠스랑을 높이 쳐들고 또 하나는 항요보장을 휘두르며 요괴 한 마리를 겨냥하고 닥치는 대로 후려 찍고 후려 때리기 시작했다.

요괴는 손행자 한 사람만 상대하기에도 이미 힘겨운 판인데 여기에 또 두 적수마저 뛰어드니, 자기 혼자서 이 세 왈패들의 협공을 무슨 수로 감당해낼 수 있겠는가. 그녀는 재빨리 발걸음을 돌려 도망치기 시작했다.

손행자가 고함쳤다.

"여보게들! 도망치네, 뒤쫓아가게!"

요괴는 세 형제가 무시무시한 기세로 바짝 따라붙는 것을 보자, 그 즉시 오른발 꽃신 한 짝을 벗어들더니 숨 한 모금 불어넣으면서 중얼중얼 주어를 외웠다.

"변해라!"

야무진 외마디 소리에, 꽃신 한 짝은 눈 깜짝할 사이에 요괴의 모습으로 둔갑하여 두 자루의 보검을 양손에 갈라 잡고 칼춤을 추며 또다시 덤벼들었다. 그리고 자신은 번뜩 몸을 뒤틀어 일진청풍으로 화하더니, 곧바로 오던 쪽을 바라고 뺑소니를 치고 말았다.

결국 요괴는 이번에도 손행자 일행과 싸워 이기지 못하고 목숨 하나 건져 도망치는 신세가 되고 말았으나, 또 다른 사태가 벌어질 줄은 세 형제나 요괴나 전혀 알 턱이 없었다. 이 역시 삼장 법사에게서 액운의 별이 물러가지 않은 탓이리라.

요괴가 제 소굴인 무저동 어귀에 이르렀을 때였다. 정신없이 도망치던 눈길에 생각지도 않게 엉뚱한 노획물이 하나 잡혔다. 출입구 바로 앞쪽 패루 밑에 삼장 법사가 혼자서 멍청하니 앉아 있는 모습을 발견했던 것이다. 요괴는 두 번 생각해볼 것도 없이 와락 달려들어 삼장 법사를 단숨에 껴안았다. 어디 그뿐이랴. 곁에 뒹굴고 있던 짐 보따리를 가로채고, 말고삐마저 이빨로 끊어버린 다음, 백마까지 깡그리 휩쓸어간 것은 더 말할 나위도 없다.

한편, 저팔계는 번뜩 몸을 뒤채어 빈틈을 보이다가, 재빨리 쇠스랑을 되돌려 요괴를 내리찍는 데 성공했다.

"에잇 죽어라!"

아홉 이빨 가진 쇠스랑으로 냅다 후려 찍어 땅바닥에 거꾸러뜨려놓고 보니, 웬걸! 흙바닥에 널브러진 것은 요괴의 시체가 아니라 곱디고운 꽃신 한 짝이 아닌가?

손행자가 그것을 보고 벌컥 성을 내며 두 아우를 꾸짖었다.

"이런 바보 멍청이들 같으니! 사부님이나 잘 모시고 있으면 될 것을, 누가 자네들더러 여기까지 와서 날 거들어주라고 했어? 그렇게들 솜씨 자랑을 하고 싶었나?"

저팔계는 어이가 없어 막내를 돌아보고 한마디 건넸다.

"이것 보게, 사화상! 어떤가, 그러기에 내가 오지 말자고 하지 않았던가? 이 원숭이 녀석이 골통에 바람이 들어서 이상해진 모양일세. 우리는 자기를 위해서 요괴를 때려잡았는데, 오히려 우리 처사를 원망하고 있지 않는가?"

손행자는 또 한 번 호통쳤다.

"요괴를 때려잡다니! 어디 잡았단 말이냐? 그년의 요괴는 어젯밤 나하고 싸웠을 때도 신발 한 짝 남겨놓고 뺑소니치는 속임수를 썼단 말이다! 사부님이 어떻게 되셨는지 모르니까, 자네들 어서 빨리 가봐! 어서 빨리 돌아가라니까!"

셋이서 헐레벌떡 돌아와 보니, 아니나 다를까, 스승은 벌써 온데간데없이 사라졌다. 스승뿐만 아니라, 짐 보따리며 백마까지 고스란히 종적이 없다. 당황한 저팔계는 이리저리 정신없이 뛰어다니고, 사화상은 앞뒤로 쫓아가며 찾아보았으나 스승의 행방은 여전히 묘연하다. 손대성도 조바심에 애를 태우면서 이곳저곳 닥치는 대로 뒤져보았으나 그 역시 헛수고였다. 한참을 우왕좌왕 찾다 보니, 길바닥 한쪽 곁에 반 토막으로 끊어진 말고삐가 길게 늘어져 있는 것을 발견했다. 소득은 그것뿐, 말고삐 토막을 덥석 주워드는 순간, 손행자의 눈에서는 뜨거운 눈물이 왈칵 쏟아져 나왔다.

"사부님!…… 제가 떠날 때는 사람하고 말과 작별했는데, 돌아와 보니 말고삐 한 토막만 보일 뿐입니다그려! 도대체 이 노릇을 어쩌면 좋단 말입니까!……"

목을 놓아 울부짖는 손행자, 이야말로 '안장을 보니 준마 생각이 나고, 눈물을 뚝뚝 떨어뜨리니 제 혈육을 그리워한다(見鞍思駿馬, 滴淚想親人)' 격이 된 것이다.

그러나 저팔계는 슬퍼하기는커녕 사형이 눈물을 흘리는 것을 보자 웃음을 참지 못하고 목젖이 드러나도록 고개를 뒤로 젖히며 앙천대소를 터뜨렸다.

손행자가 울다 말고 냅다 욕설을 퍼붓는다.

"너, 이 바보 멍텅구리 같은 놈아! 또 뿔뿔이 헤어지자고 할 작정이냐?"

저팔계는 웃음기를 질질 끌어가며 대꾸했다.

"형님, 그런 말이 아니오. 보나마나 사부님은 갈 데 없이 요괴란 년한테 붙잡혀서 또다시 동굴 속으로 끌려가셨을 거요. 속담에 뭐라고 했소. '모든 일은 삼세 번이 아니면 이루어지는 법이 없다(事無三不成)' 했으니, 형님도 두 차례 동굴 속에 들어간 이상, 이제 한 번만 더 들어가면 반드시 사부님을 구해낼 수 있을 거요."

그제야 손행자는 눈물을 훔쳐냈다.

"그도 그렇군. 이 지경에 와서 그만둘 수야 없는 노릇이지! 좋아, 내가 다시 한 번 들어가봄세. 자네들은 짐 보따리도 말도 간수할 필요가 없으니, 여기서 동굴 입구나 착실히 지키면서 기다리고 있게."

한다면 당장 해치워야 직성이 풀리는 손대성, 그 즉시 몸을 돌려 무저동 안으로 훌쩍 뛰어 들어갔다. 이번에는 변신술법도 쓰지 않고 원래의 법상(法相) 그대로였다.

괴상하게 생긴 얼굴에 마음만은 굳세고, 어릴 적부터 괴물 노릇을 해왔으니 신통력이 굉장하다.

울퉁불퉁한 상판은 말안장과 겨루어볼 만큼 다부지고, 두 눈알은 금빛을 발사하니 불덩어리처럼 밝다.

혼신의 터럭은 단단하기가 강철 바늘 같으며, 호랑이 가죽 치마 질끈 동여맸으니 그 얼룩무늬 빛깔이 번쩍번쩍 눈부시도록 요란스럽다.

하늘에 오르면 일만 층 구름을 들이받아 헤쳐버리고, 바다에 뛰어들면 일천 겹 파도를 휘저어 혼탁하게 만든다.

5백 년 전 천궁을 뒤엎었을 때 그 배짱 그 뚝심을 믿고 탁탑 이천왕과 싸웠으며, 십만 팔천 장병들을 가로막아 물리쳤다.

제천대성 미후정(齊天大聖美猴精)이란 벼슬에 봉함을 받으니, 수중에 한 자루 여의금고봉을 쓰기에 익숙하다.

오늘날 서방 세계에서 마음껏 능력 나타내어, 또다시 동굴 속에 들어와 삼장 법사를 도와드릴 판이다.

그는 요괴의 저택 바깥에 이르러 운광을 멈춰 세웠다. 두 번씩이나 드나들었던 문루의 문짝이 잠겨 있었으나, 그는 딴소리 할 것 없이 다짜고짜 철봉을 휘둘러 단번에 때려부숴 활짝 터놓고 뛰어들었다. 건물이 즐비하게 늘어선 안쪽은 어인 일인지 쥐 죽은 듯 조용하고 인기척이라고는 전혀 들리지 않았다. 동편 낭하에도 당나라 스님의 모습은 보이지 않고, 풀로 이엉을 엮은 정자 위에 식탁이며 의자하며 그 밖의 세간살림이라곤 하나도 없었다.

손행자는 모른다. 요괴의 소굴 무저동 내부는 그 둘레만도 3백여 리가 되고, 요괴들의 거처도 한 군데가 아니라 사면팔방 여기저기 뚫려 있어, 그 수효가 얼마나 되는지 알 길이 없었던 것이다. 앞서 당나라 스님을 납치해 왔을 때는 이 정자 근처에 끌어다놓고 실랑이를 벌였으나, 이곳이 손행자에게 발각되자 이번에는 거처를 딴 데로 옮겨 어디로 갔는지 행방을 알 수 없게 된 것이다.

휑하니 텅 비어버린 동굴 안에 홀로 서 있던 손행자는 약이 오를 대로 오르고 분통이 터져 견딜 수가 없었다. 그는 두 주먹으로 가슴을 치고 두 발을 동동 굴러가며 목이 터져라 고함을 지르기 시작했다.

"사부님! 당신은 당나라 삼장 법사라 해도 정말 운수불길한 법사님이시고, 경을 가지러 가는 스님치고 진짜 재앙 덩어리로 똘똘 뭉쳐진 스님이십니다그려! 허어! 참으로 기가 막히는구나! 이 길은 내 발걸음에 익숙한 길인데 어째서 여기 계시지 않는단 말입니까? 이 손선생더러 어딜 가서 당신을 찾아내라고 하십니까!"

조바심에 못 견뎌 고래고래 악을 쓰고 있으려니, 갑자기 어디선가 향불 연기가 바람결에 실려와 코끝을 스치고 지나간다. 손행자는 정신이 번쩍 들었다.

"가만 있거라…… 이 향내는 동굴 뒤편에서 나부껴 오는데, 아무래도 뒤편에 숨어 있는 모양이로구나!"

두 손으로 철봉 자루를 단단히 거머잡고 발걸음을 슬슬 끌어가며 향내가 풍겨 나오는 곳으로 들어가 보니, 역시 사람의 기척은 어디에도 없고 다만 후미진 구석에 서너 칸짜리 행랑채가 하나 있을 뿐이다. 뒷벽 근처에는 용의 아가리를 커다랗게 새겨서 금칠을 입힌 제탁(祭卓)이 하나 놓였는데, 탁자 위에는 또 큼지막한 황금 향로가 한 개, 향로에서는 향불 연기가 자욱하게 피어 오르고 있었다. 향로만 있는 게 아니었다. 그 위쪽에 괴어놓은 것은 금빛 글씨로 커다랗게 신령의 이름을 적은 위패(位牌)가 한 개였다.

존부 이천왕 신위(尊父李天王神位)

그보다 한 급 낮추어서 또 하나의 위패가 놓였는데, 거기에도 역시 신령의 이름이 적혀 있었다.

존형 나타 삼태자 신위(尊兄哪吒三太子神位)

이것을 보자 손행자는 기뻐 어쩔 줄을 몰랐다. 그는 요괴를 뒤져내겠다는 생각도, 스승을 찾아내는 일도 다 던져버린 채, 우선 주어를 외워서 철봉을 수놓는 바늘만큼 작게 줄여 가지고 귓속에 집어넣더니, 두 손바닥을 싹싹 비벼가며 탁자 위에 놓인 위패 두 쪽과 황금 향로까지 한꺼번에 낚아채 가지고 운광을 되돌려 동굴 문 바깥으로 쏜살같이 날아올라갔다. 동굴 문 어귀에 이르렀을 때, 처음에는 낄낄대며 시작하던 손행자의 웃음소리가 이내 커지면서 3백여 리 동굴 안이 떠나갈 듯 쩌렁쩌렁 메아리치고 사면팔방으로 통쾌하게 울려 퍼져나갔다.

"우하하하!…… 우하하하!……"

저팔계와 사화상이 그 웃음소리를 듣더니, 동굴 출입구를 열어놓고 손행자를 반겨 맞았다.

"형님! 그렇게 기뻐하는 걸 보니 사부님을 구출하신 모양이구려?"

손행자는 여전히 웃음 끝을 흘리면서 이렇게 대답했다.

"우리가 구해드릴 것 없네. 이 위패더러 사람을 찾아내라고 가서 따지세."

저팔계는 영문을 모르고 사형의 손에 들린 위패와 향로를 번갈아 쳐다본다.

"아니 형님, 그 위패는 요괴도 아니요, 사람의 말도 할 줄 모를 텐데, 어떻게 사람을 찾아내라고 따진단 말이오?"

손행자가 그것들을 땅바닥에 내려놓고 손가락질해 가리켰다.

"자네들 이것 좀 보게!"

사화상이 앞으로 나서서 읽어보니, '존부 이천왕 신위' '존형 나타 삼태자 신위'라고 씌어 있다. 그래서 어리둥절한 눈으로 다시 맏사형을 바라보았다.

"이게 도대체 무슨 뜻이오?"

"이것들은 그년의 요괴가 집에 받들어 모셔둔 위패일세. 내가 그놈의 거처로 쳐들어갔더니 인기척이라곤 하나도 없고 이 위패들만 모셔놓았더군. 가만 생각해보니, 아무래도 탁탑 이천왕의 딸년이요 나타 삼태자의 누이동생이 속세를 그리워하여 하계로 내려와 요괴로 변장하고 우리 사부님을 잡아간 모양인데, 우리가 이 위패의 당사자더러 사람을 찾아내라고 따져 묻지 않는다면 누구한테 따지겠나? 자네 두 사람은 여기서 가만히 파수나 보고 있게. 이 손선생이 이 위패를 가지고 당장 천당에 올라가서 옥황상제 앞에 고소장을 내놓고, 이천왕 부자를 시켜서 우리 사부님을 돌려보내도록 조치하겠네."

손행자가 자신만만하게 얘기했더니, 저팔계란 녀석은 고개를 갸우뚱하며 이렇게 말한다.

"형님, 속담에도 '남의 죽을죄를 고해바치면 자기도 죽을죄를 받게 된다'는 말이 있소. 남을 고소하는 일이란 모름지기 사리에 딱 들어맞아야만 하는 거요. 더구나 옥황상제 앞에 바치는 고소장을 어떻게 기분 내키는 대로 경솔하게 쓸 수가 있겠소? 우선 형님이 그분들을 어떻게 고소할 것인지 조목조목 따져서 우선 나한테 들려주시구려."

손행자는 빙그레 웃으면서 고개를 끄덕끄덕했다.

"나도 다 생각이 있네. 이 위패와 향로를 증거물로 삼고, 또 따로 고소장을 마련할 작정일세."

"고소장에는 뭐라고 쓰실 거요?"

저팔계가 따져 묻자, 그는 서슴지 않고 줄줄 읊어 내리기 시작했다.

고소인 손오공. 연령은 문서에 기록되어 있으며, 동녘 땅 대당나라 조정에서 파견되어 서천으로 경을 가지러 가는 승려 당삼장의 수제자.

고소하고자 하는 바는, 요괴로 가장하고 사람을 납치해 간 사건임.

옥황상제 폐하께 아뢰옵건대, 탁탑천왕 이정과 그 아들 나타태자는 가문의 규범을 삼가 단속하지 아니하여 친딸을 도망치게 하였는바, 그 딸이 하계로 내려가 함공산 무저동에서 요사스런 정령으로 변하여 무수한 인명을 미혹시키고 해악을 끼쳤나이다. 이제는 저희 스승을 함정에 빠뜨려 동굴 깊숙한 곳, 우여곡절이 심한 미궁으로 끌고 들어갔사온데, 그 행방이 묘연하여 찾을 길이 없나이다.

절실히 생각하옵건대, 그들 부자가 어질지 못한 까닭으로 일부러 딸을 놓아보내 요정이 되게 하고 뭇 생령들을 해치게 하는 줄 아옵니다. 엎드려 비오니 저희 충정을 긍휼히 여기시어, 이들을 구속 수사하시어 요사스런 정령을 제압하고 스승을 구해내도록 윤허하여주시고, 그 죄상을 올바르게 밝혀주시면 깊이깊이 은혜로 알 것이니, 이런 사정을 폐하께 상고하나이다.

가만히 귀 기울여 이 말을 듣고 있던 저팔계와 사화상은 기뻐 어쩔 줄을 모르며 사형의 출발을 재촉했다.

"형님, 그만하면 고소장을 올리는 내용이 이치에 들어맞소! 반드시 재판에 이길 것은 문제없겠소. 그럼 어서 속히 다녀오시오. 조금이라도 늦었다가는 저 요괴 년이 우리 사부님의 목숨을 해칠지도 모르오."

"나야 빠르지, 빨라! 오래 걸려야 밥솥에 뜸들 동안이면 될 것이고, 일찍 끝나면 찻물 한잔 끓는 동안이면 돌아올 수 있을 걸세."

용감한 제천대성, 위패와 향로를 집어들고 몸뚱이 한번 솟구치더니 상운을 일으켜 타고 곧바로 남천문 밖에 들이닥쳤다.

때마침 하늘 문을 지키고 있던 당직 장군은 대력천왕(大力天王)과 호국천왕(護國天王)이었는데, 이들은 손대성을 발견하자 하나같이 허리를 굽혀 몸을 숙이고 인사만 드렸을 뿐, 섣불리 그 앞을 가로막지 못하고 그대로 통과시켰다. 거칠 것 없이 곧바로 통명전 아래 당도하니, 장천사·갈천사·허천사·구천사, 이렇게 사대천사가 마주 나와 영접하며 용건을 물었다.

"대성께선 무슨 일로 오셨소?"

"고소장을 가져왔소. 두 사람을 고발해야겠소."

불쑥 내미는 종이 한 장에, 사대천사가 깜짝 놀라며 중얼거린다.

"이 개망나니가 또 누굴 고소하려는지 모르겠군."

입으로는 투덜거리면서도 어쩌겠는가, 골칫덩어리 제천대성을 영소보전으로 안내하고 옥황상제께 이 사실을 아뢸 수밖에. 들여보내라는 윤허가 떨어지자, 손대성은 금란보전으로 들어가더니 위패와 향로를 내려놓고 옥황상제께 참배의 예를 드린 다음, 문제의 고소장을 공손히 받들어 올렸다. 사대천사 중에 갈선옹이 그것을 받아서 어안(御案)에 펼쳐놓았다.

옥황상제는 고소장을 처음부터 끝까지 죽 훑어보고 나더니, 사연이 이만저만 여차여차하다는 것을 알고 즉시 고소장 내용대로 비준한다는 성지를 내렸다. 그리고 서방장경(西方長庚) 태백금성(太白金星)에게 성지를 받들고 운루궁으로 달려가 탁탑 이천왕을 불러 입궐시키라고 명령했다.

태백금성이 성지를 받들고 떠나려 하자, 손대성은 어전으로 나아가 이렇게 아뢰었다.

"천주께 바라옵건대 엄히 징계하여 다스려주소서. 그렇지 못하면 또 다른 사단(事端)이 벌어질까 우려되나이다."

아뢰는 말씨는 공순하고 점잖았으나, 어딘지 모르게 으름장 냄새가 풍겼다. 수틀리면 또 한바탕 대소동을 벌이겠다는 의도가 다분했던 것이다. 옥황상제도 이 말썽꾸러기 원숭이 때문에 골치를 한두 번 썩인 것이 아닌 터라, 귀찮다는 듯이 한마디 분부를 더 보탰다.

"원고도 함께 동행하라."

"이 손선생도 갑니까?"

손대성이 따져 물었더니, 사대천사가 입을 모아 다짐했다.

"만세 폐하께서 이미 칙명을 내리셨으니, 대성도 태백금성과 함께 다녀오셔야 될 것이오."

이리하여 손대성은 정말 태백금성을 따라서 구름을 날려 순식간에 운루궁(雲樓宮)에 이르렀다. 운루궁은 탁탑천왕 이정과 그 집안 식구들이 거처하는 저택이다. 태백금성은 궁궐 문턱에 시립하고 있는 동자를 발견했다. 문지기 동자 역시 태백금성을 알아보고 즉시 저택 안으로 들어가 이천왕에게 여쭈었다.

"태백금성 어르신께서 오셨습니다."

이윽고 탁탑천왕이 영접하러 나왔다가, 태백금성이 옥황상제의 칙명을 받들고 왔다는 사실을 알고 황급히 동자에게 명령을 내렸다.

"어서 속히 분향 준비를 갖추어라!"

분부를 마치고 돌아서던 그는 태백금성 뒤에 손행자가 따라온 것을 발견하고 버럭 성을 냈다. 무슨 까닭으로 성을 내었을까? 그야 얘기는 간단하다. 5백 년 전 제천대성이 천궁을 뒤엎었을 당시, 옥황상제는 이천왕을 항마대원수로 임명하고 그 아들 나타 삼태자를 삼단해회대신으로 임명하여, 천병을 거느리고 출동해서 손행자를 굴복시키게 하였으나, 이들 부자는 여러 차례 싸우고도 끝내 이기지 못하고 패퇴한 쓰라린 경험이 있었다. 그래서 5백 년이 지난 오늘까지도 싸움에 진 원한이 남아 있어, 생각할 때마다 약이 오르고 치가 떨리던 판에 그 원수 녀석이 나타났으니, 성을 낼 수밖에 없었던 것이다.

이천왕은 분을 삭이지 못하고 태백금성에게 퉁명스레 물었다.

"이장경, 그대는 무슨 성지를 받들고 왔소?"

태백금성은 조심스럽게 용건을 꺼냈다.

"손대성이 그대 부자를 상대로 만세 폐하께 고소장을 올린 문제로 왔소."

가뜩이나 울화가 치밀던 이천왕은 고소장에 '고(告)'자 한마디 듣기가 무섭게 벼락같이 노발대발, 그 자리에서 펄펄 뛰며 악을 썼다.

"저놈이 어째서 날 고소했단 말인가!"

"고소장에 따르면, 이천왕은 요괴를 가장시켜서 사람을 납치했다는 사건으로 고발당했소. 어서 분향하시고 성지를 친히 펼쳐서 읽어보시오."

성지를 거부하면 역적으로 몰릴 터, 이천왕은 씨근벌떡 숨을 몰아쉬면서도 어쩔 수 없이 향안(香案)을 배설하고 하늘을 우러러 사은례를 올린 다음, 성지를 펼쳐 읽어 내리기 시작했다. 읽기를 마치고 보니, 여차여차 이러저러한 사연이었다. 이천왕은 분통이 터지다 못해 향로가 놓인 탁자를 손바닥으로 내리치면서 버럭 고함을 질렀다.

"이 못된 원숭이 녀석, 나를 무고하다니! 이 고소장은 잘못된 거야!"

태백금성은 얼른 나서서 진정시켰다.

"역정 내지 말고 진정하시오. 지금 위패와 향로가 증거물로 어전에 놓여 있소. 그것들은 이천왕의 친따님이 쓰던 것이라고 하오."

이천왕은 거칠게 도리질을 했다.

"내게는 아들 셋과 딸이 하나 있을 뿐이오. 맏아들 금타(金吒)는 현재 석가여래를 받들어 모시는 전부호법(前部護法) 노릇을 맡고 있으며, 둘째 아들 목타(木叱)는 남해에서 관세음보살을 따라 제자 노릇을 하는 중이오. 계율을 받은 뒤로 법명을 목차 행자(木叉行者)로 고쳐 부르고 있소. 셋째 아들놈은 이장경도 알다시피 이름을 나타(哪叱)라 부르고 내 신변에서 아침저녁으로 조정을 따라다니며 옥황상제의 어가를 호위하고 있소. 그리고 딸 하나는 나이 겨우 일곱 살, 이름을 정영(貞英)이라 부르는 아이로 아직 철도 들지 않은 것인데, 그 어린것이 어떻게 요정이 될 수 있단 말이오? 믿지 못하겠거든 내가 안고 나와서 그대의 눈앞에 보여드리리다!"

손가락을 하나하나 꼽아가며 자식들의 내력을 늘어놓던 이천왕이 다시 손대성을 흘겨보며 냅다 호통쳐 꾸짖는다.

"이 원숭이 녀석 정말 괘씸하기 짝이 없구나! 내가 누군 줄 알고 이 따위로 모함을 하는 거냐? 내가 천상의 원훈(元勳)이란 것은 더 말할 것도 없으려니와 어느 놈이든지 선참후주(先斬後奏)[1]해도 좋다는 직권까지 받은 귀하신 몸인데, 하계의 보잘것없는 조무래기 백성이 어찌 감히 나를 무고할 수 있단 말이냐! 너 이 원숭이 놈아, 형률에 '남을 모함한 무고죄는 세 등급 가중 처벌한다(誣告加三等)'[2]는 소리도 못 들어봤느냐!"

---

[1] 선참후주: 옛날 막중한 권한을 가진 장군이나 원수가 군법을 어긴 사람을 먼저 극형에 처하고 난 다음, 조정에 이 사실을 보고하던 관례. 이 권한은 통상 국왕이 출정 장수에게 상방검(尙方劍)을 하사하여 그 특권을 인정해주었다. '선형후문(先刑後聞)' '선참후계(先斬後啓)'라고도 한다.

[2] 남을 무고한 죄: 원저자 오승은이 생존했던 명나라 때의 형률에 따르면, 남을 무고한 자는 해당 형량에 2, 3등형을 가중하고, 무고 당한 피해자가 실형을 복역하거나 사형을 받았을 때에는 같은 형량을 병과하고, 모든 비용을 추징하여 피해자에게 지급하며, 피해자의 가족이 유배지 또는 도역(徒役)에서 시중들던 도중 한 사람이라도 사망하였을 때에는 무고범을 교수형에 처하고, 범인의 재산 절반을 몰수하여 피해자에게 넘겨주도록 『대명률』에 규정하였다.

이어서 부하들에게 소리쳐 분부했다.

"애들아! 박요삭(縛妖索)으로 저 원숭이 놈을 묶어라!"

명령이 떨어지자, 뜰 앞에 늘어서 있던 거령신(巨靈神)과 어두(魚頭) 장군, 약차(藥叉) 원수 같은 신장들이 한꺼번에 우르르 달려들더니, 손대성을 발가벗기고 저 무서운 박요삭으로 꼼짝 못하게 단단히 결박지었다.

이를 보고 태백금성은 황급히 이천왕을 만류했다.

"이천왕, 말썽 일으키지 마시오! 손대성은 나와 함께 성지를 받들고 그대를 소환하러 온 사람이오. 이 사람한테 그 무시무시한 박요삭을 쓰다니, 자칫 잘못했다가 인명을 다치기라도 하는 날이면 큰일나오. 제발 좀 참으시오."

그러나 성이 머리끝까지 치밀어 오른 이천왕은 요지부동이다.

"태백금성! 남을 거짓말로 무고해서 시끄럽게 고발 사건을 일으킨 놈을 내 어찌 용서하겠소? 잠깐만 앉아 계시오. 내 감요도(砍妖刀)를 가져다가 이 못된 원숭이 녀석의 골통을 뼈개놓고 나서, 그대와 함께 폐하를 뵙고 복명하리다! 내게 '선참후주'의 특권이 있다는 것을 그대도 잘 아시겠지?"

이천왕이 감요도 큰 칼을 꺼내다가 뽑아 들고 성큼 나서는 것을 보자, 태백금성은 이거 큰일났구나 싶어 부들부들 떨어가며 손대성에게 소리쳤다.

"자네, 어쩌자고 일을 이 지경으로 만들어놓았는가? 이번에는 자네가 잘못해도 한참 잘못했네! 만세 폐하께 고소장을 그토록 경솔하게 올리는 법이 어디 있단 말인가? 사실 경위도 자세히 알아보지 않고 이렇듯 함부로 일을 저질러놓았다가, 이제는 목숨까지 날려보내게 되었으니, 이 노릇을 어찌하면 좋단 말인가?"

그러나 손대성은 전혀 두려워하는 기색도 없이 싱글싱글 웃어가며 태평스레 대꾸한다.

"금성 영감, 안심하시오. 아무런 일도 없을 테니, 마음 푹 놓고 구경이나 해요. 이 손선생이 노름을 할 때에는 언제나 이런 식으로 해왔소. 처음에는 잃어주지만 나중에는 반드시 따게 되어 있으니 염려하지 마시구려."

말끝이 미처 다 떨어지기도 전에 이천왕의 감요도가 "푸르릇!" 하고 바람을 가르면서 손대성의 정수리를 겨냥하고 무섭게 내리 떨어졌다. 바로 그 순간, 어디서 나타났는지 나타 삼태자가 들이닥치더니 참요검(斬妖劍)으로 부왕의 감요도를 "철커덕!" 가로막으며 큰 소리로 고함쳤다.

"아바마마, 고정하십쇼!"

이천왕은 대경실색, 칼자루를 잡은 손이 허공에 딱 멈춰 섰다. 아들이 칼을 뽑아 아비의 칼부림을 가로막는 법이 세상 천지에 어디 있으랴? 또 아비 된 몸으로 이런 꼴을 당했으면 마땅히 호통쳐 꾸짖고 물러가게 해야 옳은 일이거늘, 어째서 그렇게 하지는 못하고 도리어 대경실색을 한단 말인가?

여기에는 그럴 만한 사연이 있었다.

이천왕 부부가 이 아들을 낳았을 당시, 아기의 왼손바닥에는 '나(哪)'자가 새겨져 있었고, 오른손바닥에는 '타(吒)'자가 새겨져 있어서 그 이름을 '나타'라고 지었는데, 이들 부부는 아기가 태어난 지 사흘째가 되는 날, '삼조(三朝)'의 관례에 따라 목욕을 시키게 되었다. 그런데 이 어린 셋째 태자는 벌거숭이 알몸뚱이로 바닷물에 뛰어들자, 한바탕 큰 소동을 일으켰다. 용왕이 사는 수정궁을 짓밟아 무너뜨렸을 뿐 아니라, 교룡을 붙잡아 심줄을 뽑아 가지고 허리띠를 만들려고까지 했다. 갓난아이가 이토록 난폭하게 구는 것을 본 이천왕은 후환이 있을까 두려운 나머지 이 아들을 죽여버리려고 했다.

나타태자는 아비가 자기를 죽여 없애려는 것을 알고 분노하여 손에 들고 있던 칼로 제 몸뚱어리의 살점을 모조리 도려내어 어미에게 돌려주고 뼈를 발라내어 아비 이천왕에게 되돌려줌으로써, 이른바 부모에게서 받은 육신의 '부정모혈(父精母血)'을 반환하고 부자지간의 인연을 끊었다. 그리고 한 점 남은 혼령은 곧바로 서방 극락 세계로 날아가 부처님께 고소하기에 이르렀다.

때마침 석가여래는 여러 대중과 보살들에게 불경을 강론하고 있었는데, 갑자기 누군가 당번보개(幢幡寶蓋) 깃폭에 싸여서 "사람 살려주시오!" 하고 외치는 소리를 들었다. 부처님이 혜안으로 살펴보니, 그것은 어린 나타태자의 영혼이었다. 석가여래는 즉시 푸른 연뿌리로 뼈를 만들고 연잎으로 옷을 만들어 입혀준 다음, 기사회생(起死回生)의 진언을 외워, 마침내 나타의 생명에 육신을 얻게 해주었다. 육신과 영혼을 되찾은 나타태자는 그 길로 신력(神力)을 운용하여 아흔여섯 동굴의 요사스런 마귀를 항복시키는 위엄을 떨치고 그로부터 광대한 신통력을 지니게 되었다.

그러나 그후 나타태자는 제 살점과 뼈를 추려내어 돌려보내게 만든 아비에 대한 원한을 잊지 못하고 어떻게 해서든지 이천왕을 죽여 그 원수를 갚으려 했다. 이 소문을 들은 이천왕은 어찌할 도리가 없어, 마침내 우리 여래부처님을 찾아와 구원을 호소하기에 이르렀다.

여래부처는 워낙 화합을 떠받드는 분이라, 이들 부자 사이를 화해시키기로 작정하고, 그에게 영롱하고 투명한 사리자로 만든 여의황금보탑(如意黃金寶塔) 한 좌를 내려주었다. 그 보탑에는 층층이 부처님을 새겨 넣어 번쩍거리는 광명이 언제나 비치고 있었다. 여래는 다시 나타태자를 불러서 이 보탑에 모신 부처님을 아버지로 섬기고, 이천왕이 보탑을 떠받들고 있는 한 그 역시 아버지로 섬기도록 분부를 내려두었다. 이렇게 해서 부자간에 해묵은 원한을 풀어버리게 만들었고, 또 이천왕 역시 자나 깨나 앉으나 서나 그 보탑을 손에 들고 있어야 하기 때문에 '탁탑 이천왕(托塔李天王)'이라고 일컫게 되었던 것이다.³

그런데 오늘은 집에서 한가롭게 마음을 놓고 있던 참이라, 보탑을 몸에 지니지 않고 있었다. 따라서 나타태자가 참요검을 뽑아 들고 달려들자, 그는 이 사나운 아들이 기회를 엿보다가 또 원수를 갚으려고 덤벼드는 것이 아닌가 하고 지레짐작을 한 나머지, 그만 대경실색을 하고 말았던 것이다. 이천왕은 허겁지겁 손을 뒤로 돌려 좌대에 모셔놓은 황금 보탑을 집어서 떠받들고 나타태자의 눈앞에 내보이면서 황급히 물었다.

"애야, 네가 칼을 뽑아 내 칼부림을 막다니, 무슨 할 말이라도 있느냐?"

나타태자는 들고 있던 참요검을 던져버리더니, 공손히 머리 조아리고 여쭈었다.

"아바마마, 잊으셨습니까? 아바마마의 따님이 진짜 하계에 있사옵

---

3 탁탑 이천왕: 제4회 주 **3** 참조. 해당 본문에 서술된 **탁탑천왕 이정과 나타태자의 관계**는 명나라 허중림(許仲琳)이 쓴 『봉신연의(封神演義)』 제12회부터 제14회에 이르기까지 본문에 더 상세히 나오는데, 『서유기』의 내용과 다른 점은 나타태자에게 연꽃으로 육신을 만들어서 붙여준 이는 여래부처가 아니라 그 전생의 스승인 태을진인(太乙眞人)이며, 탁탑천왕 이정이 아들의 복수를 피해 도망치던 끝에 구원을 청하고 또 그에게 황금보탑을 주어 부자간에 화해를 붙여준 사람 역시 석가여래가 아니라 구궁산(九宮山) 백학동(白鶴洞)의 보현진인(普賢眞人), 곧 불교에 귀의하기 전 도교 최고의 신령 원시 천존(元始天尊)의 문하 제자로 있던 보현보살(普賢菩薩)이었다는 점이다.

니다."

이천왕은 그 말을 듣고 흠칫 놀라며 도리질을 했다.

"애야, 그게 무슨 소리냐? 내게는 너희들 남매 넷밖에 낳은 자식이 없는데, 어디 또 딸년이 있단 말이냐?"

"아바마마께서는 잊고 계시는군요. 그 따님은 본래 요정이었습니다. 삼백 년 전에 요정이 되어 영취산 뇌음사에 몰래 숨어 들어가 제단에 올린 향화(香花)를 뜯어먹고 보촉(寶燭)을 갉아먹었습니다. 여래부처께서는 옥황상제께 여쭙고 저희 부자와 천병을 파견하셔서 그 요정을 잡게 하셨습니다. 붙잡았을 당시 마땅히 때려죽여야 했으나, 여래께서 '저수지에 기른 물고기는 끝내 낚아 올리지 않으며, 깊은 산중에 놓아 먹인 사슴은 오래 살기를 바라는 법(積水養魚終不釣, 深山餵鹿望長生)'이라 분부하셨으므로, 그 죄를 용서하고 목숨을 살려주셨지 않았습니까. 그때부터 요정은 그 은덕을 생각하는 마음이 쌓이고 쌓여, 아바마마를 부친으로 섬기고 이 아들을 오라비로 받들어, 아래 세상에 위패를 모셔 놓고 늘 향화를 살라 올리고 있었습니다. 그런데 이 아이가 뜻밖에 또 요괴로 변신해서 당나라 스님을 함정에 빠뜨렸다가 손대성에게 소굴을 발각 당할 줄이야 꿈에나 생각했겠습니까. 손대성은 스승을 찾으려고 그 소굴을 뒤지다가 위패를 발견하고, 위패에 씌어진 우리 부자의 이름을 걸어 이렇듯 만세 폐하께 고소장을 올리게 된 것입니다. 그 요괴는 물론 저와 한 어머니의 뱃속에서 태어난 혈육지간은 아니라 해도, 의리로 맺어진 누이동생임은 분명한 사실입니다."

그 말을 듣자, 이천왕은 속이 뜨끔해져서 떠듬거리는 말투로 다시 물었다.

"애야, 내 정말 잊어버리고 있었구나. 그 아이의 이름이 뭐라고 하더라?……"

"그 누이동생에게는 세 개의 이름이 있습니다. 출신 내력이 황금빛 코, 백설같이 흰 털을 지닌 늙은 쥐의 정령이기 때문에 '금비백모노서정(金鼻白毛老鼠精)'이라 불렸으나, 여래부처님의 향화와 촛불의 밀랍을 훔쳐 먹은 뒤로 '반쪽짜리 관음보살'이 되었다고 해서 '반절관음(半截觀音)'으로 이름을 고쳤습니다. 또 그 이후 죄를 용서해주고 하계에 내려 보냈더니 또다시 이름을 바꾸어 '지용부인(地湧夫人)'이라 부르고 있습니다."

이천왕은 그제야 퍼뜩 깨닫는 바가 있어, 손에 들고 있던 보탑을 내려놓고 부리나케 달려와 손대성의 결박을 풀어주려 했다.

그러나 심통이 날 대로 난 손대성은 몸부림쳐서 그 손길을 뿌리치며 악을 고래고래 쓰기 시작했다.

"누가 감히 내 몸에 손을 댄단 말이냐! 이 결박을 풀려고? 어림 반 푼어치도 없는 수작 마라! 나를 이 밧줄에 묶인 채로 떠메다가 옥황상제 앞에 같이 나가자! 그래야만 이 손선생이 이번 송사(訟事)에서 이길 것이다!"

말썽꾸러기 원고가 펄펄 뛰며 악을 쓰니, 이천왕은 당황하여 손에 맥이 풀리고, 나타태자는 입을 꾹 다문 채 꿀 먹은 벙어리가 되었으며, 기세등등하게 손대성을 결박지었던 여러 신장들도 주눅이 들어 슬금슬금 그 자리를 피해 물러날밖에 딴 도리가 없었다.

손대성은 박요삭에 꽁꽁 묶인 채로 몸부림을 치고 땅바닥에 데굴데굴 굴러가며 이천왕더러 어서 빨리 옥황상제 앞으로 자신을 끌고 가라고 야단법석을 떨었다. 이천왕은 어찌할 도리가 없는 터라, 그저 태백금성에게 매달려 잘 수습해달라고 애원했다.

이때서야 태백금성도 점잖게 이천왕 부자의 잘못을 꾸짖었다.

"그러기에 내가 뭐라고 했소? 옛사람도 '세상 만사는 너그럽게 대하는 것이 상책(萬事從寬)'이라 하지 않았소? 아무러나 이천왕은 일을 좀 지나치게 처리하신 거요. 손대성을 저렇게 꽁꽁 묶어놓고 게다가 죽이려고까지 하셨으니, 이 일을 장차 어떻게 수습하실 작정이오? 이 원숭이는 심술 사납고 짓궂기로 평판이 자자한데, 이처럼 여간내기가 아닌 사람을 이제 와서 날더러 어떻게 달래란 말이오? 아드님의 말씀대로 하자면, 그 요괴는 비록 친딸이 아니라 의리로 맺어진 수양딸이라곤 하지만, 별 볼일 없는 친분 관계일수록 의리란 것을 더욱 중하게 여기는 법입니다. 이천왕께서 아무리 입이 열 개 달려 변명하신다 해도, 공범자의 죄목을 벗어나지는 못하실 것 같소."

"그러니까 이렇게 간청을 드리는 게 아니오? 금성, 어떻게 수습해서든지 그놈의 공범자란 죄목 하나만큼은 뒤집어쓰지 않도록 힘을 좀 써주시오."

이천왕이 통사정을 하면서 매달렸으나, 태백금성은 여전히 절레절레 도리질만 할 따름이다.

"나로서도 그대들 사이를 화해시키고는 싶으나, 손대성에게 이렇다 저렇다 부탁할 만한 명분이 없구려."

마음이 다급해진 이천왕, 이리저리 곰곰이 궁리해보더니, 빙그레 웃으면서 한 가지 궁여지책을 내놓는다.

"지난번 손대성을 위해 옥황상제께 초안(招安)을 내리시도록 아뢰고, 벼슬을 내리도록 주선한 사람이 누구요? 바로 금성 아니셨소? 그 일을 내세워서 저 친구를 설득하면 될 듯싶은데, 어떨까?"

"딴은, 그런 적도 있었구먼!"

태백금성은 그제야 손대성 앞으로 다가서더니 손으로 어루만지면서 부드럽게 타일렀다.

"대성, 내 변변치 못한 체면을 보아서라도 이 밧줄을 풀고 옥황상제를 뵈러 가십시다."

그러나 손대성은 딱 잡아뗀다.

"아니, 아니지! 영감님이 밧줄을 풀어주실 것 없소. 내게도 떼굴떼굴 굴러가는 재주가 있으니까, 이대로 묶인 채 굴러가겠소."

상대가 고집을 부리니, 태백금성은 기가 막혀 웃음이 나온다.

"이 원숭이 녀석, 지독스럽게도 매정하구먼! 나도 지난날 그대한테 다소나마 은덕을 베푼 일이 있었는데, 이처럼 사소한 일을 가지고 내 말을 들어주지 않을 수가 있소?"

"내게 무슨 은덕을 베풀었단 말이오?"

"생각해보면 알 게 아니오? 대성이 왕년에 화과산에서 요괴 노릇을 하면서 호랑이를 때려눕히고 용을 굴복시켰으며, 유명계에 내려가 저승 판관의 사적(死籍)을 강제로 지워버리기까지 하고, 숱한 요괴 마귀들을 모아 거느리고 천둥벌거숭이로 날뛰었을 때, 주상 폐하께서는 그대를 잡아 올리라고 하셨지만, 그래도 이 늙은 몸이 힘써 아뢰어 초안의 성지를 내리시게 했고, 그대를 천당에 불러 올려 '필마온'이란 벼슬까지 받게 해드렸소.

대성이 또 옥황상제의 어주를 훔쳐 마시고 도망친 뒤에 또다시 토벌 당할 것을, 초안의 성지를 거듭 내리시게 만들고 그대를 '제천대성'의 작위에 봉하게 한 것도, 이 늙은 몸이 힘써 아뢴 덕분이었소. 대성은 그래도 분수를 지키지 않고 반도원의 복숭아를 훔쳐 먹고 태상노군의 단약마저 도둑질해 먹었소. 이런저런 우여곡절 끝에, 이제 와서 비로소 무생무멸(無生無滅)의 경지에 들게 되었는데, 만약 내가 아니었다면 그대에게 어찌 오늘과 같은 날이 있었겠소?"

이 말 한마디에 손대성도 기가 꺾였는지 피식 웃으면서 고개를 주억거린다.

"이런 젠장! 옛 사람의 말씀에 틀린 게 하나도 없군! '늙은이는 남의 뼈아픈 허물을 곧잘 들춰내니, 죽더라도 늙은이와는 무덤을 같이 쓰지 말라(死了莫與老頭兒同墓. 乾淨會揭挑人)' 했으니 말이오. 나도 알고 보면 필마온 노릇쯤 했을 뿐이고, 그게 성미에 안 들어 천궁을 조금 소란하게 만들었을 뿐이지, 그밖에야 뭐 달리 큰 사건을 일으킨 적이 어디 있었소? 어쨌든 그만둡시다, 그만둬요. 영감님 체면을 봐서 나도 이쯤 해둘 테니까, 이천왕더러 직접 와서 결박이나 풀어달라고 하시구려."

그제야 이천왕도 얼씨구나 됐다 싶어 부리나케 달려오더니, 손대성의 결박을 풀어주고 옷을 입힌 다음, 윗자리에 안내하여 모셔 앉혔다. 이렇듯 한바탕 소동을 겪은 뒤에야 주인과 손님들은 새삼스레 문안 인사를 나누고 자리에 앉았다.

손대성은 태백금성을 향해 빙그레 미소를 띠고 한마디 던졌다.

"영감님, 어떻소? 내가 무슨 노름을 하든지 처음에는 잃어주지만, 나중에 반드시 딴다고 하지 않았소? 노름이란 게 본래 그렇게 하는 거요. 어서 빨리 이천왕을 독촉해서 옥황상제를 뵈러 갑시다. 시간이 없소. 서둘러서 우리 사부님의 신상에 혹시 잘못되는 일이라도 일어나지 않도록 해주시오."

"뭐가 그리도 급하오? 여태까지 견뎌내셨는데, 서두르지 말고 이 댁에서 차나 한잔 얻어 마시고 떠납시다."

태백금성이 느긋하게 뻗대자, 손대성은 또 한 번 슬그머니 으름장을 놓는다.

"영감님이 이 댁 차를 얻어 마시겠다? 흐흠, 그렇다면 피의자에게 사사로운 청탁을 받아들여 범인을 놓아주고 성지를 소홀히 하실 모양인데, 그렇다면 이게 무슨 죄에 해당하시는 줄 모르시오? 뇌물을 받아먹고 일부러 시간을 늦춰 범인을 놓쳐버리시겠다?……"

이 말을 듣자, 태백금성이 펄쩍 뛰더니 두 손을 홰홰 내젓는다.

"안 마시겠소, 차 따위는 안 마시겠어! 공연히 나까지 엉뚱하게 얽어 넣다니! 안 되겠군! 이천왕, 어서 갑시다! 빨리 떠나자니까!"

그러나 이천왕은 선뜻 따라나설 엄두가 나지 않는다. 옥황상제 앞에서 이 앙큼한 원숭이 녀석이 없는 일도 있다고 배짱 부리면서 입으로 이러쿵저러쿵 있는 소리 없는 소리 함부로 떠들어대기라도 하는 날이면, 이걸 무슨 수로 다 변명할 것이냐? 그는 또 한 번 태백금성을 붙잡고 매달릴 수밖에 없다.

"금성, 내 입장 좀 봐주시구려. 어떻게든지 이 일을 원만히 수습해주실 수는 없겠소?"

이천왕이 애원하니, 태백금성은 또 손대성을 보고 한 가지 제의를 했다.

"대성, 내 한마디 드릴 말씀이 있는데, 들어주시겠소?"

손대성은 주둥이를 비죽 내밀고 심술 맞게 투덜댄다.

"밧줄에 묶이고 칼로 찍어 죽이려던 일을 영감님 체면을 봐서 눈감아드렸는데, 또 무슨 할말이 있다는 거요? 어디 말씀해보시구려. 들을 만하면 들어줄 것이고, 듣지 못할 말씀이라면 듣지 않을 테니, 내 탓하지 마시오."

"옛말에, '하루 걸릴 송사도 관청에 가면 열흘 끈다(一日官事十日打)' 했소. 이제 당신이 고소장에 쓴 대로 그 요괴가 이천왕의 딸이라고 주장하면, 이천왕은 아니라고 부인할 거요. 이렇게 두 분이 어전에서 왈가왈부 따지고 변명만 늘어놓다 보면 어느 세월에 진상이 판가름 나겠소? 내 말 좀 들어보시오. 천상에서 하루는 아래 세상에서 일 년에 해당하는데, 언제까지나 똑같은 주장과 반박을 거듭하다 보면, 그 동안 대성의 사부님은 동굴 속에 갇힌 채 요괴와 혼사를 치를 것은 말할 나위도 없으려니와, 만약 요괴의 산달이 차서 꼬마 스님이라도 하나 생겨난다면, 그거 보통 큰일을 그르치는 게 아니고 뭐겠소?"

손대성이 고개를 수그리고 가만히 생각해보니, 과연 그런 일이 벌어졌다가는 진짜 큰일나겠다.

"그렇군, 그래! 옳은 말씀 한번 잘해주셨소. 내가 저팔계, 사화상과 헤어져서 떠나올 때, 오래 걸려도 밥솥에 뜸들기 전, 이르면 찻물 한잔 끓는 동안에 다녀올 수 있다고 했는데, 여태까지 반나절이나 옥신각신 노닥거렸으니 이거 너무 늦지 않았는지 모르겠소. 영감, 그럼 내가 영감님의 말대로 따를 테니 얘기 좀 해주시구려. 옥황상제께서 내리신 이 성지에 뭐라고 회답을 올려야 좋겠소?"

태백금성은 그럴 줄 알았다는 듯이 서슴지 않고 대답했다.

"얘기는 간단하지 뭐! 이천왕더러 천병을 점검해 거느리고 대성과 함께 내려가 요괴를 항복시키도록 하면, 내가 돌아가서 적당히 복명하리다."

"그래, 뭐라고 복명하실 작정이오?"

"고소장을 올린 원고가 중도에서 뺑소니를 쳤기 때문에, 송사는 자연 취소되고, 피고에 대한 혐의도 면제되었노라고 아뢰면 그만 아니겠소?"

손대성이 이 말을 듣고 기가 막혀 껄껄 웃는다.

"됐소, 됐어! 됐으니 그만둡시다! 일이야 어찌 되었든 나는 영감님의 체면을 봐드렸는데도 내가 뺑소니를 쳤다고 아뢰겠다니!…… 자, 그럼 이천왕더러 군사를 점검해 거느리고 남천문 밖에서 날 기다리고 있도록 말씀드려주시오. 그리고 영감님은 나하고 같이 어전에 복명하러 돌아갑시다."

손대성이 어전에 돌아가 복명한다는 말에, 이천왕은 또 지레 겁을 집어먹고 다짐을 둔다.

"이제 대성께서 어전에 가서 엉뚱한 말을 지껄인다면, 나는 꼼짝없이 역신(逆臣)이 될지도 모르오."

"이천왕, 이 손선생을 어떤 사람으로 아시는 거요? 나도 떳떳한 사내 대장부요! '입 밖에 말 한마디 냈다 하면, 네 마리 말이 끄는 마차로 달려도 따라잡기 어렵다(一言旣出, 駟馬難追)' 하였거늘, 내 어찌 치사스런 말로 이천왕을 난처하게 만들겠소?"

말씀 한마디 잘못했다가 밑천도 못 건진 이천왕, 그저 쑥스러운 낯으로 고맙다는 인사를 했다.

손대성은 즉시 태백금성과 함께 복명하러 돌아가고, 이천왕은 본부에 소속된 천병들을 점검해 거느리고 곧바로 남천문 밖에 이르렀다.

태백금성은 손대성과 함께 돌아가 옥황상제를 배알하고 이렇게 아뢰었다.

"당나라 스님을 납치해간 요괴는 역시 금빛 코에 흰 털을 지닌 늙은 쥐의 화신이오며, 이천왕 부자의 위패를 거짓으로 꾸며놓고 분향한 사실이 밝혀졌나이다. 이천왕은 이 사실을 알고 이미 천병을 점검하여 요괴를 수습하고자 출동하였사오니, 바라옵건대 천존께서는 그의 죄를 사하소서."

옥황상제는 사건의 진상을 모두 알게 되자, 천은을 내려 이천왕 부자의 죄를 용서해주었다.

손대성이 즉시 운광을 되돌려 남천문 밖에 다다르니, 이천왕과 나타 삼태자는 벌써 천병들을 포진시켜 거느리고 그가 나오기만을 기다리고 있었다.

이윽고 출동 명령이 떨어졌다. 수많은 천병 신장들은 바람이 휘몰아치고 안개구름이 꾸역꾸역 치솟는 가운데 제천대성을 맞아들이더니,

일제히 구름을 곤두박질쳐 순식간에 함공산 상공에 들이닥쳤다.

저팔계와 사화상은 눈이 빠지도록 기다리다가, 천병들이 손행자와 함께 진군해 오는 것을 보고 반색을 하며 맞아들였다.

미련퉁이는 이천왕을 영접하면서 꾸벅꾸벅 큰절부터 올리고 인사치레를 잊지 않았다.

"이거 엉뚱한 일로 고생을 하십니다그려!"

"천봉원수는 내막을 모를 걸세. 우리 부자가 어쩌다 그 계집의 향화를 한번 잘못 받은 탓으로, 하마터면 큰 곤욕을 치를 뻔했네. 그것이 요괴가 되어 가지고 주제넘게 그대의 스승을 괴롭혀드리다니, 정말 송구스럽기 짝이 없네. 우리가 너무 늦게 왔다고 꾸짖지나 말게. 한데 손대성, 이 산이 바로 함공산이오? 그 괘씸한 것이 드나드는 동굴 입구가 어느 쪽으로 뚫려 있는지 알 수가 없구려."

손행자가 동굴 입구를 가리키며 대답했다.

"이 동굴 속 길은 그래도 내가 익숙하오. 이 소굴은 '무저동'이라고 부를 정도로 밑바닥이 까마득하게 깊고 둘레만도 삼백여 리나 될 만큼 넓소. 뿐만 아니라 소굴이 여기저기 뚫려 굉장히 많아서 도대체 어디가 어딘지 알 수가 없소. 지난번 우리 사부님을 잡아왔을 때에는 바로 저기 물이 두 갈래로 뚝뚝 떨어지는 문루 안에 가두어두었는데, 지금은 어디로 옮겨 갔는지 쥐 죽은 듯 조용하고 귀신의 그림자조차 보이지 않으니, 행방을 알 수 없어 걱정이 태산이오."

이 말에 이천왕은 코웃음을 쳤다.

"제아무리 온갖 계략을 다 쓰더라도, 천라지망을 벗어날 수야 있겠소? 우리 동굴 어귀에 가서 다시 상의해봅시다."

일행이 군사들을 거느리고 10여 리쯤 가보았더니, 엄청나게 커다란 바위 변두리에 다다랐다. 손행자는 물 항아리만한 구멍을 가리켰다.

"저것이 바로 지하 동굴 속으로 드나드는 출입문이오."

"흠흠, '호랑이 굴에 들어가지 않고 어찌 호랑이 새끼를 잡을 수 있겠느냐?'⁴는 말이 있소. 누가 앞장서서 들어가겠소?"

이천왕의 물음에, 손행자가 선뜻 나선다.

"내가 앞장서리다!"

그러자 나타 삼태자도 지지 않고 나섰다.

"제가 요괴를 잡으라는 어명을 받들고 왔으니, 제가 선봉장이 되겠습니다."

미련퉁이 저팔계도 허세를 부리며 팔뚝부터 걷어붙인다.

"선봉장 노릇은 역시 이 저선생이 맡아야 하오!"

여럿이서 앞장을 서겠다니, 이천왕은 두 손을 내저으면서 일행을 진정시켰다.

"모두들 조용하시오! 이렇게 떠들 것이 아니라, 내가 일을 분담하겠소. 손대성이 태자와 함께 천병을 거느리고 동굴 속으로 들어가시고, 나머지 우리 세 사람은 이 출입구 밖에서 파수를 보면서 안팎으로 호응하여, 그 계집이 하늘로 올라갈 길도 막아버리고 땅속으로 들어갈 문도 없게 만들어놓읍시다. 그래야만 우리 수완을 충분히 발휘할 수 있을 것이오."

"그렇게 합시다!"

모두들 이구동성으로 응답했다.

이리하여 손대성은 나타태자와 함께 군사들을 이끌고 깊디깊은 동

---

4 호랑이 굴: 이 속담의 원문은 '不入虎穴, 焉得虎子' 또는 '不入虎穴, 不得虎子' '不入獸穴, 不得獸子' 등 여러 형태가 있는데, 처음 씌어진 기록은 『후한서(後漢書)』「반초전(班超傳)」에 보이며, 그 다음으로 진수(陳壽)의 『삼국지(三國志)』「오지·여몽전(吳志·呂蒙傳)」, 『북사(北史)』「이원전(李遠傳)」 등 문헌에 잇따라 인용되고, 후에는 나관중(羅貫中)의 『삼국연의(三國演義)』 제70회에서도 인용되었다.

굴 속을 바라보면서 단숨에 미끄러지듯 곤두박질쳐 내려갔다. 운광을 타고 내려가는 동안, 고개를 쳐들어 바라보자니, 과연 그 규모가 엄청난 지하 동굴이었다.

　　수레바퀴처럼 둥근 해와 달이 여전히 산천을 두루 비추고, 주옥 같은 연못과 우물에는 따뜻한 김이 서려 있어, 보면 볼수록 뭇사람의 부러움을 자아낸다.
　　첩첩이 솟은 자줏빛 누각, 꽃무늬 아로새긴 누각, 위엄 있게 높이 치솟은 적벽(赤壁)과 청전(青田).
　　춘삼월에 수양버들, 구시월 늦가을에 연꽃, 이야말로 천상천하에 보기 드문 동천복지로구나!

　　잠깐 사이에 운광을 멈춘 일행은 곧바로 요괴가 거처하던 옛집 터에 이르렀다. 이윽고 수많은 병사들이 문턱 부근에서부터 와글와글 법석을 떨며 수색 작업을 벌이기 시작했다. 여기저기 뒤져가며 고함을 질러보기도 하고, 한 층 또 한 층, 이 구석 저 구석 군데군데 3백여 리나 되는 면적을 잔디밭의 풀이 깡그리 짓밟혀 맨땅을 드러내도록 샅샅이 뒤져 나갔으나, 요괴들의 자취는 그 어느 곳에서도 찾을 길 없고 삼장법사의 행방조차 알아낼 길이 없었다. 도대체 모두들 어디로 피신해 숨었을까?……
　　찾다 못해 지쳐버린 장병들이 입을 모아 투덜거린다.
　　"아무래도 이 못된 짐승이 낌새를 채고 벌써 동굴 바깥으로 빠져나간 모양이로구나……"
　　그런데 이때 생각지도 않았던 사태가 벌어졌다.
　　동남쪽 저편 시커멓게 응달진 귀퉁이에 따로 조그만 동굴이 하나

더 뚫려 있을 줄이야 아무도 몰랐다. 그곳은 지면으로부터 뚝 떨어져 아래를 굽어보지 않으면 발견할 수 없는 위치에 자리 잡고 있었기 때문에, 여럿이 그 숱한 고생을 하고 뒤져도 찾아낼 수 없었던 것이다.

그 동굴 속에는 작디작은 출입문이 하나 뚫리고 또 한 칸짜리 나지막한 집채가 들어앉았는데, 분재에 몇 가지 꽃을 가꾸어놓고, 처마 곁으로는 대나무도 몇 그루 서 있을 뿐 아니라 시커먼 기운이 무럭무럭 퍼져 올라 사방팔방이 어두컴컴한 가운데 이상야릇한 향기가 짙게 풍겨 나오고 있었다. 요괴는 삼장 법사를 낚아채다 그 후미진 곳에 가두어놓고 밤낮없이 혼사를 치르자고 졸라대고 있었으나, 손행자는 앞서 이런 은신처가 있을 줄은 까맣게 모른 채 스승을 찾다 못해 중도에 포기하고 말았던 것이다.

하지만 요괴의 운명도 여기서 끝장나게 되어 있을 줄이야 누가 알았으랴. 수많은 부하 요괴들도 그 비좁은 동굴 속에서 북적북적 들끓고 있었는데, 이들 중 제법 간덩이가 큰 요정 한 마리가 답답했는지 그만 동굴 바깥으로 목을 쑥 내밀고 두리번거리다가 근처에 있던 군사의 눈길과 딱 마주치고 말았다.

"여기 있다!"

천병이 냅다 고함을 지르자, 그 동안 약이 오를 대로 올라 있던 손행자는 금고 철봉을 비비 꼬아가며 단숨에 쳐들어갔다. 굴속은 비좁고 요괴들은 득시글거리고, 외마디 고함 소리에 깜짝 놀란 나타 삼태자가 천병들을 휘몰아 한꺼번에 우르르 몰려 들어가니, 한 마리인들 무슨 수로 빠져나갈 것이며 또 빠져나간다 하더라도 어디로 피해 달아날 수 있겠는가? 이리하여 요괴의 무리는 천병들의 왁살스런 손아귀에 송두리째 사로잡히는 신세가 되고 말았다.

손행자는 당나라 스님과 용마와 짐 보따리를 온전히 찾아냈다. 반

토막짜리 보살이라 자랑하던 지용부인, 황금빛 코에 백설같이 흰 털을 지닌 늙은 쥐의 정령은 아무리 생각해보아도 더 이상 빠져나갈 곳이 없는 터라, 마침내 나타 삼태자 앞에 무릎 꿇고 우러러보면서 전전긍긍 떨기만 할 따름이었다.

"오라버니, 목숨만 살려주세요!"

그칠 새 없이 이마를 조아리며 애걸하는 누이동생을 측은한 눈길로 굽어보면서도, 나타태자의 말투에는 용서가 없었다.

"나는 옥황상제의 성지를 받들고 너를 잡으러 왔다. 그러니 섣부른 짓을 할 생각은 말아라. 우리 부자는 네 향화를 잘못 받은 탓으로, 하마터면 '절간 스님이 통나무 질질 끌고 쫓겨나는 신세'가 될 뻔했다!"

누이동생의 애원을 한마디로 매정하게 끊어버린 그는 부하들에게 화풀이라도 하듯 버럭 호통쳐 명령을 내렸다.

"얘들아 뭣들 하느냐! 어서 박요삭을 꺼내 저 요사스런 무리들을 모조리 결박지어라!"

결국 요괴는 한바탕 고초를 적지 않게 맛보고 나서야 동굴 바깥으로 끌려 나오는 신세가 되었다. 운광을 되돌려 무저동 바깥으로 나오는 동안, 손행자의 입에서는 낄낄대고 깔깔대는 웃음소리가 잠시도 그칠 줄 몰랐다.

동굴 문턱을 가로막고 있던 이천왕이 반갑게 손행자를 영접하며 축하의 말을 건넸다.

"대성, 축하하오. 이번에는 사부님을 만나뵙게 되셨구려!"

"고맙소이다, 고마워!"

손행자는 삼장 법사를 데리고 이천왕 앞에 가서 감사를 드리게 했다. 그리고 다음에는 나타 삼태자에게도 인사시켰다.

저팔계와 사화상은 요괴를 찢어 죽여 분풀이를 하려 했으나, 이천왕이 그것을 말렸다.

"이 계집 요괴는 옥황상제의 성지를 받들어 잡은 것이니, 죄인을 함부로 다룰 수는 없소. 우리가 이것을 압송해 가지고 돌아가 어전에 복명을 해야 하오."

이리하여 탁탑 이천왕과 나타 삼태자는 천병 신장들을 거느리고 요괴를 압송하여 천궁으로 돌아가 천조(天曹)에서 처분이 떨어지기만을 기다리게 되었으며, 손행자는 당나라 스님을 모시고, 사화상은 짐 보따리를, 저팔계는 말안장과 고삐를 가다듬어서 스승을 태운 다음, 일제히 큰길을 찾아 나섰다.

이야말로 '사라(絲羅)의 연분 끊어 금해(金海)를 마르게 하니, 옥 같은 여인의 족쇄를 깨뜨리고 번롱(樊籠)에서 벗어난다'는 격이 된 셈이었다.

과연 이번에 나아가는 길에 또 어떤 우여곡절이 기다리고 있을 것인지, 다음 회에서 풀어보기로 하자.

---

5 사라의 연분: '사(絲)'는 토사(菟絲), 곧 1년생 기생식물로 잎이 없는 대신 줄기가 가늘고 덩굴진 식물이며, '라(羅)'는 소나무 겨우살이 식물 여라(女蘿)의 준말. 두 종류 모두 덩굴이 서로 몹시 엉켜붙은 풀 이름인데, 그 살아가는 생김새를 보고 결혼한 남녀간의 정분에 비유한 것이다.

제84회　가지[1]는 멸하기 어려우니 큰 깨우침을 원만히 이루고, 삭발 당한 멸법국왕, 승려의 몸이 되어 본연으로 돌아가다

당나라 스님이 동정을 굳게 지켜 순수한 몸을 더럽히지 않고, 연화(煙花)의 괴로운 올가미에서 벗어나 손행자를 따라서 서쪽으로 길 떠나니, 어느덧 봄이 다하고 여름철이 되었다.

때는 바야흐로 훈풍이 불기 시작하고 한여름철 장마비가 부슬부슬 내릴 무렵이라, 산천 풍경이 새로운 빛을 더하기 시작했다.

하늘하늘 부드러운 신록의 그늘 짙고, 산들바람 가벼우니 제비는 새끼들을 이끌고 날아간다.

갓 피어난 연꽃송이 늪 수면에 반짝이고, 잘 가꾼 대나무는 점차 사방으로 가지를 친다.

풋내 싱그러운 풀 섶이 하늘가에 닿도록 푸른데, 산과 벌에 들꽃이 온통 대지를 뒤덮었다.

시냇가의 창포는 칼을 꽂은 듯 억세고, 불꽃처럼 새빨간 석류는 장행도(壯行圖) 한 폭을 그려낸다.

---

[1] 가지(伽持): 불교 용어로 adhiṣṭhāna. 가(伽=加)는 '지배한다'는 뜻의 가피(加被)의 준말, 지(持)는 '의발(衣鉢)을 몸에 지니고 지킨다'는 뜻의 섭지(攝持)의 준말. 지배하는 힘, 신비적인 주술력을 뜻하는데, 부처와 보살이 불가사의한 힘을 가지고 중생을 보호하는 것을 일컫는 말.

스승과 제자 네 사람이 찌는 듯한 뙤약볕에 시달려가며 헐떡헐떡 걷고 있으려니, 홀연 저편 길 양 곁에 큼지막한 버드나무가 두 줄로 늘어서 있는데, 버드나무 그늘 밑에서 웬 노파 한 사람이 오른손에 어린아이를 하나 이끌고 걸어 나오더니, 삼장 일행을 발견하고 손짓하며 외쳐 부른다.

"거기 가시는 스님들! 그리로 더 가지 말고, 어서 빨리 말머리를 동쪽으로 돌리시오. 서쪽으로 가면 죽는 길뿐이라오!"

느닷없는 소리에 삼장 법사가 깜짝 놀라 안장에서 뛰어내렸다. 그리고 노파에게 인사를 건네며 물었다.

"노보살님, 옛사람의 말씀에, '바다는 넓어서 물고기가 마음껏 헤엄쳐 뛰놀게 하며, 하늘은 텅 비어서 새들이 마음대로 날아다니게 한다(海闊從魚躍, 天空任鳥飛)' 하였는데, 어째서 서쪽으로 나갈 길이 없겠습니까?"

노파는 손가락으로 서쪽을 가리키며 이렇게 말했다.

"저리로 오륙 리쯤 더 가면 바로 멸법국(滅法國)이오. 그 나라 임금은 전생에 무슨 원수를 맺었는지 몰라도, 이 세상에서 헤아릴 수 없을 만큼 많은 죄를 지었소. 그는 이 년 전에 하늘을 두고 허원(許願)을 세웠는데, 그 다짐이란 것이 승려 일만 명을 죽이겠다는 것이었소. 지난 이 년 동안 이름 없는 승려를 구천 구백구십육 명이나 연거푸 죽이고, 이제 이름 있는 승려 네 사람이 오기를 기다렸다가 죽여서 일만 명의 수효를 채우고 소원을 원만히 끝맺으려 하고 있소. 보아하니 당신들도 모두 승려인 듯한데, 이 길을 그대로 가서 도성에 당도하기만 하면 모조리 붙잡혀 목숨을 내놓아야 할 거요."

삼장 법사는 이 말을 듣자, 속으로 겁을 집어먹고 전전긍긍 떨었다.

"노보살님, 일깨워주신 두터운 정리에 깊이 감사드립니다. 정말 고맙기 이를 데 없습니다. 그렇다면 저 도성에 들어가지 않고 달리 갈 수 있는 길은 없겠습니까? 일러주신다면 소승이 그리로 돌아갈까 합니다만……"

노파는 껄껄 웃으며 도리질을 했다.

"돌아갈 길은 없소! 없고말고! 새가 되어 날아서 넘어간다면 혹 모를까?……"

저팔계란 녀석이 곁에서 말참견을 한다.

"이것 봐요, 할망구! 겁나게 공갈 치지 마시오. 우린 모두가 날아다닐 줄 아는 사람들이오!"

그러나 손행자는 불같은 눈, 금빛 눈동자로 상대방이 누군지 그 정체를 이미 알아차리고 있었다. 화안금정(火眼金睛)으로 꿰뚫어 본 노파와 어린아이의 정체는 다름아닌 관세음보살과 선재동자, 바로 그들이었던 것이다. 손행자는 황급히 그 자리에 무릎 꿇고 엎드려 노파에게 큰절을 드렸다.

"보살님, 불초한 제자가 미처 영접해드리지 못했습니다! 죄송합니다, 용서해주십쇼!"

그 말이 떨어지기가 무섭게, 노파로 둔갑했던 남해 관음보살은 한 덩어리 채운을 일으켜 타고 훌쩍 허공으로 솟구쳐 올랐다.

삼장 법사는 깜짝 놀라 몸둘 곳을 모르고 허둥대다가 그 자리에 털썩 꿇어앉아 이마를 조아렸다. 뒤따라서 저팔계와 사화상도 하늘을 우러러 조배를 올렸다.

상서로운 구름은 잠깐 사이에 아득히 사라지더니 마침내는 남해로 돌아갔다.

먼저 일어선 손행자가 스승을 부축해 일으켰다.

"일어나십쇼. 보살님은 벌써 남해 보타암으로 돌아가셨습니다."

삼장은 비척비척 일어서더니, 대뜸 손행자를 원망했다.

"오공아, 보살님이 강림하신 것을 뻔히 알면서도, 왜 진작 나한테 말해주지 않았느냐?"

손행자는 빙그레 웃으면서 여쭈었다.

"하하! 사부님이 그분께 여쭙는 말씀이 끝나기도 전에, 저는 벌써 꿇어앉아 큰절을 올렸는데, 그래도 늦었단 말씀입니까?"

그러자 이번에는 저팔계와 사화상이 한꺼번에 묻고 나선다.

"보살님의 말씀이, 계속 앞으로 나가면 멸법국이 있고 그 나라 임금은 승려를 보기만 하면 죽여 없앤다고 일러주셨는데, 이 노릇을 어떻게 하면 좋소?"

"바보 같으니! 겁낼 것 하나도 없네. 우리가 이날 이때껏 지독스런 마귀, 사나운 괴물들과 얼마나 많이 맞닥뜨렸었나? 그 숱한 용담호혈을 거쳐오면서 다친 데 하나 없이 끄떡도 않고 여기까지 오지 않았는가! 더구나 이 멸법국 사람들은 임금이나 백성들이나 모두 범속한 인간들인데, 무엇이 두렵단 말인가?"

두 아우에게 한바탕 핀잔을 주어놓고, 잠시 뜸을 들이더니 제 생각을 밝혔다.

"하긴 그래도 여기는 머물 곳이 못 되네. 게다가 날도 저물어오는데, 성내에 들어가 장사를 하다가 돌아오는 마을 사람들이 우리가 화상인 것을 알아보고 떠들어대기라도 한다면 시끄러워질 테니, 그게 걱정일세. 우선 사부님을 모시고 어디 으슥하고 조용한 곳을 찾아서 따로 상의하는 것이 좋을 듯싶네."

삼장은 맏제자의 말에 순순히 따랐다. 이래서 일행은 큰길에서 일단 벗어나 땅바닥이 움푹 꺼진 토굴 같은 곳을 한 군데 찾아서 자리 잡고 앉았다.

"자네 두 사람은 여기서 사부님을 잘 모셔드리고 있게. 이 손선생이 변장을 하고 저 성안에 들어가 보겠네. 이곳저곳 살펴봐서 피해 나갈 길을 찾거든, 오늘 밤중에라도 지나가도록 하세."

스승이 당부 말씀을 잊지 않는다.

"애야, 섣불리 굴어서는 안 된다. 어느 나라든 왕법에는 용서가 없으니, 아무쪼록 조심해야 한다."

손행자는 웃어 보이며 스승을 안심시켰다.

"그저 마음 푹 놓고 계시기나 하십쇼! 이 손선생에게도 알아서 하는 수가 다 있으니, 염려 마세요."

용감한 손대성, 말을 마치자 곧바로 몸을 솟구쳐 올리더니 바람을 가르는 소리와 함께 공중 높이 뛰어올랐다. 참으로 신통한 재주였다.

위에서 잡아당기는 밧줄 하나 없고, 밑에서 떠받치는 막대기 하나 없으며, 부모와 마찬가지로 평범한 육신을 지녔으면서도, 사람의 뼈마디치고 이토록 가볍고 날렵할 수가 없다.

구름 끄트머리에 서성거리며 아래 세상을 굽어보았다. 성내에는 기쁜 기운이 용솟음쳐 오르고 상서로운 빛마저 물결치듯 일렁거리고 있다. 뜻밖의 광경에 손행자는 저도 모르게 찬탄을 토해냈다.

"호오! 참으로 멋들어진 고장이로구나! 이렇듯 좋은 나라에 어째서 멸법국이란 이름을 붙였을꼬?"

한참 동안 넋이 빠지게 바라보고 있는 동안, 해가 떨어지고 날이 점점 어두워지기 시작했다.

십자로(十字路) 곁에는 가로등 불빛이 찬란하고, 구중궁궐(九重宮闕) 향기 자욱한 가운데 저녁 종이 울려온다.
　　일곱 점〔七點〕 맑은 별자리 푸른 하늘가에 비추고, 팔방(八方)의 나그네 길 가던 발걸음을 멈춘다.
　　육군(六軍)[2] 영채에서는 이제 막 은은하게 뿔 나팔 부는 소리 들리고, 오고루(五鼓樓) 물시계는 구리쇠 항아리에 첫 방울 똑똑 떨어뜨린다.
　　사변(四邊)에 땅거미 어둑어둑 깔리기 시작하니, 삼시(三市) 저잣거리에 차가운 저녁 연기 자욱하게 덮인다.
　　쌍쌍(雙雙)으로 짝지은 부부는 아름다운 보금자리로 돌아가는데, 일륜(一輪) 명월이 동녘 하늘에 둥실 떠오른다.

　　그는 한동안 생각에 잠겼다.
　　'이제 길거리에 내려가서 사람들을 붙잡고 길을 물어보기는 해야겠는데, 이런 낯짝과 옷차림새를 해 가지고 사람을 만났다가는 갈 데 없이 화상이라고 떠들어대기 십상이니, 아무래도 둔갑술을 써서 일을 벌여야겠다.'
　　인결을 맺고 중얼중얼 진언을 외우며 몸뚱이 한번 꿈틀하니, 어느새 한 마리의 부나방으로 탈바꿈했다.

---

2 육군: 곧 제왕의 군대를 말함. 고대 중국 군사 제도의 하나로서, 1개 군(軍)의 병력은 1만 2,500명. 『주례(周禮)』 「하관(夏官)」 대사마(大司馬) 조항에 따르면, "천자(天子) 곧 황제는 6개 군, 즉 7만 5,000명을 거느리고, 대국의 왕은 3개 군을 거느리며, 작은 나라의 군주는 1개 군을 거느릴 수 있다" 하였다. 군사 규모를 이렇듯 엄격히 제약한 것은 천자의 존엄에 대해서 제후나 군주들이 반역을 시도할 것에 대비한 조치였다.

가느다란 형체에 푸석푸석 메마른 날개 가볍고도 날쌔니, 등불 쳐서 꺼뜨리고 촛불에 달려드니 천성이 밝은 데만 찾아든다.

본래의 애벌레 면목이 변화하여 생겨났으니, 썩은 풀 더미 속에서 익힌 감응이 신통하기 이를 데 없다.

언제나 뜨거운 빛 사랑하고 불꽃 건드리기 좋아하니, 분주하게 날아다니며 멈출 새가 없다.

보랏빛 옷에 향기로운 날개 쳐서 흐르는 개똥벌레 뒤쫓으며, 밤이 깊고 바람 잦아들어 고요한 때를 가장 좋아한다.

파닥파닥, 활개쳐서 육가삼시(六街三市) 큰길거리를 바라고 날아가는 손행자, 여염집 처마 끝을 스쳐서 담 모퉁이 가까이 다다랐다. 한참을 날아가다 보니, 성벽 한 모서리를 끼고 사람 사는 집이 다닥다닥 몰려 있는데, 집집마다 대문턱에 불을 밝힌 등롱이 한 개씩 내다 걸렸다. 손행자는 이상한 생각이 들었다.

"이 집들이 모두들 정월 대보름을 쇠는 모양인가. 어째서 집집마다 등롱을 밝혀서 내 걸었을꼬?"

날개를 바짝 펴고 등불 가까이 날아가서 자세히 살펴보니, 동네 한복판 집에 걸린 네모난 등롱 겉면에 여섯 글자가 씌어 있고, 그 밑에 이어서 또 넉자가 씌어 있다.

장사하러 오가는 손님들 편히 쉬는 곳(安歇往來商賈),
　　　　왕소이네 주막(王小二店)

손행자는 그제야 등롱을 내다 건 집들이 모두 주막집이라는 사실을 알아차렸다. 이를테면 동네 전체가 주막촌(酒幕村)이라는 얘기다. 고개를 길게 뽑아 들여다보니, 안에는 방금 저녁밥을 끝낸 장돌뱅이 8, 9명이 옷을 벗어놓고 두건마저 벗어둔 채, 손발 씻고 저마다 침상에 올라 잠을 자고 있다. 이것을 본 그는 속으로 기뻐하며 중얼거렸다.

"옳거니, 됐어! 이제 사부님이 여길 무난히 지나가실 수 있게 됐구나……"

어떻게 지나갈 수 있단 말인가? 얘기는 간단하다. 심보 불량하게 먹고서 장사꾼들이 잠들 때까지 느긋이 기다렸다가, 이들의 옷가지와 두건을 훔쳐내다 승복과 바꿔 입고 속인으로 변장해서 이 도성에 들어오겠다는 속셈이었다.

허어, 그러나 세상만사 뜻대로 안 되는 수가 있을 줄이야! 손행자가 밤도둑 노릇을 궁리하고 있을 때 일이 까다롭게 돌아갔다. 집주인 왕소이가 손님들 자는 방으로 찾아와서 이렇게 당부 말을 건넨 것이다.

"여러 손님들, 조심하십쇼! 우리 이 주막에는 행실 바른 군자도 계시지만 소인배들도 많습니다. 별의별 사람들이 다 있는 곳이니, 옷가지나 짐 보따리나 모두들 조심해서 간수하셔야 합니다."

생각해보라, 외지에 나와서 떠돌아다니며 장사하는 사람들이 제 물건 중의 무엇 하나라도 제대로 간수하지 않을 턱이 있겠는가? 게다가 주막집 주인이 이렇듯 일러주기까지 하는 데야 귓전으로 들어 넘길 손님이 어디 있으랴! 이래서 장돌뱅이들은 잠을 자다 말고 부스럭부스럭 일어나더니, 옷가지와 두건을 챙겨 들고 주인장에게 한마디씩 건넨다.

"주인장 말씀에 일리가 있소. 우리처럼 길가는 나그네들은 하루 온종일 걷느라 고단해서, 한번 잠이 들었다 하면 누가 업어가도 모를 정도로 곯아떨어지기 십상이니, 밤도둑이 들어도 얼른 깨지 못할 거요. 객지에 나온 몸이 옷이나 짐을 잃어버리면 어쩌겠소? 여보, 주인장! 우리 옷가지하며 두건하며 어깨걸이 전대(纏帶)를 모두 거두어 보관해주시구려. 내일 아침 날이 밝거든 떠날 때 돌려주시면 될 테니까."

손님들이 부탁하는 데야 들어주지 않을 주인이 어디 있겠는가. 이래서 집주인 왕소이는 손님들이 꿍쳐놓은 옷가지와 보따리를 모조리 자기 방으로 옮겨다가 넣어두었다.

성미 급한 손행자는 그 즉시 날개를 펼치고 안채로 뒤따라 들어가서 두건을 걸어두는 시렁 위에 찰싹 달라붙은 채 도둑질할 기회를 엿보기 시작했다. 이윽고 왕소이가 대문 바깥으로 나가더니 등불을 훅 불어 끄고 등롱걸이를 내려놓은 다음, 대문짝과 들창 문을 닫아걸고 나서 제 방으로 들어가 옷을 훌훌 벗고 잠자리에 들었다.

방안에는 왕소이의 마누라와 어린 자식 둘이 더 있었다. 철부지 아이들은 좀처럼 잠이 오지 않는지 시끄럽게 재잘대는데, 마누라 역시 뿌옇게 흐린 등잔불 밑에서 헌 옷을 손에 들고 꿰매느라 도무지 잠자리에 오를 기미를 보이지 않는다.

시렁 위의 손행자는 조바심이 들어 견딜 수가 없다.

"저 여편네가 잠들어야만 손을 쓸 수 있겠는데, 그때까지 마냥 기다렸다가는 사부님의 일이 다 틀어져버릴 게 아닌가?"

게다가 밤이 너무 깊어 성문을 닫아버리면 그때는 꼼짝달싹도 못하고 한데서 찬이슬 맞고 노숙을 해야 할 판이라, 그는 더 이상 참을 수가 없어 시렁 밑으로 파르르 내려앉더니, 등잔불을 노리고 힘차게 날갯짓을 하며 덮쳐 들어갔다. 그야말로 '몸을 던져 불길 속으로 뛰어들고, 이마를 그슬리며 남은 목숨 찾는다(捨身投火, 焦額探殘生)'는 격이었다.

등잔불은 날갯짓 한번에 꺼져버렸다. 손행자는 허공으로 솟구쳐 오르더니 다시 몸을 흔들어 생쥐로 둔갑해 가지고 "찍찍!" 두어 차례 소리를 지른 다음, 시렁으로 곤두박질치면서 손님들의 옷가지와 두건을 낚아채기가 무섭게 방 바깥으로 뺑소니를 치고 말았다.

등뒤에서 주인댁 마누라의 놀란 목소리가 들려왔다.

"여보, 영감! 큰일났소! 생쥐가 도깨비로 둔갑했나봐요!"

뺑소니를 치던 손행자가 이 소리를 듣더니, 또 수단을 부려서 문턱을 가로막고 큰 목소리로 냅다 호통쳤다.

"왕소이 영감! 자네 마누라가 함부로 지껄이는 소리 듣지 말게. 나는 생쥐가 도깨비나 요정으로 둔갑한 게 아닐세. 공명정대한 사람은 뒷구멍으로 나쁜 짓을 하지 않는 법이니, 나도 내 신분을 떳떳이 밝히겠네. 나로 말할 것 같으면, 하늘의 제천대성이 속세에 내려와 당나라 스님을 보호하고 서천으로 경을 가지러 가는 사람일세. 이 나라 임금이 무도하여 승려를 죽여 없앤다 하기에, 부득불 이 옷가지 몇 벌 빌려서 우리 사부님을 변장시켜 드려야겠네. 이 성을 통과하기만 하면 곧바로 돌려보낼 것이니, 너무 걱정하지 말고 기다리게!"

아닌 밤중에 느닷없이 귀신의 목소리를 들었으니 얼마나 놀랐으랴. 주막집 왕소이 영감은 그만 혼비백산을 하고 잠자려던 침상 위에서 후닥닥 기어 일어나 캄캄절벽 어둠 속을 휘더듬어 옷가지를 찾기 시작했다. 얼마나 놀랍고 다급했는지 손끝에 걸린 바지를 저고리인 줄 알고 입으려 들다 보니, 왼팔을 꿰어도 들어가지 않고 오른팔을 꿰어도 들어가지 않는다.

갈팡질팡 허둥거리는 주인댁 부부를 내버려둔 채, 손행자는 또 한 번 술법을 써서 재빨리 구름을 일으켜 타고 바깥으로 뺑소니쳐 나갔다. 성내에서 후미진 구덩이까지는 곤두박질 한번 치는 사이에 다다랐다.

삼장 법사는 별빛과 밝은 달빛 아래 몸을 내밀고 제자가 사라진 쪽을 하염없이 내다보고 있다가, 손행자가 돌아오는 것을 발견하고 그 앞으로 달려 나가자마자 대뜸 물었다.

"얘야, 어떠냐? 이 멸법국을 지나갈 수 있겠더냐?"

손행자는 훔쳐온 옷가지를 내려놓으면서 난처한 듯이 도리질을 해보였다.

"사부님, 멸법국 도성을 지나가시려면, 중의 꼬락서니를 해 가지고는 안 되겠습니다."

저팔계가 곁에서 찔끔 놀라며 투덜댄다.

"아니, 형님! 또 누구 애를 먹이려고 이러시오? 중노릇을 하지 않으려면 그야 손쉽지만, 이 빤빤 대머리에 머리카락이 나려면 앞으로 반년 동안은 깎지 말아야 길어질 게요."

"이 사람아, 어떻게 반년 동안이나 기다릴 수 있겠는가! 우리 네 사람 모두 당장에 속인이 되어야 하네."

손행자가 핀잔을 주었더니, 이 미련퉁이는 어리벙벙한 기색으로 이맛살을 찌푸린다.

"원, 형님도 주책없는 소리 다하시오. 지금 이렇게 화상 노릇을 하고 있는 사람더러 당장 속인이 되라면, 두건을 어떻게 쓴단 말이오? 상투 끈을 잡아매려 해도 묶을 상투자루가 없으니, 이거 보통 어려운 일이 아닌데."

삼장이 듣다 못해 버럭 고함질러 야단을 친다.

"이 미련한 놈아! 지금이 어디 노닥거리고 있을 때냐? 당장 눈앞에 어려운 일부터 해결할 생각을 해야지! 오공아, 도대체 어떻게 하자는 얘기냐?"

질문이 다시 손행자에게 돌아갔다.

"사부님, 제가 성 안팎에서 이것저것 다 살펴보았습니다. 이 나라 임금이 무도하게 승려들을 죽인다고는 하지만, 그래도 참된 제왕이어서 도성 위에 상서로운 빛과 기쁜 기운이 떠돌고 있더군요. 성안을 두루 살펴보아서 길거리하며 이 고장 사람들이 쓰는 사투리까지 다 익혀두었습니다. 말도 할 줄 알게 되었고요. 여기 주막집에서 빌려온 장사꾼들의 옷가지와 두건이 있으니까, 우리 모두 속인으로 변장하고 성내에 들어가면 잠자리를 빌려 들 수 있을 겁니다. 사경쯤 되어서 날이 밝거든 일어나 주막집 사람들에게 아침밥이나 시켜 먹고, 오경 무렵 성문이 열릴 때까지만 기다렸다가 곧바로 나가서 서쪽으로 길 떠나면 됩니다. 가는 도중에 마주치는 사람이 붙잡더라도, '우리는 상국(上國)에서 칙명으로 파견된 사람이다. 멸법국 임금도 길을 막지 못하고 놓아보냈다'고 둘러댄다면, 아무 일도 없을 것입니다."

일행 다섯 가운데 누구보다 신중한 사화상이 그 의견에 먼저 찬성을 했다.

"큰형님 처사가 지당하오. 우선 그 말대로 해봅시다."

얘기가 이쯤 되니 장로님도 어쩔 도리가 없다. 편삼을 벗고 승모도 벗고, 손행자가 건네주는 대로 속인의 옷가지를 주섬주섬 걸쳐 입고 머리에 두건을 푹 눌러썼다. 사화상도 갈아입었다. 저팔계는 워낙 머리통이 크기 때문에, 손행자가 두건 두 개를 한 쪽씩 터 가지고 합쳐서 실과 바늘로 꿰매 머리에 덮어씌워야 했다. 그리고 제일 큰 옷을 골라서 입힌 다음, 자신도 한 벌 걸쳐 입었다.

"자, 여러분! 이제부터는 길바닥에서 '사부님'이니 '제자'니 하는 소리를 걷어치우기로 합시다."

이 말에 저팔계가 이의를 제기한다.

"아니, 사부님을 사부님이라 부르지 않고 제자를 제자라고 부르지 않는다면, 도대체 서로 뭐라고 부르란 말이오?"

"우리 모두 '형님' '아우님' 하고 부르세. 사부님은 '당씨(唐氏)네 큰 어르신'이라 부르고, 자네는 '셋째 아우 주씨(朱氏)' 노릇을 하고, 사화상은 '막내 사씨(沙氏)'라고 부르세. 그리고 자네들은 날더러 '둘째 형님 손씨(孫氏)'라고 부르게. 주막에 당도하거든 사부님과 자네들은 절대로 입을 열지 말고, 나 혼자서 묻거나 대답하겠네. 저 사람들이 우리더러 무슨 장사를 하느냐고 물으면, 말을 팔러 돌아다니는 장사꾼이라고 말해두세. 이 백마를 견본으로 삼아서 보여주고, '우리 동료가 모두 십형제인데, 우리 넷이 선발대로 미리 와서 방을 잡아놓고 말 장사를 할 차비를 차린다'고 둘러대면 주막집 사람들도 우리를 아주 환대할 걸세. 이렇게 오늘밤에는 저녁 한 끼 잘 얻어먹고 푹 쉰 다음, 내일 아침 떠날 때 기왓장 부스러기를 몇 개 집어 가지고 은전으로 둔갑시켜 주막집 주인에게 숙식비를 치르고 떠나도록 함세."

거짓말에다 기왓장으로 돈을 만들어 숙박비로 지불하다니, 심성 바르고 고지식한 삼장 법사로서는 듣기만 해도 끔찍스러운 사기 행각이었으나, 사세가 그렇게 하지 않으면 안 될 형편이니 어쩌겠는가. 그저 두 눈 딱 감고 손행자가 하자는 대로 따를 수밖에 없다.

이리하여 장돌뱅이로 변장한 스승과 제자 네 사람은 부리나케 말을 끌고 짐 보따리를 떠멘 채 성문 쪽으로 달려갔다.

멸법국은 나라 이름은 그래도 태평 시절을 누리고 있는 고장이라, 날이 벌써 저물어 초경(初更)이 되었으나 성문은 아직 닫히지 않고 열려 있었다. 일행은 거침없이 성문을 통과하여 곧바로 왕소이의 주막으로 향했다. 그러나 문턱에 다다르자, 안에서 시끄럽게 떠드는 소리가 들려나왔다.

"어, 내 두건이 보이지 않는걸!"

"이크, 내 옷도 없어졌어!"

손행자는 못 들은 척, 시침을 뚝 떼고 일행을 네거리 건너편 마주보이는 주막으로 데려갔다. 그 주막 역시 아직껏 등불을 거둬들이지 않고 있었던 것이다. 그는 대문 앞에 서서 주인을 불렀다.

"주인장 계시오? 여기 우리가 쉴 만한 빈방이 있소?"

안에서 중년 부인의 목소리로 응답이 나왔다.

"있고말고요! 어서 들어오세요! 손님들, 이층으로 올라가시죠!"

말이 끝나기도 전에 웬 장정 하나가 나오더니 말 재갈을 끌고 들어가려 한다. 손행자는 고삐를 넘겨주고 일부러 등잔불 빛을 등진 채 어두운 그늘 밑으로 스승을 인도하면서 이층으로 올라갔다.

이층 객실에는 간편한 탁자와 걸상이 쓰임새 있게 놓여 있었다. 창살 문을 열었더니 달빛이 환하게 비쳐 들어온다. 네 사람이 자리 잡고 앉으려니, 시중꾼 한 사람이 등잔불을 밝혀 들고 올라왔다. 손행자는 냉큼 일어나 문턱을 가로막고 서서 등불을 훅 불어 껐다.

"달빛이 이렇게 밝으니, 등불은 소용없소."

시중꾼이 내려가자, 이번에는 몸종 하나가 맑은 차 넉 잔을 쟁반에 떠받쳐 들고 들어왔다. 손행자가 쟁반을 받아드는데, 아래층에서 주막 여주인인 듯싶은 부인이 올라왔다. 나이가 57, 8세쯤 들어 보이는 중년 부인이었다. 이층에 올라온 그녀는 한 곁에 서서 일행에게 물었다.

"손님들은 어디서 오셨습니까? 무슨 장사를 하시나요?"

일행과 약속한 대로 손행자가 나서서 대답했다.

"우리는 북방에서 왔소. 힘세고 좋은 야생마를 몇 필 가져다 팔려고 온 거요."

여주인은 일행을 하나하나씩 뜯어보더니 고개를 갸우뚱한다.

"말 장사를 하시는 손님치고 일행이 몇 분 안 되는군요. 성함은 어떻게들 되시나요?"

손행자는 동료들을 하나씩 가리키면서 미리 준비한 이름을 댔다.

"이분은 당씨 나으리, 이 사람은 주씨네 셋째 아우, 또 이 사람은 막내 사씨, 그리고 나는 둘째로 성이 손씨요."

여주인이 이 말을 듣고 싱긋 웃는다.

"성씨가 모두 각각 다르네요."

"이게 바로 '이성끼리 한데 어울려 산다'는 격이 아니겠소? 우리 일행은 모두 십형제인데, 우리 넷이 먼저 와서 주막을 잡아놓고 내일 장사할 준비를 마련하기로 하고, 나머지 여섯 사람은 성밖에서 말 떼를 돌보느라 야영하고 있소. 그토록 많은 말 떼를 이끌고 성내에 들어오기가 번거롭고 불편하기에, 우리가 투숙할 곳을 잡아놓으면 내일 아침에 모두들 이리로 들어와서 말을 다 팔 때까지 묵었다가 돌아갈 작정이오."

열 명이나 되는 손님이 여러 날 묵겠다니, 이렇게 반가울 데가 어디 있으랴. 여주인은 입이 함지박만하게 벌어져서 다시 물었다.

"말 떼가 모두 몇 필이나 되시나요?"

"다 큰 놈, 망아지 합쳐서 모두 백십여 필쯤 되오. 우리가 끌고 온 백마처럼 하나같이 우람한 몸집을 지녔는데, 터럭 빛깔만 제각기 다를 뿐이라오."

여주인이 또 한 차례 방글방글 웃는다.

"손씨 나으리는 정말 여행을 많이 다니신 분이라, 투숙할 곳을 찾아내시는 안목이 대단하군요. 일찌감치 우리 집을 찾아오셨기에 망정이지, 다른 집 같았으면 그 많은 말 떼를 받아들이지 못했을 거예요. 우리 주막에는 마당도 널찍할 뿐 아니라, 마구간이며 여물통하며 준비가 제대로 잘 갖추어져 있고, 말먹이도 넉넉해서 몇 백 필이라도 다 먹일 수가 있지요. 그런데 한 가지 조건이 있어요. 저희 집은 여기서 여러 해 동안 주막을 경영해왔기 때문에 이름도 제법 널리 알려졌는데, 제 남편 조씨(趙氏)가 불행히도 일찍 세상을 떠서 그때부터 '조과부 집 주막'이라고 부른답니다. 우리 주막에서는 손님을 세 등급으로 받는데, 처음 대하는 손님께 다소 까다롭게 구는 것 같습니다만, 나중에 피차 말썽이 없게 하려고 먼저 숙박비를 미리 작정해놓는 관례가 있답니다. 그래야만 나중에 셈하기가 깨끗하거든요."

여주인이 손님들 눈치를 보아가며 어렵게 얘기를 꺼내놓았더니, 이 '손씨 나으리'는 대수롭지 않다는 듯 선선히 받아들인다.

"그것 참 옳은 말씀이오. 그럼 이 댁에서 손님을 세 등급으로 나눠서 받아들인다 했는데, 그 세 등급이란 게 어떻게 나누는 거요? 속담에도 '물건 값은 품질이 좋고 나쁜 데 따라 가격이 셋으로 나뉘지만, 손님은 먼 데서 오나 가까운 데서 오나 가리지 않고 똑같이 대우한다(貨有高低三等價, 客無遠近一般看)' 했는데, 이 댁에서는 손님을 어떻게 세 등급으로 나누어 받아들이겠다는 건지, 어디 한번 들려주시구려."

조과부가 숙박비 등급을 차례차례 늘어놓는다.

"우리 주막에는 손님을 상, 중, 하, 이렇게 세 등급으로 받습니다. 상등급 손님에게는 다섯 가지 과일, 다섯 가지 요리를 갖추어서 음식상을 올리는데, 사선두당(獅仙頭糖)이 놓인 식탁을 손님 두 분씩 겸상으로 차지하시고, 여기에 젊은 계집아이가 시중들면서 노래까지 불러드립니다. 밥값은 한 분에 은자(銀子) 다섯 닢씩입니다만, 방 값도 물론 그 안에 포함되어 있지요."

손행자는 일부러 감탄을 했다.

"호오, 그것 참 헐한 가격이군! 우리나라에서는 은자 다섯 닢으로 젊은 기생 하나 부르기에도 모자라는데……"

"중등급 손님은 한 식탁에 둘러앉아서 음식을 자실 만큼 떠다 드십니다. 과일도 있고 따끈하게 데운 술도 있지만, 손님들이 직접 따라 드셔야 하고, 시중드는 기생이 없습니다. 손님 한 분에 은자 두 닢씩 받으면 되지요."

"모두 값이 아주 싸군그래! 그럼 하등급은 어떻소?"

제일 하등급까지 묻자, 조과부는 그것까지 알아야 하느냐는 듯이 얼른 얘기하지 않는다.

"감히 귀하신 손님들 앞에서 말씀드리기가 어렵군요."

"얘기해도 상관없소. 우리 처지에 알맞은 것을 골라잡을 테니까."

그제야 조과부도 마지못해 입을 열었다.

"하등급 손님에게는 시중드는 사람도 없고, 그저 부엌 가마솥에서 손님 손으로 밥을 퍼다가 어떻게 잡수시든 식성대로 배불리 드시면 됩니다. 식사가 끝나면 짚더미를 가져다가 아무 데나 깔아놓고 편리한 대로 주무시고, 날이 밝았을 때 형편이 되는대로 밥값 몇 푼만 내놓으시면 그 이상 따지지 않습니다."

저팔계란 녀석이 이 말을 듣고 귀가 솔깃해졌다.

"그것 참 잘됐군! 이 주선생이 단단히 수지맞게 되겠는걸! 가마솥 밑바닥이 드러날 때까지 실컷 퍼먹고 나서 부뚜막 문턱에 쓰러져 자면 될 것 아닌가? 제기랄!"

손행자가 야단을 쳤다.

"이 사람, 셋째 아우! 그게 무슨 소린가? 자네하고 나하고 이 너른 강호 천지에 어딜 가서든지 은자 몇 닢 벌지 못한 적이 있었다고 궁상을 떤단 말인가? 주인장, 우리한테 상등급으로 식사를 마련해주시오!"

조과부는 이게 웬 봉이 걸려들었느냐 싶었던지, 입이 또 함지박만 하게 벌어졌다.

"아무렴 잘 생각하셨습니다! 객지에서 돈 몇 푼 아끼느라 몸을 축내셔서야 되겠습니까? 애들아! 어서 좋은 차를 내오고 주방에 일러서 음식상을 마련하도록 해라!"

그리고도 모자랐는지, 또 아래층으로 내려가더니 손님더러 들으라고 큰 소리로 머슴들에게 분부를 내린다.

"얘들아! 닭 잡고 오리도 잡고, 지지고 볶아서 술안주에 밥반찬을 만들어라. 돼지와 양은 오늘 잡을 것 없다, 내일 써도 되니까. 맛좋은 술도 내오고, 흰쌀로 밥 짓고 고운 밀가루로 떡을 찌도록 해라."

이층 객실에서 삼장 법사가 이 소리를 듣고 흠칫 놀라 손행자를 돌아본다.

"여, 여보게, 손씨 둘째 아우님! 저걸 어쩌면 좋은가? 닭 잡고 오리 잡고 돼지와 양을 잡아서 우리한테 먹여줄 모양일세. 우리는 오랫동안 재계(齋戒)를 해온 몸인데, 어떻게 그런 고기 음식을 먹는단 말인가?"

손행자는 시침을 뚝 떼고 대답했다.

"당씨네 큰형님, 내게 다 생각이 있으니 염려 마시구려."

그리고 객실 문턱으로 가더니 발로 마룻바닥을 쿵쿵 구르면서 여주인을 외쳐 부른다.

"조씨 마나님, 잠깐 올라오시오!"

조과부는 또 뭘 시키나 해서 쪼르르 올라와 묻는다.

"손씨 나으리, 무슨 분부라도 계신지요?"

손행자는 정색을 하고 분부했다.

"오늘은 살생을 하지 마시오. 우리가 오늘 재계를 지키고 있소이다."

조과부가 깜짝 놀라며 다시 묻는다.

"손님들께서 재계를 하시다니, 그럼 장재(長齋)를 하시나요, 월재(月齋)를 하시나요?"

"그런 게 아니오. 우리는 '경신재(庚申齋)'[3]를 지키고 있소. 오늘이

---

3 월재·장재·경신재: 모두 도교 용어. '재(齋)'란 수행자가 도(道)와 함께 진(眞)에 이르기 위하여 몸과 마음을 깨끗하고 단정히 가다듬는 준비 단계, 곧 재계(齋戒)를 뜻한다. 월재(月齋)와 장재(長齋)에 대하여는 제42회 주 **1** 참조.

바로 경신일이니 재계를 지키고, 삼경만 지나면 신유일(辛酉日)이 되니까, 재계도 끝나는 거요. 내일이나 살생을 하시고, 지금은 소찬으로 저녁 준비를 해주면 음식 값은 상등급으로 셈쳐드리리다."

채소 음식으로 상등급 밥값을 치러주겠다니, 조과부는 더욱 기뻐서 어쩔 줄을 모르면서 부리나케 아래층으로 뛰어내려가 호들갑스레 분부를 내린다.

"애들아! 잡지 말아라, 오리와 닭은 잡지 말아라! 목이버섯하고 남방 특산 죽순, 두부, 국수 다발을 꺼내오고, 밭에 나가 싱싱한 채소를 뽑아다가 당면 국을 끓이고, 밀가루 반죽을 부풀려서 만두 찌고 흰쌀로 이팝 짓고, 향기 좋은 차를 달여서 내오도록 해라!"

부엌에서 일하는 숙수(熟手)들이야 날마다 주막에서 해온 솜씨라, 눈 깜짝할 사이에 음식을 거뜬히 차려 가지고 이층 객실에다 벌여놓았다. 여기에 또 미리 만들어두었던 사선당과도 내놓아, 네 사람이 배가 부르게 실컷 먹었다. 주인 쪽에서 또 물어왔다.

"과일로 빚은 소주(素酒)가 있는데, 드시겠습니까?"

손행자가 일행을 대표해서 대답했다.

"당씨 나리는 그만두고, 우리 셋이서 몇 잔씩 마시리다."

경신재(庚申齋)의 '경신'이란, 간지(干支)로 따져 12간(干)과 10지(支)가 서로 어울려서 60일을 한 바퀴 도는 동안, '경(庚)'자가 들어가는 날이 경오(庚午)·경진(庚辰)·경인(庚寅)·경자(庚子)·경술(庚戌)·경신(庚申), 이렇게 여섯 번 있는데, 그 가운데 경신에 해당하는 날이다. 도교의 교리에 따르면, 이날 밤만 되면 인체 내에 들어 있는 세 신령, 즉 '삼시신(三尸神)'이 몸 속에서 살그머니 빠져나와 하늘로 날아올라가 옥황상제에게 그 사람이 인간 세상에서 저지른 죄악을 낱낱이 아뢰는데, 보고를 받은 옥황상제는 그 악행에 대해서 털끝만큼도 차이가 나지 않게 벌을 내린다고 한다. 그래서 사람들은 경신일이 되는 날에는 밤새도록 잠을 자지 않고 삼시신이 빠져나가지 못하도록 지키는데, 새벽녘이 되어 졸릴 때라도 잠깐 탁자에 엎드려 눈을 붙이기만 할 뿐 깊이 잠들지 않으면, 삼시신은 절대로 몸뚱이에서 빠져나가 옥황상제에게 보고하지 못한다고 하였다. 삼시신에 관해서는 제15회 주 **2** 및 제33회 주 **5** 참조.

이래서 조과부는 따뜻하게 데운 술을 한 주전자 곁들여서 내왔다. 세 사람이 주전자를 들고 술을 따르는데, 갑자기 마룻바닥이 쿵쾅쿵쾅 시끄럽게 울렸다.

"조씨 마나님, 아래층에서 무슨 세간살림이 쓰러지는 소리가 나는구려."

그랬더니 조과부는 태연스레 대꾸했다.

"아니올시다. 시골에 있는 우리 집 머슴들이 소작료로 받은 쌀가마를 싣고 왔다가 밤이 늦었기에 아래층에서 자라고 했지요. 그런데 손님들이 오셔서 상등급으로 대접하는 마당에 심부름할 사람이 변변히 없어서, 그들더러 가마를 떠메고 가서 시중들어드릴 젊은 계집아이를 데려오라고 시켰더니, 방금 가마를 떠메다가 마룻바닥에 부딪쳐서 소리를 낸 모양입니다."

손행자는 이 말을 듣고 속으로 찔끔 놀라 조과부를 만류했다.

"이크! 그 말씀 일찌감치 잘해주셨소. 어서 빨리 내려가서 데려오지 말라고 하시오. 오늘은 우리가 재계를 지키는 날이기도 하려니와, 또 우리 형제들도 다 도착하지 않았는데, 우리 넷이서만 놀 수야 없는 일이 아니겠소? 내일이면 모두 이리 올 테니까, 형제 열 명이 다 모인 자리에서 기생들을 불러놓고 한판 걸떡지게 놀아보겠소. 그리고 끌고 온 말 떼가 다 팔리는 대로 떠나리다."

조과부는 감탄을 금치 못한다.

"참말 의리도 좋으신 분들이네! 형제분끼리 화목하시기도 하고, 또 객지에서 몸을 소중히 여기실 줄도 아시니 말이에요."

그리고는 아래층을 향해 소리친다.

"애들아, 가마를 도로 안에 들여다 놓아라! 데리러 갈 것 없다."

손님 넷이서 술과 밥을 다 먹고 상을 물리자, 주막집 사람들도 그릇을 거두어가고 모두들 제 방으로 흩어져갔다.

　　삼장 법사가 제자의 귀뿌리에 가만가만 속삭여 묻는다.

　　"어디서 자게 되는 거냐?"

　　"여기, 이층에서 자는 거죠."

　　손행자가 대수롭지 않게 한마디로 받아넘겼더니, 스승은 사뭇 떨떠름한 기색을 짓는다.

　　"여긴 불편해서 안 되겠다. 우리 모두 진종일 걷느라 몹시 고단한데, 혹시 잠든 사이에 다른 손님이 갑자기 들어와서 동숙했을 때, 우리 두건이 벗겨져 빤질빤질한 머리통을 드러내기라도 하면 어쩌겠느냐? 우리가 승려라는 것을 그 사람들이 알아보고 떠들어댔다가는 보통 큰일이 아니지 않겠느냐?"

　　손행자도 생각해보니 옳은 말씀이다.

　　"딴은 그렇군요!"

　　결심이 서면 당장 실행에 옮기는 손행자, 또다시 문턱으로 가서 마룻바닥을 쾅쾅 굴러 아래층의 여주인을 부른다. 조과부가 또 올라왔다.

　　"손님, 또 무슨 분부가 있으신가요?"

　　"우리 어디서 잠을 자는 거요?"

　　"여기 이층에서 주무시죠. 모기도 없고 남풍이 불어서 창문을 활짝 열어놓으면 주무시기에 아주 기분 좋으실 거예요."

　　여주인의 대꾸에, 손행자는 절레절레 도리질을 해 보였다.

　　"여기서는 잠이 안 오겠는걸. 우리 저 둘째 아우님 주씨는 습진이 좀 있고, 막내 사씨는 날씨가 눅눅하면 견비통(肩臂痛)이 도지오. 더구나 큰형님 당씨는 꼭 어두컴컴한 데서 주무셔야 잠이 잘 오고, 나 역시 조금이라도 환한 곳을 싫어하는 버릇이 있어서, 이래저래 여기는 잠잘 데가 못 되는데 어쩌면 좋겠소?"

조씨 마나님은 어깨가 축 늘어져서 아래층으로 내려가더니 계산대 난간에 기대서 땅이 꺼져라 한숨만 푹푹 내리쉰다. 조과부의 딸이 어린애를 안고 나오다가 그것을 보고 물었다.

"어머니, 속담에도 '여울목에 배를 대고 열흘 동안 순풍을 기다리면, 하루 만에 구백 리를 간다(十日灘頭坐, 一日行九灘)'고 했어요. 지금은 날씨가 무더워서 장사가 잘 안 되지만, 가을철이 되어서 선들바람만 불면 장사를 못 할까봐 걱정할 날이 없을 텐데, 무엇 때문에 한숨을 내리쉬고 계시는 거예요?"

"얘야, 장사가 안 되어서 걱정하는 게 아니란다. 오늘 저녁에는 일찌감치 가게 문을 닫으려 했더니 초경 무렵에 말 장사꾼 네 명이 들었는데 기분 좋게 상등급으로 대접해달라는구나. 그래서 은자 몇 닢 벌어보겠다 싶어 기뻐했더니, 그 손님들이 오늘은 재계를 지키는 날이라면서 소찬만 먹었지 뭐냐. 그러니 오늘 돈벌이는 말짱 도루묵이 되어버렸기에 이렇게 한숨만 쉬고 있는 게다."

"손님들이 저녁밥을 먹은 이상, 딴 주막으로는 옮겨가지 못하겠죠. 내일 아침에 고기 음식과 술을 푸짐하게 차려다 주면, 왜 돈벌이가 되지 않겠어요?"

"그 손님들은 모두 고질병이 있다는구나. 바람이 잘 통해도 좋지 않고, 밝은 데도 싫다 하고, 모두들 어두컴컴한 데서 자야겠다니 이걸 어디다 재우느냔 말이다. 너도 생각 좀 해보려무나. 우리 집은 어느 방에나 들창 문을 내놓아서 바람도 잘 통하고 훤히 밝은데, 캄캄한 방이 어디 있겠느냐? 아무래도 공밥 한 끼니 먹인 셈 치고, 그 사람들더러 딴 집으로 옮겨가라고 해야 할까보다."

딸이 가만히 생각해보더니 무릎을 탁 친다.

"어머니, 우리 집에 어두운 데가 한 군데 있잖아요! 바람기도 안 통하니까, 안성맞춤으로 딱 좋은 곳이죠. 됐어요! 거기면 아주 좋아할 거예요!"

"그런 데가 어디 있단 말이냐?"

"아버님께서 살아 계실 적에 굉장히 커다란 궤짝을 하나 맞추셨죠? 그 궤짝은 폭이 넉 자에 길이가 일곱 자, 높이가 석 자나 되니까, 그 속에 들어가면 장정 육칠 명은 넉넉히 잘 수 있을 거예요. 그 손님들더러 궤짝 속에 들어가 자라고 하죠, 뭐."

"글쎄 좋다고 할지 모르겠다. 어디 한번 물어보마…… 이층 손님! 저희 집이 변변치 못해서 어두운 방이라곤 없네요. 하지만 궤짝 하나 커다란 게 있는데, 바람도 통하지 않고 빛도 새어들지 않으니, 그 궤짝 안에 들어가 주무시면 어떨까요?"

이층에서 즉시 응답이 내려왔다.

"좋소, 좋아! 그것 아주 좋겠소!"

조과부는 됐구나 싶어, 냉큼 심부름꾼 몇 사람을 시켜서 궤짝을 떠메다가 마당에 부려놓고 뚜껑을 열었다. 그리고 삼장 일행을 아래층으로 내려오게 했다.

이윽고 손행자가 스승을 데리고 내려왔다. 사화상도 짐 보따리를 둘러멘 채 등잔불 빛 그림자를 등지고 조심스럽게 궤짝 있는 데로 다가왔다. 저팔계 녀석은 주책없이 불문곡직하고 자기가 먼저 궤짝 안으로 뛰어들었다. 사화상이 짐 보따리를 들여놓고 당나라 스님을 부축하여 안으로 모셨다. 그리고 나서 자기도 한 곁에 들어가 누웠다.

"우리 말은 어디 있소?"

손행자가 물으니, 곁에서 시중꾼이 대답한다.

"뒤꼍 마구간에 매여서 말먹이를 먹고 있지요."

"이리 끌고 오시오. 말먹이가 담긴 구유도 떠메다가 궤짝 곁에 바짝 매어놓으시오."

그리고 나서야 자기도 들어가며 여주인에게 소리쳤다.

"조씨 마나님, 뚜껑을 덮어주시오. 자물쇠를 채워서 잠가놓고 어디로 빛줄기가 새어 들어오지 않는가 살펴보아서 종이로 발라두었다가, 내일 아침 일찍 열어주시면 되오."

조과부가 시키는 대로 하면서 중얼거린다.

"원 조심성도 어지간하시군!"

일이 끝나자, 모두들 대문을 걸어 닫고 제각기 잠자러 들어간 것은 더 말할 나위가 없다.

한편 궤짝 속에 들어간 네 사람은 신세가 참말 딱하게도 됐다. 팔자에 없는 두건을 꾹꾹 눌러쓴 데다 날씨는 푹푹 쪄서 숨이 막힐 지경이요, 바람이라곤 한 점도 새어들지 않으니, 이거야말로 삼복 무더위에 한증막에 들어앉아 곤욕을 치르기보다 더 힘들고 어려웠다. 그들은 너 나 할 것 없이 옷가지와 두건을 훌훌 벗어 던졌으나 부채 같은 것도 없는 터라, 그저 승모를 꺼내들고 펄럭펄럭 부채질하며 더위를 식힐 수밖에 딴 도리가 없었다. 비좁은 궤짝 안에 장정이 넷씩이나 드러누웠으니, 이쪽에서 저쪽을 밀치랴, 저쪽에서 이쪽을 밀어내랴, 한바탕 야단법석을 치고 나서 이경 때나 되어서야 가까스로 잠들기 시작했다.

손행자는 어쩐지 마음이 불안하고 걱정스러워 잠을 이루지 못한 채 뒤척거렸다. 그래도 곤히 잠든 아우들이 얄미워 슬그머니 손을 뻗쳐 저 팔계의 넓적다리를 꼬집었다.

미련퉁이 녀석은 다리를 흠칫 오므리면서 투덜거렸다.

"주무시오! 고단해 죽겠소. 자라는 잠은 자지 않고 무슨 심통으로 남의 다리를 꼬집으며 장난질을 치는 거요?"

손행자는 고단하기는커녕 심심해 죽을 노릇이라, 바보 녀석을 상대로 훤수작을 늘어놓기 시작했다.
　"여보게, 우리 본전이 오천 냥에 지난번 말을 팔아서 삼천 냥을 벌어들였고, 지금 이 전대 두 자루에 사천 냥이 들어 있지 않나? 이제 또 나머지 말 떼를 다 팔아 치우면 삼천 냥은 너끈히 받을 테니까, 이거야말로 밑천 한 냥에 이득이 한 냥씩이니 열 곱 장사는 되는 셈이네. 이만하면 우리도 한 밑천 단단히 잡지 않았나!"
　그러나 잠만 자고 싶은 미련퉁이에게서 무슨 대꾸가 나오랴. 일은 엉뚱한 데서 터져 나오고 말았다.
　길 가던 나그네들이야 전혀 모르고 있었으나, 이 조과부 댁 주막에서 일보는 심부름꾼, 부엌데기, 물지게꾼이나 머슴 같은 녀석들은 하나같이 강도 떼와 연줄을 대고 주막 손님들의 소식을 도적 떼에게 일러주며 내통해온 한패거리였다. 궤짝 속에 손님이 수천 냥이나 되는 은자를 지녔다고 자랑 삼아 지껄이는 소리를 엿듣자, 그들 가운데 몇 녀석이 슬그머니 주막을 빠져나가더니, 20여 명이나 되는 패거리를 모아 가지고 말 장사꾼을 털어먹으러 주막으로 쳐들어왔다. 아닌 밤중에 강도들이 횃불을 대낮같이 밝힌 채 몽둥이와 칼을 들고 대문 안으로 들이닥치니, 조과부 모녀는 기절초풍을 하도록 놀란 나머지 안에서 방문을 굳게 잠가버리고 도둑놈들이 손님 방을 털어 가든 말든 내버려두었다.
　떼강도는 처음부터 주막집 세간살이를 약탈하러 온 것이 아니라, 말 장사를 한다는 손님을 털어먹으러 온 터라, 다른 것은 거들떠보지도 않고 그저 객실만 뒤지러 다녔다. 이층에 올라가도 투숙객이라곤 종적이 없으니, 횃불을 높이 밝혀 들고 주막집 안채, 뒤채를 샅샅이 뒤지다가 마침내 안뜰 한복판에 덩그러니 놓인 커다란 궤짝을 발견했다. 더구나 궤짝 끄트머리에 훤칠하게 잘생긴 백마 한 필이 고삐를 묶여 있는데다 궤짝 뚜껑에 자물쇠까지 단단히 채워져 있는 것을 보자, 도적들은 한꺼번에 우르르 덤벼들어 궤짝을 밀어붙이기 시작했다. 그러나 궤짝 안에 무엇이 들었는지, 아무리 밀어도 꼼짝달싹하지 않았다.

도적들은 자기네끼리 쑥덕공론을 펼쳤다.

"이 말 장사꾼은 워낙 너르디너른 강호 천지를 떠돌아다니는 사람들이라, 꾀가 말짱하단 말씀이야. 이 궤짝이 무거운 걸 보아하니, 아무래도 짐 보따리나 재물을 넣고 잠가놓은 것이 틀림없네. 여보게들, 우리 이 말도 훔쳐내고 궤짝을 송두리째 떠메 가지고 성밖으로 멀찌감치 나가서 뚜껑을 열어젖히고 재물을 나눠 갖는 것이 어떻겠나?"

의견이야 들으나마나, 도적들은 밧줄과 멜빵을 찾아내다 궤짝을 떠메고 출렁출렁 흔들면서 주막을 빠져나갔다.

궤짝이 흔들리는 바람에 저팔계가 깨어나 두 눈을 번쩍 떴다.

"형님, 제발 잠 좀 잡시다! 뭘 자꾸 흔들어대는 거요?"

손행자는 얼른 입막음을 했다.

"쉬잇! 아무 소리 말고 가만 있게. 흔드는 사람은 없네."

이번에는 삼장 법사와 사화상마저 깨어났다.

"누가 우리를 떠메고 가는 거야?"

"떠들지 말아요, 떠들지 말라니까! 이대로 떠메고 가게 내버려둡시다. 서천까지 떠메고 가면, 길 걷는 다리품도 덜게 될 테니까."

그러나 도적들은 궤짝을 손에 넣자 서쪽으로 가지 않고 성 동쪽으로 떠메고 가더니, 성문을 지키던 군사들을 죽여버린 다음 성문을 활짝 열고 빠져나갔다. 한밤중에 도성 문지기 군사들을 살해한 사건은 삽시간에 육가삼시(六街三市)를 들썩거리게 만들었다. 점포에 몰려 있던 일꾼들은 기겁을 하도록 놀라, 도성을 순찰하는 총병(總兵)과 동대문을 관할하는 동성 병마사(東城兵馬司) 아문으로 허둥지둥 달려가 이 놀라운 사건을 보고했다.

총병과 병마사는 즉각 기마 부대와 궁수(弓手)들을 집결시켜 거느리고 성밖으로 도적들을 추격하기 시작했다.

도적들은 관군 추격대의 병력이 자기네들보다 많은 것을 보자, 섣불리 대항할 엄두를 내지 못하고 궤짝을 내려놓고 백마의 고삐까지 내던져버리더니, 사면팔방으로 뿔뿔이 흩어져 도망쳐버렸다.

관군 추격대는 강도를 한 놈도 잡지 못한 채, 그저 궤짝과 말을 노획한 것만 다행스럽게 여기고 승전고를 울리며 되돌아갔다.

총병관이 등롱 불빛 아래 노획한 백마를 비쳐보니, 이야말로 세상에 보기 드문 준마가 아닐 수 없었다.

갈기 터럭은 은실처럼 갈라지고, 꼬리털은 옥으로 만든 줄기처럼 서리서리 늘어졌다.

팔준용구(八駿龍駒)를 일컬어 무엇하랴, 숙상(驌驦) 같은 준마의 위엄 있는 자태를 능가하고도 남는다.

죽은 말의 뼈도 천금 들여 산다더니(千金市骨),[4] 만리 길에 바

---

[4] 죽은 말의 뼈를 사다: 일명 '천금매골(千金買骨)'. 직역하면 '천 냥의 황금으로 죽은 천리마의 뼈를 사들인다'는 뜻이나, 유능한 인재를 간절하게 초빙한다는 의미로 쓰인다. 『전국책(戰國策)』「연책(燕策)」1권에 이런 고사가 기록되어 있다. 연나라 소왕(昭王)이 유능한 인재를 널리 초빙한다는 소문을 듣자, 곽외(郭隗)가 임금을 찾아가 이렇게 아뢰었다. "옛날에 어느 군주가 황금 천 냥을 내걸고 천리마 한 필을 구하려 했으나, 삼 년이 지나도록 얻지 못하였습니다. 측근 신하 중의 한 사람이 천리마를 찾아냈는데 그 준마는 이미 죽었으므로, 황금 오백 냥을 주고 그 말뼈를 사 가지고 돌아왔습니다. 임금이 '죽은 말뼈를 사서 무엇에 쓰겠느냐'고 꾸짖자, 그 신하는 이렇게 대답하였습니다. '죽은 말도 황금 오백 냥을 주고 사들이는데, 하물며 살아 있는 준마야 그 값이 얼마나 후할 것이라고 생각하겠습니까?' 그 말대로 과연 일 년도 못 되어 그 임금은 천리마를 세 필이나 사들일 수 있었습니다. 이제 주군께서도 스스로 몸을 굽혀 겸손하게 보이시고 후한 예물로 어진 이를 초빙하신다면, 유능한 선비를 많이 얻으실 수 있을 것입니다."

람 쫓아 치닫는 명마가 따로 없다.
　　산등성이에 오를 때마다 청운과 합치고, 달을 향해 울부짖으니 백설처럼 고른 터럭에 흠집 하나 보이지 않는다.
　　진실로 교룡이 바다 섬을 떠난 격이요, 인간 세상에 보기 드문 옥기린(玉麒麟)이라 하겠구나.

　총병관은 자기 말을 타지 않고 백마에 올라타더니, 군사들을 이끌고 의기양양하게 성내로 들어갔다. 노획한 궤짝은 총병부(總兵府)에 떠메다가 병마사와 더불어 봉피를 붙여 보관해놓고 부하들을 시켜 밤새도록 순찰 감시하면서, 날이 밝는 대로 국왕에게 아뢰어 처분을 기다리게 한 것은 더 말하지 않기로 하겠다.
　한편, 당나라 장로님은 궤짝 속에 들어앉은 채 줄곧 손행자를 원망하느라 시간 가는 줄 몰랐다.
　"이 원숭이 놈아, 날 죽일 작정이냐! 우리가 그냥 바깥에 있다가 사람들에게 붙잡혀 멸법국 임금 앞에 끌려갔다면, 그나마 변명할 말이라도 있었을 것을, 이렇게 궤짝 속에 갇힌 채 도적놈들에게 노략질 당했다가 또다시 관군에게 노획 당해서 관가로 떠메왔으니, 내일 아침 국왕 앞에 끌려간다면 이거야말로 '어서 칼을 뽑아 우리 넷을 죽여, 만 명의 수효를 딱 맞추십쇼!' 하는 격이 아니고 뭐냐?"
　손행자가 손가락을 입에 대고 "쉬잇!" 한다.
　"바깥에 사람이 있습니다! 저 녀석들이 이 궤짝에 사람이 들어 있다는 걸 알면 뚜껑을 열고 끄집어내서 밧줄로 꽁꽁 묶거나 대들보에 꼼짝 못하게 달아맬지도 모릅니다. 경위야 어찌되었든 결박 당하거나 대롱대롱 매달리지 않으시려거든 말씀을 그만하시고 꾹 참고 계십쇼. 내일 아침 그 어리석은 임금을 만나게 되면, 이 손선생이 그럴듯하게 대응하여 사부님의 솜털 한 오리 다치지 않게 해드릴 테니, 마음 푹 놓고 잠이나 주무십쇼."

이렇듯 스승의 입막음을 해놓은 손행자는 한밤중 삼경이 되도록 참을성 있게 기다리던 끝에 마침내 수단을 부리기 시작했다. 우선 철봉을 뽑아 숨 한 모금 불어넣어 "변해라!" 하고 외마디 소리를 질렀더니, 철봉은 즉시 끄트머리가 세모난 송곳으로 둔갑했다. 그는 궤짝 밑바닥에 서너 차례 송곳질을 해서 구멍을 하나 뚫어놓은 다음, 송곳을 거두어들이고 몸뚱이 한번 꿈틀하여 개미 새끼로 탈바꿈하더니 궤짝 바깥으로 기어 나갔다.

본래의 모습을 드러낸 그는 구름을 딛고 날아오르기 무섭게 단숨에 왕궁으로 들어가 침전 문 밖에 이르렀다.

멸법국 임금은 깊이 잠들어 있었다.

손행자는 '대분신 보회신법(大分身普會神法)'을 써서 왼쪽 팔뚝의 터럭을 모조리 뜯어낸 다음, 선기를 한 모금 불어넣고 외마디 소리로 외쳤다.

"변해라!"

솜털은 삽시간에 수천 마리나 되는 꼬마 손행자로 탈바꿈했다. 일꾼을 확보한 그는 또 오른쪽 팔뚝의 솜털마저 깡그리 뽑아내어 숨결을 불어넣고 "변해라!" 하고 소리쳐서 한꺼번에 잠벌레로 둔갑시킨 다음, '옴(唵)'자 진언을 외워 현지의 토지신을 불러내 가지고 휘하의 음병들을 황궁 내원(皇宮內院)과 오부 육부(五部六府), 각 아문에 소속된 높고 낮은 관원들의 저택에 골고루 흩어보내, 무릇 품계와 직분을 가진 벼슬아치들이라면 한 사람도 빠뜨리지 않고 잠벌레를 한 마리씩 선사하여, 몸뚱이 한번 뒤척거리지 못하도록 곯아떨어지게 만들어놓았다.

그는 마지막으로 여의금고봉을 손에 잡고 무게를 가늠해보더니, 바람결에 휘두르면서 또 한 번 소리쳤다.

"보배야, 변해라!"

철봉은 눈 깜짝할 사이에 1천 수백 자루의 면도칼로 바뀌었다. 그는 자기도 한 자루 들고 꼬마 손행자들에게 한 자루씩 잡게 하더니, 황궁 내원과 오부 육부, 각 아문의 저택으로 날아 들어가 잠에 곯아떨어진 사람들의 머리카락을 한 오리도 남기지 않고 깡그리 밀어버리게 했다. 이리하여 멸법국 임금을 비롯하여 황실의 남녀노소들과 조정의 문무백관들은 삽시간에 빤질빤질한 대머리 승려가 되고 말았으니, 그야말로 천지개벽 이래 두 번 다시 보지 못할 변괴가 일어난 것이다.

멸법국 임금은 법을 멸망시키려 하나 불법(佛法)은 무궁한 것, 부처님의 법이 천지건곤을 꿰뚫으니 큰 도리가 통한다.

만법(萬法)의 원인은 일체(一體)로 귀의하니, 삼승묘상(三乘妙相)은 본디 같은 것이다.

옥궤(玉櫃)에 구멍 뚫어 소식을 밝히며, 황금빛 터럭 흩뿌려 무지몽매한 인간들을 깨우친다.

기어이 멸법국 임금을 다루어 정과를 이루게 하니, 불생불멸을 추구하여 오락가락함이 한낱 공(空)인 것을.

한밤중에 머리 깎기가 성공을 거두자, 그는 주어를 외우고 토지신과 음병들을 호통쳐 물러나게 한 다음, 몸뚱이 한번 부르르 떨어 양 팔뚝의 터럭을 제자리에 거두어들이고, 면도칼을 한꺼번에 모아 비틀어, 다시 진짜 금고봉 한 자루로 되돌려놓았다. 그는 철봉마저 조그맣게 만들어 귓속에 감추고 나서 몸뚱이 한번 뒤채어 또다시 개미로 둔갑했다. 그리고 천연덕스레 궤짝 안으로 기어 들어가 본래의 모습을 드러내고 날이 밝을 때까지 당나라 스님과 함께 곤경에서 버틴 것은 더 말할 나위도 없다.

한편 황궁 내원에서는 난리가 났다. 날도 밝기 전에 일어난 채아 궁녀(彩娥宮女)들이 세수하고 분단장하고 머리를 빗으려다 보니, 너 나 할 것 없이 모조리 머리카락이라곤 한 오리도 남아 있지 않았던 것이다. 궁중을 드나드는 대소 환관 태감(宦官太監)들도 마찬가지, 상투를 틀어 올렸던 머리가 깡그리 없어진 채 빤질빤질한 대머리로 변한 것이다. 얼마나 놀랐는지 국왕 폐하께서 주무시는 침궁 바깥에 몰려들어 잠이 깨시도록 주악을 아뢰면서도 눈물만 글썽글썽 머금은 채, 언감생심 안에 들어가 깨울 엄두를 내지 못하였다.

한참 만에 삼궁 황후들이 잠을 깨어 일어났으나, 그녀들 역시 머리카락이 없어졌다. 깜짝 놀라 등불을 밝혀 들고 용상을 비춰보았더니, 비단 이불 속에는 스님 한 분이 태평스레 잠들어 있지 않는가! 황후들은 저도 모르게 비명을 지르고 말았다.

느닷없는 비명 소리에 곤히 주무시던 국왕이 깜짝 놀라 잠을 깨고 말았다. 국왕이 눈을 뜨고 보니, 머리카락이라곤 한 가닥도 없는 황후들의 빤빤 대머리가 제일 먼저 눈에 들어왔다. 이부자리를 박차고 후닥닥 일어나서 세 황후에게 물었다.

"아니, 이런! 그대들의 머리가 어이하여 그 지경이 되었소?"

세 황후가 이구동성으로 아뢰었다.

"주상 폐하께옵서도 역시 그러하나이다."

황제가 손바닥으로 머리를 쓰다듬다가 기절초풍을 하도록 놀라 외마디 비명을 질러댔다. 얼마나 놀랐던지 삼시신(三尸神)이 신음하다 못해 혀가 굳어버리고, 삼혼칠백(三魂七魄)이 하늘 끝 허공으로 훨훨 날아가버렸다.

"아아! 짐이 어쩌다 이 모양이 되었을꼬!"

멸법국 황제는 어쩔 바를 모르고 허둥거리는데, 육원(六院)의 비빈들과 궁녀 채아, 대소 환관 태감들마저 빤질빤질한 머리통을 숙이고 꿇어 엎드려 하소연을 한다.

"주상 폐하! 소신들은 모두 화상이 되었나이다!"

참담한 기색으로 그 광경을 굽어보던 임금이 드디어 눈물을 주르르 흘렸다.

"이게 모두 과인이 승려들을 죽인 탓이로구나!······"

그리고 다시 명령을 내렸다.

"너희들은 머리털이 없어진 일을 입 밖에 내지 말아라. 조정의 문무백관들이 이를 알면 국사를 올바르게 다스리지 못한 탓이라 여기고, 저들끼리 잘했느니 못했느니 온 나라가 들썩이도록 따지려 들 것이다. 자, 어찌 되었거나 모두들 정전에 올라 조회를 열도록 하라!"

한편 오부 육부의 문무대신들과 각 아문의 대소 관원들 역시 날이 밝기도 전에 입궐하여 임금을 뵈려고 몰려들었다. 서로들 상대방의 꼬락서니를 보아하니, 너 나 할 것 없이 하룻밤 새 머리터럭이 성해 남은 자가 한 사람도 없었다. 그들은 연명(連名)으로 합사(合司)하여 주상 폐하께 상주문을 올려 이런 변괴가 일어난 사실을 아뢰기로 했다.

이제 들리는 소리라곤 조회가 열린다는 채찍 소리뿐.

조용한 채찍 소리 세 번 울리니 황제 폐하를 배알하고, 상주문을 써서 올려 하루아침에 대머리가 된 까닭을 아뢴다.

과연 밤새 떼강도를 뒤쫓던 총병관이 노획한 장물 궤짝을 어떻게 처리할 것이며, 궤짝 속에 갇힌 당나라 스님과 제자 일행 네 사람의 목숨은 어떻게 될 것인지, 다음 회에서 풀어보기로 하자.

제85회 앙큼한 손행자는 저팔계를 시샘하여 골탕먹이고, 마왕은 계략 써서 당나라 스님을 손아귀에 넣다

얘기는 계속되어서, 멸법국 임금이 아침 일찍 조정에 나아가니, 문무백관들이 일제히 상주문을 손에 들고 입조하여 아뢰었다.

"주상 폐하! 소신들이 예의범절을 잃은 죄를 용서하소서."

가뜩이나 심란한 국왕은 이게 무슨 소린가 싶어 또 한 번 찔끔 놀랐다.

"경들의 예모가 여느 때와 다를 바 없는데, 무슨 예의를 잃었다는 말인가?"

"폐하! 어인 까닭인지 알 수 없사오나, 소신들은 하룻밤 새 머리터럭이 송두리째 없어졌나이다."

국왕은 신하들의 머리털이 없어졌다는 상주문을 받아들고 용상에서 내려와 뭇 신하들을 둘러보며 탄식을 금치 못한다.

"이것이 과연 무슨 까닭인지 모르겠소. 짐의 황궁 내전 사람들도 남녀노소를 막론하고 하룻밤 사이에 모두 머리털이 없어졌구려."

임금도 신하들도 하나같이 두 눈에 눈물이 글썽글썽 맺히더니, 저마다 후회막심한 기색으로 한마디씩 토해낸다.

"이후부터는 두 번 다시 화상을 살육하지 않으리라."

"지당하신 말씀, 황공하나이다!"

국왕이 다시 용상에 올라앉으니, 문무백관들 역시 제각기 좌우 반열에 자리 잡고 늘어섰다.

"일이 있거든 반열에서 나와 아뢰고, 일이 없으면 주렴을 걷어 올리고 조회를 파할 것이오."

이때, 무관의 반열에서 도성 순찰 책임을 맡은 총병관이, 문관의 반열에서 동대문 수비를 맡은 병마사가 일제히 섬돌 앞에 나서더니 머리를 조아리고 아뢰었다.

"소신들이 성지를 받들어 도성을 순찰하다가, 한밤중에 도적들의 장물인 궤짝과 백마 한 필을 노획하였나이다. 소신들이 임의로 처분할 수 없기에, 주상 폐하의 어명을 받고자 대령하였나이다."

도적 떼를 몰아냈다는 보고에, 국왕은 비로소 크게 기뻐하며 분부를 내렸다.

"그 궤짝을 통째로 이리 가져오시오."

어전에서 물러 나온 두 신하는 즉시 아문으로 돌아가 키와 몸집이 가지런한 병사들을 지명하여 궤짝을 떠메고 궁궐로 나섰다.

궤짝 속의 삼장 법사는 혼백이 몸에 붙어 있지 못하고 얼이 다 빠져나가, 제자들만 붙잡고 매달렸다.

"애들아, 이대로 임금 앞에 끌려 나가게 됐으니, 뭐라고 말해야 옳으냐?"

손행자는 빙그레 웃으면서 스승을 다독거렸다.

"잠자코 계십쇼. 제가 벌써 손을 다 써놓았으니까요. 이제 궤짝 뚜껑이 열리기만 하면, 국왕은 우리 앞에 절하고 스승으로 모시려 할 겁니다. 단지 저팔계 녀석이 이러쿵저러쿵 딴소리를 늘어놓지 못하게만 해주십쇼."

손행자의 말끝이 자신에게 돌아오자, 미련퉁이 저팔계는 주둥아리를 비죽 내밀고 투덜거린다.

"쳇, 별 소리를 다 듣겠군! 죽지만 않게 된다면 더할 나위 없는 복인데, 내가 무엇 하러 따따부따 승강이를 벌인단 말이오?"

잠시 후, 궤짝은 오봉루 안에 들려가 붉은 섬돌 아래 놓였다.

두 신하가 국왕에게 열어볼 것을 주청하니, 즉시 궤짝을 열라는 어명이 떨어졌다. 환관들이 뚜껑을 여는 순간, 벌써부터 답답증과 무더위에 견디다 못한 저팔계 녀석이 자리를 박차고 껑충 뛰어나왔다. 난데없이 뛰쳐나오는 멧돼지 상판에 조정의 문무백관들은 간담이 써늘해지도록 놀라 입도 벌리지 못한 채 그 자리에 서서 와들와들 떨고만 있었다.

저팔계의 뒤를 이어서 손행자가 당나라 스님을 부축하고 나왔다. 사화상 역시 짐 보따리를 바깥으로 옮겨냈다. 미련퉁이는 총병관이 백마의 고삐를 잡고 있는 것을 보더니, 그 앞으로 달려들면서 냅다 호통쳐 꾸짖었다.

"그 말은 우리 거야! 이리 가져와!"

벼락같이 달려들어 호통치는 소리에 기겁을 한 총병관은 말고삐를 놓치고 엉덩방아를 찧으면서 뒤로 벌렁 나자빠지고 말았다.

이윽고 스승과 제자 네 사람이 붉은 섬돌 앞에 나란히 섰다. 국왕은 승려 네 사람을 보자, 황급히 용상에서 내려와 삼궁 황후, 비빈들을 모조리 부르더니, 금란보전 아래로 내려서서 군신들과 함께 공손히 절하며 물었다.

"장로님들은 어디서 오셨소?"

삼장 법사가 조심스럽게 입을 열었다.

"소승은 동녘 땅 대당나라 황제 폐하께서 친히 파견하시어 서방 세계 천축국 대뇌음사로 살아 계신 부처님을 찾아뵙고 진경을 받으러 가는 사람이옵니다."

국왕이 다시 묻는다.

"스님은 멀리서 오신 분들인데, 어찌하여 이런 궤짝 속에서 쉬고 계셨소?"

사세가 이쯤 되니, 삼장 역시 모든 것을 솔직히 아뢰지 않을 수 없게 되었다.

"소승은 폐하께서 만 명의 승려들을 죽이기로 발원하셨다는 소문을 전해 들은 터라, 감히 공공연하게 귀국을 방문할 엄두가 나지 않기에 속인으로 변장하고 한밤중에 주막의 잠자리를 찾아들었사옵니다. 그러하오나, 다른 손님들에게 저희 출신 내력이 탄로 날까 두려운 나머지 이 궤짝 속에 들어가 쉬고 있었더니, 불행히도 야반에 강도들이 쳐들어와 궤짝을 도둑질해 갔사온데, 천만다행히도 총병관 어른께서 강도들을 쫓아버리고 이 궤짝을 되찾아 떠메고 돌아오셨나이다. 이제 국왕 폐하의 용안을 우러러뵈오니, 마치 먹구름이 걷히고 밝은 해를 뵙는 듯하나이다. 바라옵건대 폐하께서 소승 일행을 용서하여 놓아보내주신다면, 그 은혜가 바다보다 더 깊겠나이다."

국왕도 남부끄러운 꼴을 당한 뒤라, 자신의 허물을 뉘우치며 이렇게 간청했다.

"스님께서는 천조상국(天朝上國)의 고승이신데, 짐이 영접하지 못하여 송구스럽소. 짐이 여러 해 전부터 승려들을 죽여온 까닭은, 어느 승려가 짐의 처사를 비방한 적이 있었기 때문이었소. 그래서 짐은 하늘에 맹세코 만 명의 승려를 살해하기로 발원하였고, 그 수효를 채워서 이 발원을 원만히 끝맺고자 했었소. 그런데 뜻밖에도 짐이 도리어 불법에 귀의하여 승려가 되었으니, 이런 일이 있을 줄이야 누가 기약이나 했겠소? 이제 짐을 비롯한 군신들과 황후 비빈들은 모두 다 하룻밤 새 머리털이 없어졌소. 그러하니 장로께서는 짐을 그대의 문하 제자로 거두시고 어진 가르침을 내리시는 데 인색하지 말기를 바라오."

저팔계가 이 말을 듣더니 큰 소리로 껄껄대고 웃으면서 주책없는 소리를 늘어놓았다.

"우리 사부님의 문하 제자로 들어오시겠다면, 인사치레로 무슨 예물 같은 것이라도 있어야 할 게 아니오?"

국왕은 고개를 끄덕끄덕했다.

"스님께서 짐을 제자로 받아주시겠노라고 허락만 내리신다면, 이 나라 안의 재물과 보배를 통틀어 아낌없이 바치리다."

손행자는 미련퉁이가 또 허튼수작을 늘어놓을까 겁나 얼른 자기가 나섰다.

"재물이니 보배 같은 것은 말씀도 꺼내지 마십쇼. 우리는 모두 도를 갖춘 승려들입니다. 폐하께선 그저 통관 문첩에 확인 도장이나 찍어주시고, 저희 일행을 도성 밖에까지 무사히 나가도록 해주신다면, 폐하의 황국은 길이 공고해질 것이요, 수복(壽福)을 영원히 누리실 수 있을 것입니다."

국왕은 이 말을 듣고 크게 기뻐하면서 그 자리에서 광록시에 분부하여 잔치를 풍성히 베풀어놓은 다음, 군신들이 합동으로 삼장 법사를 스승으로 모시고 부처님의 가르침에 귀의하였다. 통관 문첩을 교부하는 자리에서, 국왕은 삼장 법사에게 나라 이름을 고쳐달라고 청하였다.

그러자 스승을 대신하여 손행자가 이렇게 여쭈었다.

"폐하, 멸법국(滅法國)의 '법국'이란 참으로 좋은 이름입니다만 '멸'자가 상서롭지 못하니, 저희 일행이 떠나간 뒤에는 '공경할 흠(欽)' 자로 바꾸셔서 '흠법국(欽法國)'이라 고쳐 부르십시오. 그리하면 이 나라 강산이 평안하여 천대를 두고두고 번창할 것이며, 해마다 풍우가 순조로워 만방이 태평성대를 누릴 것입니다."

국왕은 그 은혜에 깊이 사례하였다. 이윽고 떠날 시간이 다다르자, 그는 담당 관원에게 난가를 대령하게 하고, 조정 대신들을 총동원하여 거느리고 친히 삼장 일행을 도성 밖까지 배웅하여 서쪽으로 떠나가게 해주었다.

이날부터 흠법국 임금과 신하들이 한결같이 부처님의 착한 가르침을 받들고 귀진(歸眞)하게 된 것은 말할 나위도 없다.

흠법국 임금과 작별한 장로님은 말 위에서 한껏 기분이 좋아 손행자의 지혜로운 처사를 칭찬했다.

"오공아, 이번 처사는 참 잘했구나. 정말 큰 공덕을 세웠다."

이어서 사화상이 묻는다.

"큰형님, 어디서 그토록 많은 이발사를 데려다가 하룻밤 새 그 숱한 사람들의 머리를 몽땅 깎아놓으셨소?"

손행자는 빙그레하니 웃어가면서, 변화술법을 쓰고 신통력을 발휘했던 일들을 한바탕 낱낱이 자랑 삼아 늘어놓았다. 스승과 제자들은 모두 턱이 빠지도록 웃느라 입을 다물지 못했다.

홀가분해진 마음으로 희희낙락 기뻐하면서 길을 걷고 있노라니, 또 한 군데 높은 산이 앞길을 가로막는다.

당나라 스님은 말고삐를 당겨 멈춰 섰다.

"애들아, 저 앞산이 무척 높고 험준하니, 모두들 조심해야겠다."

손행자는 스승이 또 겁을 집어먹었구나 싶어 히죽 웃었다.

"걱정 마세요! 그저 마음 푹 놓고 가시기만 하십쇼! 제가 반드시 사부님을 무사하시도록 해드리겠습니다."

"무사하단 소리 말아라. 내가 보기에, 저 산에는 어딘가 모르게 흉악한 기운이 떠돌고 사나운 구름이 날아오는데, 어쩐지 놀랍고 두려운 생각이 드는 데다, 온몸이 저릿저릿하고 자꾸만 불안하구나."

손행자가 또 웃었다.

"사부님은 오소선사의 『밀다심경』을 벌써 잊으셨군요."

"난 기억하고 있다."

스승의 퉁명스런 대꾸에, 그는 이렇게 반박했다.

"기억은 하고 계시겠지만, 게송(偈頌) 네 구절은 잊으셨을 겁니다."

"네 구절이라니, 그게 뭐냐?"

"들어보십쇼……"

부처님은 영산(靈山)에 계시나 멀리 구하지 말 것이니,
영산은 오로지 그대의 마음속에 있으리.
사람마다 누구나 영산의 탑을 지녔으니,
그대는 영산을 지향하여 탑 아래 스스로 수행(修行)할 것을.

"제자야. 내 어찌 그걸 모르겠느냐? 이 네 구절대로 행한다면, 천만 경전(經典)이 오직 마음을 닦는 데 있을 것이다."

스승의 말씀에, 손행자는 고개를 끄덕끄덕했다.

"더 말할 나위가 있겠습니까. '마음이 깨끗하면 혼자서도 밝게 비출 수 있고(心淨孤明獨照), 마음만 있으면 온갖 경지가 두루 맑아질 수 있다(心存萬境皆淸)' 했습니다. 아차 잘못하는 순간에 마음이 나태해져서 천년 만대를 두고도 공덕을 이룰 수 없게 됩니다. 그러나 한 조각 지극한 정성만 지니면 뇌음사는 바로 눈 아래 있게 되는 것입니다. 지금 사부님처럼 그렇게 놀라고 두려워 당황하시며 마음이 불안해하신다면, 대도(大道)는 멀어지고 뇌음사도 멀어지게 마련입니다. 이런저런 의심을 품지 마시고 그저 저만 따라오십쇼."

장로님이 이 말을 듣고서 불안하던 심신이 갑자기 상쾌해지고 온갖 근심 걱정이 말끔히 사라져, 답답하던 가슴속마저 후련하게 탁 트였다.

일행 네 사람이 하염없이 걷다 보니, 몇 걸음 안 가서 산 위에 다다랐다. 눈을 들어 바라보니 가슴이 후련하게 탁 트이는 경관이 한눈에 들어왔다.

산은 참으로 훌륭한 경치에 좋은 산인데, 자세히 바라보면 색채가 알록달록 물들었다.
정상에는 뜬구름이 표표탕탕(飄飄蕩蕩) 정처 없이 나부끼고, 언덕 앞에는 나무 숲 그림자가 서늘한 그늘 드리웠다.
날짐승은 산들바람에 몸을 싣고 가벼이 날아가는데, 사나운 길짐승은 흉악한 기세 떨치고 날뛴다.
숲 속에는 천 그루 소나무 들어차고, 길게 뻗어나간 산등성이 따라 듬성듬성 몇 그루 대나무 솟아 있다.
으르렁대는 것은 먹이를 빼앗으려는 푸른 이리 떼의 소리요, 천둥 치듯 포효하는 놈은 한 끼니 식사를 가로채려는 굶주린 호랑이의 목소리다.
야생 원숭이는 세차게 울어대며 싱싱한 과일 찾아 헤매는데, 고라니와 사슴은 꽃가지 물어 당기며 비취 빛깔 아지랑이를 탄다.
바람은 선선하고 냇물 잔잔히 흐르는데, 어쩌다 그윽한 산새 지저귀는 소리 사람의 말씨처럼 이어졌다 끊긴다.
몇 군데 등나무 덩굴은 친친 휘감겨 서로 끌고 당기는데, 시냇가에는 온통 기화요초와 향기로운 난초가 뒤섞여 있다.
맑은 냇물에 씻겨 번들거리는 기암괴석이며, 깎아지른 암벽이 산봉우리와 낭떠러지를 이루었다.
여우와 담비는 떼를 지어 달아나고, 오소리와 원숭이는 군대처럼 대오를 짓고 장난질 친다.

오가는 길손들이 바야흐로 험준함을 걱정하고 수심에 차는데,
오래된 산길 또한 구불구불 감돌아 나가니 이를 어쩌랴!

스승과 제자들이 놀랍고 두려운 마음에 조심조심 길을 가고 있으려니, 갑자기 "휘리릭, 휘리릭!" 세찬 바람 소리가 한바탕 들려왔다. 가뜩이나 겁을 집어먹고 있던 삼장은 저도 모르게 소리를 질렀다.

"에쿠! 바람이 이는구나!"

손행자가 시큰둥하게 그 말을 받아넘겼다.

"봄철에는 높새바람이니 화풍(和風)이요, 여름철에는 새마바람이니 훈풍(薰風), 가을철에는 하늬바람이니 금풍(金風), 겨울철에는 높하늬 된바람이니 삭풍(朔風), 이렇게 사시사철마다 바람이 있는데, 바람이 좀 불기로서니 새삼스레 두려워하실 게 뭐 있습니까?"

그래도 삼장은 도리질을 한다.

"이 바람은 불어닥치는 기세가 몹시 사납고 빠르다. 네가 얘기하는 그런 천풍(天風)이 절대로 아니다."

"예로부터 바람은 땅에서 일고, 구름은 산중에서 생겨난다 했습니다. 천풍이란 게 어디 있습니까?"

말이 미처 끝나기도 전에, 이번에는 또 안개가 한바탕 자욱하게 일기 시작했다. 얼른 보기에도 심상치 않은 안개였다.

자욱하게 피어 오르니 하늘에 잇닿아 어둡고, 몽롱한 장막이 대지를 휘감으니 그저 캄캄하구나.

햇빛을 가려 그림자조차 전혀 없고, 지저귀던 새소리마저 들을 곳이 없다.

혼돈 세상 있다더니 이를 두고 하는 말인가, 티끌 세상 가리켜

속진이라 하더니 온 땅이 흩날리는 먼지에 쌓여 있는 듯하다.
산마루턱에 나무가 보이지 않으니, 어찌 약초 캐는 사람을 만날 수 있으랴?

삼장은 더욱더 놀랍고 두려워 제자를 불렀다.
"오공아, 바람도 아직 잦아들지 않았는데, 어째서 또 이렇듯 안개가 짙게 낀단 말이냐?"
"너무 당황하지 마시고 사부님은 말에서 내리십쇼. 여보게들, 자네 둘이서 이곳을 지키고 있게. 내가 한번 가서 길흉이 어떤지 보고 오겠네."

용감한 제천대성, 허리 한번 구부렸다가 기지개를 켜는 순간 이내 반공중에 다다랐다. 손을 이마에 얹고 화안 금정 고리눈을 부릅뜨 아래를 굽어보니, 과연 아찔하게 높다란 절벽 위에 요정 한 마리가 앉아 있는데 그 생김새하며 꼬락서니가 볼 만하다.

기골이 장대한 몸집에 다채로운 빛이 유별나게 고와 보이며, 떡 버텨 앉은 자태 또한 원기가 왕성하다.
사냥개의 뻐드렁니가 입술 바깥으로 비어져 나와 강철 송곳처럼 번뜩이고, 얼굴 한복판에 매부리코 자리 잡았으니 옥으로 다듬은 갈고리와 같다.
금빛으로 번쩍거리는 고리눈에 날짐승 길짐승이 두려워 떨고, 은빛 수염이 하늘로 곤두서니 귀신조차 수심에 찬다.
낭떠러지 바위 끝에 단정히 앉아 사나운 위엄 떨치니, 안개를 퍼뜨리고 바람을 뿜어내며 재주를 뽐낸다.

요괴의 좌우에는 3, 40마리나 되는 졸개 요정들이 늘어섰는데, 우두머리 요괴는 거기서 온갖 술법을 부려가며 안개와 바람을 뿜어내고 있는 것이다.

이것을 본 손행자는 속으로 웃음이 나왔다.

"이제 봤더니 우리 사부님도 앞을 내다보시는 안목이 제법 있으셨군! 천풍이 아니라고 고집을 부리시더니, 과연 그 바람에 진짜 요괴까지 이런 데서 지랄발광을 떨고 있으니 말씀이야. 한데 이를 어쩐다? 이 손선생께서 철봉으로 한 대 내리친다면 '절구질로 마늘 짓찧기'나 마찬가지로 쉽사리 때려죽일 수는 있겠지만, 그래 가지고야 이 손선생의 명예를 땅바닥에 떨어뜨리는 짓이 아닌가!"

하긴 그렇다, 손행자가 누구냐? 평생을 두고 영웅호걸답게 떳떳이 살아온 제천대성 어르신인데, 언제 어느 때 한 번이라도 비겁한 수단으로 남을 기습해서 이겨낸다는 짓이야말로 꿈에도 생각해본 적이 없는 몸이다.

"일단 그냥 돌아가기로 하자. 우리 저팔계 녀석도 한번 공을 세울 수 있게 기회를 주는 것도 괜찮은 일이 아닌가? 우선 그 친구더러 이 요괴와 싸워보도록 충동질을 해야겠다. 만약 저팔계 녀석에게 수단이 있어서 이 요괴를 때려잡는다면 공덕을 세운 것으로 인정해주고, 그럴 만한 재주가 없어서 요괴한테 붙잡혀가게 될 경우 내가 다시 나타나 구해준다면, 그때에는 내가 한번 으쓱댈 수 있을 게다. 하지만 그 바보 녀석은 무슨 일을 하든지 늘 게으름만 부리고 뒤꽁무니를 잘 빼는 성미라, 여간해서는 나서려 들지 않을 게다. 약점이 있다면 그저 먹는 데만 눈이 벌개서 환장을 하고 달려들 테니, 어디 그놈의 먹성을 건드려 가지고 제 발로 나서게 약을 살살 올려놓고 뭐라고 하는지 두고 봐야겠다."

손행자가 구름을 낮추고 내려서서 스승 앞으로 다가갔더니, 삼장이 대뜸 묻는다.

"오공아, 바람과 안개가 이는 곳에 가보았느냐? 그래, 길흉은 어떻더냐?"

손행자는 시침을 뚝 떼고 여쭈었다.

"이제는 맑고 깨끗합니다. 바람이랄 것도 안개랄 것도 없더군요."

"그래, 그러고 보니 다소 뜸해진 것 같구나."

어수룩한 스승이 그 말에 끄덕끄덕하니, 손행자는 앙큼스레 웃으면서 뒤통수를 긁어 보였다.

"사부님, 저는 워낙 눈썰미가 좋아서 언제나 모든 걸 틀림없이 잘 보아왔습니다만, 이번에만큼은 잘못 짚었습니다. 제가 바람과 안개 속에 혹시 요괴가 있을지 모른다고 말씀드렸는데, 알고 보니 그런 게 아니었습니다."

"그렇다면 뭐란 말이냐?"

"저 앞쪽 멀지 않은 곳에 마을이 한 군데 있습니다. 그 마을 사람들은 마음씨가 아주 착해서, 흰쌀로 고두밥을 찌고 하얀 밀가루로 만두를 쪄서 동냥하러 다니는 탁발승들에게 대접해주고 있더군요. 방금 전에 그 안개도 고두밥 찌고 만두를 찌는 김이 올라온 것이 아닌가 합니다. 어떻게 보면 적선(積善)하는 댁에 서기(瑞氣)가 감도는 조짐이라고나 할까요."

아니나 다를까, 곁에 서 있던 미련퉁이 저팔계가 이 소리를 정말인 줄 알아듣고 손행자의 팔꿈치를 지분지분 잡아당기더니, 한쪽으로 끌고 가서 넌지시 속삭여 묻는다.

"형님, 형님 먼저 그 마을에 가서 뭘 좀 얻어잡숫고 오셨구려?"

손행자는 시침을 뚝 떼고 이맛살을 찌푸려 보였다.

"많이 먹지는 못했네. 채소 반찬이 너무 짜서, 많이 먹고 싶은 생각이 영 나지 않더군."

"쳇! 아무리 반찬이 짜더라도, 나 같으면 배가 터지도록 실컷 먹었을 거요! 조갈증이 나거든 돌아와서 물을 퍼마시면 되지 않겠소?"

"자네도 먹어보고 싶은가?"

"그럼! 난 지금 슬슬 배가 고파오는데, 먼저 가서 좀 얻어먹으면 어떨까?"

"이 사람아, 그런 말 하지 말게! 냉수를 마시는 데도 순서가 있는 법일세. 옛날 책에 이르기를, '아버지가 계신 자리에서 아들은 제 마음대로 굴어서는 안 된다(父在, 子不得自專)'고 했네. 사부님이 여기 계신데, 누가 감히 먼저 가서 얻어먹는단 말인가?"

손행자가 딱 잡아떼었더니, 저팔계 녀석은 미련퉁이답지 않게 엉큼하게 웃으면서 한 눈을 찡긋해 보인다.

"형님만 눈감아주시구려. 아무 말씀 하지 않으면, 내가 알아서 가보겠소."

"그래, 나는 잠자코 있을 테니, 어디 재주껏 가보게. 자네가 어떻게 빠져나가는지 두고 봄세!"

사형이 선심 쓰는 척 허락을 내렸더니, 이 미련한 바보 녀석은 다른 건 몰라도 먹는 것 하나만큼은 제법 머리가 잘 돌아가는 터라, 슬금슬금 스승 앞으로 걸어 나가서 허리 한번 점잖게 굽히고 한 말씀 여쭙는다.

"사부님, 방금 사형의 말씀을 들어보니, 앞마을에서 행각승에게 음식을 대접하는 집이 있다고 하더군요. 우리 일행들이야 가서 한 끼니 동냥을 얻어먹으면 그만이겠지만, 이 말까지 데려가서 남들더러 귀찮게 '말먹이도 다오, 여물 콩도 다오' 하기에는 너무 미안스럽지 않겠습니까? 이제는 다행히 바람도 안개도 잠잠해져서 깨끗해졌으니, 다른 분들은 여기 잠시 앉아 계시면 제가 가서 부드러운 풀을 뜯어다 말에게 먼저 먹여 가지고, 다시 저 마을 시주 댁으로 음식을 얻어먹으러 가도록 하십시다."

미련퉁이가 모처럼 기특한 의견을 내었으니, 삼장 법사는 기뻐하며 당장 허락을 내린다.

"좋은 생각이로구나! 네가 오늘은 어째 이리 부지런을 떨고 착실해졌는지 모르겠다. 오냐, 얼른 갔다 오너라."

감쪽같이 스승을 속여넘긴 저팔계, 속으로 히죽히죽 웃으면서 그 자리를 떠나는데, 손행자가 냉큼 뒤쫓아가서 붙잡아놓고 한마디 거들어 준다.

"여보게, 저 마을 사람들은 화상들에게 동냥을 주긴 하는데, 멀쑥하게 잘생긴 사람한테만 주지, 꼴사나운 녀석에게는 주지 않데."

"그렇다면 아무래도 둔갑술을 써야겠구려."

"아무렴! 자네 생김새를 바꿔 가지고 가게나."

바보 미련퉁이에게도 서른여섯 가지 변신술법은 있다. 으슥하게 후미진 산골짜기로 내려서자, 그는 비결을 쓰고 주어를 외우면서 몸을 한 번 꿈틀하더니 키가 작달막하고 비쩍 마른 거렁뱅이 탁발승으로 둔갑을 했다. 그리고는 손으로 목탁을 두드리면서 입으로 중얼중얼, 염불이나 경은 외울 줄 모르는 터라, 그저 어린아이들이 서당에 가서 글씨 쓰는 습자책 앞에 놓고 곧잘 읊어대는 '상대인(上大人), 상대인!' 소리만 계속 흥얼거리며 떠나갔다.

한편에서, 그 괴물은 이미 바람과 안개를 거두어들이고 부하 요괴들에게 호령하여, 큰길 어구에 둥그렇게 진을 쳐놓고 오가는 길손들이 걸려들기만을 기다리고 있었다.

얼마 안 있어 이 미련한 저팔계는 운수 사납게도 이들이 쳐놓은 포위망 속으로 빠져들고 말았다. 먹이가 걸려들자, 졸개 요괴들은 한꺼번에 우르르 달려 나오더니 저팔계를 한복판에 몰아넣고 이쪽에서 옷자락을 잡아당기랴, 저쪽에서 허리띠를 붙잡고 늘어지랴, 떠밀고 당기고 정신 못 차리게 달라붙었다.

저팔계 녀석은 마을 사람들이 저마다 자기 집으로 모셔가느라 다투는 줄로만 잘못 알고 사뭇 난처한 기색으로 붙잡는 손길을 뜯어내며 이렇게 말했다.

"잡아당기지 마시오. 소승이 한 집 한 집씩 차례차례 돌아가며 주시는 대로 다 받아먹을 테니, 이렇게 붙잡을 것까지는 없소."

요괴들이 어리둥절해서 물었다.

"이것 봐, 화상! 무얼 받아먹겠다는 게야?"

"당신들이 여기서 중한테 음식을 대접한다기에, 나도 그걸 좀 얻어먹으러 왔소."

"호오, 이런 딱한 중 녀석 봤나! 누가 네놈한테 먹을 걸 준다는 거야? 너는 뭘 얻어먹으러 왔는지 모르겠다만, 우리가 여기서 중놈만 잡아먹고 사는 줄을 모른단 말이냐? 우리는 이 산중에서 도를 닦은 요선(妖仙)들이시다. 너 같은 중놈들을 잡아다가 집으로 끌고 가서 찜통에 찌거나 삶아 잡숫는 게 우리가 하는 일인 줄 모르고, 어딜 와서 음식을 대접받겠다는 거냐?"

그제야 미련퉁이도 사세가 어떻게 돌아갔는지 알아차리고 속이 뜨끔해졌다. 손행자의 꾐에 넘어가 요괴들이 쳐놓은 함정에 빠져들었다는 것을 깨닫자, 그는 대뜸 손행자부터 원망했다.

"저런 괘씸한 필마온 녀석! 참으로 인정머리도 없는 놈이로구나. 이곳 마을에서 중한테 음식을 먹여준다고 감쪽같이 속여 날 요괴들의 소굴에 몰아넣다니! 여기 어디 사람 사는 마을이 있으며 중한테 음식을 먹여주는 데가 어디 있단 말이야? 이제 봤더니 이 따위 요괴들만 득시글거리고 있지 않나!"

미련퉁이가 구시렁대는 동안에도 졸개 요괴들은 악착같이 덤벼들어 잡아당기고 끌어내고 야단법석이다. 저팔계는 당황한 나머지 그만 본색을 드러내고 허리춤에서 쇠스랑을 뽑아 들더니, 눈앞에 닥치는 대로 내리찍고 훑어 올리면서 정신없이 요괴 떼를 물리쳤다. 저팔계가 하도 사납게 설쳐대니, 졸개 요괴들도 더 이상 달려들지 못하고 두목이 있는 곳으로 도망쳐 가서 급보를 전했다.

"대왕님, 큰일났습니다!"
"큰일이라니, 무슨 일이냐?"

늙은 요괴가 묻자, 졸개들은 헐레벌떡 가쁜 숨을 몰아쉬며 이렇게 대답했다.

"산 앞쪽에 멀끔하게 생겨먹은 중이 한 녀석 나타났기에, 붙잡아와서 찜을 쪄 먹거나 다 먹지 못하면 남겨두었다가 궂은 날 술안주로 먹어볼까 했더니, 뜻밖에도 그놈이 둔갑술을 쓰고 있을 줄이야 누가 알았겠습니까?"

"어떤 모양으로 둔갑했더냐?"

"그게 어디 사람의 꼬락서니라고 하겠습니까. 기다랗게 비죽 나온 주둥이에, 귀가 엄청나게 크고 뒷덜미에는 억센 갈기 터럭이 돋아났습니다. 두 손으로 쇠스랑 자루를 움켜잡고 닥치는 대로 후려 찍으면서 덤벼드는데 그 기세가 얼마나 사납고 무서운지, 저희 모두들 겁을 집어먹고 이렇게 뺑소니쳐 돌아와 대왕님께 말씀드리는 겁니다."

얘기를 다 듣고 나자, 늙은 요괴는 부하들을 안심시켰다.

"두려워할 것 없다. 내가 나가보마."

이윽고 늙은 요괴가 무쇠로 만든 절굿공이 한 자루를 휘두르며 달려나가 보니, 과연 이 미련퉁이의 생김새가 추악하기 짝이 없다.

디딜방아 자루처럼 길게 뻗은 주둥이가 에누리 없이 석 자쯤 되어 보이고, 두툼한 입술 틈서리로 비죽 나온 뻐드렁니가 은 못을 박아놓은 듯하다.

한 쌍의 고리눈이 번갯불처럼 번쩍번쩍하고, 두 귀가 부채질하듯 너울거릴 때마다 세찬 바람이 획획 난다.

뒤통수 덜미에는 강철 화살보다 억센 갈기 터럭이 기다랗게 벌여 돋았으며, 전신에 뒤덮인 살가죽은 거칠고 지저분하고 푸르뎅뎅하다.

두 손에 기괴망측한 연장을 한 가지 쓰는데, 이빨 아홉 달린 쇠스랑에 보는 사람마다 놀라 자빠질 지경이다.

늙은 요괴가 배짱을 든든히 먹고 냅다 호통쳐 묻는다.

"네놈은 어디서 왔으며, 이름을 뭐라고 부르느냐? 어서 빨리 대답하지 못할까! 그래야만 네놈의 목숨을 살려주겠다."

저팔계가 히죽히죽 웃으면서 대꾸했다.

"요 아들 녀석아! 네놈은 멧돼지 조상님도 몰라보느냐? 말씀해줄 테니 이리 가까이 와서 들어봐라!"

커다란 아가리에 뻐드렁니, 신통력이 워낙 크니 옥황상제께서 이 몸을 천봉원수로 승격시켜주셨다.

천하(天河)의 팔만 수군 장병을 한 손에 쥐고 통솔하였으며, 천궁에서 쾌락을 얼마든지 내 마음대로 누렸다.

어쩌다가 술에 취하여 궁녀를 희롱했으니 망정이지, 그 당시에는 영웅호걸의 본색을 뽐내고 자랑했다.

　주둥아리 한번 들쑤셔대면 두우궁을 무너뜨리고, 서왕모께서 가꾸어놓은 구엽영지채(九葉靈芝茱)를 뜯어먹었다.

　옥황상제께서 손수 철퇴 들어 2천 대나 매를 때리시고, 나를 좌천시켜 삼천계(三天界)¹로 귀양 보내셨다.

　이 몸더러 뜻을 세워 원신(元神)을 기르라 하셨으나, 아래 세상에 내려가 도리어 요괴 노릇을 하게 되었다.

　때마침 고로장에서 좋은 연분 맺어 결혼하고 지내는데, 운수가 사나워 손오공 형님과 맞닥뜨리고 말았다.

　여의금고봉 아래 패전하여 그 형님께 굴복 당하는 신세가 되었으며, 그제야 머리 숙여 사문(沙門)의 제자 노릇을 하게 되었다.

　말고삐 잡고 등에 짐 보따리 짊어지는 고된 일을 도맡으면서, 전생에 당나라 스님께 진 빚을 갚고 있다.

　철각(鐵脚)으로 이름난 천봉원수의 성씨는 '멧돼지 저(豬)'요, 법명을 붙였으니 저팔계라 일컫는다.

　요괴가 이 말을 듣고 호통을 친다.

　"이제 봤더니 네놈은 당나라 화상의 제자였구나! 내 오래전부터 당나라 화상의 고기가 맛좋다는 소문을 듣고 네놈들을 붙잡으려 기다리고 있던 참이었는데 마침 잘 걸렸다. 제 발로 걸어서 들어와 덤벼든 놈을 내가 용서해줄 듯싶으냐? 꼼짝 말고 거기 서서 내 절굿공이나 받아라!"

　저팔계도 지지 않고 마주 고함을 지른다.

　"이런 못된 놈의 짐승! 이제 봤더니 염색공 출신이었구나!"

---

1 삼천계: 불교 용어로 곧 '삼계(三界)'. 중생이 태어나서 그 업보에 따라 죽어 윤회(輪廻)하는 세계. 삼계에 관하여는 제2회 주 **19** 및 제39회 주 **5** 참조.

"내가 어째서 염색공이란 말이냐?"

"염색공이 아니고서야 어떻게 절굿공이나 방망이를 다룰 줄 알겠느냐?"

요괴가 이런 소리 따위 받아들일 턱이 없다. 그저 다짜고짜 덤벼들면서 절굿공이를 마구잡이로 휘둘러 위아래 가릴 것 없이 무작정 후려때린다.

이리하여 저팔계와 요괴 둘이서는 산골짜기 으슥한 구석에서 대판 싸움을 벌이기 시작했다.

이빨 아홉 달린 쇠스랑과 한 자루 쇠몽둥이.
쇠스랑이 혼신의 재간을 다 부리니 광풍처럼 휘몰아 찍고, 무쇠 절굿공이는 온갖 재치와 모략을 다 쓰니 마치 소나기 빗발 흩날리듯 정신없이 퍼붓는다.
하나가 이름 없는 못된 괴물로서 나그네 지나가는 산길을 가로막았다면, 하나는 죄를 저지른 천봉원수로서 착한 성정을 지닌 주인을 돕는다.
성품이 올바르니 어찌 괴물이나 마귀를 걱정하랴. 산이 높으니 금성(金性)은 토성(土性)을 낳을 수 없는 법.
저편에서 들이치는 절굿공이의 기세가 마치 용담에서 솟구쳐 오르는 이무기 같다면, 이편에서 달려드는 쇠스랑의 기세 또한 물가를 떠난 해룡과 같다.
질타하는 함성이 산천을 뒤흔들고, 고함쳐 꾸짖는 웅장한 위엄이 저승 세계를 경동시킨다.
두 영웅호걸이 저마다 능력 있음을 자랑하며, 한 몸 던져 신통력으로 승부를 겨룬다.

저팔계가 위풍을 떨치며 요괴와 싸우는데, 괴물 또한 부하 요괴들을 호령하여 한꺼번에 저팔계를 에워싸고 덤벼들게 한 것은 더 말하지 않겠다.

한편, 손행자는 당나라 스님의 등뒤에 서 있다가, 갑자기 무슨 생각이 났는지 소리내어 낄낄대고 웃음보를 터뜨렸다.

사화상이 그것을 보고 물었다.

"큰형님, 뭐가 우스워서 낄낄대시는 거요?"

손행자는 여전히 웃음기를 질질 흘리면서 대답했다.

"저팔계 녀석, 정말 바보천치일세. 앞마을 사람들이 행각승에게 음식을 대접한다고 속였더니만, 그 말을 곧이듣고 휑하니 달려갔지 뭔가! 떠난 지 벌써 한참 되었는데 여태까지 안 돌아오는 걸 보면 그놈의 요괴하고 맞닥뜨린 모양이야. 운수 좋게 쇠스랑으로 한 대 찍어서 요괴를 때려잡았다면 진작 의기양양하게 돌아와서 공치사가 대단했을 텐데, 아직껏 돌아오지 않는 걸 보니 아무래도 요괴를 당해내지 못하고 되레 붙잡혔는지 모르겠네. 그렇게 되었다면 이거 내가 재수 옴 붙겠어. 나 때문에 속아서 붙잡혔다고 필마온이니 뭐니 해가며 얼마나 욕을 하고 있겠나? 사오정, 자네는 입 꾹 다물고 여기나 지키고 있게. 내 금방 가서 보고 올 테니까, 절대로 나한테는 아무 말도 시키지 말게!"

앙큼스런 손행자, 당나라 스님이 알아채지 못하게 슬그머니 뒤통수의 터럭을 한 가닥 뽑아 들더니, 숨결 한 모금 불어넣고 "변해라!" 하고 나지막하게 외쳐서 자신의 모양과 똑같이 둔갑시켜서 사화상과 함께 장로님 곁에 세워두었다. 그리고 진짜 몸은 원신(元神)으로 화하여 슬쩍 빠져나가 공중으로 뛰어오른 다음, 사면팔방을 이리저리 휘둘러보기 시작했다.

아니나 다를까, 예상은 딱 들어맞았다. 미련퉁이 녀석은 과연 졸개 요괴들에게 둘러싸인 채 정신없이 싸우고 있기는 한데, 쇠스랑 잡은 손목의 힘이 흐트러질 대로 흐트러지고, 숱한 요괴의 무리를 상대하기가 점점 어려워지고 있었던 것이다.

손행자는 보다 못해 구름을 낮추고 내려서면서 큰 목소리로 버럭 악을 썼다.

"저팔계! 허둥거리지 말고 힘내게! 이 손선생이 왔네!"

미련퉁이가 손행자의 목소리를 알아듣고 힘이 부쩍 돋아났는지, 쇠스랑을 휘두르는 솜씨가 대번에 달라졌다. 저팔계는 갈수록 위세를 떨치면서 쇠스랑으로 눈앞에 닥치는 대로 후려 찍으며 졸개 요괴들을 계속 몰아붙이기 시작했다. 사태가 이렇듯 급작스레 바뀌니, 요괴들도 더 이상 견뎌내지 못하고 슬금슬금 뒷걸음질쳐 물러나기 시작했다.

"이게 어떻게 된 셈이야? 이놈의 중 녀석이 처음에는 별로 대단치 않더니, 어째서 지금은 이토록 펄펄 날뛰고 지독스럽게 덤벼드는지 모르겠군!"

요괴 두목이 구시렁대자, 저팔계가 냅다 호통 쳤다.

"요 아들 녀석아! 나를 만만하게 깔보면 못쓴다. 우리 한집안 식구가 응원하러 오셨다는 걸 모르느냐?"

말끝이 떨어지기가 무섭게 앞으로 달려 나가는 미련퉁이 저팔계, 이것저것 살펴볼 것도 없이 닥치는 대로 후려 찍고 들이치고, 그야말로 저돌맹진(猪突猛進)이라더니, 발광한 멧돼지처럼 무시무시한 기세로 덤벼드는 데야 그 앞에서 막아낼 장수가 없다. 요괴 두목은 어떻게 감당해 낼 도리가 없어 마침내 부하 졸개들을 거느리고 패전하여 돌아가고 말았다.

요괴가 패잔병들을 이끌고 달아나는 것을 보자, 손행자는 저팔계에게 달려가지 않고 슬그머니 구름의 방향을 되돌려 처음 있던 곳으로 돌아와 솜털을 제 몸에 도로 거둬들인 다음, 시침을 뚝 떼고 처음과 똑같이 스승 곁에 모시고 섰다. 삼장은 애당초 범태육안을 지닌 몸이라, 손행자가 그런 꼼수를 부렸다는 사실을 꿈에도 알아차리지 못했다.

얼마 안 있어 싸움에 이긴 미련퉁이가 혼자서 돌아왔다. 비록 승리를 거두기는 했지만 얼마나 지치고 힘겨웠는지, 눈물 콧물에 침을 질질 흘리고 입으로 허연 게거품을 내뿜으면서 씨근벌떡 가쁜 숨을 몰아쉬어가며 달려오더니 버럭 고함쳐 스승을 불렀다.

"사부님!"

장로님은 그 꼴을 보고 깜짝 놀라 물었다.

"팔계야, 말먹이를 뜯으러 간 녀석이 어째서 그토록 낭패한 꼬락서니를 하고 헐레벌떡 돌아오는 거냐? 아마 저 산 위에 누군가 지켜 서서 풀을 뜯지 못하게 막은 게로구나?"

미련퉁이가 쇠스랑을 내려놓더니, 두 손으로 제 머리통을 쳐가며 발을 동동 구른다.

"사부님, 묻지 마십쇼! 젠장! 망신살이 뻗쳐도 유분수지, 말씀드리기조차 남부끄러워 죽을 지경입니다!"

"남부끄럽다니? 무슨 망신살이 뻗쳤다는 게냐?"

"형님이 저를 골탕먹였지 뭡니까! 처음에는 바람과 안개 속에 요괴가 있는 것이 아니고 아무런 흉조도 없다고 했습니다. 게다가 앞마을 사람들이 아주 착해서 흰쌀로 고두밥을 짓고 하얀 밀가루로 만두를 쪄서 지나가는 승려들에게 먹여준다고 하기에, 저는 그게 정말인 줄 알았지 뭡니까. 저는 때마침 배가 고파 죽을 지경이라, 저 혼자 먼저 가서 얻어먹을까 하는 생각에 사부님께 말 먹일 풀을 뜯으러 간다는 핑계를 대고 그리로 찾아갔습니다. 그랬더니 웬걸, 고두밥에 만두가 있기는커녕 요괴 몇 마리가 뛰쳐나와 저를 에워싸고 들이칠 줄이야 누가 알았겠습니까. 그래서 포위망에 갇힌 채 여태까지 한바탕 악전고투를 벌였는데, 형님이 그 빌어먹을 놈의 상장(喪杖)으로 도와주지 않았더라면, 저는 요괴들의 포위망에서 빠져나올 꿈도 꾸지 못하고 그대로 꼼짝없이 붙들려 갈 뻔했습니다."

곁에서 가만 듣고 있던 손행자가 웃음보를 터뜨렸다.

"이런 바보 멍텅구리 녀석, 허튼소리 작작 지껄여라! 네 녀석이 도둑질을 했다가는 감옥에 있는 사람들마저 다 끌고 들어가겠구나. 지금까지 나는 여기서 사부님을 모시고서 한시도 곁을 떠난 적이 없었는데, 언제 어느 때 너를 도와주었단 말이냐?"

삼장 법사가 그 말을 받았다.

"아무렴, 옳은 얘기다. 오공은 내 곁을 떠난 일이 없었다."

스승까지 두둔하고 나서니, 이 미련한 저팔계 녀석은 약이 오를 대로 올라 펄펄 뛰어가며 악을 썼다.

"사부님! 사부님은 모르십니다! 형님은 뭔가 둔갑시켜 바꿔치기를 해놓고 사부님 곁을 빠져나갔단 말입니다!"

장로님도 듣고 보니 그럴듯싶어, 손행자를 돌아보고 물었다.

"오공아, 도대체 어떻게 된 일이냐? 요괴가 있기는 있는 게냐?"

손행자는 더 이상 감출 수가 없어 몸을 굽히고 실실 웃으면서 말씀드렸다.

"보잘것없는 요괴 몇 마리가 있긴 합니다만, 우리를 감히 건드리지는 못할 겁니다. 여보게 팔계, 이리 오게나. 기왕 이렇게 된 바에야 자네 한번 잘 봐줌세. 우리 사부님을 모시고 험산준령의 산길에 들어섰으니 군대가 행군하는 거나 다를 바 없지 않는가?"

"행군을 하는 것이 어쨌다는 거요?"

미련퉁이가 아직도 분이 풀리지 않았는지 퉁명스럽게 되묻는다.

"자네가 개로장군(開路將軍)을 맡아 선두에 서서 앞길을 틔워나가란 말일세. 그놈의 요괴가 나타나지 않으면 모르거니와 혹 얼굴을 내밀고 달려들거든, 자네가 그놈과 싸워서 때려누이게. 그럼 자네가 전공을 세운 것으로 셈쳐주겠네."

저팔계가 가만 생각해보니, 앞서 싸웠던 요괴의 실력이 자신과 별로 큰 차이가 나지 않는 터라, 그 제안을 선선히 받아들였다.

"좋소, 좋아! 내가 그놈의 손에 맞아죽는 한이 있더라도 앞장서서 가리다."

이 말을 듣고 손행자는 빙그레하니 미소지었다.

"이 바보 녀석이 처음에는 변변치 못한 소리를 지껄이더니, 왜 지금은 이렇듯 신바람이 나는지 모르겠군."

"형님, 모르는 소리 마시오. 속담에 '귀공자가 잔치 자리에 나가서는 술 취하지 않으면 배터지게 먹고, 장사(壯士)가 전쟁터에 나설 때는 죽지 않으면 부상을 당한다' 하지 않았소? 처음에는 몇 마디 말을 잘못할 수 있지만, 나중에는 위풍이 당당해지는 법이오."

속셈이야 어찌 되었거나, 손행자는 기쁘고 대견스러워 부리나케 말을 끌어다 스승을 모셔 태웠다. 사화상도 짐 보따리를 짊어지고 저팔계가 앞서 나가는 대로 산길에 접어든 것은 말할 나위도 없다.

한편, 저팔계의 쇠스랑 공격에 참패를 당한 요괴는 몇몇 부하들을 이끌고 소굴로 돌아가, 높다란 바위 더미 위에 올라앉은 채 시무룩하게 입을 다물고 말이 없었다. 동굴 속에 남아서 집안 살림을 돌보던 부하 요괴들이 모두 그 앞으로 나와서 물었다.

"대왕께서는 밖에 나가실 때마다 늘 희희낙락 기분 좋게 돌아오셨는데, 오늘은 어찌하여 근심 걱정을 하시며 앉아 계십니까?"

요괴 두목이 풀이 죽은 목소리로 이렇게 대답한다.

"애들아, 내가 평소 동굴 바깥에 나가서 산을 순찰했을 때에는 어디서 온 사람이든 짐승이든 몇 마리쯤은 반드시 붙잡아다 너희들을 먹여 길러왔는데, 오늘만큼은 운수가 사나워서 만만치 않은 적수와 맞닥뜨리고 말았지 뭐냐."

"만만치 않은 적수라니, 그게 어떤 놈입니까?"

"중노릇을 하는 놈이었다. 동녘 땅 당나라에서 경을 가지러 가는 화상의 제자인데, 이름을 저팔계라고 부르더구나. 그놈이 무지막지하게 쇠스랑을 휘두르면서 한바탕 후려 찍고 덤벼드는 바람에, 그만 내가 패전하고 이렇게 쫓겨왔으니 이게 얼마나 분하고 원통한 일이냐. 정말 화가 나서 견딜 수가 없다! 더구나 요즈음 소문을 들으니, 그 당나라 화상은 십세 수행하여 큰 도를 닦은 나한이라, 누구든지 그 고기를 한 덩어리 먹기만 하면 수명을 늘여서 길이 살 수 있다고 했다. 그런데 뜻밖에도 오늘 그 화상이 우리 산중에 들어섰기에 마침 잘 걸렸다 싶어 붙잡아다 찜을 쪄 먹으려고 벼르던 판이었는데, 그놈의 수하에 이런 제자가 있을 줄이야 누가 알았겠느냐!"

얘기가 끝나기도 전에, 부하들 가운데 졸개 녀석 하나가 툭 뛰쳐나오더니 요괴 두목을 바라고 꺼이꺼이 소리쳐 세 번 울고 나서는 또다시 깔깔대고 세 번을 소리내어 웃었다.

요괴 두목이 호통쳐 꾸짖는다.

"너 이놈! 무슨 까닭으로 울다가 웃는 게냐?"

그러자 부하 요괴가 무릎 꿇고 엎드려 이렇게 아뢰었다.

"대왕님, 방금 당나라 화상의 고기를 잡수시겠다고 하셨으나, 당나라 화상의 고기는 먹을 만한 게 못 됩니다."

"그게 무슨 소리냐? 사람들이 모두 말하기를, 그자의 고기를 한 덩어리만 먹으면 하늘과 수명을 같이하여 불로장생할 수 있다는데, 너는 어째서 먹을 만한 것이 못 된다고 하느냐?"

"만약 잡수실 만한 물건이었다면, 그자가 여기까지 오기도 전에 다른 곳의 요정들이 벌써 잡아먹었을 겁니다. 그자의 수하에는 제자가 셋씩이나 있습니다."

"그 제자 셋을 네가 알고 있느냐?"

"예, 큰 제자는 손오공이요, 셋째 제자는 사화상입니다. 그리고 아까 대왕님과 싸웠던 놈이 바로 둘째 제자인 저팔계입니다."

"사화상이란 놈은 저팔계와 비교해서 수단이 어떻더냐?"

"별로 큰 차이가 없습니다."

"그렇다면 손행자는 그놈보다 어떠냐?"

요괴 두목의 물음에, 부하는 혓바닥이 먼저 나왔다.

"아이고! 제 입으로는 감히 말씀드리지 못하겠습니다. 그 손행자란 놈은 신통력이 대단히 크고 변화술법 또한 엄청나게 많아서 무엇으로든지 둔갑을 잘합니다. 그놈은 오백 년 전에 천궁에서 대소동을 일으켜 토벌 당하게 되었으나, 상방(上方)의 이십팔수, 구요성관, 십이원신, 오경사상(五卿四相), 동서성두(東西星斗), 남북이신(南北二神), 오악사독(五嶽四瀆), 보천신장(普天神將) 들조차 섣불리 그놈을 건드리지 못했는데, 대왕께서 어찌 감히 당나라 화상을 잡아 잡수실 수 있겠습니까? 그런 생각은 일찌감치 접어두시는 게 좋을 듯싶습니다."

"너는 어떻게 그놈에 대해서 그토록 상세히 알고 있느냐?"

"저는 애당초 사타령 사타동에서 그곳 대왕님 세 분을 모시고 있었습니다. 그 대왕님들은 멋도 모르고 당나라 화상을 잡아먹으려다, 손행자란 놈이 저 무시무시한 금고봉을 휘두르면서 문짝을 때려부수고 동굴 안으로 쳐들어오는 바람에 대왕 세 분이 마치 골패 짝 넘어가듯 한꺼번에 전멸 당하고 말았습니다. 천만다행히도 저는 다소 눈치가 빠른 탓에 뒷문으로 뺑소니를 쳐서 이곳까지 오게 되었고, 또 대왕님이 거두어주신 덕택에 편히 살게 되었습니다. 그런 일을 겪었기 때문에 제가 그놈의 솜씨를 잘 알게 된 것이지요."

요괴 두목은 이 말을 듣고 대경실색, 손발을 어디다 둘지 모른 채 허둥거렸다. '대장군도 점쟁이의 예언에는 겁을 집어먹는다'더니, 바로 그런 격이었다. 하긴 그럴 수밖에. 다른 사람도 아닌 제 집안 식구가 늘어놓는 말을 들었으니 어찌 놀라지 않을 턱이 있으랴!

두목뿐만 아니라 모든 부하 요괴들이 공포에 떨고 있는데, 또 다른 부하 요괴 한 마리가 선뜻 앞으로 나섰다.

"대왕님, 걱정하지 마십쇼. 두려워하실 것도 없습니다. 속담에 '모든 일은 느긋이 밀어붙여야 한다(事從緩來)'고 하지 않았습니까? 당나라 화상을 꼭 잡아잡숫고 싶다면, 제가 계책을 한 가지 써서 그자를 잡아드리지요."

"계책이라니, 너한테 무슨 꾀라도 있단 말이냐?"

"예, 저한테 '분판매화계(分瓣梅花計)'란 계책이 하나 있습니다."

"분판매화계라니, 그게 무슨 계책이냐?"

"글자 그대로 매화꽃을 한 닢 한 닢씩 갈라놓듯 저들을 뭉쳐 있지 못하게 떼어놓고 상대하는 계책입니다. 지금 이 동굴 안에 크고 작은 부하 요괴들을 점검하셔서 천 마리 가운데 백 마리를 골라놓고, 그 백 마리 중에 다시 열 마리를, 열 마리 중에서 딱 세 마리만 고르시되, 하나같이 재간 있고 변화술법도 제법 쓸 줄 아는 놈들만 가려 뽑아 모두 대왕님의 모습대로 둔갑시키고 대왕님의 갑옷 투구를 입히고 씌운 다음, 대왕께서 쓰시는 무쇠 절굿공이를 한 자루씩 들려 가지고 세 군데에 나누어 매복시킵니다. 그리고 당나라 화상 일행이 나타나거든 우선 한 놈을 출동시켜 저팔계와 싸우게 하고, 다시 한 놈을 내보내 손행자와 싸우게 하고, 마지막 한 놈은 사화상에게 싸움을 걸어서, 이들 세 형제를 각각 멀찌감치 끌어내다 서로 돌아보지 못하게 만들어놓습니다. 그런 다음, 대왕님이 반공중에서 '나운수법(拿雲手法)'으로 당나라 화상을 잡아오신다면, '탐낭취물(探囊取物)'이란 말 그대로 제 주머니 속의 제 물건 꺼내기처럼 손쉬운 노릇이요, '어항 속 물고기한테 똥파리 집어넣기(魚水盆內捻蒼蠅)'나 마찬가지일 텐데, 어려울 것이 어디 있겠습니까!"

요괴 두목이 이 말에 가슴 뿌듯한 기쁨을 느끼면서 무릎을 탁 내리쳤다.

"그것 참 절묘한 계책이로구나! 절묘해! 이번에 나가서 당나라 화상을 붙잡지 못한다면 혹 모르거니와, 만약 내 손에 당나라 화상이 잡히는 날이면 너를 섭섭지 않게 대할 것이요, 너를 전부선봉장(前部先鋒將)으로 삼아주마."

부하 요괴가 머리 숙여 그 은혜에 사례하고, 몇몇 졸개 요괴들을 불러들였다.

이윽고 동굴 안의 크고 작은 요정들을 점검한 다음, 계획대로 유능한 부하 세 마리를 가려 뽑아 두목의 모습으로 둔갑시키고, 하나같이 무쇠 절굿공이를 한 자루씩 손에 들려서 미리 정한 매복 지점에 배치했다. 그리고 당나라 스님 일행이 나타나기를 기다리게 된 것은 더 말할 나위도 없다.

한편 당나라 장로님은 이런 요괴들의 함정이 도사리는 줄을 까맣게 모른 채, 저팔계가 가자는 대로 따라 큰길로 나와서 하염없이 발걸음을 재촉하고 있었다. 얼마쯤 가다 보니, 큰길 한 곁에서 느닷없이 후닥닥 하는 소리와 함께 요괴 한 마리가 뛰쳐나와 곧바로 장로님을 움켜잡으려고 덤벼들었다.

손행자는 버럭 고함쳐 저팔계를 불러 세웠다.

"팔계! 요정이 나타났다! 어서 때려잡지 않고 뭐 하는 거야?"

미련한 저팔계는 그것이 진짜인지 가짜인지 분간해볼 겨를도 없이 사형의 호통 소리 한마디에 쇠스랑을 번쩍 치켜들고 무작정 앞으로 마주 달려 나가더니, 자세히 살펴보지도 않고 마구잡이로 후려 찍기 시작했다. 부하 요괴도 질세라 무쇠 절굿공이를 써서 저팔계의 쇠스랑을 가로막으면서 슬금슬금 뒷걸음질쳐 상대방을 유인해갔다. 이윽고 그들 둘이서는 한길을 벗어나, 보이지 않는 산비탈 밑에 다다르자 치고 받고 본격적으로 싸움판을 벌였다.

싸움이 한창 무르익었을 때, 비탈진 산등성이 수풀 속에서 또 한 마리의 요괴가 불쑥 뛰쳐나오더니 당나라 스님을 노리고 덤벼들었다.

손행자는 다시 한 번 깜짝 놀라 소리쳤다.

"사부님, 큰일났습니다! 팔계 녀석이 한눈을 팔다가 저 요괴를 놓친 모양입니다. 이크! 저놈이 사부님을 잡으러오는군! 안 되겠다, 이 손 선생이 가서 저놈을 때려잡아야겠어!"

급히 철봉을 뽑아 들고 달려드는 손행자가 요괴를 정면으로 마주치면서 호통을 지른다.

"어딜 가려고! 내 철봉이나 한 대 맛봐라!"

두번째 요괴 역시 대꾸 한마디 없이 다짜고짜 무쇠 절굿공이를 휘둘러 들이쳤다. 이리하여 우거진 수풀 속에서도 엎치락뒤치락 한바탕 격돌이 벌어졌다.

얼마 안 있어, 이번에는 산등성이 뒤쪽으로부터 또 한 마리의 요괴가 세찬 바람 소리와 함께 툭 뛰쳐나와 당나라 스님을 덮쳤다. 끝까지 남아 있던 사화상이 그것을 보고 대경실색, 반사적으로 항요보장을 뽑아 들면서 고함을 질렀다.

"저런! 사부님, 안 되겠습니다. 큰형님이나 둘째 형님이나 모두들 눈이 침침해진 모양입니다. 어쩌자고 요괴를 놓쳐서 또 사부님을 잡으러 오게 만드는 거야! 이크, 야단났다! 사부님은 말 위에 그대로 가만히 앉아 계십쇼! 이 사화상이 나가서 저놈을 잡아야겠습니다!"

사태가 이쯤 되니, 제아무리 신중하고 침착하다는 사화상도 저팔계나 마찬가지로 이것저것 따져볼 겨를이 없다. 그는 이미 뽑아 든 항요보장을 번쩍 치켜들고 마주 달려 나가더니 요괴의 절굿공이를 정면으로 막아내면서 고래고래 악을 썼다.

"요런 발칙한 것! 어딜 감히 우리 사부님을 넘보느냐? 거기 서서 이 몽둥이나 한 대 맞아라! 에잇, 괘씸한 놈!"

입에서 나오는 대로 악을 쓰고 호통치며 씨근벌떡 정신없이 싸우다 보니, 그 역시 자기도 모르는 사이에 차츰차츰 스승 곁을 벗어나 요괴가 유인하는 대로 멀리 끌려가고 있었다.

반공중에서 느긋이 싸움판을 지켜보고 있던 요괴 두목은 당나라 스님이 홀로 말 안장 위에 앉아 있는 것을 보자, 강철 갈고리 같은 다섯 발톱을 불쑥 내뻗어 당나라 스님을 단숨에 움켜잡았다.

제자들이 돌아오기만을 하염없이 기다리던 이 사부님, 벼락같이 내뻗은 요괴 두목의 손아귀에 덜미를 잡혀 안장 위에서 몸뚱이가 붕 떠오르더니, 두 발에 꿰고 있던 등자마저 획 벗겨지면서 앗 소리 한번 질러보지도 못한 채 바람결에 휩쓸려 어디론가 날아가고 말았다. 가련하게도 이야말로 '선성(禪性)이 요사스런 마수에 걸리니 정과를 이루기 어렵고, 강류승(江流僧)은 또다시 재앙의 별과 마주쳐 고난을 면치 못한다'는 격이 아니고 무엇이랴!

늙은 요괴는 바람의 기세를 낮추고 내려서서 당나라 스님을 동굴 안으로 끌고 들어갔다.

"선봉장! 어디 있나?"

계략을 꾸며 바쳤던 부하 요괴가 쪼르르 달려 나오더니 그 앞에 송구스레 무릎 꿇고 입 속으로 중얼댄다.

"아이구, 저 같은 것이 어찌 감히 선봉장이 될 수 있겠습니까. 제가 어찌 감히……"

"그게 무슨 말인가? 대장군의 입에서 한마디 나온 바에야 그것은 흰 종이에 먹물을 찍은 것처럼 다시는 바꾸지 못할 일이라네. 내가 뭐라고 했는가? 당나라 화상을 붙잡지 못한다면 그만이려니와, 붙잡기만 하면 자네를 전부선봉장으로 임명해준다고 언약했었는데, 이제 자네의 절묘한 계략이 맞아떨어져 성공한 마당에, 내 어찌 신의를 저버릴 수 있겠는가? 자네는 어서 당나라 화상을 이리 잡아오고, 부하들을 시켜서 물을 길어다가 가마솥을 말끔히 씻어놓고 장작을 옮겨다 불을 때도록 하게. 저놈의 화상을 푸욱 쪄 가지고 자네하고 나하고 그놈의 고기를 한 덩어리씩 나눠먹고 불로장생을 꾀해보도록 하세!"

그러자 선봉장이 절레절레 도리질을 해 보였다.

"대왕님, 지금은 그렇게 쉽사리 먹을 수가 없습니다."

"잡아온 마당에 어째서 먹지 못한단 말인가?"

"대왕께서 그놈을 잡아잡숫기는 상관없겠습니다만, 그전에 처리해야 할 문제가 하나 있습니다. 저팔계도 어떻게 달래볼 수 있고 사화상도 잘만 구슬리면 그냥 넘어갈 수 있겠으나, 저 손행자란 놈은 아주 끈덕지고 사납기 짝이 없는 독종이란 걸 아셔야 합니다. 만약 우리가 제 스승을 잡아먹었다는 사실을 그놈이 알았다가는, 그놈은 굳이 여기로 쳐들어와서 우리와 싸울 것도 없이 저 무시무시한 금고봉으로 이 산허리를 푹 찔러서 구멍 하나 큼지막하게 뚫어 송두리째 뒤엎어버리고야 말 겁니다. 그렇게 되는 날이면 우리는 어디 한 군데 몸 붙이고 살 곳조차 없어질 게 아니겠습니까?"

요괴 두목이 이 말을 듣더니 찔끔 놀라 다시 묻는다.

"여보게 선봉, 자네한테 무슨 좋은 생각이라도 있나?"

"제 생각 같아서는, 당나라 화상을 우선 뒤꼍으로 보내어 나무에 묶어두고 이삼 일 동안 밥을 먹이지 않는 것이 좋겠습니다. 그럼 뱃속이 텅 비어서 깨끗해지기도 하려니와, 그놈의 제자 셋이서 한 이삼 일 동안 찾아 헤매다가 지칠 때까지 기다려서 완전히 단념하고 돌아갔는지 알아본 다음에, 그때 가서 우리도 화상을 끌어내다 마음 푹 놓고 느긋이 잡아먹는 것이 좋지 않겠습니까?"

그 말에 요괴 두목은 기분이 한껏 좋아져서 껄껄대며 연신 고개를 주억거렸다.

"옳은 말일세! 옳은 말이야! 선봉의 생각이 그럴듯하이!"

이윽고 호령 한마디에 졸개 요괴들이 당나라 스님을 뒤꼍으로 끌어다가 나무에 결박지어놓고, 다시 앞채로 돌아와 요괴 두목의 다음 명령을 기다렸다.

밧줄이 살 속에 파고 들어갈 정도로 나무에 단단히 묶인 장로님은 움쭉달싹도 못한 채 그저 두 뺨에 눈물만 그칠 새 없이 줄줄 흘리면서 소리쳐 울부짖었다.

"제자야! 너희들은 어느 산중에서 괴물을 잡느라 헤매고, 어느 길로 요괴를 쫓아갔단 말이냐? 나는 이렇게 몹쓸 마귀의 손에 붙잡혀 이런 곳으로 끌려와서 재난을 당하고 있으니, 어느 날에야 다시 너희들과 만날 수 있겠느냐? 정말 원통하고 아파서 죽겠구나!"

이렇듯 하염없이 두 줄기 눈물만 엉클어져 흘리고 있으려니, 맞은편 나무 쪽에서 누군가 부르는 소리가 들려왔다.

"스님, 당신도 붙잡혀 들어오셨구려!"

장로님은 정신이 번쩍 들어 그쪽을 바라보았다.

"당신은 뉘시오?"

맞은편 나무에 묶여 있는 사람이 대답한다.

"저는 이 산중에 사는 나무꾼입니다. 이 동굴의 산주(山主)에게 엊그제 잡혀 들어와서 여기 묶인 채 오늘이 벌써 사흘째가 되었으니, 이제 곧 저를 끌어내다 잡아먹을 것입니다."

똑같은 신세에 처한 사람을 만나고 보니, 장로님은 동병상련을 느끼고 눈물을 뚝뚝 떨어뜨리며 하소연했다.

"여보시오, 나무꾼 양반. 당신은 죽는다고 해야 한 몸뿐이니 아무 거리낄 것도 없겠지만, 나는 죽어도 뒤가 깨끗지 못하구려."

나무꾼은 이게 무슨 소리인가 싶어 내처 물었다.

"장로님, 당신은 출가한 분이라 위로 섬겨야 할 부모님도 안 계실 테고, 아래로 부양할 처자식도 없을 터인데, 죽어버리면 그만이지 뒤가 깨끗지 못할 일이 뭐 있겠습니까?"

그러나 장로님은 땅바닥이 꺼져라 한숨을 내리쉬어가며 푸념을 늘어놓았다.

"나는 애당초 동녘 땅에서 서천으로 경을 가지러 가는 길이었소. 당나라 태종 황제의 어명을 받들어 살아 계신 부처님을 찾아뵙고 진경을 얻어다가, 저승에 주인 없이 떠도는 외로운 영혼들을 구해내야 하기 때문이라오. 그런데 이제 내가 이렇게 중도에서 목숨을 잃어버린다면, 우리 임금님께서는 나를 기다리다 못해 지쳐 돌아가실 것이요, 또 조정 신하들의 기대를 저버리는 일이 되지 않겠소? 게다가 왕사성(枉死城) 지옥 속에 이루 헤아릴 수 없이 많은 저 원통한 혼령들 얼마나 실망이

클 것이며, 앞으로 영원히 환생할 수 없게 될 것이니 얼마나 원통하겠소? 평생을 걸고 쌓아올린 공덕의 성과가 한바탕 바람에 날리는 티끌로 화하게 되었으니, 이 어찌 뒤가 깨끗할 수 있겠소?"

나무꾼도 이 말을 듣더니 두 눈에서 눈물을 뚝뚝 떨어뜨리며 넋두리를 늘어놓는다.

"장로님, 당신은 그렇게 죽으면 그뿐이지만, 저는 더욱 가슴 아픈 한을 품고 죽어야 한답니다. 저는 어려서 아버님을 잃고 청상과부가 되신 어머님과 단둘이서 살아왔으나, 집안에 재산이라 할 것이 없어 그저 이 산중에서 나무를 해다 팔아가며 생계를 이어왔습니다. 늙으신 어머님은 올해 여든 셋이라 오로지 저 혼자서 봉양을 해왔습니다. 그런데 이제 만약 제가 죽어 없어지면 우리 어머님이 늘그막에 돌아가실 때 누가 임종을 보아드릴 것이며 또 누가 그분의 시신을 묻어드리겠습니까? 세상 천지에 이토록 가슴 아픈 노릇이 어디 있겠습니까! 정말 원통하고 원통해서 죽겠습니다!"

장로님이 그 사연을 듣더니 목을 놓아 대성통곡하기 시작한다.

"가엾구나, 가엾구나! 산중에 사는 사람에게도 어버이를 생각하는 마음이 있거늘, 이 변변치 못한 중은 헛되이 부처님의 경을 읽고 염불하고 있었구나! 임금을 섬기든 어버이를 섬기든 그 이치는 마찬가지니, 당신은 어버이의 은혜를 생각하고 나는 임금의 은혜를 생각하며 이렇듯 한을 품고 죽어가는구려!"

그야말로 '눈물을 흘리는 눈이 눈물 흘리는 눈을 마주 바라보고, 애간장 끊어지는 사람이 애간장 끊어지는 사람을 만난다'는 격이다.

삼장 법사가 곤경에 빠져 고통을 겪는 얘기는 잠시 접어두기로 하고, 한편 비탈진 수풀 아래서 요괴와 싸워 물리친 손행자가 부리나케 한길가로 돌아와 보니, 스승은 어디로 사라졌는지 보이지 않고 백마와 짐 보따리만 덩그러니 남아 있었다. 당황한 그는 짐 보따리를 짊어지고 말고삐를 끌면서 허둥지둥 산속으로 들어가 스승의 행방을 찾아 헤매기 시작했다.

오호라! 재앙을 타고난 강류승은 가는 곳마다 환난에 부닥치고, 요사스런 마귀를 항복시키는 제천대성 또한 가는 곳마다 요괴와 맞닥뜨린다더니, 이야말로 그런 격이 되고 만 것이다.
과연 손행자가 스승의 행방을 찾아낼 것인지, 다음 회에서 풀어보기로 하자.

제86회 저팔계는 위력으로 도와 괴물을 굴복시키고, 제천대성은 법력을 베풀어 요괴를 섬멸하다

이야기는 계속되어서, 손대성이 말고삐를 끌고 짐 보따리를 짊어진 채 산속을 온통 뒤지다시피 헤매면서 목이 터져라 고함쳐 스승을 찾고 있으려니, 어디선가 저팔계 녀석이 헐레벌떡 숨가쁘게 달려와 묻는다.

"형님! 왜 고래고래 소리를 지르고 계시오?"

"사부님이 보이지 않아 그러네. 자네 혹시 사부님을 보지 못했나?"

"아니, 나는 애당초 당나라 스님을 따라 중노릇이나 하고 있을 뿐인데, 형님이 또 나를 농락해서 무슨 장군이니 뭐니 하라고 시키지 않았소? 나는 지금 목숨을 내걸고 요괴와 한참 동안이나 싸우다가 겨우 한 목숨 건져 가지고 돌아오는 길이오. 사부님은 형님하고 사화상이 지키고 있었을 텐데, 도리어 날더러 보지 못했느냐고 물으면 이게 어찌 되는 거요?"

"이 사람아, 내가 자넬 나무라자는 게 아닐세. 자네가 무슨 까닭으로 눈이 흐려졌는지 모르겠으나 아무튼 요괴를 놓치는 바람에, 그놈이 되돌아와서 사부님을 또 잡으려고 덤벼들기에, 내가 그놈을 때려죽이러 나서고 사화상더러 혼자서 사부님을 돌보게 했는데, 이제 와보니 그 친구마저 없어지고 말았지 뭔가."

저팔계가 웃으면서 넘겨짚는다.

"헤헤! 아마도 사화상이 사부님을 모시고 어딘가 뒤를 보러 간 모양이오."

말끝이 떨어지기도 전에 사화상이 돌아왔다.

"여보게, 사화상! 사부님은 어딜 가셨나?"

손행자의 물음에, 사화상은 어리둥절한 기색으로 되묻는다.

"두 분 형님들 눈이 모두 어떻게 된 거요? 형님들이 요괴를 놓치는 바람에 그놈이 되돌아와서 사부님을 잡으려고 덤벼들기에, 이 사화상은 그놈과 싸우느라 쫓아 나가고 사부님 혼자서 말 위에 앉아 계셨었소."

그제야 손행자는 퍼뜩 깨닫고 분에 못 이겨 펄펄 뛰기 시작했다.

"이런 젠장! 그놈의 꾀에 넘어갔구나! 계략에 빠졌어!"

"계략이라니, 그게 무슨 소리요?"

사화상이 영문을 모르고 묻자, 그는 발을 동동 굴러가며 악을 썼다.

"이건 보나마나 '분판매화계'였어! 매화꽃잎 떼어내듯이, 우리 세 형제를 사부님 곁에서 하나하나씩 꾀어내서 멀찌감치 분산시켜놓고 그 틈을 타서 우리 사부님을 감쪽같이 채뜨려 간 것일세! 아이고, 하느님 맙소사! 하느님 맙소사! 이 노릇을 어쩌면 좋단 말인가!"

손행자의 두 뺨에는 어느덧 눈물이 그칠 새 없이 뚝뚝 떨어져 내리고 있었다.

"형님 울지 마시구려. 울어봤자 바보 멍텅구리밖에 더 되겠소? 어쨌든 그놈들의 소굴이 멀지 않고 이 산속 어딘가에 있을 테니까, 우리 당장 찾으러 나섭시다."

저팔계가 제법 조리 있게 한마디한다. 세 형제는 어쩔 도리가 없어 산속으로 들어가 이곳저곳 찾아 헤매기 시작했다.

아니나 다를까, 그들이 한 20리쯤 갔을 때, 맞은편 낭떠러지 아래 동굴이 한 군데 나타났다. 얼른 보기에도 요괴들의 무리가 들어앉아 있을 성싶은 그럴듯한 동부(洞府)였다.

깎아지른 봉우리에 밝은 햇빛 가리우고, 기괴한 바윗돌이 우뚝 우뚝 험준하게 솟아 있다.

기화요초 짙은 향기가 멀리 풍기는데, 붉은 살구, 푸른 복숭아가 탐스러운 자태를 서로 뽐낸다.

언덕 앞 고목은 둘레가 마흔 아름, 서리 찬 껍질에 빗물이 흘러내려 번들거리고, 문밖의 늘푸른 소나무 그 짙은 빛깔이 하늘을 찌르고 2천 척이나 솟았다.

쌍쌍이 짝지은 한운야학(閒雲野鶴)이 언제나 동굴 어귀에 날아들어 맑은 바람 일으키며 춤을 추는데, 깊은 산중의 날짐승은 나뭇가지 끝을 바라고 한낮에도 지저귄다.

빽빽하게 우거져 엉클어진 누른빛 등나무 덩굴은 마치 밧줄을 걸쳐놓은 듯하고, 가닥가닥 늘어진 버드나무 가지는 황금빛 줄기를 늘어뜨린 듯하다.

네모난 연못에 물이 고이고, 깊은 굴은 산자락에 기대었다.

네모난 연못에 물이 고였으니, 나이가 다 차도록 탈바꿈 못 한 이무기가 숨어 있고, 깊은 굴이 산자락에 기대었으니, 여러 해 동안 사람을 잡아먹는 늙은 괴물이 살고 있다.

과연 신선의 경지에 버금가지 않는 선경이요, 참으로 바람을 감추고 지기(地氣)를 모아놓은 소굴이 따로 없다.

동굴을 발견하고 마음이 다급해진 손행자가 두세 걸음 만에 팔짝팔짝 뛰어가서 보니, 돌 문짝은 단단히 닫혀 있고 문설주 위에는 석판(石板) 한 장이 가로 걸렸는데, 그 석판에 커다란 글씨로 여덟 자가 씌어 있었다.

은무산 절악 연환동(隱霧山折岳連環洞)

손행자가 돌 문짝을 가리키며 외쳤다.

"팔계! 손을 쓰게. 여기가 바로 요괴들이 살고 있는 소굴이니, 사부님은 반드시 이놈의 집안에 붙잡혀 계실 걸세!"

든든한 형제 두 사람까지 곁에 있으니 기세가 오를 수밖에. 이 미련한 저팔계는 쇠스랑을 번쩍 치켜들더니 있는 힘껏 내리찍어 돌 문짝에 구멍 하나 큼지막하게 뻥 뚫어놓았다.

"요괴야! 어서 빨리 우리 사부님을 내보내드리지 못하겠느냐! 안 그랬다가는 이 쇠스랑으로 문짝을 때려부수고 쳐들어가서 네놈의 온 집안 식구들을 한 놈도 남기지 않고 깡그리 결딴내버릴 테다!"

문지기 부하 요괴가 허겁지겁 안으로 뛰어 들어가 급보를 전했다.

"대왕님, 화근 덩어리가 쳐들어왔습니다!"

요괴 두목이 의아스레 묻는다.

"화근 덩어리라니, 그게 뭐란 말이냐?"

"문 앞에 웬 놈이 나타나 문짝을 두들겨 부수면서, 제 사부를 내놓으라고 시끄럽게 떠들어댑니다."

그제야 요괴 두목은 화들짝 놀라 선봉을 바라보았다.

"어떤 놈이 찾아왔는지 모르겠군!"

선봉장이 용감하게 나섰다.

"두려워하지 마십쇼. 제가 한번 나가서 어떤 놈인지 보겠습니다."

단걸음에 앞문으로 달려 나간 선봉이 뻥 뚫린 구멍에 머리통을 비스듬히 대고 바깥을 내다보았더니, 기다란 주둥이에 큼지막한 두 귀가 눈길에 잡힌다. 선봉은 고개를 안쪽으로 돌리고 크게 외쳐 알렸다.

"대왕님, 이까짓 녀석은 겁내실 것 없습니다! 이 저팔계란 놈은 별

재간도 없는 녀석이니까 억지 떼를 쓰지 못할 겁니다. 정 시끄럽게 굴거든 문을 열고 나가서 저놈마저 잡아다가 한꺼번에 찜을 쪄서 먹어버리면 그만입니다. 진짜 겁나는 놈은 바로 털북숭이에 뇌공 같은 낯짝을 한 중 녀석뿐입니다."

문밖에서 저팔계가 이 소리를 알아듣고 투덜투덜, 손행자를 돌아보며 한마디한다.

"형님, 저것들이 날 겁내지는 않고 형님만 무서워하는구려. 사부님은 분명 이놈의 집에 계실 거요. 형님이 어서 나서야겠소."

손행자가 앞으로 썩 나서더니 욕설을 한바탕 퍼붓는다.

"이 괘씸한 짐승들아! 네놈의 외할아버지 손선생이 여기 와 계시다! 냉큼 우리 사부님을 내보내드려라. 그래야만 네놈들의 목숨을 살려주겠다!"

선봉은 이 목소리를 알아듣고 그만 기절초풍을 해서 안으로 뛰어들어갔다.

"대왕님, 크, 큰일났습니다! 손행자까지 찾아왔습니다!"

요괴 두목은 겁에 질린 채 선봉을 원망했다.

"이게 모두 네 녀석이 '분판매화계'인지 뭔지 하는 걸 꾸민 탓이 아니더냐! 그래서 저런 화근 덩어리를 우리 집 문전에 들이닥치게 만들었으니, 장차 이 일을 어떻게 수습해야 옳단 말이냐?"

"대왕님, 안심하시고 절 너무 원망하지는 말아주십쇼. 제가 기억하기로는 저 손행자란 놈은 도량이 바다처럼 너른 원숭이라, 신통력은 비록 대단하지만 남이 추켜세워주는 소리에 곧잘 넘어가곤 합니다. 우리가 이제 사람의 가짜 머리통을 하나 마련해 가지고 나가서 저놈한테 넘겨주고 얼렁뚱땅 속여보면 어떻겠습니까? 듣기 좋은 말로 몇 마디 추켜세워주면서 저것들의 스승을 우리가 벌써 잘못 잡아먹었다고 사죄하면 그냥 발길을 돌릴지도 모르는 일 아니겠습니까? 만약 저놈들을 속여넘겨서 돌아가게 만든다면, 당나라 화상은 역시 우리가 잡아먹을 수 있게 될 것이고, 속여넘기지 못할 경우에는 그때 가서 달리 방도를 강구해보기로 합시다."

"사람의 가짜 머리통을 어디서 구할 수 있단 말인가?"

"가만 계십쇼. 제가 하나 만들어볼 테니까요."

앙큼스런 부하 요괴는 강철 도끼를 한 자루 가지고 버드나무 뿌리를 찍어내더니 사람의 머리통처럼 요모조모 다듬어 가지고 여기에 사람의 피를 끼얹어서 흐리멍덩하게 만든 다음, 졸개 한 녀석을 시켜 옻칠 먹인 쟁반에 담아서 앞문으로 떠받들고 나가 바깥에다 대고 큰 소리로 외쳐 부르게 했다.

"손대성 어르신! 노염을 잠시 거두시고 제가 드리는 말씀을 좀 들어주십쇼."

아니나 다를까, 손행자는 과연 남이 추켜세워주는 소리를 듣기 좋아했다. 상대방이 '손대성 어르신'이란 존칭을 붙여 깍듯이 부르는 것을 듣자, 그는 재빨리 저팔계의 쇠스랑질을 만류했다.

"잠깐만, 손찌검을 하지 말게! 저놈이 무슨 말을 지껄이나 좀 들어보세."

쟁반을 떠받쳐 든 졸개 녀석이 입을 열었다.

"손대성 어르신의 사부님은 우리 대왕께 붙잡히시기는 했으나, 끌려 들어오기가 무섭게 동굴 속에 있던 졸개 요괴들이 워낙 배워먹지 못한 시골뜨기 상놈들이라, 뭐가 뭔지도 모르고 다짜고짜 그분을 잡아먹기 시작했습니다! 미처 말릴 틈도 없이 이쪽 놈이 덥석 물어뜯고 삼키랴, 저쪽 놈이 뜯어먹으랴, 쥐어뜯는 놈은 쥐어뜯고 깨무는 놈은 깨물어대고, 이래서 순식간에 손대성 어른의 사부님을 잡아먹어버리고, 겨우 남은 것이라곤 이 머리통 하나뿐이니, 이 노릇을 어쩌면 좋습니까!"

손행자는 잠깐 생각하더니 이렇게 물었다.

"기왕에 잡아먹었다면 할 수 없지. 그 머리통을 이리 내놓아라. 진짜인지 가짜인지 내가 한번 봐야겠다."

졸개 녀석이 머리통을 구멍 바깥으로 휙 내던졌다. 이것을 본 저팔계가 먼저 울음보를 터뜨리면서 넋두리를 늘어놓았다.

"애고, 애고! 불쌍하고 가련하다! 그토록 잘생긴 사부님이 동굴 속에 들어가시더니, 지금은 요 모양 요 꼴이 되어서 나오셨구나!"

손행자가 소리쳐 꾸짖는다.

"이런 바보 멍텅구리 녀석! 울더라도 우선 진짜인지 가짜인지 똑똑히 알아보고 울어!"

"그만두시오, 그만둬! 사람의 대갈통에 무슨 놈의 진짜 가짜가 있단 말이오?"

"이건 가짜야!"

"가짜인줄 어떻게 아시오?"

"진짜 사람의 머리통은 내던지면 털썩 떨어지는 소리만 날 뿐, 맑게 울리는 소리가 나지 않네. 그러나 가짜 사람의 머리통을 집어던지면 딱딱이 치는 소리가 난단 말일세. 내 말을 믿지 못하겠나? 그럼 내가 다시 한 번 던져볼 테니까, 자네 잘 들어보게."

손행자가 그것을 집어들고 바윗돌에 내동댕이쳤더니, "딸가닥!" 하고 맑은 소리가 울린다. 사화상이 얼른 알아듣고 외쳤다.

"형님, 맑은 소리가 났소!"

손행자는 그럴 줄 알았다는 듯이 고개를 주억거린다.

"맑은 소리가 났으면 가짜일세. 내가 이놈의 본상을 드러내도록 할 테니, 자네 한번 똑똑히 보게!"

휙 뽑아 잡은 금고 철봉이 "딱!" 하고 후려갈겨서 단번에 깨뜨려버린다. 저팔계가 그것을 집어들고 살펴보니, 버드나무 뿌리를 그럴싸하게 깎아 다듬어놓은 것이었다. 그제야 미련퉁이 녀석도 욕설이 나오는 것을 참지 못하고 버럭 고함을 질렀다.

"이 털북숭이 잡놈의 도깨비들아! 네놈들이 우리 사부님을 동굴 속에 감춰두고 이 따위 버드나무 뿌리로 네놈들의 멧돼지 조상 어르신을 속여먹으려고? 어림 반푼어치도 없는 수작 말아라! 우리 사부님께서 버드나무 정령으로 둔갑하시다니, 이게 어디 될 법이나 하는 소리냐?"

쟁반을 떠받쳐 들고 있던 졸개 요괴가 이거 큰일났구나 싶어 부들부들 떨면서 휑하니 안으로 뛰어 들어가 보고를 했다.

"안 되겠습니다, 안 되겠어요! 대왕님, 다 글렀습니다!"

"뭐가 안 되고 뭐가 다 글렀다는 게냐?"

"저팔계와 사화상은 감쪽같이 속여넘길 수 있었지만, 손행자란 놈 하나만은 골동품 장수인지 물건을 알아보는 눈이 아주 날카롭지 뭡니까. 처음부터 그 머리통이 가짜라는 것을 훤히 꿰뚫어 보고 있었으니 말입니다. 이제는 어쩔 수가 없습니다. 진짜 죽은 사람의 머리통을 구해서 그놈에게 보여준다면, 혹시 그대로 돌아갈지도 모릅니다."

요괴 두목은 이 말을 듣고 몹시 곤혹스런 표정을 지었다.

"무슨 수로 진짜 사람의 머리통을 구한단 말인가?…… 가만 있자! 우리 저 박피정(剝皮亭) 안에 먹다 내버린 사람의 머리통이 몇 개 남아 있을지도 모르니, 그 중에서 하나만 골라오너라."

분부가 내리자, 졸개 요괴들이 사람을 잡아다 껍질 벗기고 각을 뜨는 박피정으로 달려가더니, 그 안에서 멀쩡하게 남은 머리통을 하나 골라 가지고 입으로 머리 껍질을 말끔히 뜯어낸 다음, 매끈매끈한 상태로 쟁반에 담아서 또 앞문으로 가지고 나가 소리를 질렀다.

"손대성 어르신! 아까 내드린 것은 사실 가짜였습니다. 하지만 이번 것은 진짜 당나라 스님의 머리통입니다. 우리 대왕께서 집안에 도깨비를 쫓는 액막이로 쓰려고 남겨두셨던 것인데, 이제 이렇게 가져다가 손대성 어른께 올리는 겁니다."

문구멍 바깥으로 "털썩!" 하고 내던지는 사람의 머리통, 그것은 선지피가 뚝뚝 떨어지는 상태로 떼굴떼굴 구르다가 손행자의 발치 앞에 멈추었다.

손행자가 살펴보니 이거야말로 진짜 죽은 사람의 머리통이라, 어쩔 수 없이 울음보를 터뜨리고 말았다. 저팔계와 사화상도 한꺼번에 목을 놓아 대성통곡하기 시작했다.

한참이나 슬피 울던 저팔계는 눈물을 머금은 채 손행자를 돌아보고 이렇게 말했다.

"형님, 그만 우시구려. 오늘은 날씨가 궂어서 금방 썩어 냄새가 날지도 모르겠소. 성한 김에 내가 어디 가져가서 묻어드릴 테니, 우리 그때 가서 다시 곡을 하기로 합시다."

손행자도 시무룩하게 대꾸한다.

"그도 그럴듯한 얘길세."

미련한 저팔계는 더러운 것도 가리지 않고 사람의 머리통을 품에 소중하게 껴안더니, 절벽 위로 뛰어 올라가서 햇볕이 잘 쪼이는 양지바른 곳에 바람이 들지 않고 지기(地氣)가 엉긴 터를 한 군데 잡아놓은 다음, 쇠스랑으로 구덩이를 하나 파서 머리통을 묻었다. 그리고 그 위에 봉분을 보기 좋게 쌓아올렸다. 일이 끝나자, 그는 사화상을 불렀다.

"자네하고 형님은 여기 와서 곡을 하고 있게. 내가 휑하니 가서 공양으로 차려드릴 제물 몇 가지 구해오겠네."

말을 마친 그는 냇가로 달려가서 굵다란 버드나무 가장귀를 몇 개

꺾고 오리 알만한 돌멩이를 몇 개 주워 가지고 무덤 앞으로 돌아오더니, 버드나무 가지는 봉분 좌우 양 곁에 꽂아놓고 돌멩이는 그 앞에 쌓아올렸다.

손행자가 의아스럽게 묻는다.

"자네, 이거 뭘 하자는 짓인가?"

미련퉁이는 천연덕스레 설명을 붙인다.

"보면 모르시오? 이 버드나무 가지는 송백 대신으로 사부님의 무덤을 가려드리려고 심은 것이고, 이 돌멩이 더미는 사부님께 공양을 올려야 하는데 떡이 없으니 떡 대신으로 차려드린 것이지 뭐요."

손행자는 기가 막혀 냅다 호통을 쳤다.

"이런 바보 멍텅구리 녀석! 사람이 죽었는데 돌멩이로 제사 상을 차려 올린단 말야?"

"이건 살아 있는 사람이 정성을 표하자는 것이고, 제자 된 몸으로서 사부님께 효도하는 마음을 보이자고 하는 거요."

"제발 못난 짓 좀 작작하게! 사화상더러 여기 남아서 무덤을 지키고 짐 보따리와 말을 잘 돌보도록 하고, 자네는 나하고 같이 저놈의 동굴에 쳐들어가 요괴를 잡아서 발기발기 찢어 죽여 사부님의 원수를 갚아드리도록 하세!"

사화상이 눈물을 뚝뚝 흘리면서 고개를 끄덕끄덕한다.

"큰형님 말씀이 지당하오. 두 분 형님 뜻대로 잘해보시오. 나는 여기서 시묘(侍墓)를 하며 기다리고 있겠소."

용감한 저팔계는 이 말을 듣더니, 그 자리에서 검정빛 비단 직철을 훌훌 벗어 던지고 몸에 꼭 끼는 속옷자락을 단단히 여민 다음, 쇠스랑 자루를 높이 쳐들고 기세등등하게 손행자를 뒤따라 나섰다.

원한과 분노에 사무친 이들 두 사람은 그저 앞으로 힘써 돌진해 나갈 뿐, 시비 흑백을 가려볼 여지는 털끝만큼도 용납하지 않았다. 단숨에 요괴의 동굴 문 앞에 들이닥친 두 사람은 제각기 철봉과 쇠스랑으로 돌 문짝을 때려부숴가며, 하늘과 땅이 뒤흔들릴 정도로 고래고래 악을 쓰기 시작했다.

"이 죽일 놈들아! 살아 계신 당나라 스님을 돌려보내라! 우리 사부님을 살려내란 말이다!"

미친 듯이 고함치는 소리에 동굴 속마저 들썩거리니, 요괴들은 두목에서 조무래기 부하들에 이르기까지 모조리 혼비백산을 해 가지고 계략을 잘못 꾸며 이 지경으로 만든 선봉을 원망했다. 요괴 두목은 얼굴빛이 하얗게 질린 채 선봉만 붙잡고 늘어졌다.

"저놈의 중 녀석들이 동굴 안까지 쳐들어올 모양이니, 저걸 어떻게 대처한단 말이냐?"

선봉이 이를 악물고 대답했다.

"옛사람이 말씀 한번 잘했습니다. '생선 바구니에 손을 집어넣으면, 생선 비린내를 피치 못하는 법(手揷魚籃, 避不得腥)'이라 했듯이, 어차피 손을 댄 바에야 죽든지 살든지 양단간에 끝장내기로 합시다! 대왕님, 이 동굴 속에 있는 가병(家兵)들을 모조리 끌고 마주쳐 나가서 상대하십쇼. 저 중놈들을 죽여 없애야만 우리가 살아남을 수 있습니다!"

늙은 요괴가 듣고 보니 달리 신통한 계책이 없다. 그래서 선봉의 애기대로 고함쳐 명령을 내렸다.

"애들아! 모두들 각자 마음을 단단히 다져먹고, 가장 쓸 만한 병기를 골라 가지고 날 따라서 싸우러 나가자!"

과연 동굴 속이 쩌렁쩌렁 메아리치도록 한바탕 함성이 울리더니, 수백 마리나 되는 부하 요괴들이 일제히 동굴 문을 열어젖히고 한꺼번에 달려 나갔다.

동굴 문 바깥에서 기다리고 있던 손대성과 저팔계는 급히 몇 걸음 뒤로 물러나, 산속에서도 싸우기 적당한 평지에 자리 잡고 요괴의 무리들을 가로막아 섰다.

"이름을 밝혀라! 우리 사부님을 잡아간 놈은 어떤 요괴냐!"

손행자가 매서운 목소리로 호통쳐 묻는 가운데, 요괴의 무리들은 진두에 영채를 늘어 세우고 꽃을 수놓은 비단 깃발이 펄럭이는 아래, 늙은 요괴 두목이 무쇠 절굿공이를 손에 잡은 채 목청을 드높여 응답했다.

"저런 괘씸한 중 녀석 봤나! 네 놈이 나를 몰라보다니! 나는 바로 남산대왕(南山大王)이시다. 벌써 수백 년 전부터 이 산중 일대를 주름잡으며 내 멋대로 살아오신 몸이라는 걸 모른단 말이냐! 그래, 네놈의 사부인지 뭔지 하는 당나라 화상은 내가 벌써 잡아먹었다! 네놈이 감히 날 어쩔 테냐?"

손행자가 버럭 고함쳐 꾸짖는다.

"이 털북숭이 짐승 녀석 정말 대담하기 짝이 없구나! 네놈의 나이가 도대체 몇 살이나 된다고 언감생심 '남산'이란 두 글자를 입에 올리느냐? 태상 이로군(太上李老君)은 천지개벽의 조상이면서도 오히려 태청궁 원시 천존의 오른편에 앉아 계시고, 석가여래 부처님은 세상을 다스리시는 존자이면서도 역시 대붕(大鵬)의 아랫자리에 앉아 계시며, 성인 공자님도 유교의 어른이면서 겨우 '부자(夫子)'란 존칭으로만 일컬음을 받으시는데, 너 같은 짐승 놈이 감히 남산대왕이라 자칭하고 수백 년 동안 제멋대로 살아왔다니, 참으로 고약하고 괘씸하기 짝이 없는 놈이로구나. 꼼짝 말고 거기 서서 네놈의 외할아버지 몽둥이나 한 대 먹어봐라!"

철봉이 바람을 가르고 날아들자, 요괴 두목은 선뜻 몸을 옆으로 틀어 피하더니, 절굿공이로 철봉의 공격을 막아내면서 고리눈을 부릅뜨고 사납게 소리쳐 묻는다.

"요놈의 자식, 그 주둥아리하며 낯짝하며 영락없는 원숭이 꼬락서니를 해 가지고 방정맞게 수다를 떨어서 나를 억눌러보겠다고? 네놈에게 무슨 재간이 있기에 내 문전에서 함부로 발광을 떠는 게냐?"

손행자는 껄껄대고 웃으면서 대꾸했다.

"요 이름도 없는 촌뜨기 녀석아! 네놈이 손선생의 출신 내력도 들어보지 못한 모양이로구나. 거기 얌전히 서서 배짱 든든히 먹고 내가 하는 말씀을 들어봐라!"

조상은 동승신주 큰 대륙에 살았으며, 하늘과 대지에 싸이고 묻혀 있기를 무려 수만 년.

화과산 정상에 신령스러운 돌 알이 하나 생겼으니, 그 알 껍질이 벌어져서 내 근본이 싹터 나오게 되었다.

세상에 태어나면서부터 범태의 부류와는 비할 바 아니었고, 성스러운 육체는 원래 일월을 따라서 벗으로 삼았다.

본성을 스스로 닦았으니 비범하여 좀스럽지 않았으며, 천품의 자질이 민첩하고 총명하기 이를 데 없으니, 위대한 돌 원숭이가 되었다.

제천대성의 벼슬을 받고 운부(雲府)에 거처하였으며, 제 힘 하나만 믿고 난폭한 짓을 저질러 두우궁(斗牛宮)에서 싸웠다.

하늘의 십만 신병이 내 근처에 얼씬하기 어려웠고, 하늘에 가득 찬 성수들을 손쉽게 제압했다.

명성을 떨치니 우주의 방방곡곡에서 알게 되었으며, 지혜가 건곤을 꿰뚫으니 가는 곳마다 이름을 남겼다.

이제 다행히도 부처님께 귀의하여 석교(釋敎)에 복종하고, 당나라 장로님을 도와 보호하며 서방 세계를 유력(遊歷)하게 되었다.

산에 부닥쳐 길을 틔우면 그 앞에 막을 자가 없었고, 물을 만나 다리 놓으면 요사스런 괴물도 수심에 찼다.

숲 속에서 위력을 베푸니 호랑이와 표범을 잡아 끓리고, 절벽 앞에서 두 손으로 비휴(貔貅)¹ 같은 맹수를 통째로 잡아 없앴다.

동방의 정과가 서역 땅에 왔으니, 어느 요사스런 마귀가 감히 머리통을 내밀 것이랴!

몹쓸 놈의 짐승이 내 스승을 해치다니 진실로 밉살스러워, 하늘이 두 쪽 나는 한이 있더라도 네놈들의 목숨을 당장에 모조리 결딴내고야 말겠다!

이 소리를 듣고 괴물은 놀랍기도 하려니와 분하기도 해서 이를 악물고 손행자 앞으로 달려들더니 무쇠 절굿공이를 휘둘러 닥치는 대로 손행자를 후려갈겼다. 손행자는 철봉으로 슬쩍슬쩍 가볍게 막아내면서 여전히 그놈에게 하고 싶은 말을 던져 보냈다.

이것을 보고 좀이 쑤시다 못한 저팔계가 드디어 쇠스랑을 휘두르며 선봉장 노릇을 하는 부하 요괴를 겨냥하고 위아래 가릴 것 없이 마구잡이로 후려 찍기 시작했다. 그러자 선봉 역시 졸개 요괴들을 거느리고 한꺼번에 패거리로 덤벼들었다.

이리하여 산속 평지에서 한바탕 혼전이 벌어졌으니, 실로 보기 드문 한판 싸움이었다.

동녘 땅 큰 나라 상국의 스님이, 서방 극락 세계로 진경을 가지

---

1 비휴: 가상의 동물. 사납기는 범과 같고 체구는 곰을 닮았다는 맹수. 그 용맹성을 따서 고대 전투용 수레의 깃발 장식에 쓰였다고 한다.

러 간다.

　　남산에 큰 표범이 바람과 안개를 토해내어, 깊은 산중에 길을 가로막고 혼자서 능력을 뽐낸다.

　　엉큼스런 계략을 베풀고, 영리한 부하들을 시켜 농간을 부리게 하더니, 무지막지하게도 대당나라 스님을 잘못 붙잡았구나.

　　손행자와 마주치니 그 신통력이 굉장하고, 게다가 저팔계와 맞닥뜨리니 그 명성 또한 더욱 대단하다.

　　요괴의 무리들이 산속 평지에서 일대 혼전을 벌이니, 흙먼지가 분분히 흩날려 하늘빛조차 맑지 못하다.

　　저편 진영에서는 부하 요괴들이 아우성치며 창칼을 함부로 휘두르고, 이편의 두 신승은 질타하며 호통치니, 쇠스랑과 철봉이 한꺼번에 들이친다.

　　제천대성 손오공은 영웅이라 적수가 없고, 천봉원수 저오능은 건장한 몸에 정력이 흘러 넘치니 장년의 나이를 한껏 즐긴다.

　　남녘 한 귀퉁이에 무지몽매한 늙은 요괴와 부하 선봉이, 모두들 당나라 스님의 고기 한 덩어리에 눈이 뒤집혀 목숨을 내던지고 살기를 잊었다.

　　이편의 두 형제는 스승의 목숨으로 말미암아 원수를 맺게 되었고, 저편의 두 요괴는 당나라 스님을 잡아먹으려고 지독스레 발악을 한다.

　　일진일퇴 공방전을 여러 차례 거듭했으나, 들이치고 받아치고 내지르고 부딪쳐도 좀처럼 승부가 나지 않는다.

　　손대성은 요괴의 부하들이 용감하고 사납게 덤벼들어, 아무리 들이쳐도 물러설 기미를 보이지 않자, 그 즉시 분신술법을 쓰기로 작정하고 솜털 한 움큼을 뽑아내어 입에 털어 넣고 우물우물 씹더니, 힘차게 뿜어내면서 외마디 소리를 질렀다.

"변해라!"

솜털 한 움큼은 삽시간에 손행자의 모습으로 돌변하여 한 마리에 한 자루씩 금고봉을 휘두르면서 적진으로 돌격해 들어갔다. 1, 2백 마리나 되던 졸개 요괴들은 느닷없이 들이닥치는 원숭이 떼에 길이 막혀 갈팡질팡 헤매기 시작했다. 앞을 돌아보려니 뒤쪽을 돌보아줄 수가 없고, 왼편을 막으려면 오른편으로 원숭이 떼가 들이닥치니 도무지 막아낼 길이 없었다. 견디다 못한 졸개 요괴들은 제각기 한 목숨 건져보려고 뿔뿔이 흩어져 달아나던 끝에 모조리 패하여 동굴 속으로 쫓겨 들어가고 말았다.

때를 같이해서, 손행자와 저팔계는 진지 안으로부터 바깥쪽을 향해 무서운 기세로 쳐들어갔다. 운수 사나운 졸개들은 가련하게도 저 무시무시한 쇠스랑에 찍혀서 아홉 구멍으로 피를 쏟아내거나, 아니면 철봉에 뼈와 살점이 짓물러 터지도록 얻어맞아 곤죽이 되고 말았다. 이것을 본 남산대왕은 혼비백산을 하도록 놀란 나머지, 그 즉시 바람을 휘몰아치고 안개를 일으켜 몸을 감춘 끝에 허겁지겁 동굴로 도망쳐 들어가 겨우 목숨을 건질 수 있었다.

그러나 선봉이란 녀석은 애당초 변화술법을 쓰는 재간이 없는 터라, 진작에 도망치지 못하고 손행자의 철봉 한 대에 거꾸러져 본래의 모습을 드러내고 말았다. '분판매화계'를 썼던 그놈의 정체는 다름아니라 이른바 '철배창랑(鐵背蒼狼)', 등줄기에 강철같이 빳빳하고도 시커먼 갈기터럭이 수북하게 돋아난 이리가 요정으로 둔갑한 괴물이었다.

저팔계가 앞으로 썩 나서더니, 이리의 뒷다리를 잡아 뒤집어놓고 들여다보면서 한마디 툭 던졌다.

"이놈의 자식, 어릴 적부터 남의 집 새끼 돼지와 양을 얼마나 많이 훔쳐 먹었는지 모르겠군."

손행자는 몸을 한번 부르르 떨어 솜털을 거둬들이며 재촉했다.

"이 바보야! 꾸물대고 있을 겨를이 어디 있어? 빨리 요괴 두목을 쫓아가서 사부님의 목숨 빚을 받아내기나 하세!"

저팔계가 흘끗 고개를 돌려보니, 그 많던 꼬마 손행자가 하나도 보이지 않는다.

"어라? 형님의 분신들이 다 사라져버렸네그려!"

"내가 벌써 거둬들였네."

"그것 참 묘하군, 묘해!"

첫 싸움에 완승을 거둔 두 사람이 기뻐서 낄낄대며 동굴 쪽으로 되돌아갔다.

한편 목숨 하나 겨우 건져 가지고 도망친 늙은 요괴 두목은 제 소굴에 돌아가자마자 즉시 부하들에게 명령을 내려 바윗돌을 옮겨놓고 진흙더미를 쌓아올려 앞문을 단단히 막아버렸다. 목숨을 부지한 졸개 요괴들은 너 나 할 것 없이 전전긍긍 떨면서 두목이 시키는 대로 앞문을 바람 한 점 통하지 않게 틀어막아 놓고 두 번 다시 바깥으로 머리통을 내밀 엄두도 내지 못했다.

이윽고 손행자가 저팔계를 데리고 동굴 문 앞에 들이닥쳤다. 문턱에 서서 호통을 질렀더니, 안에서 응답하는 놈이 없다. 저팔계가 쇠스랑으로 문짝을 후려 찍었으나 움쭉달싹도 하지 않는다.

"이 사람아, 쓸데없이 기운 쓰지 말게. 저놈들이 벌써 문을 단단히 막아버렸네."

기미를 알아차린 손행자의 만류에, 저팔계는 투덜투덜 되묻는다.

"문이 막혔으면 사부님의 원수를 어떻게 갚는단 말이오?"

"일단 무덤으로 돌아가서 사화상을 만나보고 의논하세."

둘이서 처음 있던 곳으로 다시 돌아오니, 사화상은 여전히 무덤을 지키면서 울고 있었다. 저팔계는 새삼스레 설움이 복받쳐 쇠스랑을 내던지고 무덤 앞에 엎드려 두 손으로 흙더미를 두드려가며 통곡하기 시작했다.

"아이고! 우리 사부님, 팔자가 사납기도 하셔라! 고국을 떠나와 이 머나먼 타향에서 돌아가시다니, 우리 사부님을 어디 가서 다시 뵐 수 있단 말이오!"

하염없이 늘어놓는 넋두리에, 손행자가 두 아우를 다독거리며 이렇게 말했다.

"이 사람들, 너무 서러워하지 말게. 저놈의 요괴가 앞문을 막아버린 걸 보니, 어딘가 드나드는 뒷문이 반드시 있을 걸세. 자네 둘이서 여기 있게. 내가 또 한 번 가서 출입구를 찾아보겠네."

저팔계가 눈물을 뚝뚝 흘리며 신신당부한다.

"형님, 조심하시오! 형님마저 붙잡혀 가는 날이면, 우리 둘이서 울기도 불편하오. '사부님!' 하고 한마디 부르며 울다가, 또 '손행자 형님!' 하고 부르며 울어야 하니, 이거야 번갈아 울고불고 하다가 헷갈려서 볼일도 제대로 못 볼 게 아니겠소!"

"아무 걱정 말게! 내게도 다 하는 방법이 있네!"

용감무쌍한 제천대성은 철봉을 거두어들이고 호랑이 가죽 치맛자락을 질끈 동여맨 다음, 어슬렁어슬렁 걸어서 비탈진 산길 뒤쪽으로 돌아 나갔다. 산등성이를 감돌아 나가고 보니, 어디선가 잔잔히 흐르는 물소리가 들려온다. 흘끗 뒤돌아보았더니 그것은 골짜기 냇물이 위쪽에서 아래쪽으로 용솟음쳐 흘러내리는 소리였다. 그런데 골짜기 냇가에 출입문이 한 군데 뚫려 있고, 그 문 왼편으로 냇물이 흘러나오는 웅덩이가 아무도 모르게 출입구를 가리고 있었다.

손행자는 고개를 끄덕끄덕했다.

"옳거니! 두말할 것도 없이 저게 뒷문이로구나. 한데 내가 이 주둥이와 얼굴을 생긴 대로 해 가지고 나타났다가는 졸개 요괴 녀석들이 문을 열고 나서다 알아볼지도 모르니, 아무래도 물뱀으로 둔갑해서 들어가는 것이 좋겠다…… 아니, 아니지! 가만 있거라, 물뱀으로 둔갑한다면, 사부님의 혼령이 어디선가 내려다보시고 출가한 사람이 왜 거추장스럽게 기다란 뱀으로 변했느냐고 꾸짖을지도 모르니, 자그만 방게로 둔갑해서 들어가야겠다…… 아냐, 그것도 마땅치 않구나. 사부님께서 출가한 사람이 다리는 왜 그리 많으냐고 나무라실 게다…… 자아, 그럼 어떻게 한다?……"

이래저래 궁리한 끝에, 손행자는 몸뚱이가 길지도 않고 발이 넷 달린 물쥐로 둔갑해서 "휙!" 소리와 함께 웅덩이 속으로 뛰어들더니, 물길을 거슬러 단숨에 안쪽으로 헤엄쳐 들어갔다.

수면 위에 머리를 내밀고 살펴보니 그곳은 동굴 뒤꼍 안마당, 햇볕이 비치는 양지쪽에 몇 마리의 졸개 요괴들이 웅기중기 둘러앉아 사람의 고기를 한 덩어리 한 덩어리씩 매만져가며 햇볕에 쪼여 육포(肉脯)를 만드느라 여념이 없다.

"아이고 맙소사! 저것은 우리 사부님의 살코기가 틀림없다. 저놈들이 먹다 못해 포를 떠서 햇볕에 말려 가지고 날씨 궂을 때 먹을 것으로 저장해두려는 모양이로구나. 이런 죽일 놈들! 내가 본색을 드러내고 달려 나가 철봉으로 한 대 후려갈기면 모조리 고기 떡을 만들어버리기는 어렵지 않다만, 그랬다가는 내가 용기는 있으나 꾀가 없다고 비웃음을 당하기 십상일 테니 안 되겠다. 차라리 다른 것으로 둔갑을 하고 더 깊숙이 들어가서 그놈의 요괴 두목이 어쩌고 있는지 한번 살펴봐야겠다."

웅덩이에서 훌쩍 뛰어나온 물쥐 손행자가 다시 한 번 몸뚱이를 꿈틀하더니, 이번에는 한 마리의 날개미로 탈바꿈을 했다.

힘이 약하고 몸뚱이가 작으나 별명은 '검정빛 준마' 현구(玄駒)라 붙였으니, 오랜 세월 은둔하여 도를 닦은 덕분에 날개가 돋쳐 날아다닐 줄 안다.
한가로이 다리 주변을 떼지어 건너다니며 진세(陣勢)를 펼쳐놓기도 하고, 사람 자는 침상 밑에 기어 들어와서 야릇한 신선놀음 구경하기를 좋아한다.
비가 올 때면 언제나 개미 구멍을 제법 막아놓을 줄 알고, 겹겹으로 쌓인 흙먼지를 곧잘 재로 만들 줄도 안다.
몸뚱이가 재치 있고 가벼우니 날쌔고도 야무지게 움직여, 남모르게 싸리문을 몇 차례나 제멋대로 넘나들 수도 있다.

그는 날개를 펼치고 소리 소문도 없이 곧바로 대청 안에 날아 들어갔다.
대청에는 늙은 요괴 두목이 수심에 찬 기색으로 앉아 있었다. 이때 부하 요괴 한 마리가 뒤채에서 뛰어 들어와 큰 소리로 보고했다.
"대왕님! 기뻐하십쇼, 희소식입니다!"
"희소식이라니, 그게 무슨 말이냐?"
참담하게 쫓겨 들어온 요괴 두목이 심드렁하게 묻자, 부하는 여전히 싱글벙글 웃으면서 이렇게 여쭈었다.
"제가 방금 뒷문 밖 냇가에 나가서 염탐해보았더니, 누군가 목을 놓아 통곡하는 소리가 들려왔습니다. 그래서 산봉우리에 달려 올라가 내려다보았더니, 저팔계와 손행자, 사화상 셋이서 무덤 앞에 통곡하고 있는 것이 아니겠습니까. 아마 그 사람의 대갈통을 진짜 당나라 화상의 것인 줄로만 알고 파묻어준 뒤에 무덤을 세워놓고 곡을 하는 모양입니다."

손행자는 이 말을 엿듣고 속으로 기뻐 어쩔 줄 몰랐다.

"옳거니! 저런 소리가 나올 때에는, 우리 사부님을 어디다 감춰두고 아직껏 잡아먹지 않은 것이 분명하다. 가만 있거라, 내 다시 찾아 들어가 생사가 어찌 되었는지 알아보고 나서 저놈과 따져야겠다."

생각을 정한 그는 일단 대청 안으로 날아들어 이리저리 두리번거리다가 한쪽 곁에 조그마한 옆문이 있는 것을 발견했다. 문은 단단히 잠겨 있었으나 문틈으로 뚫고 들어가 보니, 그 안은 널찍한 마당인데 어디선가 어렴풋이 슬피 우는 소리가 들려왔다. 좀더 깊숙이 들어갔더니 한 군데 커다란 나무 숲이 우거져 있고, 나무 아래 두 사람이 밧줄로 묶였는데 그 중 한 사람이 바로 당나라 스님이었다. 손행자는 스승을 보자 안타깝고 반가운 마음에 못 이겨 저도 모르게 본래의 모습을 드러내고 가까이 달려가 외마디 소리로 불렀다.

"사부님!"

장로님은 제자의 목소리를 알아듣고 눈물을 뚝뚝 흘리며 목멘 소리로 외쳐 응답했다.

"오공아! 네가 왔느냐? 어서 날 구해다오! 오공아! 오공아!"

손행자가 얼른 손가락을 입술에 대고 말렸다.

"사부님, 자꾸 이름을 부르지 마십쇼. 저 바깥쪽에 듣는 사람이 있습니다. 소문이 새어 나가면 큰일납니다. 사부님이 살아 계신 걸 안 이상, 제가 반드시 구해드릴 수 있습니다. 저놈의 요괴가 이미 사부님을 잡아먹었다고 하면서 가짜 사람의 머리통을 내보여 저희들을 속였기 때문에, 저희들도 원한에 사무쳐 그놈과 한바탕 악전고투를 치렀습니다.

사부님, 이제 안심하시고 그대로 조금만 더 견디고 계십쇼. 제가 그놈의 요괴를 거꾸러뜨려놓아야만 사부님을 마음놓고 풀어드릴 수가 있습니다."

이렇게 당부 말을 남겨놓고 나서 손대성은 주어를 외우고 몸뚱이를 꿈틀하여 또다시 날개미로 둔갑한 다음, 천연덕스럽게 대청 안으로 되돌아가 대들보 한복판에 찰싹 달라붙었다.

대청 안에는 겨우 목숨을 붙이고 도망쳐 온 졸개 요괴들이 웅기중기 떼를 지어 몰려 앉은 채 왁자지껄 시끄럽게 아우성을 쳐가며 난장판을 이루고 있었다. 그 중에서 한 마리가 훌쩍 뛰어나오더니 요괴 두목에게 아뢰었다.

"대왕님, 그놈들은 앞문이 단단히 막혀서 아무리 때려부숴도 열리지 않는 것을 보자, 이제는 모든 것을 단념하고 가짜 사람의 머리통을 가져다 파묻고 무덤을 만들어놓았습니다. 오늘 하루 통곡을 하고, 내일 또 하루 통곡하고, 모레 복삼(復三)[2]의 풍습에 따라 삼우제(三虞祭)를 지내고 나면 그대로 돌아갈 게 분명합니다. 놈들이 흩어져 가버린 것이 확인되거든, 그때 가서 당나라 화상을 끌어내다 토막쳐서 잘라내고, 잘디잘게 썰고 다져서 온갖 양념을 듬뿍 치고, 기름에 지지고 볶아서 냄새가 구수하게 날 때 여러 사람이 한 점씩 나눠먹으면 불로장생할 수 있을 겁니다."

그러자 또 한 마리 졸개 녀석이 손뼉을 쳐가며 반대했다.

"안 되지, 안 돼! 기름에 지지고 볶아 먹다니, 사람의 고기는 역시

---

2 복삼: 우리나라 장례 풍습으로 치면 '삼우제(三虞祭)'에 해당하는데, 중국의 관습으로는 일명 '원분(園墳)'이라 하여 장례 후 사흘째 이른 아침 해가 돋기 전에 무덤으로 가서 수숫대로 문을 세우고 제물을 갖추어 망자의 넋을 부르는 초혼(招魂) 예식이다.

찜통에 쪄서 먹어야 제 맛이 나는 법이라네."

또 한 마리 요괴가 절레절레 도리질을 한다.

"아닐세, 삶아 먹어야 하네. 그럼 땔나무도 덜 들 게 아닌가!"

뒤를 이어서 또 한 마리가 아는 체한다.

"당나라 화상의 고기는 애당초 희귀하고 진기한 물건이니까, 역시 소금을 뿌려서 절여두었다가 오래오래 천천히 꺼내 먹는 것이 좋다네."

대들보 위의 손행자는 하찮은 새끼 요괴들이 자기 스승을 놓고 이러쿵저러쿵 요리해 먹을 방법까지 늘어놓는 걸 보자 속에서 분통이 치밀어 올라 도무지 견딜 수가 없다.

"우리 사부님이 네놈들에게 무엇을 악독하게 구신 적이 있었다고 이렇듯 잡아먹지 못해 안달하는 게냐? 오냐, 좋다! 네놈들 한번 내 손에 당해봐라!"

그는 당장 제 몸의 솜털을 한 줌 뽑아서 입 속에 털어 넣고 우물우물 씹어 잘게 부스러뜨리더니, 그것을 다시 훅 뿜어내며 아무도 알아듣지 못하게 주어를 외워 잠벌레로 둔갑시킨 다음, 요괴들의 얼굴을 향해 확 뿌려 던졌다. 잠벌레들이 한 마리 한 마리씩 콧구멍 속으로 쑤시고 들어가자, 부하 요괴 무리들은 차츰 끄덕끄덕 졸기 시작하더니 얼마 안 있어 한 놈도 눈을 뜨지 못하고 모조리 잠에 곯아떨어지고 말았다. 그러나 늙은 요괴 두목 하나만은 곱게 잠들지 않고 제 딴에는 졸음을 이겨내느라 두 손으로 머리통을 긁어대랴 얼굴을 문지르랴, 그칠 새 없이 재채기를 해 가면서 코를 비벼대고 쫑긋거렸다.

이것을 본 손행자는 고개를 갸우뚱하면서 중얼거렸다.

"설마 저놈이 눈치 챈 것은 아닐까?…… 안 되겠구나, 저놈한테는 '양수겸장'으로 쌍심지를 박아줘야겠다!"

이래서 또 한 가닥의 솜털을 뽑아 처음과 같이 잠벌레로 둔갑시켜

가지고 그놈의 얼굴에 던져 콧구멍 속으로 기어 들어가게 했더니, 두 마리 중의 한 마리는 왼쪽 콧구멍으로, 또 한 마리는 오른쪽 콧구멍 속으로 쑤시고 들어갔다. 과연 이번에는 효과가 있었는지, 졸음을 쫓느라 애쓰던 동작을 멈추고 벌떡 일어나서 허리를 쭉 펴고 기지개 한번 크게 켜더니 입이 째지도록 하품을 두어 번 하던 끝에 마침내 스르르 주저앉아 눈을 감고 푸우, 푸우 투레질을 해가며 잠들어버렸다.

그제야 손행자는 옳다 됐구나 싶어 대청 아래로 훌쩍 뛰어내렸다. 그리고 본래의 모습을 드러낸 다음, 귓속의 금고 철봉을 꺼내 번쩍 휘두르더니 지름이 오리 알만큼이나 굵다랗게 만들어 가지고 "콰당!" 소리가 나도록 힘차게 곁문을 때려부쉈다.

다시 안마당으로 뛰어든 그는 마음 푹 놓고 큰 소리로 외쳐 스승을 불렀다.

"사부님!"

이제나저제나 애타게 기다리던 장로님이 그 목소리를 듣고 재촉이 성화같다.

"얘야, 빨리 와서 이 밧줄 좀 풀어다오! 꽁꽁 묶은 밧줄이 살 속에 파고들어 아파 죽겠다!"

한데, 이 성급한 원숭이 임금은 두 가지 할 일에 마음을 정하지 못하고 갈팡질팡하기 시작했다.

"사부님, 서두르지 마십쇼. 저놈의 요괴 두목부터 때려죽이고 다시 와서 풀어드리죠."

그래서 다시 대청 쪽으로 달려가 요괴를 때려죽이려고 철봉을 치켜든 것까지는 좋았으나, 여기서 또 생각이 바뀌었다.

"아니, 아니지! 사부님부터 먼저 풀어드리고 나서 요절을 내야겠다."

또다시 안마당으로 돌아와 스승 앞에까지 와서는 또 마음이 바뀌었다.

"아니다, 요괴를 먼저 때려잡아 놓고 구해드려야 안심이 되겠는걸!"

이렇듯 변덕을 부려서 안마당과 대청 사이를 오락가락 서너 차례나 넘나든 끝에야 비로소 마음을 굳힌 손행자, 스승의 목숨을 구해드리게 되었다는 기쁨에 겨워 춤추듯이 팔짝팔짝 뛰어가며 안마당에 들어섰다.

장로님은 그 꼴을 보고 서글픈 가운데서도 기쁨이 앞섰다.

"저 원숭이 녀석이 내가 이렇게 살아 있는 것을 보고 기뻐서 어찌할 바를 모르는 모양이로구나. 그러니까 날 풀어줄 생각보다 저렇게 춤이라도 추고 싶었겠지……"

겨우 마음을 가라앉힌 손행자가 스승 앞에 다가와서 밧줄을 풀고 두 손으로 부축해 모셔 나가려 하는데, 맞은편 나무에 묶여 있던 사람이 또 외쳐 부른다.

"장로님! 제발 덕분에 큰 자비를 베푸시어 제 한 목숨도 구해주십시오!"

그때서야 장로님도 퍼뜩 생각이 나는지 걸음을 멈추고 제자를 불러 세웠다.

"오공아, 저분도 풀어주려무나."

손행자는 결박 당한 나무꾼을 흘끗 돌아보고 스승에게 여쭈었다.

"저 사람은 누굽니까?"

"저분은 나보다 하루 먼저 붙잡혀 들어온 나무꾼이다. 비록 나무를 해다 팔아서 살아가는 사람이지만, 집에 연로하신 모친이 계시다는구나. 요괴한테 붙잡혀 죽음을 당하게 된 마당에서도 어머니를 그리워하고 걱정하는, 아주 효성이 지극한 사람이다. 그러니 어서 저 사람마저 구해서 같이 데리고 나가자꾸나."

손행자는 스승의 말씀대로 나무꾼의 결박도 풀어준 다음, 함께 데리고 뒷문으로 요괴의 소굴을 빠져나왔다. 바위 절벽을 기어오르고 냇물을 건너뛰는 동안, 장로님은 입에 침이 마르도록 손행자의 노고에 감사했다.

"현명한 제자야, 나하고 저분의 목숨을 구해주느라 고생 많았다. 정말 수고했다. 그런데 오능과 오정은 모두들 어디 있느냐?"

"두 사람은 저기서 사부님 때문에 아직도 통곡을 하고 있을 겝니다. 어디 한번 불러보십쇼."

손행자의 말에, 장로님은 목청을 가다듬고 소리 높여 부른다.

"팔계야!⋯⋯ 팔계야!"

그 무렵, 이 미련퉁이 녀석은 얼마나 서럽게 곡을 하느라고 정신이 다 빠졌는지, 자기를 부르는 스승의 목소리를 듣고도 눈물 콧물을 훔쳐내며 엉뚱한 소리를 늘어놓았다.

"여보게, 사화상! 우리 사부님이 집안 식구들을 못 잊어 혼백으로 나타나 돌아오셨네. 저 소리를 좀 들어보게. 저기서 우리들을 부르고 계시지 않는가?"

손행자가 그들 앞으로 썩 나서더니 냅다 호통쳐 꾸짖었다.

"이런 바보 멍텅구리, 벽창호 같은 녀석! 무슨 혼백이 나타났다는 거야? 저걸 보라고! 사부님께서 돌아오고 계시지 않나?"

사화상이 고개를 번쩍 들고 바라보더니, 부리나케 달려가 스승 앞에 무릎 꿇고 엎드렸다.

"사부님, 얼마나 고생이 많으셨습니까! 돌아가신 줄로만 알았더니, 큰형님이 어떻게 사부님을 구해 가지고 나오신 겁니까?"

손행자는 여태까지 있었던 일들을 두 아우에게 낱낱이 얘기해주었다.

 미련퉁이 저팔계 녀석은 얘기를 다 듣더니, 이제껏 엉뚱한 사람을 위해 눈물 콧물 흘려가며 통곡을 한 것이 분하고 원통해서 어금니를 뿌드득 갈아붙여가며 쇠스랑 자루를 움켜잡기가 무섭게 봉분을 단숨에 파헤치고, 생사람의 머리통을 끄집어내다 마구 짓이겨 순식간에 곤죽을 만들어버렸다.

 당나라 스님이 물었다.

 "그것을 짓이겨 어쩌자는 게냐?"

 저팔계는 여전히 분이 풀리지 않아 투덜거린다.

 "사부님 저 빌어먹을 놈의 대가리가 뉘 집 송장인지는 몰라도, 저를 하루 온종일 울게 만들었지 뭡니까!"

 "아무리 그래도 그 머리통은 내 목숨이 살아나는 데 신세를 진 물건이다. 너희 세 형제가 요괴를 들이치면서 나를 돌려보내라고 야단쳤을 때, 저것으로 한 고비를 넘겼으니 망정이지, 만약 그놈들이 저런 것으로 앞가림을 못하고 궁지에 몰렸더라면, 진짜 내 머리통을 베어 죽였을 게 아니냐? 그러니 역시 저것을 잘 묻어주어서 우리 출가인들의 성의라도 표하려무나."

 장로님의 말씀을 듣고 보니, 미련퉁이가 생각해도 일리 있는 말씀이다. 그래서 곤죽으로 만들어놓은 머리뼈와 살점을 거두어다 도로 땅에 파묻고, 흙을 다시 그러모아 무덤을 만들어주었다.

 가만히 지켜보고 있던 손행자가 불현듯 무슨 생각이 났는지 빙그레 하니 웃으면서 스승에게 양해를 구한다.

 "사부님, 잠깐 여기 앉아 계십쇼. 제가 냉큼 가서 요괴들의 소굴을 아예 뿌리뽑아버리고 오겠습니다."

 말을 마치자, 그는 단숨에 절벽 밑으로 뛰어내리더니 냇가를 건너서 다시 동굴로 돌아갔다. 그리고 당나라 스님과 나무꾼을 결박지었던 밧줄을 찾아 들고 대청으로 들어갔다.

요괴 두목은 아직도 잠에서 깨어나지 못한 채 여전히 곯아떨어져 있었다. 손행자는 긴말할 것도 없이 그놈의 양팔 두 다리를 한꺼번에 모아서 밧줄로 단단히 묶어놓고 매듭에 금고봉을 푹 꿰어서 어깨에 떠메 가지고 그대로 뒷문을 통해 빠져나왔다.

저팔계가 멀찌감치 서서 바라보다가 낄낄대며 크게 소리친다.

"형님, 그런 짐꾼 일은 어디서 배웠기에 그렇게도 잘하시오? 내친 김에 한 마리 더 잡아 가지고 나오시면 좋지 않겠소?"

손행자는 아무 대꾸도 없이 다가오더니 땅바닥에 털썩 내려놓았다. 저팔계 녀석은 포로가 땅바닥에 나뒹굴기가 무섭게 대뜸 쇠스랑을 치켜들고 달려들었다. 이것저것 따져볼 것도 없이 단매에 후려 찍어 곤죽을 만들어버릴 작정이다.

손행자가 얼른 그 팔뚝을 붙잡아 만류했다.

"가만 있게. 동굴 속에는 아직도 잡지 못한 졸개 요괴들이 또 많이 있네."

때려잡을 요괴들이 남아 있단 말을 듣자, 미련퉁이는 손행자에게 덥석 매달렸다.

"형님, 날 좀 데려가서 때려죽이게 해주시오!"

"때려잡기에는 시간이 많이 걸리니, 땔나무를 찾아다가 불질러서 그놈의 소굴을 뿌리째 없애버리는 것이 차라리 낫겠네."

나무꾼이 이 소리를 듣더니, 저팔계를 데리고 동쪽 후미진 골짜기로 깊숙이 내려가 썩은 대나무 줄기, 잎 떨어진 소나무 가장귀, 속이 텅 빈 버드나무 줄기, 뿌리 끊긴 등나무 덩굴, 누렇게 시든 다북쑥, 물억새와 갈대, 바싹 마른 뽕나무 따위를 한 짐 긁어모아 짊어지고 돌아와서 뒷문 안이 꽉 차도록 밀어넣었다.

손행자가 불을 붙이자, 저팔계는 그 커다란 두 귀로 너울너울 부채질해서 바람을 일으켰다. 불길이 치솟는 동안 손대성은 펄쩍 뛰면서 몸뚱이를 뒤흔들어, 잠벌레로 둔갑시켰던 솜털을 모조리 거둬들였다. 잠에서 깨어난 부하 요괴들이 정신을 차리고 일어섰을 때 동굴 속은 온통 불바다로 화해, 어느 곳을 돌아보나 뜨거운 불꽃, 매캐한 연기로 뒤덮여 빠져나갈 구멍이 없었다. 가련하게도 요괴의 무리들은 누구 하나 목숨을 건질 엄두도 내지 못한 채 고스란히 불구덩이 속에서 타 죽고 말았다. 동굴을 말끔히 불태워 소탕해버린 두 형제가 홀가분한 마음으로 발길을 돌리는데, 때마침 스승은 늙은 요괴 두목이 잠에서 깨어나는 것을 보고 기절초풍을 하도록 놀라 고함을 질렀다.

"애들아! 큰일났다, 요괴가 잠을 깼다!"

스승의 고함 소리를 들은 저팔계가 벼락같이 달려가더니 쇠스랑으로 단번에 늙은 요괴 두목을 후려 찍어 그 자리에 거꾸러뜨렸다. 죽어 널브러진 요괴의 정체는 털이 쑥대 잎처럼 더부룩하게 길고 가죽에 얼룩덜룩한 무늬가 있는 표범이었다.

손행자가 그것을 바라보며 탄식했다.

"얼룩무늬 표범이 호랑이를 잡아먹을 줄 안다더니, 이제는 또 사람으로 둔갑할 줄도 알게 되었구나. 이제 한 대에 때려죽였으니까, 후환이 끊어진 셈이다."

장로님은 제자들의 노고를 치하해 마지않으며, 안장을 붙잡고 말 위에 올랐다.

이때, 나무꾼이 일행 앞으로 나서더니 이렇게 여쭈었다.

"어르신네, 여기서 서남쪽으로 얼마 안 가시면 바로 저희 집입니다. 어르신네들을 저희 집에 모시고 가서 어머님을 만나뵙고 제 목숨을 건져주신 은혜에 사례를 드린 다음, 떠나시도록 전송해드릴까 합니다."

장로님은 흔쾌히 그 청을 받아들이더니, 말을 타지 않고 걸어서 나무꾼과 함께 일행 넷이서 동행했다. 서남쪽으로 길을 잡아 떠난 지 얼마 안 가서, 과연 집 한 채가 나타났다.

돌짝밭 오솔길에는 이끼가 겹겹으로 깔리고, 싸리문 위에는 등나무 꽃이 더부룩하게 엉클어져 시렁처럼 드리웠다.
사면에는 산색이 잇닿았는가 하면, 숲 속에는 온통 산새 소리 요란하다.
오밀조밀 들어찬 소나무, 대나무가 새파란 빛으로 엇갈려 기대서고, 이름 모를 기화요초가 여기저기 어지러이 피어났다.
궁벽한 땅 구름 깊은 속에, 아담하게 들어앉은 대나무 울타리 초가집 한 채.

멀리서 바라보니 노파 하나가 싸리문에 기대어 선 채 눈물을 철철 흘리면서 아들을 생각하며 통곡하고 있다. 자기 어머니를 알아본 나무꾼은 장로님을 떨쳐놓고 헤엄치듯 두 팔을 허우적거리며 문 앞으로 달려가더니 노모의 발치에 무릎 꿇고 엎드려 외쳤다.

"어머니! 제가 돌아왔습니다!"

노파가 아들을 덥석 부여안고서 새삼스레 울음을 터뜨린다.

"얘야! 네가 돌아왔구나! 요 며칠 동안 집에 돌아오지 않기에 이 산 주인이 널 붙잡아 목숨을 해친 줄 알고, 가슴이 아파서 견딜 수가 없었단다. 네가 아무런 해를 입지 않았다면 어째서 오늘에야 돌아왔느냐? 그리고 나무하던 지게하며 도끼하며 모두 어디다 두고 맨몸으로 돌아왔단 말이냐?"

나무꾼이 머리를 조아리고 여쭈었다.

"어머니, 저는 산 주인에게 잡혀가서 사흘 동안 나무에 꽁꽁 묶여 있었습니다. 꼼짝없이 목숨을 잃어버릴 것이었는데, 천만다행히도 여기 계신 몇 분 나으리 덕분에 목숨을 건지게 되었지 뭡니까! 이 어르신들은 동녘 땅 당나라 조정에서 파견되어 서천으로 경을 가지러 가시는 나한들이십니다. 저 어르신께서도 산 주인에게 붙잡혀 나무에 결박 당하셨으나, 세 분 제자들이 신통력이 대단하셔서 산 주인을 단매에 때려죽이셨습니다. 그 동안 이 산중에서 주인 행세를 하고 있던 그 괴물은 털이 길고 얼룩덜룩한 가죽 무늬를 지닌 표범 요정이었습니다. 그 밑에 부하 요괴들도 모조리 불태워 죽여버렸습니다. 이 제자 분들이 사부님을 구해내시면서 이 아들의 결박까지 풀어서 살려주셨습니다. 이야말로 하늘보다 높고 땅보다 더 두터우신 은혜가 아니겠습니까! 이분들이 아니었다면, 저는 갈 데 없이 죽은 몸이 되었을 겁니다. 이제부터는 산중이 무사태평하여, 제가 한밤중에 마음대로 돌아다녀도 아무 일이 없을 것입니다."

노파는 아들의 말을 듣더니, 한 걸음에 한 번씩 큰절을 하면서 다가와 장로님 일행 네 사람을 영접하고 초가집 안으로 모셔들여 자리에 앉혔다. 그리고 두 모자가 나란히 그 앞에 서서 이마가 땅에 닿도록 감사의 절을 드렸다. 사례를 마친 모자는 부리나케 서둘러 소찬으로 음식상을 마련하기 시작했다.

저팔계 녀석은 먹을 것을 준비하는 기미가 보이자, 의젓하게 한마디 당부하는 말을 잊지 않았다.

"이것 보소, 나무꾼 노형! 당신 댁이 가난한 줄 나도 잘 알고 있으니까, 번잡스레 이것저것 마련할 것 없이 밥이나 한 끼니 차려서 내오시구려!"

나무꾼도 솔직하게 털어놓는다.

"어르신께 숨기지 않고 말씀드립니다만, 우리 이 산골은 너무나 척박하고 보잘것없는 곳이라, 무슨 송이버섯이니 표고버섯이니 하는 이름난 먹을거리도 없고, 산초(山椒)와 같은 양념거리도 없습니다. 그저 몇 가지 야채와 산나물 음식을 어르신들께 마련해 올려서 저희 모자의 미약한 정성이나마 보여드릴까 합니다."

"하하! 고맙소, 고마워! 소란 떨 것 없이 어서 빨리 가져오기나 하시오. 우리는 배가 몹시 고프다니까."

"예에, 예! 곧 됩니다, 돼요!"

과연 얼마 안 있어 나무꾼은 식탁과 걸상을 말끔히 닦아놓고 음식상을 차려 내왔는데, 처음에 말한 그대로 야채와 산나물 음식 몇 쟁반이 전부였다.

부드럽게 데친 원추리나물, 새콤하게 무쳐낸 민들레(白鼓丁).

물옥잠(浮薔)과 쇠비름나물(馬齒莧), 강변에서 뜯은 올방개, 냉이, 가시연밥(江薺雁腸英).

제비는 날아오지 않아도 소루쟁이(燕子尾) 어린잎은 향기롭고 부드러우며,

큰 죽순 뿌리에서 돋아난 싹은 주먹만한 것이 여리고도 아직 푸르다.

흐물흐물하도록 삶아낸 마람 쪽(馬藍頭), 맹물에 슬쩍 데친 두루미냉이(狗脚迹).

조개풀(猫耳躱), 도꼬마리(野落蘇), 필징가(華芰)는, 잿빛 줄거리를 푹 익히니 먹을 만하다.

벌음씀바귀(剪刀股)와 질경이(牛舌菜), 고추처럼 매큼한 도관

자(倒罐子), 호박〔窩瓜〕, 댑싸리의 어린잎도 상에 올랐다.

자운영(紫雲英)의 줄기와 잎새, 황새냉이와 상추〔萵苣薺〕 같은 몇 가지 나물은 풋내가 향기롭고도 매끄럽게 넘어간다.

기름에 볶아낸 오영화(烏英花), 마름열매〔菱科〕도 그 맛이 제법 자랑할 만하고, 부들의 어린 싹〔蒲根菜〕과 줄풀〔茭兒菜〕의 어린 줄기는 모두 물가에서 캐낸 것들이라 그 맛이 깔끔하고 다채롭다.

뚝새풀〔看麥娘〕의 아기자기한 맛이 일품이요, 망초·쇠무릎지기〔破破納〕는 양념을 더하지 않아도 먹을 만한데, 씀바귀〔苦麻菜〕는 무궁화나무 울타리〔藩籬花〕 시렁 밑에 자란 것이다.

괭이밥의 어린잎, 볼레나무〔雀兒綿單〕 열매, 넓은잎딱총나무〔猫眼腳迹〕 어린 싹은 기름에 튀기고 삶아내니 그저 맛좋을 수밖에.

쑥갓〔斜蒿〕·개사철쑥〔靑蒿〕·포낭호(抱娘蒿) 따위의 산채가 두루 갖춰졌는데, 불나방은 둥근물레나물〔板蕎蕎〕[3] 접시 위에 날아

---

3 민들레…… 물옥잠…… 둥근물레나물: 이 운문시에 쓰인 식물 이름은 모두 오랜 옛날부터 중국 민간에서 흔히 약초에 붙여 쓰는 속명(俗名)들이다. 『중국 약용식물 별명대사전』에 따르면, 그 정식 명칭은 대략 다음과 같다.
'백고정(白鼓丁)'은 포공영(蒲公英, 민들레), '부장(浮薔)'은 우구(雨韭) 또는 우구화(雨久花, 물옥잠), '안장영(雁腸英)'은 안탁실(雁啄實, 가시연밥), '야락필(野落篳)'은 야락소(野落蘇)와 필(篳)의 합성어로 창이(蒼耳, 도꼬마리)와 필발(篳茇, 필징가)의 두 약초를 일컫는다. 그리고 '연자불래(燕子不來)'는 연자미(燕子尾), 즉 양제암소(羊蹄暗消, 소루쟁이)의 속명을 운치 있게 쓴 것으로 보인다.
'우당리(牛塘利)'는 일명 우첨채(牛舔菜), 즉 차전초(車前草, 질경이)에 해당하고, '도관(倒灌)'은 도관자(倒罐子)의 오기(誤記)로 정식 명칭은 조천관(朝天罐)이다. 그리고 '와과(窩瓜)'는 곧 남과(南瓜), 즉 호박의 별명이며, '추제(箒薺)'는 곧 추채자(箒菜子, 댑싸리)를 가리킨다.
'쇄미제(碎米薺)'는 홍화채(紅花菜) 일명 자운영(紫雲英)이고, '와채제(萵菜薺)'는 와거(萵苣) 곧 상추를 가리킨다. '능과(菱科)'는 판본에 따라 '능료(菱料)'라고 다르게 표기되기도 하였으나 곧 마름열매 능각(菱角)을 가리키는 별칭이다. '포근채(蒲根菜)'는 포아근(蒲兒根) 또는 포황근(蒲黃根), 즉 부들의 어린 싹을 뜻하고, '교아채(茭兒菜)'는 교백(茭白)·고미(菰米=茭米, 줄풀)의 속명이다.
'간맥낭(看麥娘)'은 일부 판본에 '착맥낭(着麥娘)'으로 잘못 표기되었으나 뚝새풀

오른다

　소루쟁이[羊耳禿]와 구기자 열매에 검정 감람[烏藍=烏欖]을 보태니 따로 기름을 쓸 필요가 없다.

　몇 가지 야채와 산나물에 밥 한 끼 곁들였으니, 나무꾼은 경건한 마음 하나만으로 사례의 잔치를 베풀어 보답한 셈이다.

스승과 제자들은 한 끼니 배불리 먹고 떠날 채비를 갖추었다. 나무꾼은 감히 더 말릴 수가 없어 노모를 모시고 나와서 그저 이마를 조아려 절하고 또 절하였으며, 노모는 아들의 목숨을 구해준 은혜에 사례할 따름이었다. 이윽고 출발할 때가 되자, 그는 굵다란 대추나무 몽둥이를 한 자루 꺼내 들더니 옷자락을 단단히 졸라매고 문밖으로 나섰다. 길을 안내하여 배웅할 차림새였다.

(Alopecurus aequalis)의 속명이고, '파파납(破破衲)'은 파포애(破布艾, 망초) 또는 파포점(破布粘, 쇠무릎지기) 두 식물 가운데 한 종류일 듯싶다. 그러나 망초는 식용으로, 쇠무릎지기는 주로 약재에 많이 쓰인다.

'고마대(苦麻薹)'는 고마채(苦麻菜)·고채(苦菜), 즉 씀바귀, '번리화(藩籬花)'는 목근화(木槿花) 곧 무궁화를 가리킨다. '작아면단(雀兒綿單)'은 일명 작아초(雀兒草) 곧 초장초(酢醬草, 괭이밥) 또는 작아단(雀兒蛋, 벼룩이울타리·벼룩이자리), 즉 소무심채(小無心菜), 또는 작아소(雀兒酥), 즉 호퇴자(胡頹子, 볼레나무·보리장나무의 열매)를 뜻힌다. 그리고 원숭이 발자국이란 뜻의 '호손각적(猢猻脚迹)'은 골쇄보(骨碎補, 넉줄고사리)나 양귀비과에 속하는 박락회(博落回, 죽사초 일명 호손죽猢猻竹), 또는 지금초(地錦草, 땅빈대풀, 일명 호손두초猢猻頭草)를 일컫기도 하나, 모두 관상용 식물 아니면 약재로 쓰이는 것이며, 정식 명칭이 접골초(接骨草, 넓은잎딱총나무)에 해당하는 호손접죽(猢猻接竹)만이 그 어린 싹을 식용으로 쓸 수 있다.

'사호(斜蒿)'는 동호채(茼蒿菜), 즉 쑥갓의 별명이며, '청호(靑蒿)'는 청호(菁蒿), 즉 개사철쑥이요, '판교교(板蕎蕎)'는 교자초(蕎子草, 둥근물레나물), 즉 원보초(元寶草)의 속명이다.

그리고 '오영화(烏英花)'는 판본에 따라 '조영화(烏英花)'로도 표기되었으나, 그 두 가지 명칭 모두 출전(出典)을 알 길이 없으며, '포낭호(抱娘蒿)' 역시 『중국 약용식물 별명 대사전』의 3만 2,000여 항목을 비롯하여 어느 사전에도 그 출처를 밝힐 근거가 없으므로, 할 수 없이 원문 그대로 표기하였다.

사화상은 말고삐를 잡아끌었다. 저팔계는 짐 보따리를 짊어지고, 손행자는 스승 곁에 바싹 따라붙었다. 당나라 장로님은 말 위에서 두 손을 모으고 집주인에게 인사를 건넸다.

"나무꾼 노형, 수고스럽지만 앞장서서 길을 인도해주시오. 우리 큰길에 나서거든 서로 작별합시다."

기운차게 길을 떠난 일행은 또다시 높은 산등성이를 기어오르고 비탈진 언덕을 내려가고, 골짜기 냇물을 감돌아 또다시 고갯길에 오르기를 거듭하면서 계속 서쪽으로 나아갔다.

장로님은 말 위에서 무엇인가 곰곰이 생각하더니, 혼잣말하듯 이렇게 읊조렸다.

"애들아! 내 마음이 몹시 착잡하구나……"

주군에게 작별을 고하고 서역으로 올 때부터, 길은 멀고멀어 아득하구나.

물을 건너면 또 물이요, 산을 넘으면 또 산이 가로막으니, 재난에서 끝내 벗어나지 못하고, 온갖 요정과 괴물에게 시달려 목숨을 보전하기 어려웠다.

일편단심 오로지 『삼장경』을 얻으려는 마음뿐이요, 간절히 생각하는 것 또한 구소 하늘 높이 올라가려는 바람뿐이다.

괴롭고 고단한 이 신세가 어느 날에야 끝날 것이랴? 그리고 어느 때에나 수행을 다 채우고 당나라 고국으로 돌아갈 수 있으랴?

나무꾼이 푸념을 듣고 이렇게 위로의 말을 건넨다.

"스님, 너무 근심 걱정하실 것 없습니다. 이 큰길을 따라서 서쪽으로 천 리를 채 못 가시면 바로 천축국, 부처님 계신 극락 세계에 도달하시게 됩니다."

장로님이 그 말을 듣더니 훌쩍 몸을 뒤채어 말 위에서 뛰어내렸다.

"먼 데까지 배웅해주시느라 수고 많으셨소. 이제 큰길에 올랐으니, 나무꾼 노형은 댁으로 돌아가셔서 늙으신 어머님을 편안히 잘 모시고 사시오. 아까는 성찬을 후히 대접받았으나, 소승은 아무런 사례도 해드릴 만한 것이 없으니, 그저 아침저녁으로 경을 읽어 당신네 모자 두 분이 평안하게 백년 장수를 누리시도록 빌어드리리다."

나무꾼은 이별을 아쉬워하며 작별 인사를 나누었다. 그리고 오던 길을 다시 되돌아갔다.

스승과 제자들은 곧바로 서쪽을 향해 나아갔다. 홀가분하게 나아가는 앞길에 거칠 것이 없었다.

이야말로, "요괴를 굴복시켜 원통함을 풀고 고난과 액운에서 벗어나니, 은혜를 입고 길에 올라 조심스럽게 나아간다"는 격이다.

과연 앞으로 몇 날 며칠을 더 가야만 서천에 당도하게 될 것인지, 다음 회에서 풀어보기로 하자.

제87회 하늘을 모독한 죄로 봉선군에 가뭄이 들고, 손대성은 착한 행실 권유하여 단비를 내리게 하다

크나큰 도리는 깊고 또한 그윽하니, 그 어떤 소식도 설파하면 귀신마저 놀란다.
우주를 껴안아 감추고, 심오한 빛을 가려내어 판별하면, 참된 극락 세계에 견줄 만한 것이 없으리.
영취산 봉우리 앞에서 보배로운 구슬 집어내어, 다섯 가지 광채를 밝게 비춘다.
하늘과 땅, 건곤상하 중생들을 두루 비추니, 깨우쳐 아는 자는 그 수명이 산과 바다와 한 가지로 길어지리.

스승 삼장 법사와 제자 일행 네 사람은 나무꾼과 작별하고 은무산을 내려오자, 곧바로 큰길에 올랐다. 거침없이 며칠을 나아가다 보니 불현듯 성채 한 군데가 나타났다.
눈앞에 가까워지는 성곽을 발견한 삼장 법사가 맏제자를 돌아보고 물었다.
"오공아, 저 앞에 성채를 좀 보려무나. 혹시 저기가 천축국은 아닐까?"
손행자는 손을 내저으면서 대꾸했다.
"아닙니다, 아니에요! 여래부처님이 계신 곳은 극락이라곤 하지만 성채 같은 것은 없습니다. 그저 웅장한 산으로 되어 있지요. 그 산중에 누대와 전각이 있어서 영산 대뇌음사라고 부릅니다. 우리가 천축국에 당도했다손 치더라도, 아직 여래부처님이 거처하시는 곳은 아닙니다. 천축국에서도 영산까지 앞으로 얼마나 멀리 떨어져 있는지 알 수가 없지요. 저 성채는 아마 천축국 변방 외군(外郡)이 아닌가 싶은데, 좀더 가보아야만 똑똑히 알게 될 겁니다."

얼마 안 되어서 일행은 성밖에 이르렀다. 삼장이 말을 내려 삼중 겹문을 차례차례 들어섰더니, 오가는 사람들도 드물고 길거리가 썰렁하기 이를 데 없었다.

시가지 어귀에 들어서고 보니, 검푸른 옷을 입은 사람들이 길거리 좌우에 숱하게 늘어서 있고, 그 중 몇몇 사람은 벼슬아치인 듯 머리에 관을 쓰고 띠를 두른 채 민가 처마 밑에 옹기중기 몰려서 있었다.

일행 네 사람이 길거리를 따라서 걸어가는데, 사람들은 인심 사납게도 길을 비켜주지 않았다. 미련한 저팔계가 성질이 났는지 촌뜨기 티를 내고 그 기다란 주둥이를 쑥 뽑아내면서 거칠게 소리쳤다.

"길 좀 비키쇼! 길을 틔우란 말이오!"

사람들은 이게 무슨 소린가 싶어 고개를 들고 바라보다가 그 흉측스러운 꼬락서니에 놀란 나머지, 뼈마디가 녹신녹신 풀어져서 이리 자빠지고 저리 고꾸라지면서 아우성을 치기 시작했다.

"우와, 요괴가 나타났다! 요괴가 나타났다!"

처마 밑에 관원들도 깜짝 놀라더니 부들부들 떨어가며 허리를 굽히고 당황한 목소리로 조심스레 물었다.

"어디서 오는 분들이시오?"

삼장 법사는 제자들이 무슨 소동이라도 벌이지 않을까 겁을 집어먹고 냉큼 제자들 앞으로 나서서 신분을 밝혔다.

"소승은 동녘 땅 대당나라 조정에서 파견되어 천축국 대뇌음사로

여래부처님을 찾아뵙고 경을 받으러 가는 사람입니다. 도중에 귀국 경내를 지나가게 되었는데, 지명도 모르거니와 이 고장 사람들의 풍습도 미처 알지 못하겠기에, 성안에 들어서자마자 이런 실례를 범하였으니, 부디 여러분께서 양해를 해주시기 바랍니다."

관원들도 그제야 답례를 건네고 이렇게 대답했다.

"이곳은 천축 변방에 속한 외곽 고을로서, 지명을 봉선군(鳳仙郡)이라 부르오. 지난 몇 해 동안 잇따라 가뭄이 들었기 때문에, 이 고을 군후(郡侯)께서 우리를 파견하여 이 장터에 방문을 내다 걸고, 비를 내리게 할 수 있는 법사를 널리 구하여 기우제를 올리게 하고, 가뭄에 시달리는 백성들을 구하려 하는 중이외다."

손행자가 이 말을 듣더니 불쑥 물었다.

"당신네 방문은 어디 있소?"

"방문은 여기 있습니다만, 방금 도착해서 처마 밑에 벽을 닦아내느라 아직 붙이지는 않았소이다."

"이리 주시오. 어디 좀 봅시다."

관원들은 즉시 두루마리 방문을 펼쳐서 추녀 아래 걸어놓았다. 손행자 일행이 그 앞으로 다가서서 읽어보니, 방문의 내용은 이러했다.

대천축국 봉선군의 군후 상관(上官)은 고명한 법사를 널리 구하고자 방을 내다 붙이노라.

봉선군은 땅이 너르고 고을 백성들이 정직하고 성실하여, 하나같이 유복한 살림살이를 누리고 살아왔으나, 근년에 가뭄이 잇따라 들어 해를 거듭하여 토지가 메마르고 거칠게 되었으니, 백성들의 논밭에는 잡초만 우거지고 고을의 토지는 척박해졌으며, 강물은 날이 갈수록 줄어들어 얕아지고 웅덩이에 모아놓았던 물이 말라붙어 텅 비어버렸다. 우물에도 물이 없고 샘물도 솟아나지 않아 바닥을 드러낸 지 오래다.

부유한 백성은 그나마 여축해놓은 식량으로 간신히 살아갈 수 있으되, 빈궁한 백성들은 하루하루 연명하기 어렵다. 좁쌀 한 말에 백 금(百金)의 값어치요, 땔나무 한 단에 닷 냥 값이나 주어야 살 수 있다. 열 살짜리 계집아이를 쌀 석 되와 맞바꾸며, 다섯 살짜리 사내아이는 아무나 데려가는 대로 맡겨두는 실정이다.

성내 백성들은 국법이 두려워 죄를 저지르지 못하고 의복과 물건을 전당포에 잡혀 겨우 목숨을 부지하나, 시골에서는 관청의 위엄을 능멸하고 노략질을 하거나 심지어는 사람을 잡아먹으며 연명하고 있다.

이런 까닭으로 방문을 내다 걸기에 이르렀으니, 시방세계(十方世界) 현철(賢哲)들은 비가 내리기를 빌어서 도탄에 빠진 백성들을 건져주기 바라며, 그 은혜에 대하여는 마땅히 후한 보답이 있을 것이니 천금(千金)으로 기꺼이 사례하기를 원하며, 이는 결코 헛된 말이 아니로다.

모름지기 누구나 방문을 보고 응할 것이다.

손행자가 방문을 다 읽고 나서 관원들에게 물었다.
"다른 내용은 다 알아보겠는데, '군후 상관'이란 게 뭐요?"
관원들이 사실대로 대답한다.
"군후란 왕실에서 후작(侯爵)의 작위를 받으신 군수(郡守)란 뜻이요, '상관(上官)'은 복성(複姓)으로 우리 군수 대감의 성씨이외다."
손행자는 피식 웃으며 중얼거렸다.
"그것 참말 희한한 성씨로군!"

곁에서 저팔계가 또 아는 체한다.

"형님은 글을 읽어본 적이 없으니까 모르실 거요. 『백가성(百家姓)』이란 책 맨 끝장에 '상관씨(上官氏)'와 '구양씨(歐陽氏)'가 한 구절 붙어 있단 말이오."

삼장 법사는 말썽 많은 제자들이 또 티격태격 입씨름을 벌일까봐 얼른 말렸다.

"애들아, 쓸데없는 잡담일랑 그만둬라. 너희들 중에 누구든지 비가 내리게 할 만한 재간이 있거든, 한바탕 단비를 내리게 해서 이 고장 백성들의 괴로움을 건져주려무나. 이런 일이야말로 '만선지사(萬善之事)'가 아니겠느냐. 그런 재주가 없거든 갈 길이 늦어지지 않도록 꾸물대지 말고 어서 떠나기나 하자."

스승이 슬그머니 부추겼더니, 아니나 다를까 자존심 강한 손행자가 큰소리 탕탕 치며 나섰다.

"무슨 말씀을! 비 한번 내리게 하는 일쯤이야 어려울 게 뭐 있겠습니까. 이 손선생으로 말씀드리자면 강물을 뒤집어놓고 바닷물을 휘저어 놓을 뿐 아니라(翻江攪海), 남두 북두 별자리를 바꿔놓고 옮겨놓기(換斗移星), 하늘을 걷어차 올리고 지옥에서 분탕질 치기(踢天弄井), 안개를 토해내고 구름을 뿜어내기(吐霧噴雲), 산악을 떠메고 달 그림자 뒤쫓기(擔山趕月), 비바람 불러내기(喚雨呼風), 어느 것 하나인들 어릴 적부터 장난으로 안 해본 짓이 없는데, 비를 내리게 하는 것쯤이야 뭐 희한할 일이겠습니까!"

여러 관원들이 가만 듣고 보니 진짜 고명한 법사님을 만났다 싶어, 동료 가운데 두 사람을 부리나케 아문으로 달려보내 급보를 전했다.

"대감 어르신! 천만 뜻밖에 기쁜 일이 생겼습니다!"

봉선 군수는 때마침 향을 살라놓고 묵묵히 축원을 드리고 있던 차에, 느닷없이 기쁜 소식이 있다는 말 한마디에 정신이 번쩍 들어 당장 되물었다.

"기쁜 일이 생겼다니, 그게 무슨 말이냐?"

"오늘 저희가 나으리의 방문을 받들고 장터 길거리에 나가서 걸어 놓으려 하는데, 공교롭게도 네 사람의 승려가 나타났습니다. 자기들 얘기인즉, 동녘 땅 대당나라 조정에서 파견되어 천축국 대뇌음사로 부처님을 찾아뵙고 경을 가지러 가는 길이라 하면서, 방문을 읽어보더니 그 즉시 '단비를 빌어서 내리게 할 수 있노라'고 장담하기에, 이렇듯 대감 어른께 알려드리려고 뛰어왔습니다."

군수는 즉시 옷매무새를 가다듬고 걸어 나오더니, 가마도 말도 타지 않고 시종들 역시 많이 거느리지 않은 채 걸어서 장터 길거리 어귀에 나왔다. 그리고 예의를 갖추어 삼장 법사 일행에게 정중히 간청을 드렸다.

사람들 가운데 누군가 군수를 알아보고 일행에게 귀띔을 해주었다.

"군수 어르신께서 나오셨소이다."

삼장 일행이 흘끗 돌아다보니, 군수는 제자들의 흉물스러운 몰골을 보고도 겁내는 기색 없이 길거리 한복판에 몸을 던지다시피 꿇어앉아 절하며 거듭 간청을 드렸다.

"소관(小官)은 이 봉선군의 군수로서, 성을 상관이라 하옵니다. 목욕재계하고 분향하오며 스님 여러분께 청하오니, 부디 단비를 내려 백성들을 구하여주십시오. 바라옵건대 노스님께서 큰 자비를 베푸시와 신공(神功)을 운용하셔서 저희들을 고난에서 제발 건져주소서!"

삼장 법사가 답례를 건네며 이렇게 말했다.

"이곳은 얘기할 곳이 못 됩니다. 소승 일행이 사원에 들어가 일을 치르도록 하겠습니다."

"노스님, 절간보다는 저희 아문으로 가시지요. 그곳에 조용하고 깔끔한 처소가 있습니다."

군수의 부탁에, 스승과 제자 일행은 마침내 말을 끌고 짐 보따리를 짊어진 채 곧장 군수의 부중으로 들어갔다. 피차간에 인사치레를 마치자, 군수는 즉시 차를 내오게 하고 하인들에게 식사 준비를 하도록 명령을 내렸다.

얼마 있다가 밥상이 나오자, 걸신들린 저팔계는 허리띠를 끌러놓고 마음껏 퍼먹기 시작했다. 얼마나 배를 곯았는지 사흘 굶은 호랑이처럼 아귀아귀 먹어대는 꼬락서니에, 음식 쟁반을 떠받쳐 들고 있던 시중꾼들은 가슴살이 떨리고 간담이 서늘해져 두 다리와 양팔을 와들와들 떨어가면서 국을 더 부어주랴 밥을 더 퍼주랴, 모자란 음식을 더 내오랴, 갈팡질팡 주마등(走馬燈)처럼 정신없이 드나들며 배가 터지도록 먹은 손님이 그만 하라고 할 때까지 시중을 들어야 했다.

이윽고 식사가 끝났다. 당나라 스님은 음식을 대접받은 데 감사하고 이렇게 물었다.

"군수 대감, 이 고장에 언제부터 가뭄이 들었습니까?"

봉선 군수는 한숨을 길게 내쉬며 이런 사연을 늘어놓았다.

소관이 다스리는 이 땅 봉선군은 큰 나라 천축국 외방에 속합니다.

한번 시작되어 지난 삼 년 동안 잇따라 가뭄이 들고 기근을 당하니, 초목이 싹트지 못하여 오곡의 생산이 끊겼습니다.

크고 작은 인가에 장사 거래하기 어렵게 되고, 열 집 가운데 아홉 집이 모두 탄식과 울음소리뿐입니다.

세 사람이 있으면 그 중 두 사람은 굶어 죽으니, 나머지 한 사람 또한 바람 앞에 촛불 같은 절박한 운명에 처하였습니다.

소관이 방문을 내걸어 어진 선비를 널리 구하였더니, 다행히도 오늘 우리나라에 오시는 참된 스님을 만나게 되었습니다.
　　다소나마 단비를 베풀어 저희 백성들을 구하여주신다면, 천금 바쳐 그 두터우신 공덕에 사례할까 하오리다!

손행자가 이 말을 듣더니 만면에 희색을 띠고 깔깔대며 웃는다.
"그런 말씀 마십쇼! 말아요! 천금으로 보답한다면 단비가 한 방울은커녕 반 방울도 내리지 않을 겁니다. 하지만 공덕을 쌓겠다는 의미에서라면, 이 손선생이 한바탕 큰비를 내리도록 해드리지요."
봉선 군수는 본디 청렴하고 정직할 뿐만 아니라, 착한 마음씨로 백성들을 무척이나 아끼고 사랑하는 목민관이라, 그 즉시 손행자를 윗자리에 옮겨 모시고 머리 숙여 절하며 다시 한 번 간곡히 청을 드렸다.
"스님께서 자비를 베풀어주신다면, 소관도 반드시 그 덕행에 어긋나는 짓을 저지르지 않으오리다."
"아무 말씀 마시고 어서 일어나십쇼. 번거로움을 끼쳐 송구스럽지만 우리 사부님을 잘 모시고 계십시오. 이 손선생이 어떻게 한번 조처해보리다."
곁에서 사화상이 묻는다.
"큰형님, 어떻게 조처해보신다는 말씀이오?"
"자네하고 팔계는 날 따라 나오게. 이 대청 아래 내려서서 내 양 곁에 우익(羽翼)¹이 되어주게나. 그럼 이 손선생이 용을 불러다가 비를 내

---

1 우익: 새의 날개. 좌우 측근에서 보좌하는 사람을 비유하는 말. 『관자(管子)』 「패형편(覇形篇)」에, 제나라 환공이 포숙의 추천으로 유능한 인재 관중을 얻게 되자 그를 '중보(仲父)'라 높여 부르면서, "과인이 중보를 얻은 것은 마치 큰 뜻을 품은 홍곡(鴻鵠, 거대한 새)이 우익을 얻어 하늘 높이 날아오르는 것과 같구나!" 하고 찬탄한 데서 비롯된 말이다.

리도록 하겠네."

　저팔계와 사화상은 분부대로 당하에 내려서서 날개 노릇을 맡았다. 세 사람이 대청 아래 자리 잡는 동안에, 봉선 군수는 향을 사르며 배례를 올리고, 삼장 법사는 앉은자리에서 경을 외우기 시작했다.

　이윽고 천강북두의 보법을 딛은 손행자가 진언을 외우고 주어를 읊자, 그 즉시 동편 하늘에 한 무더기의 먹구름이 시커멓게 몰려오더니 대청 앞마당에 점점 내려앉았다. 동양 대해의 늙은 용왕 오광(敖廣)이 나타난 것이다.

　오광은 구름을 거두고 인간의 모습으로 변한 다음, 휘적휘적 손행자 앞에 걸어와 허리 굽혀 절하고 조심스레 물었다.

　"손대성, 무슨 일로 소룡(小龍)을 부르셨습니까?"

　"일어나시구려. 그대에게 수고를 끼쳐 멀리 오시게 한 것은 다른 일이 아니오. 이곳 봉선군에 삼 년 전부터 해마다 가뭄이 계속 들고 있는데, 어째서 비가 내리지 않는지 그 까닭을 물어보고 싶어서였소."

　"대성께 아뢸 터이니 잘 들어두십쇼. 제가 비를 내리게 할 수는 있다 하더라도, 하늘의 분부를 받들어서 시행이나 하는 심부름꾼의 신분이니, 상천(上天)에서 시키지도 않았는데 어찌 감히 제 마음대로 이곳에 비를 내리게 할 수 있겠습니까?"

　늙은 용왕의 대꾸에, 손행자는 고개를 갸우뚱하며 다시 다그쳐 물었다.

　"내가 서천으로 가는 도중에 이곳을 지나다가 오랜 가뭄으로 백성들이 고통을 겪는 것을 보게 되었소. 그래서 일부러 그대를 여기 불러내어 비를 내리도록 요청할까 하는데, 어째서 핑계를 대고 맡은 바 책임을 남한테 밀어붙이려 하는 거요?"

　"소룡이 어찌 핑계를 대고 책임을 남한테 밀어붙이리까? 대성께서 진언을 외워 부르시니 감히 달려오지 않을 도리가 없었으나, 하늘의 옥황상제께 어명을 받들지도 못하였거니와, 비를 내리게 하는 신장들도 미처 데려오지 않았으니 어떻게 우부(雨部)를 동원할 수 있겠습니까? 대성께서 이 고장 백성들을 구제하실 마음이 있으신 바에야, 소룡을 동해로 돌려보내 병력을 점검하게 해주시고, 번거로우시더라도 대성께서 직접 천궁에 올라가 옥황상제께 아뢰어서 비를 내리게 하라는 성지를 받아내시고, 수관(水官)을 시켜서 소룡을 풀어놓게 해주신다면, 저도 성지의 뜻대로 그 수량(水量)에 따라서 비를 내리도록 하오리다."

손행자가 듣고 보니 일리가 있는 터라, 할 수 없이 늙은 용왕을 바다로 돌려보냈다. 그리고 즉시 천강북두 보법을 풀고 뛰쳐나와 당나라 스님에게 용왕이 한 말을 그대로 여쭈었다.

애기를 다 듣고 나자, 당나라 스님은 제자에게 당부를 했다.

"절차가 그렇다면 어디 네가 천궁에 올라가서 한번 아뢰어보려무나. 그 대신에 절대로 허튼소리를 지껄여서는 안 된다."

손행자는 그 자리에서 저팔계와 사화상에게 분부했다.

"사부님을 보호하고 있게. 나는 천궁에 올라가야겠네."

무슨 일이든 한다면 당장 해치우지 않고서는 직성이 풀리지 않는 제천대성, '간다'는 말 한마디 떨어지기가 무섭게 훌쩍 사라져버렸다. 영문을 모르는 봉선 군수가 눈앞에서 도깨비처럼 없어진 손행자를 찾아 두리번거리면서 묻는다.

"손씨 어른께선 어딜 가셨습니까? 방금까지 계셨는데……"

저팔계는 웃음보를 터뜨리며 대꾸했다.

"구름을 타고 하늘에 올라갔소."

군수는 이 말을 듣고 삼장 일행을 더욱 공경하여 마지않았다. 그는 당장 지금으로 전령을 치달려보내 성안의 큰길거리 좁은 골목 할 것 없이 모든 벼슬아치와 선비 서민에 이르기까지 모두들 집집마다 용왕의 위패를 모셔놓고 제사 지내게 하였다. 군수의 명령을 받은 성내의 모든 사람들이 신분 고하를 막론하고 대문 밖에 맑은 물 항아리를 내다놓고 버들가지를 꽂아놓는 한편, 하늘에 향불을 살라 제사 드린 얘기는 접어 두기로 한다.

한편, 손행자는 근두운을 일으켜 타고 삽시간에 서천문 밖에 들이 닥쳤다. 그날 당직을 맡은 호국천왕(護國天王)이 벌써 알아보았는지, 천정 역사(天丁力士)들을 거느리고 마주 나와서 영접하며 물었다.

"대성께서 경을 가지러 가시는 일은 끝나셨습니까?"

손행자는 도리질을 해 보이며 형편을 설명했다.

"그리 멀지는 않았소. 지금 천축국 경내에 들어섰는데, 그곳에 봉선군이란 변방 외군이 하나 있습디다. 한데 이 고장에는 삼 년 동안이나 비가 내리지 않아서 백성들이 몹시 괴로움을 겪고 있기에, 이 손선생이 비를 빌어서 구제하려 했소. 동해 용왕을 그곳으로 불러내어 물었더니, 옥황상제의 성지가 없으므로 감히 제 마음대로 비를 내릴 수 없다는 거요. 그래서 내가 일부러 옥황상제께 성지를 내려줍시사 청하려고 이렇게 찾아왔소."

그러자 호국천왕이 고개를 갸우뚱하더니 이내 도리질을 한다.

"봉선군에는 비가 내리지 않을 겁니다. 제가 전부터 듣기로는, 그 고을의 군수란 놈이 몹쓸 짓을 저지르고 천지를 모독한 까닭에, 옥황상제께서 그 죗값으로 벌을 내리시어 쌀을 산더미처럼 쌓아 올린 미산(米山), 밀가루 국수를 쌓아놓은 면산(麵山), 그리고 커다란 황금 자물쇠를 만들어놓으셨습니다. 이 세 가지 장애가 모두 허물어지고 끊어져야만 비를 내릴 수 있게 될 것입니다."

손행자는 이게 무슨 뜻으로 하는 소리인지 모르는 터라, 어리둥절한 기색을 지으면서도 옥황상제를 만나뵙겠노라고 천왕에게 떼를 썼다. 호국천왕도 가만 생각해보니 자기 힘으로 섣불리 막아낼 상대가 아니므로, 하는 수 없이 선선히 들여보내고 말았다.

곧바로 통명전 밖에 이르렀더니, 사대천사가 마중을 나오면서 또 묻는다.

"대성이 무슨 일로 여기 오셨소?"

손행자는 또 한 차례 같은 말을 되풀이했다.

"당나라 스님을 모시고 천축국 경지에 이르렀더니, 변방 봉선군에 비가 내리지 않아 그곳 군수가 기우제를 지내 비가 내리도록 빌기 위해서 고명한 법사를 널리 초빙한다기에, 이 손선생이 용왕을 불러다 비를 내리도록 명령했소. 그런데 용왕의 말이, 옥황상제의 성지를 받들지 않았으므로 자기 마음대로 비를 내릴 수 없다 하였소. 그래서 내가 그 고장 백성들을 고통 속에서 건져낼 생각으로 옥황상제께 성지를 내려줍시사 간청을 드리러 여기까지 찾아온 거요."

그랬더니 사대천사들 역시 이구동성으로 호국천왕과 똑같은 대답을 했다.

"그 고장에는 비가 내리지 않을 거외다."

"비가 내리든 못 내리든 상관 말고, 수고스럽지만 내 뜻을 옥황상제께 아뢰어주기나 하시구려. 그분께서 이 손선생을 대하시는 정리가 어떠하신지 한번 보고 싶소."

손행자가 억지 떼를 쓰고 나오니, 사대천사 가운데 갈선옹이 기가 막혀 씁쓰레하니 입맛을 다셨다.

"허허, 세상에 이럴 수가 다 있나! 이 원숭이 녀석이 얼굴에 철판을 깔았군그래! 속담에, '파리도 그물을 뒤집어쓰면, 낯가죽이 두터워진다

(蒼蠅包網兒, 好大面皮)' 하더니, 바로 그 격이 아닌가!"

허정양이 덩달아 웃음보를 터뜨리며 동료를 다독거린다.

"그런 줄 알면 됐네! 쓸데없이 떠들지 말고, 어서 그 친구나 모시고 들어가세."

구홍제와 장도릉 역시 동감이라, 갈선옹, 허정양과 더불어 네 진인이 함께 이 말썽꾸러기 녀석을 인도하여 영소보전 아래 이르렀다.

"만세 폐하께 아뢰오! 손오공이 서천으로 가던 도중 천축국 봉선군에 이르렀사온데, 비를 내리고자 폐하의 성지를 받들려고 이렇듯 찾아왔나이다."

옥황상제가 입을 열었다.

"삼 년 전 섣달 스무닷새,² 짐이 만천(萬天)을 두루 감독하여 돌아보고자 삼계(三界)를 부유(浮遊)하던 도중 그 고장에 이르렀었노라. 그런데 그곳을 다스리는 군수 상관이란 자가 괘씸하게도 하늘에 바치는 제물을 뒤엎어 개한테 먹이고, 거룩한 제삿날 입에 담지 못할 욕설을 퍼부어 짐을 모독하는 죄를 저질렀도다. 이에 짐은 즉시 세 가지 장애물을 만들어 피향전(披香殿)에 설치해두었노라. 이제 그대들은 손오공을 데리고 피향전에 가서 살펴보되, 만약 그 세 가지 장애물이 허물어지고 끊겨서 업보가 풀렸거든, 즉각 짐이 손오공에게 어지(御旨)를 내릴 것이요, 무너지고 끊기지 않았다면 그더러 대수롭지 않은 일에 참견하지 말라고 이르거라."

사대천사가 손행자를 데리고 피향전으로 가보았더니, 과연 쌀더미

---

2 섣달 스무닷새: 『서유기』의 무대인 당나라 때에는 알 수 없으나, 원(元) - 명(明)대에는 해마다 12월 25일이 되는 날이면 옥황상제가 하계(下界)에 내려와 인간 세상을 시찰한다 하여, 민간에서는 '접옥황(接玉皇)'의 행사를 벌이고 향과 지전(紙錢)을 사르고 맞아들이는 의식을 거행하였다.

를 쌓아놓은 산이 한 군데 있는데, 그 높이만도 거의 1백 척이나 되고, 또 한 군데 밀가루 국수를 쌓아놓은 산이 있는데 그 높이도 어림잡아 2백 척이나 되었다. 미산 언저리에는 주먹만한 병아리 한 마리가 작은 주둥이로 산더미처럼 쌓아올린 쌀알을 따작따작 쪼아 먹고 있는가 하면, 국수 가락을 쌓아올린 산 밑에는 금빛 털을 지닌 발바리 강아지 한 마리가 혓바닥으로 국수 가락을 날름날름 핥아먹고 있는데, 어느 세월에야 다 먹어 치울 것인지 아득하기만 했다.

어디 그뿐이랴. 피향전 왼쪽 한 귀퉁이에는 무쇠로 만든 시렁이 세워져 있고 그 시렁 위에 커다란 황금 자물쇠가 걸쳐 있는데, 그 길이만도 줄잡아 1척 3, 4촌 가까이 되어 보이며, 이 자물쇠를 매단 쇠사슬 또한 손가락만큼이나 굵다랗고 그 밑에 또 희미한 등잔불이 하나 놓여 있어 그 등잔 불꽃이 아슬아슬하게 흔들거리면서 쇠사슬을 달구어 끊어질 때까지 태우고 있었다.

손행자는 그게 무슨 까닭인지 모르는 터라, 고개를 돌려 사대천사에게 물었다.

"이게 무슨 뜻으로 설치된 거요?"

"그놈의 군수란 자가 하늘에 죄를 범한 까닭으로, 옥황상제께서 특별히 이런 장애물 세 가지를 마련해놓으셨소. 이제 병아리가 저 산더미 같은 쌀을 다 쪼아 먹고, 또 저 발바리 강아지가 밀가루 국수를 남김없이 다 핥아먹고, 등잔불의 불꽃이 자물쇠를 매단 쇠사슬을 달구어 녹여서 끊어놓아야만 비로소 그놈의 고장에 비가 내릴 수 있을 것이오."

손행자는 이 말을 듣고 대경실색, 두 번 다시 옥황상제께 간청드릴 엄두조차 내지 못한 채 발길을 되돌렸다. 피향전 바깥으로 나서는 그의 얼굴에 부끄러움이 가득했다.

이것을 본 사대천사가 웃으며 한마디 귀띔을 해주었다.

"대성, 너무 걱정하실 것 없소이다. 이 장애물은 오로지 그놈이 착한 일을 베풀면 풀어질 수 있을 것이오. 만약 일편단심으로 자선을 베풀겠다는 마음이 있어서 하느님을 놀라게만 한다면, 저 쌀더미의 산과 국수 가락의 산더미는 당장 허물어질 것이요, 자물쇠가 매달린 쇠사슬도 그 즉시 끊어질 것이니, 이제 대성께서 돌아가셔서 그 몹쓸 놈들에게 착한 마음씨로 돌아서기를 권유하신다면, 그 고장에 복이 저절로 오게 될 것이외다."

손행자는 이 말을 들으니, 옥황상제를 뵈러 영소보전으로 가는 대신에 곧장 하계로 내려가기로 결심했다. 잠시 후, 서천문에 당도하니 호국천왕이 기다리고 서 있다가 물었다.

"성지를 받으려던 일은 어찌 되셨습니까?"

그는 미산의 병아리와 면산의 발바리 강아지, 황금 자물쇠 얘기를 한바탕 일러준 다음, 마지막으로 이렇게 덧붙였다.

"과연 그대의 말씀대로 성지를 내려주시려 하지 않으셨소. 그리고 방금 천사들께서 나를 배웅하면서, 그 군수 놈에게 착한 마음씨로 돌아서도록 권유하면 복을 되찾을 수 있다고 귀띔해주셨소."

이리하여 호국천왕과 작별한 그는 곧바로 구름을 낮추어 하계로 내려갔다.

봉선군 아문에 내려서자, 목이 빠지게 기다리고 있던 상관 군수가 삼장 법사, 저팔계, 사화상, 그리고 대소 관원들과 더불어 반겨 맞으며 손행자를 에워싸고 한마디씩 물었다.

손행자는 대뜸 상관 군수를 향해 호통쳐서 꾸짖었다.

"너 이놈! 어쩌자고 삼 년 전 섣달 스무닷새에 천지를 모독하고, 백성들을 재난에 빠뜨렸느냐? 네놈이 하늘에 몹쓸 죄를 저질렀기 때문에 비가 내리지 않는다는 것을 모르느냐!"

군수는 아연실색, 어쩔 바를 모르고 허둥거리다가 끝내 땅바닥에 무릎 꿇고 엎드렸다.

"스님께서 삼 년 전의 일을 어찌 아십니까?"

"네놈은 어째서 하늘에 올리는 제사 음식을 뒤엎어 가지고 개한테 먹였느냐? 사실대로 밝히지 못할까!"

군수가 감히 숨기지 못하고 이실직고를 하기 시작한다.

"예에, 말씀드리오리다. 삼 년 전 섣달 스무닷새, 저희 아문에서 하늘의 옥황상제께 나천대초(羅天大醮) 큰 제사를 올리던 날, 제 아내가 어질지 못한 탓으로 욕설을 퍼붓고 서로 부부 싸움을 벌이게 되었습니다. 저는 한때 분노를 이기지 못하여 전후 분별없이 그만 제사 상을 뒤엎어버리고 개를 불러다가 땅바닥에 흩어버린 제물을 핥아먹게 했습니다. 그로부터 이 년 동안 저도 그 사건이 늘 마음속에 걸려 마음 편할 날이 없었으나, 그렇다고 어디다 해명할 데도 없었습니다. 하느님께서 그 죄를 잊지 않으시고 벌을 내리시어, 백성들에게까지 해를 끼치게 될 줄은 몰랐습니다. 이제 스님께서 강림하셨으니, 부디 바라옵건대 하늘에서 저희를 어떻게 조처하실 작정인지 분명하게 일러주십시오."

손행자는 천궁에서 보고 들은 대로 낱낱이 일러주었다.

"네놈이 제사를 지내던 바로 그날이, 옥황상제께서 하계에 순시하러 내려오신 날이었다. 그분은 네놈이 제물을 흩어서 개한테 먹이고 입으로 차마 듣지 못할 욕지거리를 퍼붓는 것을 보시자, 그 길로 천궁에 세 가지 장애물을 설치해놓으시고 네놈의 몹쓸 행위를 기억하고 계셨단 말이다!"

곁에서 가만 듣고 있던 저팔계가 성급하게 묻는다.

"형님, 그 세 가지 장애물이란 게 뭐요?"

"피향전에 쌀더미를 쌓아놓은 미산(米山)이 한 군데, 그 높이가 백

척이나 되고, 또 한 군데 밀가루 국수를 쌓아올린 면산(麵山)은 이백 척 높이나 된다네. 미산 변두리에는 주먹만한 병아리 한 마리가 조그만 주둥아리로 쌀 낱알을 따작따작 쪼아 먹다가 하늘 한번 처다보고 또 한 차례 느릿느릿 쪼아 먹더군. 그리고 국수 가락을 쌓아올린 면산 밑에는 금빛 털을 지닌 발바리 강아지 한 마리가 혓바닥을 길게 뽑아 국수 한 입 핥아먹고, 다시 혓바닥을 짧게 내밀어 날름날름 핥아먹는다네. 어디 그뿐인 줄 아나? 전각 왼편 구석에는 무쇠로 만든 시렁이 한 틀 세워졌는데, 그 시렁 위에 황금으로 만든 커다란 자물쇠가 손가락만큼이나 굵은 쇠사슬에 매달려 있고, 바로 그 밑에 희미한 등잔불이 밝혀져서 그 흔들리는 불꽃으로 자물쇠가 매달린 쇠사슬을 달구어 녹이고 있단 말일세. 결국 그 병아리가 미산의 쌀더미를 남김없이 다 쪼아먹고, 발바리 강아지가 산더미 같은 국수를 모조리 핥아먹어 없애고, 등잔불꽃이 쇠사슬을 녹여서 끊어버려야만, 이 몹쓸 놈의 군수 녀석이 다스리는 고장에 비가 내리게 된단 말일세!"

저팔계는 이 말에 귀가 번쩍 트여 입이 함박만하게 벌어졌다.

"어이구, 형님! 그거 문제없소, 문제없다니까! 형님이 날 데리고 가 주시기만 한다면, 내가 법신으로 둔갑해서 전각 안에 쌓아놓은 쌀더미와 밀가루 국수를 깡그리 먹어 치우고 자물쇠를 끊어버리겠소. 그럼 비가 내릴 것이 아니오?"

"이 바보 멍텅구리 친구야! 바보 같은 소리 작작하게. 하늘의 옥황상제께서 안배해놓으신 것을 자네 따위가 어찌겠다는 건가?"

삼장 법사는 근심 걱정이 태산 같아 손행자를 보고 묻는다.

"얘기가 그렇다면 장차 이 일을 어찌해야 좋단 말이냐?"

손행자는 자신 있게 대답했다.

"어려울 것은 없습니다. 천궁에서 떠나올 때 사대천사가 저한테 귀띔을 해주었습니다. 오로지 일심전념으로 착한 일만 생각하고 실행한다면, 재앙이 풀어질 수 있다고 했습니다."

그 말을 듣자, 봉선 군수는 황급히 땅에 꿇어 엎드려 절하며 손행자에게 애원했다.

"스님의 가르치심이라면, 소관은 반드시 그대로 귀의하오리다."

손행자도 그제야 꾸지람을 그치고 점잖게 존댓말을 써서 타일렀다.

"그대가 잘못을 뉘우치고 앞으로 선행을 쌓을 생각이라면, 어서 빨리 염불을 하고 경을 읽으시오. 그럼 나도 그대를 위해서 힘써 주선해드리리다. 그대가 전과 같이 잘못을 뉘우치지 못한다면, 나 역시 하늘에 변명해드릴 도리가 없으려니와, 머지않아 하늘이 그대를 주멸(誅滅)하고 말 것이니, 그때에는 가뭄 정도가 아니라 목숨조차 보전하기 어려울 것이외다."

봉선 군수는 머리 조아려 예배하고 부처님의 가르침에 귀의할 것을 맹세했다. 그리고 경내의 승려와 도사들을 초빙하여 도량(道場)을 세우고, 저마다 문서를 작성하여 삼천(三天)[3]에 두루 아뢰도록 하였다. 도량이 세워지자, 봉선 군수는 뭇 사람들을 거느리고 그 앞에 나와 향을 살라 올리며 절하고 천지의 신령들에게 사례를 올렸다. 특히 군수는 자신이 지은 죄를 깊이 뉘우쳤다. 삼장 법사도 그를 위해 경을 읽어주었다.

한편, 군수의 긴급 명령이 성 안팎에 두루 전달되자, 사대부와 백성들은 집집마다 남녀노소를 가릴 것 없이 모두 향불을 사르고 염불하기

---

3 삼천: 여기서 '삼천(三天)'은 제85회 본문 및 주 **1**에 보인 '삼천계'와는 다른 개념의 도교 용어로, 원시 천존이 거처하는 청미천(淸微天)의 옥청경(玉淸境), 영보 천존이 거처하는 우여천(禹餘天)의 상청경(上淸境), 그리고 도덕 천존 태상노군이 거처하는 대적천(大赤天)의 태청경(太淸境), 곧 천상천하의 '삼계(三界)'를 모두 통찰하고 다스리는 '삼청(三淸)'과 '사제(四帝)'들을 두고 한 말이다. '삼청 · 사제'에 관하여는 제5회 주 **1** 참조. '삼계'에 대하여는 도교의 개념으로 제39회 주 **5** 참조.

시작했다. 이때부터 사람들의 착한 마음에서 우러나온 목소리가 귓전에 가득 차다 못해 성 안팎을 뒤흔들고, 염불과 독경하는 소리는 마침내 하늘에까지 사무치기에 이르렀다.

손행자는 그제야 기뻐하면서 저팔계와 사화상에게 신신당부를 해두었다.

"자네 둘이서는 사부님을 잘 보호해서 모시고 있게. 내가 저 사람들을 위해서 다시 한 번 다녀와야겠네."

"형님, 또 어딜 가신단 말이오?"

저팔계가 어리둥절하게 묻자, 그는 봉선 군수를 가리키며 이렇게 대답했다.

"이 군후께서 손선생의 말을 믿고 부처님의 가르침을 받아 공경하는 마음으로 착한 일을 하겠노라고 맹세하지 않았는가? 이제 성심성의로 염불하고 독경하니, 내가 또 한 번 옥황상제께 올라가서 비를 내려줍시사고 간청을 드려야겠네."

사화상이 얼른 재촉했다.

"큰형님, 다녀오실 바에야 망설일 것이 뭐 있소? 공연히 머뭇거렸다가는 우리 갈 길만 늦어질 뿐이오. 이번에 올라가시거든 꼭 비를 얻어다가 우리들의 정과를 원만히 이루도록 해주시오."

신바람이 날 대로 난 제천대성, 단숨에 근두운을 타고 솟구쳐 오르더니 곧바로 서천문 밖에 이르렀다. 당직 장령은 여전히 호국천왕, 그는 손행자를 보고 다시 물었다.

"대성, 이번에는 또 무슨 일로 오셨습니까?"

"봉선 군수가 이미 착한 길로 귀의했소."

호국천왕도 이 말을 듣고 몹시 기뻐했다. 이런저런 얘기를 주고받고 있으려니, 어느새 직부사자(直符使者)가 도가(道家)에서 올린 문서와

승가(僧家)에서 올린 관첩(關牒)을 받들고 서천문 밖에 전달하러 오고 있었다. 직부사자는 손행자를 보더니 그 자리에서 절하며 경축했다.

"이 모두가 역시 손대성께서 착한 행실을 권유하신 덕분입니다."

"그대는 이 문첩들을 어디로 보낼 작정인가?"

"곧바로 통명전에 들여보내, 천사 어르신의 손을 거쳐서 옥황 대천존 폐하께 올리고자 합니다."

"그렇다면 앞장서시게. 내가 곧 뒤따라 들어가겠네."

직부사자는 서천문 안으로 들어갔다. 호국천왕이 뒤따라 들어가려는 손행자를 붙잡고 이렇게 말했다.

"대성, 옥황상제를 만나뵈실 것도 없소이다. 대성은 이 길로 곧장 구천응원부(九天應元府)에 가셔서 뇌신(雷神)과 전모(電母)의 힘을 빌려 달라고 청하셔서 그들을 데리고 하계에 내려가 천둥 번개를 일으키도록 하시지요. 그럼 곧 비가 내리게 될 것입니다."

손행자는 그 말대로 서천문에 들어서더니 영소보전으로 성지를 구하러 올라가지 않고 구름의 방향을 돌려 곧장 구천응원부로 날아갔다. 부중을 지키던 뇌문사자(雷門使者)와 규록전자(糾錄典者), 염방전자(廉訪典者)[4] 들이 먼저 그를 발견하고 모두 나와서 영접하며 인사를 건넸다.

"대성께서 여기에는 무슨 일로 오셨습니까?"

손행자는 한마디로 잘라 대답했다.

"일이 있어서 천존 어른을 뵈러 왔소."

---

4 뇌문사자·규록전자·염방전자: 뇌문사자(雷門使者)는 천궁 뇌부(雷部)에 소속된 문지기 역사(力士)들. 규록전자(糾錄典者)는 도교의 제단에서 행하는 의례 절차와 그 기록을 담당한 신령. 염방전자(廉訪典者)는 인간들이 염치와 예의범절을 잃지 않고 올바르게 지키도록 이끄는 직분을 맡은 신령이다. 모두 천궁 뇌부에서 구천응원 뇌성보화천존(九天應元雷聲普化天尊)의 규제(規制)를 받는 신령들이다.

세 사자들은 즉시 이 뜻을 부중에 전달했다. 구천응원 뇌성보화천존은 구봉단하(九鳳丹霞)의 병풍 바깥으로 돌아 나오더니, 옷차림새를 단정히 가다듬고 손님을 맞아들였다. 인사치레가 끝나자, 손행자는 단도직입으로 용건을 꺼냈다.

"천존 어르신께 한 가지 부탁드릴 일이 있어 찾아왔습니다."

"무슨 일이오?"

"제가 당나라 스님을 모시고 서천으로 가던 도중 봉선군에 이르렀더니, 그 고장에 가뭄이 심한 터라 비를 얻어주겠노라고 약속했습니다. 그래서 천존 어른께 이런 뜻을 알려드리고, 부중에 있는 뇌공 전모의 힘을 빌려 그곳에 뇌성벽력을 치도록 부탁드리러 왔습니다."

천존은 고개를 갸우뚱했다.

"그 고장의 군수가 하늘을 모독한 죄로, 옥황 대천존께서 세 가지 장애를 설치해놓으셨다고 들었는데, 과연 비를 내릴 수 있을는지 모르겠구려."

손행자는 그럴 줄 알았다는 듯이 웃어가며 사연을 털어놓았다.

"제가 어제 옥황상제를 찾아뵙고 성지를 청하였더니, 폐하께서는 천사들을 시켜 저를 데리고 피향전에 가서 그 세 가지 장애물을 살펴보도록 해주셨습니다. 그 장애물이란, 쌀더미를 쌓아올린 미산과 밀가루 국수를 쌓아놓은 면산, 그리고 황금 자물쇠였습니다. 이 세 가지 장애물이 무너지고 끊어져야만 비를 내릴 수 있다는 말씀이셨습니다. 저는 그 세 가지 장애물이 모두 허물어지고 끊어진다는 것이 불가능하다고 여기고 무척 근심했습니다만, 사대천사들이 제게 귀띔해주시기를, '돌아가서 봉선 군수와 그 고장 사람들에게 착한 행실을 쌓도록 권유하라, 사람에게 선념(善念)이 있으면 하늘도 감응하니, 모든 사람들이 선행을 쌓아서 천심을 돌이킨다면 재난의 장애물이 모두 풀리고 비를 내릴 수 있다' 하였습니다.

이제 그 고을 사람들의 마음속에 선념이 복받쳐 오르고 군수도 자신의 죄를 뉘우쳐 염불하고 독경하는 소리가 귀에 가득 차게 울려 퍼지고 하늘에까지 사무치게 되었습니다. 방금 직부사자를 만났더니, 그 고장 사람들이 행실을 고치고 착한 일에 따르겠다는 문첩을 옥황상제께 올리러 가는 중이었습니다. 그래서 이 손선생도 이렇듯 천존 어르신의 부중을 찾아뵙고 이런 경위를 낱낱이 알려드린 다음, 뇌부 장령들의 힘을 빌려 쓸 수 있도록 도움을 청하러 온 것입니다."

그제야 천존도 알아들었는지 선선히 부탁을 받아들였다.

"일이 그렇게 되었다면 나도 도와드려야겠구려. 등천군(鄧天君)[5]을 비롯해서 신(辛)천군과 장(張)천군, 도(陶)천군을 보내드릴 터이니, 이들 네 장수가 섬전낭자(閃電娘子)를 거느리고 대성을 따라가서 봉선군 일대에 뇌성벽력을 치도록 해드리리다."

뇌부 소속 네 장수들은 손대성과 함께 구천응원부를 떠난 지 얼마 안 되어 봉선군 경계에 이르렀다. 그들은 즉시 반공중에서 술법을 쓰기 시작했다. 이윽고 "우르릉 꽈다당!" 하는 천둥 소리가 울리더니, 그 뒤를 이어 "우지끈 뚝딱!" 벼락치는 소리와 더불어 번갯불이 번쩍번쩍 일기 시작했다. 그야말로 뇌성벽력이 한꺼번에 떨어지는 보기 드문 장관이 허공을 가득 메웠다.

번갯불이 들이치니 자금(紫金) 빛깔의 독사가 뻗어 나오듯 하

---

[5] **등천군**: 천둥 번개와 벼락, 구름과 안개, 바람을 맡은 뇌부 소속 24명의 천군 원수(天君元帥) 가운데 제일인자. 이 책에서는 **등화**(鄧化)로 나오지만, 『봉신연의(封神演義)』에서는 **등충**(鄧忠)이란 이름으로 나온다. 등천군을 따라서 출동하는 나머지 세 천군의 이름은 **신환**(辛環) · **장절**(張節) · **도영**(陶榮)이다.

고, 우렛소리 진동하니 겨울잠 자던 뭇 짐승들이 놀라 깨어 대소동을 일으킨다.

번뜩거리는 형혹성(熒惑星) 불빛이 사면팔방으로 튀어 날아가고, 뇌성벽력에 산중의 동굴이 한꺼번에 무너져 내린다.

하늘이 쪼개져서 온통 눈부시게 밝아지고, 뒤흔드는 천둥 소리에 놀라 대지마저 들썩 솟구쳐 오른다.

시뻘건 섬전(閃電)의 회초리가 번쩍거리니 온 땅에 싹이 트고, 만리 강산의 모든 천지가 뒤흔들릴 지경이다.

봉선군 성 안팎의 대소 관원들과 백성들은 지난 3년 동안을 꼬박 천둥 치는 소리, 벼락 때리고 번갯불이 번쩍거리는 것을 본 적이 없었다. 그런데 오늘 뇌성벽력에 번개 치는 광경을 보자, 너도나도 흙바닥에 무릎 꿇고 엎드린 채 향불 꽂힌 향로를 머리 위에 얹은 사람, 버들가지를 손에 떠받든 사람, 너 나 할 것 없이 모두들 이구동성으로 염불을 외우느라 정신이 없다.

"나무아미타불! 나무아미타불!……"

숱한 사람들이 목소리를 합쳐 한마디로 외치는 선념(善念)이 과연 하늘을 경동시켰으니, 그야말로 옛 시에 읊은 그대로였다.

사람의 마음에 일념이 생겨나면, 천지가 이를 모두 알아주게 되는 법.

선악에 인과응보가 없다면, 하늘과 땅에 사사로운 정이 있기 때문일 것이다.

손행자가 뇌부 소속 장수들을 지휘하여 봉선군 일대에 천둥 번개를 일으키고, 모든 사람들이 일념으로 부처님의 가르침에 귀의하게 된 얘기는 접어두기로 한다.

한편, 상계에 올라간 직부사자는 승도(僧道) 양가의 문첩을 곧바로 통명전에 들여보내고, 사대천사들은 이것을 영소보전에 전달하여 옥황상제께 올렸다.

옥황 대천존께서는 이 문첩들을 보시더니 혼잣말로 이렇게 중얼거렸다.

"그놈들이 착한 마음씨를 품게 되었다니, 세 가지 장애물이 어찌 되었는가 살펴보아야겠다."

이렇듯 혼잣말을 하고 있으려니, 때마침 피향전의 관리를 맡아보던 장관(將官)이 입궐하여 아뢰었다.

"폐하께옵서 세워놓으신 미산과 면산이 모두 허물어졌나이다. 쌀더미와 국수 더미는 한 알 한 가닥도 남기지 않고 순식간에 모조리 없어졌사옵니다. 황금 자물쇠를 매달고 있던 쇠사슬도 끊어져 자물쇠가 열렸나이다."

피향전 장관이 미처 계주를 마치기도 전에, 또 당직 천관이 봉선군을 관할하는 토지신과 성황신, 사령(社令)과 같은 신지(神祇)들을 한꺼번에 거느리고 들어오더니, 옥황상제 앞에 절하고 아뢰었다.

"본군의 군수와 온 성내의 대소 서민들 가운데 십십마나 선과(善果)에 귀의하지 않은 자가 없사옵고, 부처님의 가르침을 떠받들어 모시며 하느님을 공경하지 않는 집이 없나이다. 바라옵건대 단비를 두루 내리시어 만백성을 구제하여주소서."

옥황상제가 이 말을 듣고 크게 기뻐하면서 즉각 전지를 내렸다.

"바람을 맡은 풍부(風部)와 안개구름을 맡은 운부(雲部), 비를 맡은 우부(雨部)는 저마다 호령을 준수하여 하계로 내려가, 봉선군 일대를 중심으로 오늘 이 시각부터 뇌성을 울리고 구름을 펼치며 비를 내리되, 강우량은 석 자 하고도 마흔두 방울로 정할 것이니라."

이에 사대천사들이 성지를 받들어 각 부서에 전달하니, 각 부서의 신령들은 즉시 아래 세상으로 내려가 제각기 신위를 떨치면서 일제히 행동을 개시했다.

때마침 손행자는 등천군을 비롯하여 신천군, 장천군, 도천군 이렇게 네 장수들과 더불어 섬전낭자를 시켜 날벼락과 번갯불로 허공을 온통 휘저어놓고 있다가, 하늘에서 여러 신령들이 당도하자 그들과 힘을 합쳐서 본격적으로 일을 벌이기 시작했다.

그 사이에 바람과 구름이 서로 맞닥뜨리니, 삽시간에 단비가 억수같이 쏟아져 내리기 시작했다. 실로 보기 드문 굉장한 비바람이었다.

온 하늘 아득하게 뒤덮인 짙은 먹구름, 몽롱한 검정빛 안개 장막 일색.
꽈다당 쿵쾅 울리는 뇌성벽력, 지글지글 타오르는 번갯불.
휘몰아치는 광풍에, 주룩주룩 쏟아지는 소나기.
이것이 일념으로 천심을 돌이켜, 만백성이 목타게 갈망하는 바였다.
모든 것이 제천대성 손행자가 원운(元運)을 베풀어, 만리강산 도처에 그늘을 드리운 덕택이다.
줄기찬 장대비가 강물을 기울게 하고 바다를 뒤엎으며, 온 들판을 가리우고 천공을 미망 속에 파묻는다.
처마 끝에 때아닌 폭포수가 내리지르고, 들창 바깥에는 빗방울 소리 영롱하다.
천문만호(千門萬戶) 백성들이 염불하니, 육가삼시(六街三市) 길거리마다 큰물이 넘쳐흐른다.

동서로 뻗은 강물이 줄기줄기 가득 차고, 골짜기마다 굽이치는 시냇물이 남북으로 통한다.

볏모에는 비로소 윤기 감돌고, 메마른 고목이 되살아난다.

밭에는 이랑마다 삼대와 보리가 풍성하게 자라고, 마을 둑에는 한해 먹을 콩 싹과 양식거리가 부쩍부쩍 돋아난다.

장돌뱅이 나그네는 기꺼운 마음으로 흥정을 하고, 농부들은 콧노래 흥얼거리며 밭갈이를 즐긴다.

이제부터 오곡이 줄기줄기 뻗어 나오니, 가을걷이 수확은 절로 풍족해질 것이다.

비바람이 순조로우면 백성들의 살림살이에 근심 걱정이 없는 법, 바다는 평안하고 강물이 맑으니 모두가 태평성대를 누리리라.

하루 온종일 퍼부은 비가 석 자 마흔두 방울에 족히 차게 되자, 여러 신령들은 슬금슬금 비바람, 뇌성벽력을 거둬 가지고 돌아가려 했다.

손행자가 큰 소리로 고함쳐 그들을 불러 세웠다.

"사부(四部)의 신령 여러분! 잠깐만 구름을 멈춰주시오. 이제 이 손 선생이 군수를 불러다가 여러분께 사례를 올리도록 하겠소. 여러분은 안개구름을 펼쳐놓고 진신(眞身)을 드러내 보이셔서, 저 어리석은 범부(凡夫)들이 제 눈으로 똑똑히 보도록 해주시오. 그래야만 믿는 마음이 돈독해져서 진심으로 하늘과 땅을 받들게 될 것이오."

말을 마친 손행자는 구름을 낮추어 군 청사 안마당에 내려섰다. 진작부터 지켜보고 있던 삼장 법사와 저팔계, 사화상이 모두 영접하러 나왔다. 봉선 군수는 한 걸음에 한 번씩 큰절을 드리며 다가와 사례했다.

손행자는 손을 들어 그를 만류했다.

"나한테 사례는 천천히 하셔도 좋소. 내가 천궁의 사부 신령들을 머무르게 했으니, 당신은 여러 사람들을 여기 불러 모아 그분들께 감사를 표하시고, 앞으로도 비가 잘 오게 해달라고 빌도록 하시오."

군수는 즉석에서 급보를 전하여 모든 관원들과 백성들을 불러 모으더니, 모든 사람들이 한결같이 향불을 떠받쳐들고 하늘을 우러러보며 절했다.

이윽고 사부의 신령들이 안개구름을 헤치고 저마다 진신을 드러냈다. 사부란 말할 것도 없이 비를 맡은 우부, 천둥 벼락을 맡은 뇌부, 안개구름을 맡은 운부, 그리고 바람을 맡은 풍부의 신령들이었으니, 그 참된 모습이야말로 인간 세상 사람들이 평생을 두고 우러러볼 기회가 다시없을 터였다.

비를 내리는 용왕이 형상을 드러내고, 천둥 벼락을 터뜨리는 뇌장(雷將)이 기지개를 켠다.

안개구름을 덮는 추운동자(追雲童子)가 나타나고, 바람을 휘몰아치는 풍백(風伯)이 참모습을 드리운다.

용왕이 형상을 드러내니, 은빛 수염 창백한 얼굴 모습이 세상에 짝이 없다.

뇌장이 기지개를 켜니, 갈고리처럼 구부러진 주둥이에 위엄 서린 얼굴이 진실로 비할 데 없다.

추운동자가 나타나니, 옥 같은 얼굴, 금관을 쓴 모습에 어느 누가 비길 것이며,

풍백이 참모습 드리우니, 어느 누가 그 찌푸린 두 눈썹에 딱 부릅뜬 고리눈을 닮을 수 있었으랴.

푸른 하늘 창공에 나란히 늘어서서 제각기 차례로 성스러운 예

범과 위의를 드러내 보인다.

봉선군 일대의 사람들은 그제야 믿어 의심치 않게 되니, 이마를 조아리고 향불을 피워 들며 악한 근성 돌이켜 착한 마음으로 돌아온다.

오늘에야 하늘의 신장을 우러러보며, 더럽혀진 마음을 깨끗이 씻고 선을 지향하여 한결같이 귀의한다.

여러 신지(神祇)들은 한 시진 동안 조용히 기다려주었으나, 백성들의 참배 행렬은 그칠 줄 몰랐다.

손행자는 또다시 구름 위에 일어서서 신령들에게 고맙다는 인사를 건넸다.

"수고들 하셨소! 여러분, 수고들 하셨소! 이제 본부로 돌아가주시오. 이 손선생은 또 이 봉선군 일대에 사는 사람들을 시켜서 여러분의 신위를 모시게 하고, 철 따라 공양을 차려 제사를 지내도록 하리다. 여러분도 이제부터는 닷새 만에 한 차례씩 바람이 불어오게 해주시고 열흘 만에 한 차례씩 비를 내려, 이 고장 백성들을 원만히 돌보아주시기 바라오."

여러 신령들이 손행자의 부탁을 받고 제각기 본부로 돌아간 것은 더 말할 나위도 없다.

한편 제천대성 손행자는 다시 구름을 지상으로 떨어뜨리고 삼장 법사에게 여쭈었다.

"일도 잘 끝나고 백성들도 평안해졌으니, 이제 우리도 행장을 수습해서 길을 떠나야겠습니다."

봉선 군수가 그 말을 듣자 이거 큰일났다 싶어 얼른 손행자 앞에 엎드리고 큰절을 올리며 만류했다.

"어르신! 그게 무슨 말씀이옵니까? 이번에 저희가 이루 헤아릴 수 없는 큰 은덕을 입었습니다. 소관이 사람을 시켜서 변변치 않은 음식으로나마 잔치 자리를 마련해놓고 여러분의 두터우신 은덕에 보답할까 합니다. 그리고 민간의 토지를 사들여 여러 어르신을 위해 사원을 세우고, 또 네 분 어르신의 생사당(生祠堂)을 세워서 비석에 이름을 새겨 넣고 철기마다 제사를 올리고 싶습니다. 저희가 이렇듯 뼈와 심장에 아로새기더라도 그 은혜에 만 분의 일도 갚지 못할 것인데, 어찌 이대로 길 떠나시겠다고 하십니까!"

삼장이 입을 열었다.

"대감의 말씀은 지당합니다만, 저희들은 서쪽으로 갈 길이 급한 행각승들이라, 섣불리 오래 머무를 수 없는 몸입니다. 하루 이틀 사이에는 꼭 떠나야만 합니다."

사정은 급한 줄 알면서도 군수가 그대로 놓아줄 턱이 없다. 그는 숱한 인력을 동원하여 밤새워 술자리를 마련하고 사당을 짓기 시작했다.

이튿날, 축하연이 성대하게 열린 가운데, 군수는 당나라 스님을 청하여 윗자리에 높이 모셔 앉혔다. 그 다음 자리에 손대성과 저팔계, 사화상이 줄지어 나란히 앉았다. 봉선 군수와 그 고을 대소 관원, 각 부의 신료들이 번갈아 술잔을 올리고 풍악을 잡히며 그날 하루 종일 환대해주었다. 본디 잔치는 즐거운 자리였으나 이들이 삼장 일행에게 베풀어준 자리는 더욱 풍성하고 은근했으니, 이런 시가 그 까닭을 증명하고 있다.

전답이 오랜 가뭄에 시달리던 끝에 단비를 만났으니, 강물 길에 장사하던 사람들이 도처로 통하는구나.

신승께서 봉선군 경계에 왕림하심을 깊이 감사하고, 제천대성이 천궁에 올라가 애쓴 은혜를 크게 입었다.

지난날 저지른 죄악 탓으로 설치된 세 가지 장애를 풀어버리니, 모두들 귀의하여 선과를 넓히려는 일념뿐이다.

이후로는 요순(堯舜)의 세상 되어, 닷새 바람, 열흘 비에 만년 두고 풍년들기 바랄 따름이라네.

하루 또 하루, 잔치는 계속되고 오늘도 고맙다는 인사요 내일도 감사하다는 인사가 이어졌다. 이러구러 정신없이 지내다 보니 어느새 반달 보름이나 묵게 되었다. 그 이유는 오로지 사원과 생사당이 준공되기를 기다렸기 때문이었다.

하루는 군수가 네 사람을 모시고 구경을 나갔다. 목적지는 말할 것도 없이 사원과 생사당을 짓던 현장이었다.

삼장 법사는 깜짝 놀라 군수에게 물었다.

"엄청난 대규모 공사가 어찌 이토록 빨리 이루어졌습니까?"

봉선 군수는 자랑스레 대답했다.

"소관이 일꾼들을 독촉하여 불철주야로 쉬지 않고 속히 완공하도록 일을 시켰습니다. 여러 어르신네께서 떠나시기 전에 보여드리고 싶었기 때문이지요."

손행자가 껄껄대고 웃으면서 칭찬을 아끼지 않았다.

"과연 현명하시고 능력 있는 군후이십니다그려! 참으로 훌륭하십니다!"

일행은 새로 지은 사원에 도착했다. 대웅보전과 누각이 우뚝우뚝 솟아 있고, 산문 또한 웅장하고 화려하기 이를 데 없어, 스승과 제자들의 입에서는 찬탄이 그칠 새가 없었다. 손행자는 삼장 법사에게 사원의 이름을 지어서 기념으로 남겨두기를 청하였다.

삼장은 잠시 곰곰이 생각해보더니 이내 손뼉을 쳤다.

"있다, 있어! 기념될 만한 이름이라면, '감림보제사(甘霖普濟寺)'로 지어 부르자꾸나."

군수도 덩달아 손뼉을 쳤다.

"참으로 좋은 이름입니다! '단비를 내려 백성들을 널리 구제하다……' 기념으로 세운 절간 명칭으로 꼭 알맞은 이름입니다."

군수는 즉석에서 금박으로 현판을 써서 내걸고, 승려들을 널리 초빙하여 이 사찰에서 향화를 받들게 했다.

대웅전 왼편에는 삼장 일행 네 사람을 위하여 따로 생사당이 세워졌다. 군수는 해마다 춘하추동 사시사철 따라 제사를 지내기로 하고, 또 뇌신과 용신들의 사당을 따로 지어서 천신들이 베풀어준 공덕에 보답하기로 약속했다.

구경을 마치자, 삼장 법사는 제자들에게 곧 떠날 것을 명령했다. 봉선군 백성들은 더 이상 머무르게 할 수 없음을 알고, 제각기 부의(賻儀)를 마련하여 바쳤으나, 삼장 일행은 역시 단 한 푼도 받지 않았다. 그래서 온 고을의 관원들과 백성들은 풍악을 잡히고 북을 울리며 깃발을 휘날리면서 30리나 되는 먼길까지 전송하러 나왔다. 그리고도 작별이 아쉬워 눈물을 흘리며 떠나보냈다.

이야말로, 덕행 높은 신승이 백성들을 두루 구하여 감림보제사의 이름 남기고, 제천대성 손행자가 은혜를 널리 베푼 덕택이었다.

과연 이번 길을 떠나서 또 며칠이나 더 걸려야 여래부처를 만나뵙게 될 것인지, 다음 회에서 풀어보기로 하자.

제88회 선승은 옥화현에 이르러 법회를 베풀고, 손행자와 저팔계, 사화상은 첫 문하 제자를 받아들이다

이야기는 계속되어, 당나라 스님은 기쁜 마음으로 봉선 군수와 작별하고 말 위에 오르더니, 새삼스럽게 손행자를 칭찬했다.

"현명한 제자야, 네가 이번에 베풀어준 선과(善果)는 비구국(比丘國)에서 어린아이들의 목숨을 구해준 것보다도 훨씬 좋은 일이었다. 이 모두가 네 공로였다."

사화상이 몇 마디 거들었다.

"옳으신 말씀입니다! 비구국에서는 다만 천 백열한 명의 어린것들을 구해주셨을 뿐이나, 이번 봉선군에서는 한바탕 큰비를 내려 메마른 땅을 흠뻑 적셔주고 수만 수천의 생명을 구해주셨으니, 이게 어디 비교가 될 일이겠습니까? 저도 입으로 말씀은 드리지 않았으나, 속으로 하늘에까지 통하는 우리 큰형님의 너르고 크신 법력에 찬탄을 금치 못했을 뿐 아니라, 온 천지를 뒤덮고도 남을 그 자비로우신 은혜에 깊이 감복했습니다."

그러자 저팔계가 실없이 코웃음을 쳤다.

"아무렴! 우리 형님께서 은혜를 베풀기도 하셨고 또 착한 일도 하긴 했지. 그러나 이건 겉으로만 번지르르하게 인의를 베풀었을 뿐이야! 그 속을 들여다보면 늘 못된 마음을 품고 계시거든. 이 저팔계하고 같이 있을 때는 걸핏하면 사람을 짓밟고 못살게 굴고 천대를 해왔으니 말일세!"

손행자가 이 말을 듣고 발끈했다.

"내가 언제 어디서 자넬 짓밟고 못살게 굴었단 말인가?"

"그만둡시다! 됐으니까, 그만둬요! 형님이 늘 나를 돌봐주기는 했지! 걸핏하면 내가 밧줄에 묶이도록 돌봐주었고, 나무 가장귀 아니면 서까래, 들보에 대롱대롱 매달리게 돌봐주었고, 요괴들이 날 솥에 넣고 삶거나 찜통에 푹 쪄 먹도록 돌봐주시지 않았소? 이번에 봉선군에서만 해도 그렇지, 모처럼 수천 수만 명에게 은혜를 베풀었으니, 한 반년쯤 그 고을에 머무르면서 나한테 허리띠 끌러놓고 밥 몇 끼니 배불리 먹게 해줄 수도 있었을 텐데, 그저 한시라도 빨리 떠나지 못해서 안달을 하고 재촉만 해대셨으니, 세상에 어쩌면 이렇게 돌봐줄 수가 있단 말이오?"

장로님이 듣다 못해 호통쳐 꾸짖었다.

"이런 바보 멍텅구리 같은 녀석! 네놈은 어쩌자고 자나 깨나 먹을 타령만 늘어놓는 게냐? 두 번 다시 그 따위 주둥아리 놀리지 말고 어서 빨리 가기나 하자!"

스승에게 호된 꾸지람을 듣자, 이 미련퉁이는 감히 말대꾸를 하지 못하고, 무거운 짐 보따리를 짊어진 채 휘적휘적 앞으로 나섰다. 주둥이를 비죽 내밀고 툴툴대는 품이 아무래도 불만은 여전한 모양이다. 물론 그의 입장에서 보면 그렇다. 눈앞에 먹거리를 잔뜩 쌓아놓고도 훌쩍 떠나는 스승이나 손행자가 미련하지, 자기더러 바보 멍텅구리라니 이게 어디 될 법이나 한 소리인가 말이다. 어느덧 저팔계의 입가에 조롱기가 잔뜩 끼었다.

아무러나 스승과 제자 일행은 부지런히 길 재촉을 하며 서쪽으로 나아갔다.

시절은 마치 베틀에 북 드나들 듯 쉴새없이 흘러가서, 어느덧 깊은 가을철로 접어들게 되었다. 늦가을 경치는 볼 때마다 새로웠다.

한여름철에 출렁이던 강물 흔적은 거두어지고, 울창한 나무 숲에 뒤덮여 있던 산등성이는 앙상하게 메마른 뼈대를 드러내기 시작한다.

울긋불긋하던 나뭇잎이 썰렁해진 바람결에 분분히 흩날려 떨어지고, 들꽃은 시시때때로 누렇게 시들어 하염없이 지고 진다.

찬 서리 말갛게 내리니 어느새 밤이 길어졌음을 깨닫게 되고, 달빛은 싸늘하게 들창 뚫고 스며든다.

석양에 노을지면 집집마다 밥 짓는 연기 늘어나고, 발길 닿는 곳마다 호수에는 차디찬 물빛이 번쩍인다.

뿌리 없는 흰 마름이 향기로운 풋내를 퍼뜨리고, 붉은 여뀌는 무성하게 자랐다.

귤은 설익어 파릇파릇한 빛깔 띠고, 등자(橙子) 열매는 샛노랗게 무르익었는가 하면, 버드나무 가장귀는 시들었으나 오곡은 빼어나게 여물었다.

황량한 산촌(山村)에 기러기 떼 내려앉으니 갈대꽃 부스러지고, 들판 객점의 닭 울음소리 들으며 녹두 콩을 거둬들인다.

일행 네 사람이 한참 가다 보니, 또 한 군데 성벽의 그림자가 나타났다. 장로님은 채찍 들어 먼 곳을 가리켜 보이면서 물었다.

"오공아, 저걸 좀 보려무나. 저기 성채가 있는데 어떤 곳인지 모르겠구나."

손행자가 대답한다.

"원 사부님도, 저 역시 가보지 못했는데 어찌 알겠습니까. 일단 가서 누군가 붙잡고 물어보지요."

말끝이 다 끝나지도 않았는데, 숲 속에서 웬 늙수그레한 사람이 걸어 나온다. 손에는 대나무 지팡이를 짚고, 몸에는 거뜬한 옷을 걸치고 두 발에는 종려나무 껍질로 엮은 신발을 신었으며, 허리에는 폭넓은 띠를 두른 노인이었다. 오랜만에 사람을 본 당나라 스님은 반색을 하며 말 위에서 구르다시피 뛰어내리더니 노인 앞으로 다가가서 문안 인사를 건넸다. 그러자 노인도 지팡이를 짚고서 꾸벅 답례를 하며 물었다.

"어디서 오시는 장로님이시오?"

당나라 스님은 두 손 모아 합장하고 대답했다.

"소승은 동녘 땅 당나라 조정에서 파견되어 뇌음사로 부처님을 찾아뵙고 불경을 구하러 가는 사람입니다. 오늘 이 고장에 이르고 보니, 저 멀리 성지가 보이는데 어떤 곳인지 몰라, 노시주님께 여쭙고 싶습니다. 아시는 대로 가르쳐주시지요."

노인은 그가 머나먼 동녘 땅에서 왔다는 말을 듣고 탄복해 마지않았다.

"호오! 참으로 도행이 굳센 선사(禪師)님이시구려! 우리 이 고장은 바로 천축국 하군(下郡)에 소속된 곳으로 지명을 옥화현(玉華縣)이라 부른다오. 옥화현의 성주는 천축국 황제의 종친으로 옥화왕(玉華王)에 책봉된 분이오. 그 임금은 몹시 어질고 밝은 분이어서, 승려와 도사를 가리지 않고 공경할 뿐 아니라 백성들을 소중히 여기고 사랑하오. 이제 선사께서도 만나보시면 틀림없이 극진한 예우로 공경하실 것이외다."

삼장이 고맙다는 인사를 하니, 노인은 나무 숲을 지나서 어디론가 사라져갔다.

삼장은 그제야 돌아서서 제자들에게 이런 일을 얘기해주었다. 세 제자들도 무척 기뻐하면서 스승을 부축하여 안장에 모셔 태우려 했으나, 그는 말 위에 오르지 않았다.

"길이 얼마 남지 않았으니, 말을 탈 필요도 없겠다."

이리하여 네 사람은 걸어서 옥화현 성 변두리에 이르렀다. 주변을 둘러보니, 성밖의 인가들은 하나같이 물건을 팔고 사는 장사꾼들로 붐비고, 거래도 무척이나 흥청거렸다. 게다가 사람들의 목소리와 생김새를 살펴보았더니 중원 천지나 다를 바가 없었다.

삼장은 제자들에게 신신당부를 했다.

"얘들아, 행동거지를 삼가야겠다. 절대로 방자하게 굴어서는 안 된다."

스승의 분부가 떨어지니, 저팔계는 얼른 머리를 수그리고, 사화상은 얼굴을 가렸다. 그리고 손행자만이 두 팔로 스승을 부축하면서 조심스럽게 앞으로 나아갔다.

아니나 다를까, 낯선 일행이 나타나자 길거리 양편에 서 있던 사람들이 하나둘씩 모여들더니, 앞다퉈 구경하며 입을 모아 떠들어대기 시작했다.

"우리 고장에는 용을 항복시키고 호랑이를 때려잡는 고명한 스님은 있어도, 멧돼지나 원숭이를 굴복시킨 중은 처음 보겠다."

저팔계가 듣다 못해 주둥이를 불쑥 내밀고 한마디 외쳤다.

"이런 놈들 봤나! 그래, 네 녀석들은 멧돼지 임금을 항복시킨 화상을 본 적이 있단 말이냐?"

길거리에 꽉 차 있던 사람들이 그 추악한 꼬락서니를 보고 기절초풍하다시피 놀라, 그만 엎어지고 자빠지고 야단법석을 떨더니 모두들 길 양편으로 피해 뿔뿔이 흩어져 달아나고 말았다.

손행자는 껄껄대고 웃으면서 편잔을 주었다.

"이런 바보 녀석, 공연히 우쭐대지 말고 어서 그놈의 주둥이나 감추라니까! 다리를 건너가니까 그 발밑이나 조심하게!"

미련퉁이는 다시 고개를 푹 수그린 채 비실비실 웃기만 했다.

적교(吊橋)를 건너서 성문 안으로 들어섰더니, 한길 양편에 술집과 기생집에서 노랫가락이 질탕하게 들려나오는데, 과연 신주(神州)의 도성답게 번화하기 이를 데 없었다.

이를 증명하는 시가 다음과 같이 있다.

비단같이 아름다운 금성(錦城)의 철옹벽이 만년을 두고 견고하며, 강물 끼고 산을 등졌으니 빛깔마다 해맑고도 곱다.

백 가지 상품이 호수의 뱃길로 장터에 들어오니, 천 채나 되는 술집마다 주기(酒旗)를 내걸었다.

도처에 누대(樓臺)가 세워져 밥 짓는 연기 널리 퍼지고, 길거리 골목에는 물건 팔고 손님 부르는 소리 떠들썩하다.

풍경 좋기로는 당나라 장안 도성에 못지않으니, 닭 우는 소리 개 짖는 소리 또한 그칠 새 없이 흥겹게 들린다.

삼장은 속으로 기뻐하면서 혼잣말로 중얼거렸다.

"서역(西域)은 미개한 번족(番族)들의 땅이라, 중원 사람치고 이곳에 와본 사람이 없다고 들었으나, 이 광경을 자세히 살펴보건대 우리 대당나라 도성과 무엇이 다르단 말인가? 극락 세계란 진실로 이런 곳을 두고 하는 말일 게다."

장사꾼들이 흥정하는 소리를 들어보니, 놀랍게도 백미(白米)는 4전(錢)에 한 섬[石]이요, 참기름은 고작 8리(釐)에 한 근(斤)이다. 이것만 보더라도 참으로 오곡이 풍성한 곳임을 알 수 있으리라.

한참 동안 걸어가서야 비로소 옥화왕의 저택이 나타났다. 정문을 중심으로 그 좌우에는 행정관이 집무하는 장사부(長史府), 소송 사건을 맡아 처리하는 심리청(審理廳), 왕부(王府)의 연회 음식을 마련하는 전선소(典膳所), 그리고 손님 접대를 맡은 대객관(待客館)이 즐비하게 늘어섰다.

삼장은 발길을 멈추고 제자들을 돌아보았다.

"애들아, 여기가 왕부로구나. 이제 내가 들어가서 친왕(親王)을 만나뵙고 통관 문첩에 확인을 받아 가지고 나올 테니, 우리 다시 떠나기로 하자꾸나."

저팔계가 투덜댄다.

"사부님만 들어가시고 저희들은 이 아문 앞에 서서 마냥 기다리란 말씀입니까?"

삼장이 맞은편 건물 정문을 가리켰다.

"저 문설주 위에 '대객관'이라고 석 자가 씌어 있는 게 안 보이느냐? 너희들은 모두 저기 들어가서 앉아 쉬고 있거라. 여물이라도 있거든 사서 말에게 먹이려무나. 내가 친왕을 만나뵙고 혹시 식사 대접이라도 받게 되거든 곧 너희들을 불러들여 함께 먹도록 하마."

손행자가 얼른 얘기를 마무리지었다.

"사부님, 걱정 마시고 어서 들어가 보십쇼. 여기 일은 이 손선생이 적당히 알아서 처리할 테니까요."

사화상이 먼저 짐 보따리를 짊어진 채 관아로 들어섰다. 아문을 지키던 하인들은 그들의 얼굴 모습이 사납고 추접스럽게 생긴 것을 보자, 용건도 묻지 못하고 또 나가라고 내쫓지도 못한 채 엉거주춤 서서 눈치만 살폈다. 이러니 불청객들 모두 그대로 앉아서 쉬게 된 것은 말할 나위도 없다.

한편 삼장 법사는 옷을 갈아입고 모자를 바꿔 쓴 다음, 통관 문첩을 가지고 곧바로 옥화왕부 앞에 이르렀다. 진작부터 멀리 내다보고 있던 인례관(引禮官)이 영접을 나오면서 한마디 물었다.

"장로님은 어디서 오신 분입니까?"

삼장 법사가 신분과 용건을 밝혔다.

"저는 동녘 땅 대당나라 조정에서 파견되어 대뇌음사로 불조(佛祖) 어른을 찾아뵙고 경을 받으러 가는 승려입니다. 이제 귀국 경내에 도착하였기로, 통관 문첩에 확인을 받고자 이렇듯 국왕 전하를 배알하려고 왔습니다."

인례관은 즉시 부중에 들어가 이런 사실을 전달했다.

앞서 노인이 일러준 대로, 옥화현의 친왕은 과연 사리에 통달하고 현명한 군주였다. 인례관의 보고를 받자, 그는 즉시 불러들이라는 전지를 내렸다. 삼장 법사가 정전(正殿) 아래 이르러 예를 베풀었더니, 임금은 전상에 오르게 하고 자리를 내주어 앉혔다.

삼장은 두 손으로 통관 문첩을 떠받들어 공손히 올렸다. 임금은 그 문첩에 여러 나라 국인(國印)과 제왕의 친필 수결(手決)이 찍힌 것을 보더니, 두말 않고 흔쾌히 어보(御寶)를 찍어주고 수결까지 써서 삼장에게 도로 내려주며 물었다.

"국사 장로, 그대는 저 당나라에서 여기까지 오는 동안 여러 나라를 편력하였는데, 그 여정이 모두 얼마나 되시오?"

삼장은 잠시 생각해보다가 이렇게 아뢰었다.

"소승도 여정을 기억하지는 못하오나, 예전에 관세음보살께서 저희 임금 어전에 나타나셨을 때 게송(偈頌)을 남겨두셨는데, 그 내용에 '서방 세계는 십만 팔천 리가 된다'고 말씀하셨습니다. 소승은 이 나라까지 오는 도중 열네 차례나 겨울과 여름을 보냈사옵니다."

친왕은 빙그레 웃으면서 감탄했다.

"호오! 열네 차례나 겨울과 여름을 보냈다면 곧 십사 년이 되는구려. 아마 도중에 여러 가지 괴롭고 성가신 일들이 많으셨겠소?"

"한마디로 다 여쭙기 어렵사옵니다. 온갖 요괴 마귀들과 맞닥뜨렸사오며, 얼마나 숱한 고초를 겪고 나서야 가까스로 이 나라에 도착하게 되었는지, 소승도 알 길이 없나이다."

친왕은 크게 기뻐하면서 그 즉시 음식을 맡은 전선관(典膳官)을 시켜 소찬으로 식사를 마련하여, 이 기특한 법사를 대접하라 일렀다.

이것을 보자, 삼장은 몸을 일으켜 아뢰었다.

"소승에게는 제자 셋이 있사온데, 지금 바깥에서 소승을 기다리고 있사오니 감히 대접받기 어렵사오며, 또한 가야 할 길이 늦어질까 걱정되는 바입니다."

이 말을 듣고 친왕은 당직 시종관에게 분부하였다.

"그대는 속히 나가서 장로의 제자 세 분을 부중으로 모셔 들여 스승과 함께 식사를 대접하도록 하라."

시종관이 몇몇 사람을 이끌고 바깥으로 나가보았으나, 문밖에 모셔가야 할 사람은 보이지 않았다. 문지기들한테 물었어도 대답은 모두 한결같았다.

"본 적이 없습니다. 본 적이 없는걸요."

수행원 가운데 한 사람이 퍼뜩 생각나서 이렇게 말했다.

"대객관 안에 생김새가 추악한 승려 셋이 앉아 있는데, 아마 그분들 같습니다."

시종관은 여러 사람들과 함께 부랴부랴 대객관으로 달려가서 문지기에게 또 물었다.

"당나라에서 경을 가지러 가는 분의 제자가 어느 분이신가? 우리 전하께서 모셔다 식사를 대접하라는 분부가 계셨네."

때마침 졸고 앉았던 저팔계가 잠결에 '식사'라는 말 한마디 듣자,

저도 모르게 벌떡 일어나면서 고함쳤다.

"우리요, 우리! 바로 여기들 있소!"

시종관이 흘끗 쳐다보더니 그만 혼비백산을 하고 말았다.

"아이고 맙소사! 멧돼지 귀신이다! 멧돼지 귀신이 나타났어!"

부들부들 떨리는 목소리로 외쳐대니, 손행자가 저팔계를 덥석 움켜잡으며 꾸짖었다.

"이 사람아, 점잖게 좀 굴 수 없나? 촌뜨기처럼 그게 무슨 망발인가!"

여러 관원들이 손행자를 보고 또 한 번 기절초풍을 했다.

"이크, 원숭이 요괴가 나타났다! 원숭이 요괴야!"

이번에는 사화상이 예절 바르게 두 손 맞잡고 인사를 건넸다.

"여러분, 놀라지 마십쇼. 우리 세 사람은 모두 당나라 스님의 제자들입니다."

그들은 사화상을 돌아보고 또 한 번 까무러쳤다.

"어이구, 부뚜막 조왕신(灶王神)도 나타났네! 부뚜막 귀신이 나타났어!"

사람들이 놀라 자빠지거나 말거나, 손행자는 즉시 저팔계를 시켜 말고삐를 끌게 하고 사화상에게는 짐 보따리를 짊어지운 채, 셋이서 함께 옥화왕의 부중으로 들어갔다. 그들보다 한 발 앞서 들어간 시종관이 이 놀라운 사실을 아뢰고 있는데, 세 사람이 한꺼번에 들이닥쳤다. 옥화주 친왕은 미리 얘기를 들었으나 막상 눈을 들어 그 사납고 추악한 몰골을 보자마자 속으로 찔끔 놀라며 겁을 집어먹지 않을 수가 없었다.

삼장 법사는 공손히 두 손 모으고 해명을 했다.

"천세(千歲) 전하, 안심하소서. 변변치 못한 제자들이 비록 겉모습은 누추하오나, 모두들 마음씨는 선량하옵니다."

이때 저팔계 녀석이 전상을 똑바로 쳐다보면서 허리를 꾸벅했다.
"소승, 문안드리오!"
그야말로 돼지 먹따는 목소리에 흉측한 꼬락서니를 보고 있으려니, 친왕은 점점 놀라는 기색을 감추지 못했다.
삼장이 다시 한 번 여쭈었다.
"모두 산골 구석 촌구석에서 받아들인 제자들이라 예의범절을 모르오니, 부디 무례한 죄를 너그러이 용서해주시기 바라옵니다."
친왕은 놀라움과 두려움을 꾹꾹 눌러 참으면서, 전선관을 시켜 이들 일행을 폭사정(暴紗亭)으로 모시고 가서 식사를 대접하라 일렀다.
삼장 법사는 그 은혜에 감사를 표하고, 친왕 곁을 물러나 정전 아래로 내려왔다. 그리고 제자 일행과 함께 전선관을 따라서 정자로 나갔다. 아무도 없는 곳에 이르자, 그는 저팔계를 원망했다.
"이 미련한 것아! 아무리 미욱하기로서니 예의범절이라든가 체통 같은 것은 털끝만큼도 모른단 말이냐? 주둥이만 꾹 다물고 있으면 그만일 텐데, 어째 그리 거칠고 무뚝뚝하게 구는 게냐? 말 한마디가 태산이라도 들이받아서 무너뜨리고도 남을 뻔했다!"
손행자가 곁에서 고소하다는 듯이 얄궂게 웃는다.
"역시 내가 문안 인사를 드리지 않기를 잘했어. 공연히 힘만 빠지고 생색은 내지 못했을 게 아닌가!"
사화상 역시 미련퉁이에게 불만이 많다.
"둘째 형님은 허리 굽혀 절할 새도 없이 먼저 주둥이를 놀려 떠들어대니, 그게 문제요!"
저팔계가 약이 올라 펄펄 뛰기 시작한다.
"이거 생사람 잡아 미치겠군! 사람을 놀려먹어도 분수가 있지! 사부님께서 전에 뭐라고 하셨어? 사람을 보면 반드시 문안을 드리는 것이 예의라고 가르쳐주시지 않았나? 그래서 오늘 내가 문안 인사를 드렸는데, 이건 또 돼먹지 않은 짓이라고 야단을 치시니, 도대체 날더러 어떻게 하란 말이야?"

삼장이 조목조목 따져가며 훈계를 한다.

"내가 널더러 사람을 보면 문안 인사를 드리라고 했지, 임금 앞에서 그토록 시끄럽게 떠들라고 가르치지는 않았다. 속담에 '물건에도 가지가지 등급이 있고, 사람도 몇 가지 계급이 있다(物有幾等物, 人有幾等人)'고 했다. 어째서 신분이 고귀한 사람과 미천한 사람을 분간하지 못하느냐?"

이렇듯 옥신각신 말다툼을 벌이고 있으려니, 때마침 전선관이 심부름꾼을 데리고 정자 안에 들어와 식탁과 의자를 벌여놓고 음식을 차려 내왔다. 스승과 제자 일행은 그제야 입씨름을 그치고 아무 말 없이 각각 주어지는 대로 음식을 들기 시작했다.

한편 옥화 친왕은 정전에서 물러나 궁궐로 들어갔다. 궁중에는 젊은 왕자 세 형제가 있었는데, 부왕의 얼굴 표정이 평상시와 다르게 바뀐 것을 보고 깜짝 놀라 여쭈었다.

"아바마마, 오늘은 어째서 놀랍고 두려운 기색이십니까?"

부왕이 겁에 질린 목소리로 대답한다.

"방금 동녘 땅 대당나라에서 파견되어 부처님을 찾아뵙고 경을 가지러 간다는 승려를 만났다. 그 사람이 통관 문첩에 확인을 받겠다고 청하기에 자세히 뜯어보았더니, 생김새가 비범한 사람이었다. 내가 그를 머물러 있게 하고 식사 대접을 하려 했더니, 그 승려 말이, 제자들이 있어서 왕부 앞에서 기다린다 하기에, 시종관을 시켜서 불러들이도록 명했다. 그런데 잠시 후에 들어온 제자 놈들을 보았더니, 나한테 국왕을 뵙는 대례(大禮)를 행하지도 않고 그저 꾸벅 인사만 하므로, 그때 벌써 내 기분이 언짢았다. 고개를 들고 바라보았더니 하나같이 요괴 마귀들처럼 추악하게 생겨먹어, 나도 모르게 속으로 얼마나 놀라고 두려웠는지 모른다. 그래서 이렇게 얼굴빛이 바뀐 것이다."

삼장 일행이야 모르는 사실이었으나, 이들 세 왕자는 보통 사람들과는 달라서 저마다 무술에 뛰어난 솜씨를 지니고 뚝심도 어지간히 셀뿐더러, 한창 혈기 넘치고 왕자의 신분을 지닌 청년들이라, 콧대가 높을 대로 높았다. 부왕이 봉변을 당했다는 소리를 듣자, 이들은 주먹을 불끈 내밀고 소맷자락을 걷어붙이면서 큰소리를 탕탕 쳤다.

"어느 산 속에서 굴러먹던 요괴들이 사람의 탈을 쓰고 감히 우리 성안에까지 나타났단 말입니까! 아바마마, 잠깐 기다리고 계십쇼. 저희 형제들이 병기를 가지고 나가서 보고 오겠습니다!"

세상 천지 무서운 것을 모르고 자란 젊은 왕자 세 형제, 맏이는 한 자루 제미곤(齊眉棍)을 찾아들고, 둘째 왕자는 아홉 이빨 달린 쇠스랑을, 그리고 막내 셋째 왕자는 검정 옻칠을 먹인 시커먼 오유봉(烏油棒)을 한 자루씩 들고 성난 호랑이들처럼 기세등등하게 뚜벅뚜벅 왕부로 걸어 나가더니 신하들을 보고 대뜸 호통쳐 물었다.

"불경인지 뭔지 가지러 간다는 중놈들! 그 괘씸한 놈들이 지금 어디 있느냐?"

때마침 거기서 음식을 나르고 있던 전선소 관원들이 세 왕자를 보고 황급히 무릎 꿇고 아뢰었다.

"왕자님, 그들은 지금 저 폭사정 안에서 식사를 하고 있사옵니다."

세 왕자는 긴말할 것도 없이 정자로 달려가더니 다짜고짜 호통을 쳤다.

"네놈들은 사람이냐, 괴물이냐! 어서 바른대로 아뢰지 못할까! 이

실직고해야만 네놈들의 목숨만이라도 살려주겠다!"

마른하늘에 날벼락 치듯 느닷없이 고함쳐 묻는 소리에, 삼장 법사는 깜짝 놀라 얼굴빛이 하얗게 질린 채, 들고 있던 밥그릇마저 떨어뜨리고 말았다.

"소승이 바로 당나라 조정에서 경을 받으러 가는 자입니다. 분명히 사람이지, 괴물은 아닙니다."

왕자들이 가만 보니 준수하게 생긴 화상이다.

"너는 그래도 사람 같다만, 저 세 놈은 추악한 꼬락서니가 분명 괴물임에 틀림없다!"

젊은 왕자들에게 지목을 당하고도 저팔계는 그저 밥만 먹고 있을 뿐, 그쪽은 거들떠보지도 않는다. 그나마 사화상과 손행자가 몸을 일으키고 언짢은 기색으로 따져 물었을 뿐이다.

"우리 일행은 모두 사람이오. 생김새는 비록 누추하지만 마음씨는 선량하고, 몸은 비록 거칠고 사납게 생겼으나 성품은 착한 사람들이오. 당신들 세 사람이야말로 무슨 일로 느닷없이 남의 밥 먹는 자리에 나타나서 함부로 큰소리 탕탕 치고 경망스레 날뛰는 거요?"

곁에서 시중들던 전선관원이 송구스러워 얼른 귀띔을 한다.

"저 세 분은 우리 왕자 저하(邸下)들이시오."

저팔계가 그제야 밥그릇을 털썩 내려놓더니 시비라도 걸듯이 따져 묻는다.

"젊은 왕자님들, 무엇에 쓰시려고 병기들을 손에 잡고 계시오? 설마 우리하고 싸워보시겠다는 것은 아니겠지?"

이 말을 듣고 둘째 왕자가 뚜벅뚜벅 걸어 나오더니, 두 손으로 쇠스랑을 휘둘러가며 저팔계를 후려 찍으려 했다. 아홉 이빨 달린 쇠스랑이 날아들자, 저팔계는 싱글싱글 웃으면서 또 한마디 이죽거렸다.

"자네 그 쇠스랑을 보니, 고작 내 이 쇠스랑의 손자뻘쯤 되겠군!"

말끝이 떨어지기가 무섭게 옷자락을 훌쩍 풀어헤치더니, 허리춤에서 쇠스랑을 꺼내들고 번쩍번쩍 휘두르는데 아홉 날에서 눈부신 금빛이 줄기줄기 뻗쳐 나오고, 술법까지 쓰니 상서로운 기운이 천 갈래로 무럭무럭 퍼져 나간다. 이것을 본 둘째 왕자는 기절초풍하다시피 놀란 나머지, 쇠스랑 자루를 잡은 두 손에 맥이 탁 풀리고 근육이 마비되어 감히 휘둘러볼 엄두조차 내지 못했다.

손행자는 첫째 왕자가 제미곤을 들고 있는 것을 눈여겨보았다. 제미곤이란 몽둥이는, 곧추세워놓으면 그 길이가 눈썹 높이에 닿는다고 해서 붙여진 명칭이다. 그는 옳다 잘 걸려들었구나 싶어 정자 안에서 깡충깡충 뛰어나오더니, 당장 귓속에서 바늘만큼 가느다란 금고봉을 꺼내들고 맞바람결에 한번 휘둘러 가지고, 굵기는 밥 공기만하게, 길이는 1장 2, 3척쯤 되게 만든 다음, 그것을 땅바닥에 석 자 깊이나 되도록 푹 쑤셔 박아놓았다. 그리고는 껄껄대고 웃으면서 첫째 왕자에게 한마디 건넸다.

"내 이 몽둥이를 자네한테 줌세!"

첫째 왕자가 듣고 보니, 거저 준다는 데야 못 받을 것도 없겠다 싶어 즉시 자기 몽둥이를 내던져버리고 철봉을 향해 달려들었다. 억센 뚝심을 뽐내며 달려든 것까지는 좋았으나 이 노릇을 어쩌면 좋으랴! 두 손으로 부여잡고 젖 빨던 힘까지 다 끌어내어 뽑아내려 했으나, 철봉은 털끝만치도 움직일 생각을 않는다. 다시 한 번 떠받치고 앞뒤좌우로 흔들어 붙였지만, 뿌리라도 박혔는지 움쭉달싹도 하지 않는다.

마침내 셋째 왕자도 왁살스런 성미를 참지 못하고 시커먼 오유봉을 휘두르며 달려들더니, 이것저것 가릴 것 없이 다짜고짜 사화상을 후려때렸다. 사화상은 한 손으로 슬쩍 쳐서 겨냥을 빗나가게 만든 다음, 손길 가는 대로 항요보장을 꺼내들고 비비 틀었다. 그랬더니 항요보장에서 눈부시게 찬란한 광채가 쏟아져 나오고 저녁노을 같은 기운이 번쩍번쩍 빛을 뿜어내기 시작했다. 시중들던 관원들은 하나같이 넋빠진 기색으로 멍청하게 바라보고만 있을 뿐, 입은 달렸어도 말을 할 수가 없었다. 이윽고 세 왕자가 흙바닥에 털썩 무릎 꿇고 일제히 큰절을 드렸다.

"신승(神僧) 사부님! 신승 사부님! 저희들은 범속한 무리들이라 신승을 알아뵙지 못하였습니다. 부디 바라옵건대 저희 무례함을 용서하시고, 한번만이라도 솜씨를 보이시어 저희들에게 가르쳐주십시오!"

손행자가 앞으로 썩 나서더니, 금고봉을 가볍게 뽑아 들고 왕자들에게 말했다.

"여기는 마당이 비좁아서 솜씨를 보이기에 불편하겠구려. 내 공중에 뛰어 올라가서 한 수 놀아볼 테니 구경이나 잘하시오."

앙큼스런 제천대성, 휘파람 소리 한마디에 곤두박질치더니, 어느새 두 발로 오색찬란한 상운을 딛고 반공중에 우뚝 올라섰다. 그 높이는 지상으로부터 줄잡아 3백여 보 남짓, 까마득한 허공에서 금고봉을 휘둘러가며 춤을 추는데, 꽃무더기를 흩뿌려 정수리를 뒤덮는다는 '살화개정(撒花蓋頂)'의 봉법(棒法)에서부터 시작하여, 바다의 용이 싯누런 몸뚱이를 번뜻번뜻 뒤챈다는 '황룡번신(黃龍飜身)'에 이르기까지 상단(上段)으로 한 차례, 하단(下段)으로 한 차례, 좌측으로 돌고 우측으로 선회동작을 취하는 가운데, 처음에는 사람과 몽둥이가 금상첨화로 각각 보이더니, 그 다음에 가서는 사람은 보이지 않고 그저 한 자루 철봉만이 온 하늘을 휩쓸고 뒹굴면서 휘황찬란한 광채를 쏟아내고 있는 것이 아닌가!

지상에서는 저팔계가 소리를 버럭버럭 지르며 박수 갈채를 퍼붓더니, 자신도 끝내 손발이 근질거리는 것을 참지 못하고 외마디 고함을 질렀다.

"가만히들 계시오! 이 저선생도 한바탕 놀아봐야겠소!"

이리하여 미련한 저팔계도 바람을 일으켜 타고 허공으로 훌쩍 뛰어오르더니, 역시 반공중에서 쇠스랑 솜씨를 부리는데, 상단으로 세 번 하단으로 네 번, 좌측으로 다섯 번 우측으로 여섯 번, 앞으로 일곱 번 뒤쪽으로 여덟 번, 혼신에 지니고 있던 재간을 모조리 끌어내다 펼쳐 보이니, 그저 들리는 것이라곤 "쏴아아, 쏴아아!" 하는 바람 소리뿐이었다.

두 형제가 한창 신바람 나게 놀고 있을 때, 막내 사화상이 스승에게 조용히 여쭈었다.

"사부님, 이 사화상도 한 차례 연습이나 해 보이겠습니다."

스승에게서 무언의 허락을 받아낸 사화상, 두 다리를 구부렸다가 펄쩍 뛰어오르며 항요보장을 휘두르니, 벌써 공중에 우뚝 섰다. 날카로운 예기가 자욱하게 퍼지고 금빛 광채가 어렴풋이 감도는 가운데, 두 손으로 항요보장을 부여잡고 붉은 볏 달린 봉황이 태양을 우러르는 '단봉조양(丹鳳朝陽)'의 장법(杖法)에서 시작하여 굶주린 범이 먹이를 덮치는 '아호박식(餓虎撲食)'에 이르기까지, 쏜살같이 받아치고 느리지만 굳세게 막아내고, 민첩한 동작으로 돌아서는가 하면 어느새 몸을 송두리째 내던지듯 급박하게 육박하여 들이치고…… 이렇듯 세 형제는 신통력을 아낌없이 펼쳐가며 모두들 반공중에서 제천대성, 천봉원수, 권렴대장이 일제히 위엄과 무예를 당당하게 떨치고 빛냈으니, 그야말로 속세 사람들에게는 한평생 두 번 다시 보지 못할 장관을 이루었던 것이다.

참된 선사(禪師)들의 모습이니 범속한 이들과 같지 않으며, 큰 도리에 연유하니 온 우주를 꽉 채운다.
금(金, 손오공)과 목(木, 저오능)이 위력을 발휘하니 법계(法

界)에 가득 차고, 도규(刀圭, 사오정)가 엎치락뒤치락 신법을 쓰니 원통(圓通)¹에 부합된다.

신병이기의 정예로움은 때를 가리지 않고 나타나며, 단기(丹器)에 꽃이 피니 가는 곳마다 숭상한다.

천축이 비록 높다 하나 역시 계성(戒性)에 속하는 법, 옥화국 왕자들은 모두가 중화(中和)로 돌아온다.

젊은 왕자 세 형제들은 아연실색, 아무 말도 못 하고 황급히 흙먼지 바닥에 꿇어앉았다. 폭사정에서 시중들던 대소 관원, 내궁의 늙은 친왕은 물론이요, 온 성내의 군민들도 남녀노소, 승니도속(僧尼道俗) 할 것 없이 때아닌 서기와 상운을 보고 놀란 나머지 모두들 하늘을 우러르고 머리가 땅에 닿도록 절하며, 집집마다 염불 소리, 향을 사르는 연기가 피어났다.

법상을 나타내고 귀진(歸眞)하여 뭇 승려를 제도(濟度)하니, 인간 세상에 복을 만들어 청평을 누리게 한다.

이제부터 정과를 거두려는 보리(菩提)의 길에 들어서니, 모두가 참선하고 부처님을 숭배하는 사람들뿐이다.

저마다 웅재를 떨쳐 한바탕 솜씨를 보이고 나서, 세 사람은 드디어 상서로운 구름을 낮추고 병기를 거두어들였다. 그리고 당나라 스님 앞에 돌아와 인사를 하고 재간을 부리도록 허락해주신 스승의 은혜에 거듭 감사드린 후 각각 제자리를 찾아 앉은 것은 더 얘기하지 않겠다.

---

1 원통: 불교 용어로 '주원융통(周圓融通)'의 준말. 부처와 보살의 깨달음의 경지. 절대적 진리는 모든 것에 보편으로 걸쳐져 있다는 뜻.

젊은 왕자 세 사람, 허겁지겁 궁내로 돌아가서 늙은 부왕에게 아뢰었다.

"아바마마! 천만다행으로 기쁜 소식입니다! 불초 소자들도 오늘부터 막대한 공을 세울 수 있겠습니다! 방금 저 반공중에서 한껏 떨치는 솜씨들을 보셨습니까?"

친왕은 어리둥절한 기색으로 되물었다.

"솜씨라니? 나는 그저 반공중에 오색찬란한 채하(彩霞)를 보고 궁궐 안마당에서 너희 어미를 급히 불러내어 여러 사람들과 함께 분향 배례를 올렸다만, 그게 도대체 어느 곳의 신선들이 그토록 한꺼번에 강림하셨는지 모르겠구나."

"어느 곳에서 온 신선들이 아닙니다. 바로 경을 가지러 간다는 스님의 제자들, 하나같이 사납고 추악하게 생긴 그 세 분이었습니다. 한 분은 금테 두른 철봉을 쓰고, 또 한 분은 날이 아홉 달린 쇠스랑을 쓰고, 다른 한 분은 요괴 마귀를 항복시킨다는 보배로운 지팡이를 쓰고 있는데, 저희 세 형제가 쓰는 병기와 털끝만큼도 다르지 않았습니다.

저희가 한 수 가르쳐달라고 청을 드렸더니, 그분 말씀이, '지상은 비좁아서 솜씨를 떨치기 불편하구나. 내가 공중으로 올라가 한 수 놀아볼 테니, 구경들 잘해라' 이러지 않겠습니까. 그리고 세 분이 저마다 구름을 일으켜 타고 허공으로 훌쩍 뛰어오르는데, 온 하늘에 상운이 어렴풋이 떠돌고 서기가 자욱하게 퍼져 나갔습니다. 이제야 구름을 낮추고 내려오셨는데, 모두들 폭사정 안에 앉아 계십니다.

아바마마, 소자들은 얼마나 기쁜지 모르겠습니다. 이제 그분들을 스승으로 모시고 그 솜씨를 배워서 이 나라를 보호하는 데 쓰고 싶습니다. 그렇게만 된다면 실로 막대한 공을 세울 수 있지 않겠습니까! 아바마마께서는 어떻게 생각하시는지요?"

세 아들 모두가 나라를 위해 충성하고 효도할 길을 찾겠다는 데야 마다할 아비가 어디 있으랴. 친왕은 그 말을 진심으로 받아들이고 자청해서 따라나섰다.

옥화왕 부자 네 사람은 탈것도 준비시키지 않고 거창하게 일산(日傘)도 펼쳐 쓰지 않고, 그대로 걸어서 폭사정까지 나아갔다.

이 무렵, 당나라 스님 일행은 행장을 수습하여 길 떠날 준비를 마친 다음, 이제 막 부중으로 들어가 식사를 대접해준 데 대해 감사하고 친왕에게 작별 인사를 하려던 참이었다. 그런데 느닷없이 옥화왕 부자가 허둥지둥 다급한 걸음걸이로 달려와서 정자 안에 들어서기가 무섭게 몸을 굽혀 절하는 것을 보고, 삼장 법사는 깜짝 놀라 엉겁결에 자리를 박차고 벌떡 일어나 답례를 하지 않을 수 없었다. 두 어른이 인사를 나누자, 손행자와 저팔계, 사화상은 선뜻 자리를 비켜 한 곁으로 물러나 서서 빙글빙글 의미심장한 미소를 띠었다.

친왕이 몸을 일으키고 삼장 법사에게 공손히 말씀을 여쭈었다.

"당나라 노 사부님, 과인이 한 가지 부탁드릴 말씀이 있는데, 제자 세 분들께서 과연 들어주실 것인지 모르겠소이다."

삼장 법사는 송구스러워 허리를 굽힌 채 대답했다.

"천세 전하께서 모처럼 분부하시는 일이온데, 불초 제자들이 어찌 감히 복종하지 않으리까."

"과인이 처음 여러분을 만나뵈었을 때에는 그저 머나먼 당나라에서 떠돌아온 한낱 행각승으로만 알고, 사실 과인이 범태육안이라 경솔히 푸대접한 점이 많았소이다. 그런데 방금 스님의 제자 세 분이 공중에서 재간을 부리는 것을 보고야, 비로소 여러분이 신선이요 부처임을 알아보았소. 부탁드릴 일이란 다름아니라, 내 변변치 못한 아들 셋이서 평소 무예를 즐겨왔는데 이제 경건한 마음이 우러나, 스님의 문하 제자가 되어서 무예를 배우고 싶다 하오. 부디 노스님께서는 천지를 활짝 여시는 너그러움으로, 자비의 배〔慈舟〕를 널리 띄우시는 마음으로, 제 자식들에게 무예를 전수해주시고 올바른 길로 이끌어주시기 바라오. 그리하면 과인의 재물을 아낌없이 내어드려 그 은덕에 보답하리다."

손행자가 이 말을 듣더니 껄껄대며 웃음보를 터뜨리고 말했다.

"이 전하란 양반, 일 한번 제대로 할 줄 모르시는군! 우리네 출가한 사람들도 제자 몇씩 두고 가르치고 싶은 것은 사실입니다만, 왕자님들께서 착한 길을 따르겠다면 그만이지, 털끝만큼이라도 보답이나 사례 같은 것을 따지지는 않습니다. 그저 두터우신 정리로 대해주시면 그것으로 만족할 뿐이지요."

친왕은 이 말을 듣고 기뻐 어쩔 줄 모르더니, 그 즉시 명령을 내려 왕부 정전 대청에 큰 잔치를 베풀게 했다. 임금의 명령이 떨어졌으니 우물쭈물할 겨를이 어디 있으랴! 옥화왕부 대소 관원들은 삽시간에 축하 잔치 자리를 완벽하게 마련해놓았다.

오색 비단 장막이 맞물려 바람결에 나부끼고, 향불 연기가 무럭무럭 탐스럽게 퍼져 오른다.

도금한 식탁에는 실타래를 늘어뜨리니, 번쩍번쩍 사람의 눈을 어지럽힌다.

화려하게 옻칠 먹인 의자에 수놓은 비단 덮개를 깔았으니, 좌중의 영광을 한껏 보태준다.

과일은 신선하고, 차와 국물은 끊임없이 향기를 뿜어낸다. 네댓 가지 조촐한 간식이 새뜻하고 달콤하며, 한두 끼니 먹음직스런 만두가 푸짐하고도 깔끔하다.

들기름으로 찌고 꿀로 지진 음식은 더욱 신기하고, 기름에 재고 설탕에 절인 음식은 참으로 맛이 있다.

향기로운 찰벼로 빚은 몇 병의 소주(素酒)를 따라놓으니, 하늘의 신선들이 마시는 옥액경장이 무색할 지경이다.

몇 차례나 따라 올리는 양선(陽羨)의 선다(仙茶)[2]를 손에 받아 들면, 그 향기가 계수나무를 능가한다.

가지가지 음식을 골고루 갖추었으니, 형형색색 모두가 신기한 것들뿐이다.

한편에서는 부르거니 응하거니, 질탕하게 울리는 풍악에 맞추어 노래와 춤이 어우러지고 게다가 연극까지 벌어졌다.

스승과 제자 일행은 옥화왕 부자들과 하루 온종일 한껏 즐겼다. 어느덧 날이 저물어오자 술잔치도 파하고 축하객들은 모두 흩어져 돌아갔다. 친왕은 다시 분부를 내려 폭사정 안에 침대와 휘장을 마련해놓고 스님들을 편히 쉬도록 했다. 그리고 다음날 아침 정성을 다하여 분향한 자리에서 무예를 전수해줄 것을 정식으로 부탁드리기로 했다. 관원들은 친왕의 명령에 따라서 즉시 향기로운 목욕물을 준비하고 당나라 스승 일행을 모셔다가 목욕시킨 다음, 모두들 침실로 돌아갔다.

이윽고 밤이 돌아왔다.

새들이 높은 나뭇가지에 깃들이니 만뢰(萬籟)가 잠잠하고, 시객(詩客)은 잠자리에 누우니 시를 읊던 소리도 끝났다.

은하에 별빛 나타나니 온 하늘이 밝은데, 들판 길 황량하니 수

---

2 양선의 선다: 양선(陽羨) 특산의 이름난 차(茶). 양선은 지금의 강소성(江蘇省) 의흥현(宜興縣) 남부 지역으로, 옛날부터 차의 명산지로 이름을 떨쳐온 고장이다.

풀은 더욱 깊다.

다듬이 소리 별채에서 또닥또닥 들려오니, 관산(關山)[3]은 아득히 멀어 향수(鄕愁)를 자아낸다.

귀뚜라미 울음소리 또랑또랑 울리니 나그네의 심사를 아는 듯, 차가운 침상머리에 찌르르 찍찍 울어대어 꿈속의 넋을 깨뜨린다.

하룻밤이 지나고 이튿날이 되었다. 옥화 친왕 부자들은 아침 일찍 또 부지런히 달려와서 나그네 일행과 문안 인사를 나누었다. 어제 만났을 때에는 삼장이 군왕을 뵙는 예로 대했으나, 오늘만큼은 도리어 스승을 뵙는 예로 받아들이게 되었다.

이윽고 세 왕자가 손행자와 저팔계, 사화상 앞에 나란히 자리 잡고 서서 머리를 조아려 큰절을 올렸다. 사제지간의 예절을 갖춘 다음, 그들은 새로운 스승에게 여쭈었다.

"사부님들의 병기를 꺼내셔서 저희들에게 좀 보여주십시오."

기분이 한껏 좋아진 저팔계가 먼저 쇠스랑을 선뜻 꺼내더니 땅바닥에 던졌다. 사화상도 항요보장을 던져 담 모퉁이에 비스듬히 기대놓았다. 둘째 왕자, 셋째 왕자가 옳다꾸나 싶어 당장 뛰어가서 집어들려고 했으나, 마치 잠자리가 돌기둥을 건드리듯 쇠스랑과 지팡이는 꼼짝달싹도 하지 않았다. 목덜미에 핏대를 세우고 얼굴이 시뻘개지도록 용을 써보았지만 그것들은 털끝만큼도 흔들리지 않았다.

첫째 왕자가 보다 못해 고함쳐 아우들을 제지했다.

"얘들아, 공연히 힘쓰지 말아라! 헛수고야. 사부님의 병기는 하나같이 신병이기라, 그 무게가 얼마나 되는지 모르지 않느냐?"

---

[3] 관산: 관산(關山)이란, 아득히 멀고 먼 고향 또는 고국의 산천, 또는 머나먼 길 험난한 산천에 가로막혀 보고 싶은 사람을 만나보지 못하게 된 안타까움을 뜻한다.

그리고는 스승의 눈치를 살폈다. 무게를 알려달라는 기색이다. 저 팔계가 빙글빙글 웃으면서 대답해주었다.

"내 쇠스랑은 무게가 대단할 것도 없지! 자루까지 합쳐서 불경일장 (佛經一藏)의 수효에 따라 오천 하고도 마흔여덟 근밖에 안 된다네."

셋째 왕자는 사화상에게 여쭈었다.

"사부님의 보장은 얼마나 무겁습니까?"

사화상은 빙긋 웃으며 대답했다.

"내 것도 오천 마흔여덟 근이라네."

큰 왕자도 궁금증을 참지 못하고 스승에게 금테 두른 철봉을 보여달라고 여쭈었다. 손행자는 귓속에서 수놓는 바늘 한 개를 꺼내더니, 맞바람결에 쐬면서 번쩍번쩍 휘둘러 보였다. 그랬더니 바늘은 삽시간에 밥 공기만큼이나 굵어졌다. 길이는 물론 쓰기 알맞게 1장 2, 3척, 그는 여의금고봉을 새로 받아들인 제자의 눈앞에 꼿꼿이 세워놓았다.

늙은 친왕과 세 왕자들은 아버지 아들 할 것 없이 모두 겁을 집어먹고, 수행하던 관원들 역시 하나같이 두 다리에 맥이 탁 풀리고 가슴살이 떨려왔다.

왕자 세 형제는 새삼스레 큰절을 드리며 조심조심 여쭈어 물었다.

"저(豬)사부님과 사(沙)사부님의 병기는 모두 허리춤에 차고 계셔서 언제든지 꺼내 쓰실 수가 있는데, 손(孫)사부님의 것은 어떻게 귓속에서 꺼내십니까? 그리고 바람결에 흔들자마자 굵고 길어지는 것은 무슨 까닭입니까?"

손행자도 껄껄껄 너털웃음을 터뜨리며 자랑 삼아 대답한다.

"그대들은 모를 테지. 내 이 철봉은 보통 아무 데서나 얻을 수 있는 쇳덩어리가 아닐세. 이 철봉의 내력을 말해줄 테니 모두 잘 들어보게나!……"

홍몽(鴻濛)이 처음으로 갈라져 나뉘었을 때 쇠를 녹여서, 위대한 신인(神人) 우(禹) 임금께서 손수 만드신 것이라네.

호수와 바다, 강물과 하천의 깊고 얕음을, 이 철봉으로 재어보셨다.

산악을 개척하고 홍수를 다스려 태평성대가 이루어졌을 때, 철봉은 동양 대해로 흘러 들어가 바다 밑 해궐(海闕)을 진압했다.

오랜 세월 해가 깊어 채색 노을 방출하니, 저절로 늘어났다 줄어들었다 하며 깨끗한 빛을 쏘아낼 수 있게 되었다.

손선생이 연분 있어 그것을 얻어 가지니, 변화무궁하여 입으로 비결을 외우는 대로 따라 바뀐다.

커져라 하면 우주에 가득하고, 작아져라 하면 한 가닥 바늘만 해진다.

철봉의 이름은 여의(如意)요 별명은 금고(金箍)이니, 천상이나 인간 세상에 오로지 하나뿐인 절품이라 일컫는다.

무게는 1만 3천 5백 근이요, 굵어지기도 하고 가늘어지기도 하며 있다가도 없어지고 없다가도 생겨난다.

일찍이 나를 도와 천궁을 뒤집어엎기도 했으며, 나를 따라 염라대왕의 대궐을 들이친 적도 있었다.

호랑이를 굴복시키고 용을 항복시키니 가는 곳마다 길이 통하고, 마귀를 단련하고 괴물을 잡아 없애니 방방곡곡이 훤히 뚫렸다.

철봉 끄트머리 들어서 한번 가리키면 태양이 어두워지고, 천지의 귀신들이 모조리 겁을 먹고 몸서리를 친다.

혼돈의 시절부터 오늘날에까지 전해 내리니, 애당초 범속한 인간 세상의 무쇠가 아니다.

옥화 친왕은 한 구절 읊어 내릴 때마다 머리 조아려 절하기를 끝낼 줄 몰랐다. 세 왕자 역시 손행자 앞에 거듭거듭 예배하며, 경건한 마음으로 가르침 받기를 청하였다.

손행자는 세 젊은이에게 물었다.

"그대들 셋이 어떤 무예를 배우고 싶은가?"

"곤봉을 쓰는 사람은 곤법(棍法)을 배우고자 하오며, 쇠스랑 쓰는 사람은 쇠스랑 다루는 법을, 지팡이 쓰기를 좋아하는 사람은 지팡이 다루는 법을 배우고자 원하나이다."

간단한 대답에, 손행자가 웃었다.

"가르쳐주기는 쉬우나, 그대들에게 힘이 없어서 우리 세 사람의 병기를 다루지 못할 것이다. '호랑이를 그리려다 못 그리면 오히려 개 모양을 닮는다(畵虎不成反類狗)'는 말처럼, 설령 솜씨는 배운다 해도 겉모습만 그럴듯할 뿐, 실력을 제대로 발휘할 수 없을지도 모른다. 옛 사람의 말씀에도, '가르침이 엄격하지 못하면 그것은 스승이 게으른 탓이요, 학문을 이루지 못하면 그것은 제자의 책임이라(訓敎不嚴師之惰, 學問不成子之罪)' 하였다. 그대들이 성실한 마음을 지녔다 하니, 이제 향을 사르고 천지 신령에게 예배를 드릴 것이다. 그리하면 내가 우선 그대들에게 신력을 다소 불어넣어주고 나서, 다시 무예를 전수해줄 수 있을 것이다."

젊은 왕자 세 형제는 이 말을 듣고 가슴 뿌듯한 기쁨을 느꼈다. 그들은 손수 향안을 떠메다 놓고 깨끗이 씻은 손으로 분향하며 하늘을 우러러 예배하였다. 절을 마치자 그들은 스승에게 술법을 전수해달라고 청하였다.

손행자는 돌아서서 당나라 스님께 예를 행하고 공손히 여쭈었다.

"사부님께 아뢰오니, 불초 제자의 죄를 용서하소서. 지난날 양계산에서 사부님께서 크나크신 덕으로 제자를 구하여 재난에서 벗어나게 해주시고, 사문(沙門)의 가르침을 받들어 줄곧 서쪽으로 오게 되었나이다. 비록 사부님의 은혜에 만족스런 보답을 드리지는 못하였다 할지라도, 물을 건너고 산을 넘어오는 동안 제 나름대로 온갖 심력을 다 기울였사옵니다.

이제 불국의 고장에 와서, 다행히도 어질고 현명한 임금과 세 왕자님들을 만나게 되어 저희들에게 절하고 무예를 배우려 합니다. 저들이 이미 저희들의 제자가 되었으니, 곧 우리 사부님께는 도손(徒孫)이 됩니다. 사부님께 삼가 이런 뜻을 여쭈오니, 바라옵건대 저희들이 무예를 전수하도록 허락을 내려주소서."

이어서 저팔계와 사화상이 먼저 대사형인 손행자에게 절하고 다시 돌아서서 삼장에게 머리 조아려 아뢰었다.

"사부님, 저희들은 어리석고 말주변도 없사옵니다. 그저 바라옵건대 사부님께서는 법위(法位)에 높이 앉으셔서, 저희 두 사람이 제자를 받아들이고 재롱을 한 수 떨어보게 허락해주신다면, 이 또한 서방 세계로 가는 도중에 추억으로 남길 만한 일이 될까 하옵니다."

삼장 법사는 이들의 간청을 흔쾌히 승낙했다.

손행자는 그제야 세 왕자들에게 모두 폭사정 뒤편 조용한 사원으로 자리를 옮기라 분부하고, 그 언저리에 천강북두(天罡北斗)를 그린 다음, 세 사람더러 그 한복판에 엎드려서 눈을 감고 정신을 통일하여 명상에 잠기게 했다. 그리고 이편에서는 아무도 모르게 진언을 읽고 주어를 외우면서 한 줄기 선기를 심장과 배 한가운데 불어넣고 이들의 원신(元神)을 거두어 본사(本舍)로 돌아가게 해놓고 구전으로 비결을 가르쳐주어서 저마다 수천 수만 근의 기본 체력을 얻게 한 다음, 여기에 화후(火

候)⁴를 적당히 보태주었으니, 이는 탈태환골(脫胎換骨)의 과정이나 별로 다를 바 없는 수법이었다.

정북(正北)에서 정남(正南)으로, 천강북두가 자오(子午)를 한 바퀴 돌고 났을 때, 세 왕자는 비로소 혼수 상태에서 깨어나 눈을 뜨고 일제히 엉금엉금 기어 일어났다. 두 손바닥으로 얼굴을 비벼대어 정신이 번쩍 들고 보니, 세 젊은이는 하나같이 골격이 건장해졌으며 육체 또한 굳세어졌다. 첫째 왕자는 1만 3천 5백 근짜리 여의금고봉을 선뜻 집어들고, 둘째 왕자는 아홉 이빨 달린 쇠스랑을 휘두를 수 있게 되었으며, 셋째 왕자도 무게가 5천 마흔 여덟 근이나 되는 항요보장을 거뜬히 집어 들 수 있었다.

늙은 부왕은 세 아들이 엄청난 뚝심으로 스승의 병기들을 손쉽게 다루는 것을 보자, 기쁨을 이기지 못하고 또다시 소찬으로 사은의 잔치를 베풀어 이들 스승과 제자 네 사람에게 감사의 뜻을 표했다. 잔치 자리 앞마당에서는 손행자와 저팔계, 사화상이 저마다 새로 얻은 제자들에게 무예를 전수하고, 제자들은 열심히 스승의 재간을 따라 배웠다. 철봉을 쓰는 사람은 철봉을, 쇠스랑을 쓰는 사람은 쇠스랑을, 지팡이를 쓰는 사람은 지팡이를 다루면서 제각기 솜씨를 자랑하고 뽐내 보였다. 비록 몇 가지 회전 동작과 몇 가지 술법을 부리는 데 지나지 않았으나, 세 왕자들은 끝내 범속한 인간들이라 어느덧 힘에 버거움을 느끼고 한 수를 배우고 났을 때는 벌써 씨근벌떡 숨이 차서 오랜 시간을 견뎌내지 못

---

4 화후: 도교에서 '화후(火候)'는 연단술(煉丹術)에 쓰이는 용어. 외단(外丹)의 경우, 단약을 구워 만드는 과정에서 화력(火力)의 운용을 조절하는 단계를 가리킨다. 화(火)란 곧 태양의 진기이며, 하루를 12시진(時辰)으로 삼고 60시진의 끝을 1갑자(甲子)로 삼기 때문에, 닷새를 1후(候)로 쳐서 아홉 차례를 돌아야 '구전단(九轉丹)'을 이룰 수 있다고 하였다. 내단(內丹)의 경우 '화'는 곧 심(心)에서 생겨나는 신(神)과 의지, 상념을 가리키며, 금단을 단련하는 과정에서 의지와 상념을 장악하는 법칙의 척도를 화후로 삼는다고 한다.

하였다. 이러니 스승들의 병기에는 모두 변화술법이 있어 그 수법에 따라 공수진퇴(攻守進退)가 자연스럽게 풀려 나오게 된 것을 짧은 시간에, 그것도 범부(凡夫)의 재간으로야 어찌 그 묘리(妙理)를 터득할 수 있겠는가!

이렇게 해서 그날의 잔치는 끝이 났다.

다음날 세 왕자는 또 찾아와서 감사를 표하더니 이렇게 여쭈었다.

"신승 사부님께서 기본 체력을 넣어주신 덕분에 비록 사부님들의 병기를 휘두를 수는 있게 되었으나, 자유자재로 다루기가 몹시 어렵습니다. 대장장이를 시켜서 사부님들 것과 똑같은 모양으로 병기를 만들되 무게를 가볍게 줄여서 쓰고 싶은데, 사부님들께서 승낙해주실 것인지 모르겠습니다."

저팔계가 먼저 인심 좋게 허락을 내린다.

"좋다, 좋아! 아무렴, 좋고말고! 그럴듯한 얘기다. 우리 병기는 너희들이 제대로 다룰 수도 없거니와 또 우리가 부처님의 법을 보호하고 요마를 항복시키는 데 써야 하기 때문에, 너희들 것을 따로 만들어야 옳겠다."

친왕은 이 얘기를 전해 듣고 즉시 대장장이를 불러서 강철 1만 근을 사들여 넘겨주고, 곧바로 왕부 안마당에 대장간을 차려놓고 병기를 만들게 했다. 명령을 받은 대상상이는 풀무와 화덕을 설치해놓고 주조(鑄造)할 채비를 갖추었다.

첫날은 강철을 불에 넣어 달구고, 다음날은 손행자 일행 세 사람을 모셔다가 여의금고봉과 쇠스랑, 그리고 항요보장을 대장간에 꺼내놓고 똑같은 모양으로 두드려 만들기 시작했는데, 밤낮을 가리지 않고 일을 하느라 손행자 일행은 병기를 회수하지 않고 대장간 벽에 기대두었다.

그런데 여기서 엉뚱한 일이 터지고 말았다. 본디 이 병기들로 말하자면 세 사람이 자나깨나 몸에 지녀야 하는 보물로서 일각이라도 신변에서 떨어져본 적이 없는 호신 병기라, 몸에 지니고 있는 동안에는 저절로 휘황찬란한 광채를 쏟아내어 주인을 보호하던 것인데, 이제 대장간에 며칠씩이나 내버려두어도, 그 노을 빛은 여전히 만 가닥으로 뿜어 나와 하늘을 무찌르고, 상서로운 기운이 천 줄기로 대지를 온통 뒤덮고 있었던 것이다.

공교롭게도 옥화현 현성으로부터 겨우 70리쯤 떨어진 곳에 표두산(豹頭山)이란 산이 있고, 그 산중에는 호구동(虎口洞)이란 동굴이 하나 있었다. 이 동굴에 사는 요괴 한 마리가 그날 밤 하릴없이 앉아 있다가 난데없는 노을 빛과 상서로운 기운이 하늘에 뻗쳐오르는 것을 보고 당장 구름을 일으켜 타고 날아왔다. 광채가 빛나는 곳을 쫓아와 보니, 그곳은 옥화현 왕부였다. 요괴는 구름을 낮추고 대장간 안으로 숨어 들어갔다. 상서로운 기운과 노을 빛을 발하고 있던 보배는 다름아닌 세 가지 병기였다.

요괴는 기쁘기도 하려니와 희귀한 보배를 눈앞에 두고 보니, 탐이 나는 것을 억제할 수가 없었다.

"이것 봐라, 참으로 굉장한 보배로구나! 굉장한 보배야! 누가 쓰는 것인지는 몰라도 이런 곳에 내버려두다니…… 역시 나하고 인연이 있는 모양이다. 그렇다, 내가 슬쩍 챙겨 가지고 가야겠다! 손에 먼저 넣는 놈이 임자 아닌가?"

욕심이 발동한 요괴는 그 즉시 사나운 돌개바람을 일으켜서 세 가지 병기를 한꺼번에 채뜨려 가지고 곧바로 의기양양하게 제 소굴로 돌아가버렸다.

이런 말이 있다.

"도(道)는 모름지기 눈 깜짝할 사이에라도 떨어질 수 없는 것이니, 떨어질 수 있다면 그것은 이미 도가 아니다.

신병 이기가 한순간에 모조리 사라졌으니, 모든 참수(參修)가 헛수고요 물거품으로 돌아갔구나."

손행자 일행이 장차 도둑맞은 병기들을 어떻게 찾을 수 있을 것인지, 다음 회에서 풀어보기로 하자.

제89회 황사 요괴는 훔쳐 온 병기 놓고 축하연을 베풀고, 손행자와 저팔계, 사화상은 계략으로 표두산을 뒤엎다

부중에 설치된 대장간의 철공(鐵工) 몇 사람은 하루 온종일 고된 일에 시달리던 끝이라, 밤만 되면 어둡기가 무섭게 잠에 곯아떨어졌다.

그날도 동녘이 훤히 밝아오자, 이들은 잠자리를 털고 일어나 작업을 시작했는데, 차양 밑에 세워둔 견본용 병기 세 자루가 보이지 않았다. 깜짝 놀란 철공들은 두 눈이 휘둥그레져서 사방으로 찾아 헤매기 시작했다.

때마침 부지런한 세 왕자가 궁궐에서 나왔다. 철공들은 일제히 머리 조아려 절하며 하소연을 했다.

"왕자님, 신승 사부님들의 병기 세 자루가 모두 어디로 갔는지 모르겠습니다!"

왕자들은 이 말을 듣고 가슴이 덜컥 내려앉았다.

"아뿔싸, 사부님들이 간밤에 거두어 가지고 떠나셨나보다."

허둥지둥 폭사정 침소로 달려가 보니, 당나라 스님이 타고 가실 백마는 여전히 복도 난간에 매여 있다. 그제야 가슴을 쓸어 내리기는 했으나 병기의 행방이 궁금한 터라, 오래 기다리지 못하고 침소 안을 향해 소리쳐 불렀다.

"사부님, 아직도 주무십니까?"

안에서 사화상의 목소리가 들려나온다.

"아침 일찍 웬일들인가? 우리는 다 일어났네."

문이 열리고 세 왕자를 들여보냈다. 그러나 침소에도 병기는 보이지 않았다. 세 왕자는 당황한 기색으로 여쭈었다.

"사부님의 병기를 모두 거둬오시지 않았습니까?"

이 물음에 손행자가 먼저 펄떡 뛰어 일어났다.

"아니, 가져오지 않았는데?"

"간밤에 병기 세 자루가 모두 없어졌습니다."

이번에는 길게 누워 있던 저팔계가 후닥닥 뛰어 일어났다.

"내 쇠스랑은?"

"방금 저희들이 가보았더니, 철공들이 병기가 없어졌다면서 이리저리 찾아다니고 있었습니다. 저희는 혹시 사부님들께서 거두어가지 않으셨나 해서 이렇게 여쭈어보러 온 겁니다. 사부님들의 보배는 길어지기도 하고 사라지기도 하니까, 신변 어딘가 감춰두시고 이 제자들을 놀리시려는 것은 아니겠지요?"

손행자는 심각한 기색으로 일어섰다.

"정말 가져오지 않았네. 우리 모두 나가서 찾아보세!"

대장간에 나가보았더니 철공들만 갈팡질팡 찾아 헤매고 있을 뿐, 과연 병기들은 어느 구석에도 보이지 않았다.

저팔계는 노발대발, 무섭게 설쳐대며 악을 썼다.

"보나마나 이 대장장이 녀석들이 훔쳐간 거야! 이놈들, 어서 빨리 내놓지 못하겠어? 어물어물했다가는 모조리 때려죽일 테다! 때려죽이고 말겠다!"

철공들은 혼비백산을 해 가지고 그 자리에 엎드린 채 머리를 조아려가며 눈물을 뚝뚝 떨구었다.

"나으리! 저희들은 날마다 하루 온종일 고된 일을 해온 터라, 밤만 되면 세상 모르게 곯아떨어졌습니다. 날이 밝아서 일어나 보니 병기 세 자루가 온데간데없이 사라졌습니다. 저희들은 하나같이 평범한 속물들인데, 그 엄청나게 무거운 것들을 어찌 건드려볼 수나 있겠습니까? 나으리, 제발 목숨만 살려주십쇼! 살려주세요!"

손행자가 말은 없으나, 속으로 자신을 원망하고 있었다.

"역시 우리 잘못이다. 견본을 보여주었으면 곧바로 회수해서 신변에 지녔어야 할 것을, 어쩌자고 이런 곳에다 방치해두었단 말인가? 그 보배들은 광채를 쏘아내니, 아마도 어떤 못된 놈이 그 빛을 보고 놀라서 간밤에 숨어 들어와 훔쳐간 모양이다."

하지만 미련퉁이 저팔계 녀석은 이 말을 믿지 않고 끝까지 철공들을 지목했다.

"형님, 그게 무슨 말씀이오? 이렇듯 태평스러운 고장에, 그것도 깊은 산중, 벌판도 아닌데, 이런 곳에 무슨 놈의 악당이 찾아들겠소? 분명히 저 대장장이 놈들이 우리 병기가 광채를 내는 것을 보자 보배인 줄 알고 못된 마음으로 욕심을 내어서, 간밤에 패거리들을 끌어들여다가 밤새껏 떠메거나 끌어내거나 해서 왕부 바깥으로 훔쳐간 게 틀림없소! 이놈들을 잡아 꿇려놓고 족쳐댑시다, 족쳐대요!"

대장장이들은 그저 땅바닥에 이마를 조아려가며 하늘을 두고 맹세할 따름이다.

한창 소란을 떨고 있으려니 친왕이 나타났다. 그 역시 사건을 물어보고 깜짝 놀라 얼굴빛이 하얗게 질린 채 한동안 말을 하지 못했다. 얼마쯤 있다가 겨우 입을 열어 이렇게 변명을 늘어놓았다.

"신승 사부님들의 병기는 범상한 물건들과 달라서, 보통 사람의 힘으로는 백 수십 명이 달라붙는다 하더라도 끄떡할 수 없는 것이외다. 더구나 과인이 이 성에 살아온 지도 벌써 오 대째가 되었는데, 대담하게 허풍을 떨자는 것이 아니라 과인도 제법 어질게 다스린다는 이름을 떨쳐온 까닭에, 성내의 군민들이 내 법도를 몹시 두려워하고 있는 실정이오. 그러니 절대로 못된 마음을 일으키지는 않았으리라 믿소. 신승 사부님들께서도 이 점을 다시 한 번 잘 생각해주시기 바라오."

손행자가 떨떠름하게 웃으면서 말했다.

"더 생각해볼 것도 없습니다. 그리고 애꿎은 대장장이를 들볶을 것도 없고요. 제가 전하께 한 가지 여쭤볼 것이 있는데, 혹시 이 성 근처에 산중이나 숲 속에 요괴 같은 것이 없습니까?"

친왕은 잠시 무엇인가 생각해보더니 이내 무릎을 탁 쳤다.

"신승 사부님께서 제대로 물으셨습니다. 이 성 북쪽에 표두산이 있고 그 산중에 호두동이란 동굴이 하나 있소이다. 가끔가다 그 동굴에 신선이 산다는 말도 들리고, 호랑이 소굴이란 사람도 있고, 요괴가 들어앉았다는 사람도 있었소. 과인은 아직 그 정체를 확인해보지 않았으니, 그게 무엇인지 모르고 있는 실정이오."

"하하! 그렇다면 더 말씀하실 것도 없습니다. 반드시 그쪽의 몹쓸 놈이 우리 병기가 모두 보배란 것을 알아 가지고 밤새 도둑질해 간 것이 분명합니다."

말을 마치자, 그는 두 아우를 불렀다.

"팔계, 사화상! 자네 둘은 여기서 사부님을 모시고 전하의 성지를 보호하고 있게. 이 손선생이 한번 찾아보고 오겠네."

그리고 다시 대장장이들더러 화덕의 불을 끄지 말고 그대로 쇠를 달구면서 기다리라고 당부해두었다.

용감무쌍한 원숭이 임금은 스승과 작별하고 휘파람 소리 한번에 벌써 형체도 그림자도 없이 사라져버렸다.

성에서 표두산까지 실제 거리는 겨우 30리 남짓, 눈 깜짝할 사이도 없이 산봉우리에 도달한 그는 이마에 손바닥을 얹고 이리저리 살펴본 끝에, 과연 요사스런 기운이 다소 감돌고 있는 것을 느낌으로 알아보았다.

산중 늦가을 경치는 언제 보아도 새로웠다.

용맥은 하염없이 길게 뻗고, 지형은 아득히 멀고도 광대하다.
붓끝처럼 뾰족한 봉우리가 꼿꼿이 뻗쳐 하늘 높이 박혔는데, 가파른 절벽 아래 골짜기 냇물은 좔좔 급히 흘러내린다.
산 앞에는 요초가 부드럽게 깔려 잔디밭을 이루고, 산 뒤편에는 이름 모를 꽃들이 화려하게 비단 폭을 펼쳐놓았다.
아름드리 키 큰 소나무, 해묵은 잣나무 숲, 그리고 메마른 고목들과 줄기줄기 뻗어 오른 대나무 숲.
갈가마귀, 산까치 떼는 제멋대로 날며 지저귀고, 들판에 두루미와 야생 원숭이 떼는 저마다 구성진 울음소리 길게 토해낸다.
낭떠러지 밑에는 고라니와 사슴 떼가 쌍쌍이 거닐고, 깎아지른 절벽 앞에는 오소리와 여우가 짝지어 도사렸다.
울퉁불퉁 멀리 뻗어나간 등성이는 용이 기어오는 듯, 꾸불텅꾸불텅 아홉 굽이 감돌아 나가는 골짜기 지맥 아래로 잦아든다.
줄기줄기 뻗어 내린 구릉이 옥화주에 잇닿았으니, 만고 천추에 흥겨운 승경이라 하겠구나.

손행자가 경치를 보느라 정신이 팔렸는데, 갑자기 산등성이 뒤편에서 두런두런 사람의 기척이 들려왔다. 흘끗 고개를 돌려보니, 다름아니라 바로 늑대의 머리 모양을 한 요괴 두 마리가 또랑또랑한 목소리로 얘기를 주고받으며 서북쪽을 향해 걸어가고 있었다.

손행자는 속으로 짐작이 갔다.

"저것들은 이 산을 순찰 도는 괴물이 분명하구나. 어디 이 손선생께서 따라붙어 무슨 얘기들을 하는지 엿들어봐야겠다."

그 즉시 인결을 맺고 주어를 외우며 몸뚱이 한번 꿈틀하니, 어느덧 한 마리의 나비로 둔갑을 했다. 날개를 활짝 펼치고 나풀나풀 뒤쫓아가는 모습이 그야말로 맵시가 있다.

한 쌍의 분 바른 날개, 두 가닥 은빛 수염 길게 드리웠다.
바람을 타고 날면 빠르고, 햇볕 쬐며 춤을 추면 느릿느릿 게을러진다.
물 건너고 담 너머 질풍같이 빠져 달아나는가 하면, 꽃향기 훔치고 꽃술을 지분거리며 장난질 치니 즐겁기 이를 데 없다.
가벼운 몸에 싱싱한 꽃송이 맛을 제일 좋아하니, 아담한 자태와 꽃다운 성정을 지녀 한가로이 놀아난다.

나비로 둔갑한 손행자가 요괴의 머리 위에 사뿐히 내려앉아 날갯짓을 팔락거리며 엿들자니, 두 마리 가운데 한 놈이 버럭 큰소리쳐서 동료를 부른다.

"둘째 형님, 우리 대왕님은 날마다 운수가 대통하시는구려. 지난달에는 미녀를 하나 동굴 속에 잡아다놓고 재미를 보시더니, 어젯밤에는 또 병기를 세 가지씩이나 얻어오셨는데, 그것이 값을 매길 수도 없는 보배라지 않소? 그러니까 내일 아침에 '정파회(釘鈀會)'란 이름으로 축하 잔치를 벌인단 말씀이야! 하하, 우리도 한턱 얻어먹을 수는 있겠지?"

그러자 다른 한 녀석이 그 말을 받는다.

"우리도 재수가 좀 있는 편이지. 그래서 이렇게 은전 스무 냥씩 가지고 돼지와 양을 사러 가는 길이 아닌가. 이제 동북쪽 장터에 가서 우선 술이나 몇 항아리 마시기로 하세. 물건을 사거든 가짜 계산서를 만들어 가지고 한 두서너 냥쯤 빼돌려 호주머니에 챙겨두었다가, 두툼한 솜옷 한 벌씩 사 입고 올 한 해 겨울을 뜨뜻하게 보내면 오죽 좋겠나?"

두 요괴가 주거니받거니 낄낄대면서 큰길에 오르더니, 날렵한 걸음걸이로 휑하니 사라져버렸다.

손행자는 속으로 기뻐 어쩔 바를 몰랐다. '정파회'라면, 그것은 저 팔계의 호신용 병기 아홉 이빨 달린 쇠스랑을 놓고 축하 연회를 베풀겠다는 말이 아닌가? 귀한 소식을 알아낸 그는 당장 두 졸개 요괴 녀석을 뒤쫓아가서 때려죽일까도 생각했으나, 수중에 병기가 없으니 어떻게 건드려볼 엄두가 나지 않았다. 그래서 궁리한 끝에 요괴들을 앞질러 날아가서 본래의 모습을 드러내고 길 한복판에 우뚝 서서 기다렸다. 이윽고 두 요괴들이 가까이 다가오자, 그는 술법이 걸린 침을 한 모금 냅다 뿜어내면서 외마디 소리로 주어를 외웠다.

"오무타리(唵吽咜唎)!"

그것은 상대방의 육신을 꼼짝 못하게 굳혀놓는 정신술법(定身術法)이었다. 아니나 다를까, 주술에 걸린 늑대 머리통의 두 요괴는 그 자리에 못이 박힌 채, 두 눈만 멀뚱멀뚱 뜬 채로 입도 벌리지 못하고 두 다리로 꼿꼿이 버텨 서 있었다. 손행자는 두 녀석의 다리를 걸어 자빠뜨려 놓고 옷자락을 헤쳐 뒤져대기 시작했다. 과연 이들의 몸뚱이에서는 은전 스무 냥이 나오고, 허리춤에 멜빵 달린 무명 자루 한 개, 그리고 뽀얗게 분칠한 명패를 하나씩 차고 있었는데, 그 명패에 하나는 '조찬고괴(刁鑽古怪)', 또 한 개에는 반대로 뒤집어서 '고괴조찬(古怪刁鑽)'이란 이름 넉 자씩이 씌어 있었다.

앙큼스런 손대성, 배짱 좋게 은전 스무 냥부터 챙겨 넣고 그 다음에는 명패를 끌러서 제 허리춤에 차고, 후딱 발길을 되돌려 옥화성으로 돌아온 것은 물론이다.

　왕부에 들어서서 친왕 부자와 당나라 스님, 그리고 대소 관원들, 대장간의 철공들을 모아놓고 한바탕 자랑 삼아 떠벌렸더니, 저팔계가 낄낄대며 묻는다.

　"그러면 그렇지! '정파회'라고 이름을 붙였다면 이 저선생의 보배가 형님이나 사화상 것보다 낫다는 얘기가 아니겠소? 내 쇠스랑에서 쏟아져 나오는 노을 빛과 광채를 보고 놀랐으니까, 돼지와 양을 사다 잡아놓고 축하 잔치를 베풀겠다는 얘기 아니오? 한데, 이제 그것을 어떻게 되찾아올지 모르겠소."

　손행자는 고개를 끄덕이면서 이런 계책을 냈다.

　"우리 형제 셋이서 모두 가세. 이 은전 스무 냥은 돼지와 양을 사오라고 주어보낸 돈이니까 우선 고생하는 대장장이들에게 상으로 나눠주고, 친왕 전하께 따로 돼지 몇 마리와 양을 마련해달라고 하세. 그리고 팔계, 자네는 '조찬고괴'로 둔갑하고, 나는 '고괴조찬'으로 둔갑할 테니, 사화상은 돼지와 양을 파는 장사꾼으로 변장하게. 그래서 한꺼번에 호구동으로 들어간 다음, 적당한 기회를 보아서 병기를 되찾아 가지고 그놈의 요괴들을 모조리 때려죽이고 돌아오세. 그리고 행장을 수습해 떠나면 그만 아닌가?"

　사화상이 웃으며 탄복했다.

　"그것 참 묘한 계책이오! 정말 기발한 생각이야! 늦으면 안 되니, 어서 빨리 떠납시다!"

　친왕도 그 계책대로 당장 심부름꾼을 시켜서 돼지 일고여덟 마리와 양을 네댓 마리 사오게 했다.

　이들 세 형제는 스승과 작별한 후 일단 성밖으로 벗어난 다음, 저마다 신통력을 써서 둔갑하기 시작했다.

저팔계가 난처한 기색으로 손행자를 돌아보고 물었다.

"형님, 나는 아직 '조찬고괴'인지 뭔지 하는 놈을 본 적이 없는데, 어떻게 그놈의 모습으로 둔갑한단 말이오?"

손행자는 자신 있게 대답했다.

"염려 말게. 그 요괴는 이 손선생께서 정신술법을 써 가지고 그 자리에 꼼짝달싹 못하게 묶어두었네. 아마 내일 이맘때나 되어야 깨어날걸세. 내가 그놈의 얼굴 모습을 기억해두었으니, 자네 이리 가까이 와서 서보게…… 가만 있거라…… 어떻게 둔갑시킨다?…… 옳거니, 이렇게, 저렇게…… 됐네! 이만 하면 그놈의 모습을 떠내다 박아놓은 셈이로군!"

손행자가 얼굴을 매만지는 동안, 이 미련퉁이도 가만 있지 않고 중얼중얼 주어를 외우더니, 사형의 입김이 쏘여지는 순간에 어느덧 '조찬고괴'의 모습으로 감쪽같이 바뀌어 있었다. 손행자는 미리 준비했던 명패를 허리띠에 채워주었다. 그 동안, 사화상은 벌써 돼지나 양을 파는 장사꾼 차림새로 변장하고 기다렸다.

이윽고 세 사람은 돼지와 양 떼를 몰아 큰길로 나서서 곧장 표두산을 바라고 달려갔다. 얼마 안 있어 산속 으슥한 계곡으로 들어섰더니, 또 한 마리의 부하 요괴와 맞닥뜨리게 되었다. 생김새가 어지간히 사납고 흉악스러운 몰골이었다.

뒤룩뒤룩하는 고리눈 한 쌍이 등잔불처럼 번쩍거리고,
시뻘건 터럭이 머리에 온통 가시처럼 돋아나 흡사 불꽃을 나부끼는 듯하다.
벌겋게 주독이 오른 딸기코, 비뚤어진 입술에 뻐드렁니가 날카로운데, 축 늘어진 두 귀뿌리, 펑퍼짐한 이마빼기, 낯짝은 부종(浮

腫)이 들었는지 푸르뎅뎅하게 들떴다.

　　몸에는 옅은 황색 옷을 걸치고, 두 발에는 왕골로 엮은 사포리(莎蒲履) 한 켤레를 신었다.

　　으쓱대고 뻐기는 품이 흉신이나 다름없고, 허둥지둥 급히 달려가는 걸음걸이가 악귀를 닮았다.

　이 괴물은 왼편 겨드랑이 밑에 채색 칠한 문갑을 끼고 오다가, 손행자와 딱 마주치더니 반갑게 소리쳐 불러 세웠다.

　"여어, 고괴조찬! 자네 둘이서 돌아오는 길인가? 그래, 돼지하고 양은 몇 마리나 사왔나?"

　손행자는 손가락으로 짐승들을 가리켜 보였다.

　"여기 몰고 가는 게 바로 그것 아닌가?"

　요괴가 낯선 사화상을 발견하고 의아스레 다시 묻는다.

　"아니, 이분은 뉘신가?"

　"돼지하고 양을 파는 장사꾼일세. 은전 몇 냥이 모자라기에, 집에 가서 주마고 데려가는 길이라네. 한데, 자넨 지금 어딜 가는 길인가?"

　손행자는 시침 뚝 떼고 되물었다.

　"나 말인가? 죽절산(竹節山)으로 노 대왕님을 모시러 가네. 내일 아침 연회에 나오시라는 청첩장을 가지고 가는 길이지."

　손행자는 그놈의 말투를 흉내내면서 다시 물었다.

　"모두 몇 사람이나 초청하셨는가?"

　"노 대왕님을 주빈으로 청해서 상석에 모시고, 우리 산 대왕님에 두목들까지 합치면 모두 마흔 몇 분쯤 될 걸세."

　한창 얘기를 나누고 있는데, 저팔계가 불쑥 한마디 던졌다.

　"자, 어서 가세 가! 돼지와 양 떼가 사방으로 뿔뿔이 흩어져 달아나고 있네!"

손행자는 저팔계를 향해 손등을 홰홰 내저으며 이렇게 말했다.

"자넨 가서 짐승들이나 몰아오게. 난 이 친구한테 청첩장 구경을 시켜달라고 해야겠네."

요괴는 이 말을 듣더니, 모두들 한집안 식구라 의심할 것도 없이 문갑을 풀어서 뚜껑을 열고 선선히 청첩장을 꺼내주었다.

손행자가 펼쳐보니, 거기에는 이런 내용이 적혀 있었다.

내일 아침에 삼가 주효(酒肴)를 다소 갖추어 '정파가회(釘鈀嘉會)'를 베풀고자 하오니, 존귀하신 행차로 지나가시는 길에 왕림하셔서 쉬어 가시기 바라나이다. 다행히 물리치지 않으시면, 감사하기 이를 데 없겠나이다!

할아버님 구령원성(九靈元聖) 어르신의 존전에, 문하의 손자 황사(黃獅)는 돈수 백배하오며 올리나이다.

읽기를 마치자, 그는 요괴에게 도로 건네주었다. 요괴는 청첩장을 다시 문갑에 담아 가지고 겨드랑이 밑에 꿰차더니, 곧바로 동남쪽을 바라고 휑하니 사라져 갔다.

"큰형님, 청첩장에 뭐라고 적혀 있습디까?"

사화상의 물음에, 손행자는 고개를 주억거리면서 대답해주었다.

"정파회를 열겠다는 청첩장일세. 저팔계의 쇠스랑을 놓고 술 한잔 마시면서 감상하겠다는 수작이지. '문하의 손자 황사가 돈수 백배한다'고 씌어 있고, 초청 받을 놈은 '할아버님 구령원성 어르신'이라고 되어 있더군."

사화상이 피식 웃으며 풀이해본다.

"황사라면 아마도 금빛 터럭을 지닌 사자 요정이 틀림없을 게요. 한데 '구령원성'이란 놈은 어떤 괴물인지 모르겠소."

저팔계가 두 사람의 말을 듣고서 낄낄대며 웃는다.

"하하, 그놈은 보나마나 이 저선생의 몫이로군!"

손행자는 이게 무슨 소린가 싶어 둘째 아우를 돌아보았다.

"자네 몫이라니, 그건 또 무슨 말인가?"

"옛사람이 말씀하시기를, '비루먹은 암퇘지가 주제넘게 금빛 터럭 지닌 사자 뒤꽁무니만 쫓아다닌다' 했지 않소. 그러니까 그놈의 사자 요정은 이 저선생 몫이 되겠다, 이 말이오."

세 형제는 우스갯소리를 늘어놓고 껄껄대며 돼지와 양 떼를 몰고 나아갔다. 얼마쯤 가다 보니 바로 호구동(虎口洞)이 나타났다. 동굴 주변의 경관은 뜻밖에도 절경이었다.

사면팔방으로 산이 둘려 있어 비취 빛깔도 짙푸른데, 일맥 기운이 성채(城砦)에 잇닿았다.

깎아지른 절벽에 푸른 칡덩굴이 줄기줄기 기어오르고, 높다란 언덕 위에는 자줏빛 가시덤불이 치렁치렁 걸려 있다.

산새 지저귀는 소리 깊숙한 나무 숲에 맴돌고, 꽃 그림자는 동굴 문 앞에서 나그네를 맞아준다.

동천복지 도원경(桃源境)에 견주어도 손색없으니, 시끄러운 세상 물정 피하여 살기 좋을 만한 곳이다.

동굴 어귀에 차츰 가까워지는데, 또 한패거리나 되는 졸개 요괴들이 꽃나무 그늘 아래 득시글대며 장난질을 치고 있는 광경이 눈에 들어왔다.

요괴들을 본 저팔계가 느닷없이 소리를 버럭버럭 질렀다.

"이랴, 이랴! 이놈들, 어디로 가는 거냐!"

자꾸만 흩어지려 하는 돼지와 양을 호통쳐가며 뒤쫓았더니, 이것을 본 졸개 요괴들이 우르르 달려와서 일행을 맞아들이며 돼지를 붙잡으랴, 양을 잡으랴 한바탕 법석을 떤 끝에 짐승들을 모조리 꽁꽁 잡아 묶는다.

그 소란 통에 동굴 안의 요괴 두목도 놀랐는지, 부하 10여 마리를 거느리고 황급히 달려 나왔다.

"조찬고괴, 자네 둘이 돌아왔구먼! 그래, 돼지와 양은 몇 마리나 사 왔는가?"

손행자는 짐짓 손가락을 꼽아보며 능청스레 대답했다.

"돼지 여덟 마리, 양 일곱 마리, 도합 열다섯 마리를 샀습니다. 돼지 값은 열여섯 냥이고, 양 값은 아홉 냥인데, 떠날 때 주신 은전은 스무 냥밖에 안 되는 터라, 아직 닷 냥이 모자랍니다. 여기 이 사람이 장사꾼인데 모자라는 돈을 받으러 따라왔습니다."

요괴 두목은 그 자리에서 심복 부하를 불렀다.

"애들아, 은전 닷 냥을 꺼내다가 저 사람한테 주어서 돌려보내라."

이때 손행자가 얼른 또 나섰다.

"이 장사꾼은 돈 받는 것도 받는 것이려니와, 또 한 가지는 경사스런 축하 잔치를 구경하겠다고 해서 이렇게 따라왔습니다."

이 말을 듣자, 요괴 두목이 버럭 성을 내며 꾸짖었다.

"너 이 조찬이란 놈, 정말 괘씸하기 짝이 없구나! 장 보러 갔으면 물건이나 사올 일이지, 남한테 무슨 잔치를 여느니 마느니 주둥아리를 놀렸단 말이냐!"

그러자 이번에는 저팔계가 선뜻 나섰다.

"대왕마마께서 얻으신 보배는 천하에 진기한 물건인데, 저 사람에게 구경 좀 시켜주신다고 해서 안 될 것이 뭐 있겠습니까?"

요괴 두목은 혀를 차면서 다시 한 번 불호령을 때렸다.

"닥쳐라, 이 고얀 놈! 너 고괴란 놈도 나쁜 놈이로구나. 내 저 보배는 옥화주 성내에서 남몰래 얻어온 것이다. 만약 저 장사꾼 녀석이 구경하고 돌아가 소문이라도 퍼뜨려서 모든 사람들이 알게 된다면, 그 나라 임금이 당장 찾아와서 내놓으라고 야단칠 텐데, 그때에는 어떻게 한단 말이냐?"

손행자가 그 말을 냉큼 받았다.

"대왕님, 이 장사꾼은 서북쪽 건방집(乾方集) 뒤에 살고 있는 사람이라, 옥화주 고을과는 반대편으로 멀리 떨어져 있습니다. 어차피 성내에 사는 사람도 아닌데 소문을 퍼뜨릴 까닭이 어디 있겠습니까? 더구나 이 장사꾼은 아침 일찌감치 장터에 나왔기 때문에 배가 고플 테고, 저희들도 여태까지 밥을 못 먹었습니다. 여기까지 따라오느라 고생도 했으니, 집 안에 남아 있는 대로 밥술이나 먹여서 좋게좋게 돌려보내도록 하지요."

말끝이 다 떨어지기도 전에 심복 한 녀석이 은전 닷 냥을 가지고 나와서 손행자에게 건네주었다. 손행자는 그 돈을 사화상의 손에 쥐어주면서 이렇게 말했다.

"여보, 장사꾼. 이 돈을 받아 넣으시오. 시장할 텐데 나하고 같이 뒤곁으로 들어가서 밥이나 좀 먹도록 합시다."

사화상은 배짱 두둑이 먹고 저팔계, 손행자와 함께 동굴 안으로 깊숙이 들어갔다. 이층으로 세워진 대청 앞에 다다르고 보니, 대청 한복판 탁자 위에는 이빨 아홉 달린 쇠스랑을 높다랗게 모셔놓았는데 그야말로 눈부신 광채가 번쩍번쩍 빛나고 있었다. 어디 그뿐이랴, 동쪽 한 귀퉁이

벽에는 여의금고봉이 얌전하게 기대어 세워지고 반대편 서쪽 귀퉁이 벽에는 항요보장이 비스듬히 세워졌다.

요괴 두목이 어슬렁어슬렁 뒤따라 들어오더니, 사화상을 보고 신신당부를 했다.

"이것 봐, 장사꾼. 저 한복판에 광채가 번쩍번쩍하는 것이 보배 쇠스랑일세. 구경은 해도 좋으니까, 다 보고 나서 냉큼 돌아가게. 밖에 나가서는 절대로 소문을 내면 안 되네!"

사화상은 고개를 끄덕끄덕, 고맙다는 인사를 했다.

오호라! 이야말로 '물건이 제 주인을 만나면 반드시 주인에게 돌아가는 법', 더구나 미련퉁이 저팔계는 평생을 두고 성질 사납고 아둔한 위인이라, 자신이 애지중지하던 쇠스랑을 보기가 무섭게 이것저것 시비를 따져볼 것도 없이 대청 위로 뛰어 올라가더니, 쇠스랑 자루를 손에 움켜잡고 본래의 모습을 드러냈다. 그리고는 쇠스랑을 마구잡이로 휘둘러가며 다짜고짜 요괴 임금의 면상부터 겨냥하고 냅다 후려 찍는 것이었다.

그와 동시에 손행자와 사화상도 좌우 양편 귀퉁이로 달려가 제각기 병기를 집어들고 본색을 드러냈다. 이리하여 세 형제는 요괴 두목 하나를 표적 삼아 일제히 들이치기 시작했다.

난데없는 변고에 깜짝 놀란 요괴 두목은 황급히 몸을 피해 뒤곁으로 돌아가더니, 사명산(四明鏟) 한 자루를 꺼내 가지고 다시 뛰쳐나왔다. 그것은 자루가 길고 끝이 날카로운, 삽처럼 생긴 병기였다. 그는 대청 앞마당까지 뒤쫓아 나와서 세 가지 병기를 한꺼번에 가로막으며 으르렁대는 목소리로 호통쳐 물었다.

"네놈들은 누구이기에, 감히 내 부하로 변장해 가지고 들어와 내 보배를 훔쳐가려 하느냐!"

손행자도 질세라 마주 욕설을 퍼부었다.

"이 못된 좀도둑놈아! 네놈은 이 어르신을 알아보지 못하는 모양이로구나! 우리는 바로 동녘 땅의 성승 당나라 삼장 법사의 제자들이시다. 옥화주에 통관 문첩을 확인 받으러 입궐하던 차에, 그곳 임금이 자기 세 왕자들을 우리 제자로 삼게 하고 무예를 배우고 싶다 하기에, 우리 보배를 견본으로 삼아 그 생김새와 똑같은 병기를 만들기로 했었다. 그래서 대장간 뜰에 놓아두었더니, 너 같은 좀도둑이 그날 밤 성내에 몰래 숨어 들어와서 훔쳐내지 않았더냐? 그러고도 오히려 우리더러 네놈의 보배를 훔쳐 간다고 억지 떼를 쓰다니! 꼼짝 말고 게 있거라! 우리네 이 세 가지 보배가 그토록 탐나거든 한번 맛 좀 보여주마!"

요괴 두목은 두 말 않고 삽날을 휘두르며 달려들어 세 형제를 맞아 기세 좋게 싸우기 시작했다.

이리하여 대청 안마당에서 벌어진 싸움은 앞문까지 치고 받고 밀려 나갔다. 세 사람의 승려가 요괴 한 마리를 중간에 몰아넣고 집중 공격을 퍼부으니, 과연 보기 드물게 격렬한 싸움판이 되었다.

휘리릭! 휘리릭! 정신없이 휘두르는 철봉 끝에서 찬바람 일고, 꾸역꾸역 그칠 새 없이 돌아가는 쇠스랑의 기세가 마치 장대비를 퍼붓는 듯하다.

항요보장을 번쩍 치켜드니 온 하늘에 노을이 뻗치고, 사명산 날카로운 삽날 끝을 불쑥 내미니 뭉게구름이 비단 폭처럼 인다.

이는 마치 세 신선이 대단(大丹)을 구워 만드는 듯, 하늘로 치솟는 화광에 채색이 번쩍번쩍하니 귀신조차 놀라 숨을 지경이다.

손행자가 위력을 발휘하니 그 재능 얼마나 대단한가, 요사스런 정령이 보배를 훔쳤으니 무례하기 그지없구나!

천봉원수 저팔계는 신통력을 여지없이 드러내고, 권렴대장 사화상은 더욱 용감무쌍하고 멋들어지다.

세 형제가 의기투합하여 기민하게 협동 전술을 구사하니, 호구동 안의 싸움판에서는 신바람이 절로 인다.

저 괴물 역시 호방하고 힘도 센 데다 교묘한 농간을 곧잘 부리니, 영웅호걸 넷이 한번 겨루어볼 만하다.

그때부터 싸움을 벌여 해가 서녘에 기울도록 죽기 살기로 계속하니, 요사스런 괴물은 드디어 맥이 풀려 대적하기 어렵게 되었다.

그들이 표두산에서 오랫동안 싸우고 났을 때, 마침내 요괴 두목은 더 이상 대적할 수가 없게 되자, 제일 약해 보이는 사화상을 향해 냅다 호통을 질렀다.

"이 삽날을 받아랏!"

사화상이 엉겁결에 회피 동작을 취하자, 요괴 두목은 그 틈을 놓치지 않고 재빨리 몸을 빼어 달아나더니, 곧바로 동남쪽 손궁(巽宮) 방위를 향하여 바람을 타고 도망치기 시작했다.

"저놈 잡아라!"

저팔계가 악을 쓰면서 뒤쫓으려 했으나, 손행자는 그를 붙잡아 말렸다.

"우선 달아나게 내버려두세. 자고로 '궁지에 몰린 도둑을 쫓지 말라(窮寇勿追)' 하지 않았나. 저놈이 돌아올 길이나 끊어놓으면 그만일세."

저팔계는 순순히 그 말에 따랐다. 이윽고 세 사람은 곧바로 동굴 속에 쳐들어가 1백 수십 마리나 되던 크고 작은 요괴들을 깡그리 때려죽여 씨를 말렸다. 죽어 널브러진 시체들을 살펴보았더니, 하나같이 호랑이, 표범, 늑대, 들개, 이리, 야생마, 사슴, 산양 따위들이었다. 손대성은 술법을 써서 동굴 안의 값나갈 만한 물건들과 때려죽인 짐승들, 그리고 애당초 몰고 왔던 돼지하며 양 떼까지 모조리 끌어냈다. 사화상이 마른 나뭇가지들을 동굴에 쌓아놓고 불을 질렀더니, 저팔계는 그 커다란 두 귀를 가지고 너울너울 부채질해서 요괴의 소굴을 순식간에 말끔히 불태워 잿더미로 만들어버렸다. 세 사람은 미리 끌어낸 전리품을 가지고 의기양양하게 옥화주 성으로 돌아왔다.

성문은 이때까지도 열려 있었고, 사람들도 모두 잠을 자지 않고 있었다. 옥화 친왕 부자와 당나라 스님 역시 모두들 폭사정 안에서 이제나 저제나 목이 빠지게 기다리던 참이었다. 그러던 차에 느닷없이 허공에서 "후다닥 툭탁!" 요란한 소리가 나더니, 손행자 일행이 죽은 짐승들의 시체며 살아 있는 돼지들과 양 떼, 자질구레한 노획물을 앞마당이 꽉 들어차도록 내던져놓으면서 큰 소리로 외쳐댔다.

"사부님, 보십쇼! 저희들이 이기고 돌아왔습니다!"

옥화 친왕 전하는 입에 침이 마르도록 고맙다는 인사를 건네고, 당나라 장로님은 가슴 뿌듯한 기쁨에 겨워 어쩔 바를 몰랐다. 세 왕자들도 어느새 땅바닥에 무릎 꿇고 엎드려 스승들에게 큰절을 올리고 있었다.

겸손한 사화상이 그들을 부축해 일으키고 말했다.

"고맙다는 인사는 그만두고, 모두들 가까이 가서 저 물건들이나 보시게."

"저것들은 어디서 잡아오셨습니까?"

왕자들이 두 눈을 휘둥그레 뜨고 물었더니, 손행자는 껄껄대며 자랑스럽게 설명했다.

"저 호랑이와 표범, 늑대, 이리, 들개, 야생마, 사슴, 산양들이 모두 오랜 세월 해묵어서 요정이 되었던 거요. 우리가 병기를 되찾아 가지고 동굴 문 밖으로 뛰쳐나왔소. 병기를 훔쳐간 요괴 두목은 금빛 터럭을 가진 사자였는데, 그놈은 삽날처럼 생긴 사명산이란 병기 한 자루를 가지고 우리 셋과 날이 저물도록 싸운 끝에 패전하여 동남방으로 뺑소니를 치고 말았소. 우리는 그놈을 뒤쫓는 대신에 돌아올 길을 말끔히 소탕해 버렸소. 그리고 이렇게 보다시피 졸개 요괴들을 모조리 때려죽이고 우리들이 끌고 갔던 돼지와 양 떼까지 합쳐서 몽땅 휩쓸어 가지고 돌아오는 길이오."

옥화 친왕은 이 말을 듣고 기뻐하면서도 한편으로는 근심걱정이 쌓이기 시작했다. 기뻐한 것은 물론 이기고 돌아왔다는 사실이요, 걱정스러운 것은 성승 일행이 떠나버린 뒤에 그 요괴가 보복하러 오지나 않을까 하는 점이었다.

눈치 빠른 손행자도 이를 알아채고 옥화 친왕 부자를 안심시켰다.

"전하, 염려하지 마십시오. 저한테도 곰곰이 생각해둔 바가 있으니, 모든 일을 적절히 처리해드리겠습니다. 반드시 화근을 뽑아서 후환이 없도록 해드리고 나서야 떠날 작정입니다. 아까 한낮에 갔었을 때, 얼굴빛이 푸르뎅뎅하고 머리칼이 시뻘건 부하 요괴 한 녀석과 마주쳤는데, 그놈은 죽절산으로 청첩장을 전하러 가는 길이었습니다. 제가 그놈을 살살 구슬려서 청첩장을 보았더니, 그 내용인즉 '내일 아침에 삼가 주효를 다소 갖추어놓고 쇠스랑 감상회를 거행할까 하오니 왕림하시기를 바라오며, 다행히 물리치지 않으시면 감사하기 이를 데 없겠나이다. 할아버님 구령원성 존전에……' 이렇게 씌어 있고, 보내는 놈의 이름은 '문하의 손자 황사, 돈수 백배하나이다'라고 적혀 있었습니다. 이제 그 요괴 두목이 패전하여 도망쳤으니, 보나마나 그 할아비 되는 구령원성에게 달려가 하소연할 것이 분명하고, 내일 아침에는 단연코 우리를 찾아와서 보복하려 들 것입니다. 그때에는 우리가 나서서 그놈의 요괴를 깨끗이 처치해드리겠습니다."

늙은 임금은 고맙다는 인사를 거듭하고 저녁상을 차려 내오게 했다. 스승과 제자들이 식사를 마치고 제각기 잠자리에 들어가 편히 쉰 것은 더 말할 나위도 없다.

한편 손행자 일행에게 쫓겨 달아난 요괴 두목은 곧바로 동남쪽을 향해 죽절산으로 도망쳐갔다. 그 산중에는 동천복지가 한 군데 있어 구곡반환동(九曲盤桓洞)이라 부르는데, 바로 그 동굴 속의 구령원성이 황사 요괴의 할아비였다.

황사 요괴는 그날 밤늦도록 바람을 멈추지 않고 치달린 끝에 오경 무렵이 되어서야 동굴 어귀에 이르러 문을 두드리고 안으로 들어갔다. 문을 지키고 있던 부하 요괴는 느닷없이 허겁지겁 들이닥치는 황사 요괴를 보고 깜짝 놀라 물었다.

"대왕님, 엊저녁에 얼굴이 푸르뎅뎅한 친구가 청첩장을 가지고 왔기에, 우리 어르신께서 오늘 아침 같이 가자고 이곳에 머물러 있게 하셨습니다. 그래서 함께 데리고 경사스런 정파회 축하연에 참석하러 떠나실 예정이었는데, 어째서 이렇듯 꼭두새벽에 친히 모시러 달려오셨습니까?"

요괴 누복은 손사래를 지면서 설레설레 노리실을 했다.

"말도 말아라! 내 꼴이 말씀 아니다! 정파회도 경사스런 축하 잔치도 이제 다 틀렸다!"

이런저런 얘기를 하고 있으려니, 얼굴 시퍼런 부하 요괴 녀석이 안에서 걸어 나오다가 두목을 발견하고 깜짝 놀라 물었다.

"대왕님, 무슨 일로 직접 오셨습니까? 노대왕 어르신께서 잠을 깨시는 대로 저하고 같이 잔치에 참석하러 떠나시기로 되었는데요."

심복 부하 묻는 말에, 남부끄러운 요괴 두목은 그저 손사래만 홰홰 칠 뿐, 한마디 말대꾸도 못 했다.

얼마 안 있어 늙은 요괴 구령원성이 잠자리에서 일어나더니 손자를 안으로 불러들였다. 황사 요괴는 병기를 내던지고 할아버지 앞에 허물어질 듯이 몸을 굽혀 큰절을 했다. 두 줄기 눈물이 양 볼을 타고 그칠 새 없이 줄줄 흘러내렸다.

"얘, 손자야! 어제 네가 보낸 청첩장을 보고, 내 오늘 아침 일찍이 축하 잔치에 나가려고 하던 참인데, 무슨 일로 네가 몸소 여기까지 왔으며 또 무엇 때문에 슬피 울고 괴로워하는 거냐?"

영문 모르는 구령원성이 뜨악한 기색으로 묻자, 황사 요괴는 머리를 조아리고 이렇게 여쭈었다.

"할아버님, 이 손자가 엊그제 밤에 달구경을 하면서 한가롭게 산책하고 있었더니, 옥화성 쪽에서 눈부신 광채가 하늘을 무찌르고 치솟지 않겠습니까. 부리나케 달려가서 본즉, 옥화 친왕의 저택 안마당에 세 가지 병기가 광채를 쏟아내고 있는데, 그 중 한 가지는 이빨 아홉 달린 금빛 쇠스랑이었고, 다른 한 가지는 보배로운 지팡이, 그리고 나머지 하나는 금테를 두른 철봉이었습니다. 저는 대뜸 술법을 써서 그 세 가지 보배를 모조리 채뜨려 가지고 돌아와, '정파가회(釘鈀嘉會)'란 이름을 붙인 다음, 졸개 녀석들을 시켜 잔치에 쓸 돼지와 양, 과일 따위를 사들여 축하연을 베풀어놓고 할아버님을 모셔다가 보배를 구경시켜드려, 한 가지 즐거움으로 삼고자 했습니다.

그런데 어제 한낮의 일이었습니다. 저 얼굴 시퍼런 녀석에게 청첩장을 들려보낸 직후, 애당초 돼지와 양을 사러 내보냈던 조찬고괴란 놈 둘이서 돼지 몇 마리와 양 떼를 몰고 돌아왔는데, 모자라는 돈을 주어야 한다면서 웬 장사꾼을 하나 데리고 왔지 않겠습니까. 모자라는 돈을 내주었더니, 그자는 보배 감상회를 꼭 구경하고 싶다고 떼를 쓰기에, 저는 외부에 소문을 퍼뜨릴까 겁이 나서 그자에게 구경을 시키지 않으려고 했습니다. 그랬더니 배가 고프다면서 밥이나 조금 얻어먹게 해달라고 통사정을 하기에, 무심코 뒤곁에 데리고 들어가서 밥을 먹이도록 해주었습니다.

장사꾼은 안으로 들어가서 대청에 놓아둔 병기를 보더니, 당장 제 것이라고 소리쳤습니다. 그와 동시에 조찬고괴, 고괴조찬 두 놈까지 가세해서 세 놈이 모두 제각각 병기를 하나씩 빼앗아 잡고 본색을 드러냈는데, 고괴조찬으로 변장했던 한 놈은 털북숭이 얼굴에 뇌공 같은 주둥아리를 지닌 화상이요, 조찬고괴로 둔갑했던 놈은 주둥이가 기다랗게 뻗어 나오고 귀가 커다란 화상인데다, 장사꾼으로 변장했던 놈은 얼굴빛이 가무잡잡한 화상이었습니다. 이 놈들은 다짜고짜 고래고래 악을 쓰면서 마구잡이로 덤벼들어 저를 후려 때리기 시작했습니다. 저는 엉겁결에 사명산을 찾아들고 쫓아 나가서 그놈들과 맞서 싸웠습니다.

제가 맞대결을 벌이면서 웬 놈들이 변장을 하고 숨어 들어와 남의 보배를 훔쳐 가느냐고 따져 물었더니, 그놈들의 대답이, 자기네들은 동녘 땅 대당나라 조정에서 파견되어 서천으로 가는 당나라 스님의 제자들로서, 마침 옥화주 성을 지나던 도중 통관 문첩에 확인을 받으려다가, 왕자들이 무예를 가르쳐달라면서 만류하는 바람에, 자기네 병기 세 가지를 견본으로 삼아 똑같은 생김새로 만들려고 왕부 안뜰에 놓아두었는데, 그것을 제가 훔쳐 갔다고 야단치는 것이었습니다. 이러니 서로 분을 참지 못하고 한바탕 싸우게 되었습니다.

그 세 놈의 화상들은 이름이 무엇인지 알 수 없으나 한결같이 솜씨 하나만은 대단하여, 저 혼자 힘으로는 도저히 그 세 놈을 당해낼 수가 없었습니다. 그래서 할 수 없이 패배를 당하고 할아버님이 계신 곳으로 도망쳐 오게 되었던 것입니다.

　할아버님, 어서 칼을 뽑아 이 손자 녀석을 거들어주시고 저 괘씸한 중놈들을 모조리 죽여 제 원수를 갚아주십시오. 그래야만 할아버님께서 이 손자를 아끼고 사랑하신다는 뜻을 보여주실 수 있지 않겠습니까!"

　늙은 요괴 구령원성이 손자의 애절한 하소연을 듣고서도 한참 동안이나 묵묵히 생각에 잠겨 있더니, 나중에 가서는 빙그레 웃으며 이렇게 말했다.

　"이제 봤더니 그자들이었구나! 애야, 네가 그 녀석들을 잘못 건드렸다."

　손자 요괴가 등이 달아 내쳐 묻는다.

　"아니, 할아버님! 할아버님은 그놈들이 누군지 아십니까?"

　"그 주둥이가 길고 귀가 큰 자는 바로 저팔계, 얼굴빛이 까무잡잡한 자는 사화상, 하지만 이 두 녀석은 재간이 대단한 놈들이 아니다. 문제는 털북숭이 얼굴에 뇌공 같은 주둥이를 지닌 녀석인데, 그자야말로 손행자라고 부르는 놈으로서 오백 년 전에 천궁이 뒤엎어질 만큼 대소동을 일으켰던 장본인이다. 신통력이 얼마나 굉장한지, 십만 천병이 출동하고서도 그자를 잡아 끓이지 못했다. 이 손행자는 그저 남한테 트집만 잡고 우리 같은 사람을 못살게 구는 놈이다. 마음만 먹으면 산악을 뒤집어 헤쳐놓고 바다를 휘저어놓을 뿐 아니라, 동굴을 깨뜨려 부수고 성채를 들이쳐서 무너뜨리는 한이 있더라도 우리 같은 요정들을 찾아내어 결딴내야만 직성이 풀리는 놈이라, 가는 곳마다 불집을 일으키는 화근 덩어리요, 재앙의 우두머리라고 할 수 있다. 네가 어쩌자고 그런 놈을 건드렸단 말이냐?…… 그러나 할 수 없구나, 일이 어차피 이 지경이 되었으니, 내 널 따라 나서서 그놈들과 옥화왕까지 모조리 잡아다 분풀이를 해주마!"

손자 요괴는 이 말을 듣더니 당장 할아버지 앞에 머리 조아려 사례했다.

이윽고 늙은 요괴 구령원성이 손자뻘 되는 맹장들을 불러들여 점검하고 출동 준비를 시켰다. 삽사리를 닮은 노사(猱獅), 털빛이 눈처럼 하얀 설사(雪獅), 옛적부터 사납기로 이름난 사자 산예(狻猊), 백택(白澤), 복리(伏狸), 박상(搏象)과 같은 여러 손자들은 제각기 날카로운 병기를 잡고 황사 요괴의 인도를 받아, 저마다 광풍을 휘몰아쳐서 순식간에 표두산 경내까지 들이닥쳤다. 그러나 동굴 일대에서는 온통 매캐한 연기, 화덕 내가 코를 찌르고, 울부짖는 통곡 소리만 들려올 뿐이었다. 자세히 살펴보니, 어제 아침에 돼지와 양을 사러 내보냈던 조찬고괴와 고괴조찬 두 녀석이 잿더미가 되어버린 폐허에 주저앉아서 '대왕님'을 불러가며 통곡하고 있는 것이 아닌가!

황사 요괴는 그 앞으로 다가가서 냅다 호통쳐 물었다.

"네 이놈들! 진짜 고괴조찬이냐, 가짜 조찬고괴냐?"

두 졸개는 '대왕님'이 나타난 것을 보자, 털썩 무릎 꿇고 엎드려 눈물이 글썽글썽 맺힌 채, 연신 이마를 조아리며 억울하다는 듯이 하소연을 늘어놓았다.

"저희들이 어째서 가짜입니까? 정말 섭섭한 말씀이십니다. 어제 이맘때 대왕님께 돈을 받아 가지고 돼지와 양을 사러 가는 도중 이 산 서쪽 큰길에 이르렀더니, 웬 털북숭이에 뇌공 같은 주둥이를 가진 중놈 하나와 마주쳤는데, 그놈이 느닷없이 저희들한테 침을 한입 탁 뱉자마자, 저희들은 당장 두 다리에 맥이 풀려 흐늘흐늘해지고 입이 달라붙어 말도 못 하고 한 걸음도 떼어놓을 수 없게 되고 말았습니다. 그놈은 저희 두 사람을 자빠뜨려놓고 옷 속을 뒤져서 은전을 빼앗아 챙기고 명패마저 끌러 가지고 어디론가 사라졌습니다. 저희 두 사람은 정신을 잃고 곯아떨어졌다가, 방금 전에야 겨우 깨어났습니다. 허둥지둥 집에 돌아와 보니, 불은 아직도 꺼지지 않았고, 집채와 건물은 모조리 불타 무너져버렸습니다. 게다가 대왕님과 위아래 두목들도 보이지 않는 터라, 너무나 가슴 아파서 이렇게 울부짖고 있던 참이었습니다. 도대체 이 불이 어떻게 해서 일어났는지 통 알 수가 없습니다."

요괴 두목은 이 말을 듣더니, 분노에 사무쳐 그칠 새 없이 눈물을 흘리고 두 발을 동동 굴러가며 하늘이 쩌렁쩌렁 뒤흔들리도록 고래고래 악을 썼다.

"이 까까중 대머리 도둑놈들아! 어쩌자고 이렇듯 악독한 짓을 저질렀단 말이냐! 내 소굴을 깡그리 불태워 없애고 미녀도 불에 타 죽게 만들었으며 온 집안에 늙은이 젊은이 할 것 없이 모조리 죽여 없애다니! 아이고 분해 죽겠다! 분해 죽겠어!······"

늙은 요괴가 노사를 시켜 황사 요괴를 끌어다가 좋은 말로 다독거려준다.

"애야, 일은 벌써 이 지경이 되고 말았으니 서러워하고 분하게 여긴들 다 소용없는 노릇이다. 우선 예기를 북돋아 가지고 옥화주 성으로 쳐들어가서 그 못된 중놈들부터 잡아 죽이기로 하자꾸나."

황사 요괴는 그래도 마음을 가라앉히지 못하고 고래고래 울부짖는다.

"할아버님! 우리 이 표두산의 터전은 하루아침에 이루어진 것이 아닙니다! 오랜 세월 무진 애를 써가며 어렵사리 일으켜놓은 터전을 그 까까중 대머리 도둑놈들이 순식간에 송두리째 잿더미로 만들어버렸으니, 이 한 목숨 살아서 무엇하겠습니까!"

노사의 손아귀에서 몸부림쳐 빠져나온 황사 요괴, 그대로 몸을 날려 가까운 바위 더미에 머리통을 들이받고 죽으려 했다. 그러나 설사와 노사와 같은 형제들이 부여잡고 간곡히 권유한 끝에, 겨우 마음을 가라앉힐 수 있었다.

그들은 폐허가 된 소굴을 포기하고, 일제히 광풍을 휘몰아 살기등등하게 옥화주 성으로 날아갔다.

이윽고 옥화주 성밖 멀리서부터 난데없는 돌개바람이 휘몰아쳐 다가오고, 맑은 아침 하늘 상공에 시커먼 안개 장막이 꾸역꾸역 피어 오르는가 싶더니, 삽시간에 그것들은 무시무시한 기세로 들이닥쳤다. 주성 안팎 사면팔방에 있던 사람들은 기절초풍을 하다 못해 집안의 세간 살림을 돌아볼 겨를도 없이 아내는 남편을 끌고 남편은 처자식들을 낀 채 허겁지겁 성안으로 몰려들어갔다. 성문은 눈 깜짝할 사이에 닫히고 말았다.

누군가 친왕의 부중으로 달려가서 급보를 전했다.

"큰일났습니다! 큰일났습니다!"

그 무렵, 옥화 친왕은 당나라 스님 일행과 함께 폭사정에서 아침 식사를 하고 있었는데, 느닷없이 '큰일났다'는 보고가 들어오자 급히 상을 물리고 정자 문 밖으로 뛰쳐나갔다.

"큰일났다니, 무슨 일이냐?"

문밖에는 벌써 여러 사람들이 몰려와 있었다.

"요괴들이 떼를 지어 나타나 보래 먼지를 흩뿌리고 바윗돌을 굴리는가 하면, 안개를 뿜어내고 돌개바람을 휘몰아치면서 성벽 가까이 쳐들어오고 있습니다!"

늙은 친왕은 그 말에 대경실색, 얼굴빛이 하얗게 질린 채 어찌할 바를 몰랐다.

"이걸 어쩌면 좋단 말이냐! 하느님 맙소사, 이 노릇을 어쩌면 좋단 말이냐!……"

손행자가 빙그레 웃으며 사람들을 안심시킨다.

"여러분, 모두들 염려하지 마십쇼. 걱정하실 것 하나도 없습니다. 저것은 보나마나 호구동의 요괴가 어제 우리 손에 패하고 동남방으로 달아나서 구령원성인지 뭔지 하는 놈을 데리고 쳐들어온 것이 분명합니다. 이제 우리 형제들이 나가서 맞아 싸울 터이니, 사대문을 단단히 걸어 잠가놓도록 분부하시고, 군사들을 시켜 이 성채를 굳게 지키도록 하십시오."

옥화 친왕은 그 말대로 명령을 내려 사대문을 걸어 닫고, 즉시 부하 군사들을 점검하여 거느리고 성루 위로 올라갔다.

옥화왕 부자가 당나라 스님을 모시고 성루 위에서 적진을 바라보니, 깃발이 하늘의 해를 온통 가리고, 포화(炮火) 소리는 천지가 뒤흔들리도록 울려 퍼지고 있었다.

손행자 일행 세 사람은 안개구름을 일으켜 타고 성밖으로 날아가 적병들과 맞섰다.

이야말로 "삼가 조심하지 못하여 슬기로운 병기를 잃어버리니, 갑작스레 마귀의 무리들이 떼를 지어 몰려와 흉악을 떨게 만들었다"는 격이다.

과연 이 한판 싸움에서 승패가 어떻게 날 것인지, 다음 회에서 풀어보기로 하자.

제90회 스승은 죽절산의 사자 소굴로, 사자 요괴들은 옥화성으로 각각 붙잡혀 가고, 도를 훔치려다 선에 얽매인 구령원성은 끝내 주인에게 굴복하다

한편, 손대성은 저팔계, 사화상을 데리고 성채를 벗어나 요괴의 무리들과 정면으로 맞닥뜨렸다. 적진을 살펴보니, 하나같이 잡색 터럭을 지닌 사자 떼였다. 황사 요괴는 앞장서서 패거리를 인도하고, 산예 사자와 박상 사자는 그 왼편에, 백택 사자와 복리 사자는 오른편에, 삽살개를 닮은 노사와 눈처럼 흰 백사자 요정은 배후에 따라붙었는데, 그 한복판에는 머리통 아홉 달린 구두 사자(九頭獅子)가 버터 섰고, 얼굴빛이 푸르뎅뎅한 부하 요괴는 금빛 바탕에 꽃송이를 둥글둥글하게 수놓은 비단 보당(寶幢)을 떠받든 채 구두 사자 곁에 바짝 따라붙고 있었다. 조찬 고괴와 고괴조찬 두 졸개 녀석들은 붉은 깃발 두 폭을 활짝 펼쳐들고 일제히 감궁(坎宮, 북쪽) 방위에 속하는 지면을 가리키고 있었다.

누구보다 먼저 성미 거칠고 무모한 왈가닥 저팔계가 앞으로 가까이 나가서면서 냅다 욕설부터 퍼부었다.

"우리 보배를 훔쳐 간 도둑 괴물 놈들아! 어디로 뺑소니를 쳤나 했더니, 저 따위 조무래기들이나 잔뜩 몰고 기어와서 뭘 어째보겠다는 거냐?"

원한에 사무친 황사 요괴가 어금니를 뿌드득 갈아붙이며 응수한다.

"이 악독하고 몹쓸 대머리 중놈들아! 어제는 비겁하게 너희 셋이서 나 한 사람을 들이쳤기 때문에 패하고 돌아갔다만, 그래도 네놈들한테

그만큼 양보해주었으면 그만이지, 어쩌자고 그토록 악랄하게 내 동굴을 불태워버리고 오랜 세월 공들여 닦아놓은 터전을 망쳐놓았을 뿐만 아니라, 하다 못해 내 일가 친족까지 몰살해버렸단 말이냐! 네놈들에게 향한 내 원한은 바다보다 깊다! 도망칠 생각 말고 거기 서서, 이 어르신의 삽날이나 한 대씩 먹어봐라!"

사명산 날카로운 삽날이 바람을 끊고 날아들자, 용감한 저팔계도 선뜻 쇠스랑을 쳐들고 마주쳐 나갔다. 그들 둘이서 솜씨의 고하를 가려내기도 전에, 저편 진영에서 삽살개 노사가 한 자루 쇠가시 돋친 철질려(鐵蒺藜)를 휘두르고, 설사는 길게 세모진 삼릉간(三楞簡)을 한 자루 거머잡고 일제히 달려 나와 저팔계 한 사람을 들이치기 시작했다. 세 마리의 사자 요괴를 상대로 신바람이 날 대로 난 저팔계가 기세 좋게 고함을 질러댔다.

"옳거니, 잘들 논다! 어디 올 테면 와봐라! 한꺼번에 덤비란 말이다!"

그러나 이쪽이라고 가만 두고 볼 수야 없는 노릇, 사화상이 부리나케 항요보장을 휘두르면서 싸움판으로 돌진하더니, 육박전으로 저팔계의 싸움을 거들어주기 시작했다. 이것을 본 적진에서 또 산예 사자 요괴와 백택 사자 요정, 그리고 백상 사자, 복리 사자 요괴 네 마리가 한꺼번에 달려들었다. 이편에서도 제천대성 손오공이 바람개비 돌아가듯 마구잡이로 금고봉을 휘둘러 요괴의 무리들을 가로막고 정신 못 차리게 들이쳤다. 산예 사자는 멋없이 굵다란 홍두깨를 쓰고, 백택 요정은 구리 쇠몽치를, 박상은 강철로 벼린 창을, 그리고 복리란 놈은 큰 도끼와 작은 도끼 한 쌍을 양손에 갈라 잡고 덤벼들었다.

저편은 일곱 마리 사자 요괴, 이편은 성질 사나운 세 스님들, 이러니 싸움판은 볼 만해질 수밖에 더 있으랴!

홍두깨와 구리 쇠몽치, 강철 창과 도끼 날에 세모난 삼릉간, 가시 꼬챙이 철질려와 삽날이 너부죽하고 날카로운 사명산이 일제히 들이친다.

일곱 마리 사자가 일곱 가지 병기 휘둘러 그 예봉이 자못 눈부시니, 세 형제 스님들을 에워싸고 일제히 함성을 지른다.

제천대성의 금고 철봉은 그 기세 흉흉하기 이를 데 없고, 사화상의 항요보장은 무섭게 날뛰니 인간 세상에 보기 드물다.

미치광이 돌개바람처럼 설쳐대는 저팔계의 그 기세 웅장하고, 아홉 이빨 달린 쇠스랑의 광채가 눈부시다 못해 처참하기 짝이 없다.

앞으로 막고 뒤로 돌려 치며 저마다 재간을 발휘하고, 왼쪽으로 올려 치고 바른편으로 맞닥뜨리니 모두가 용감무쌍하다.

성루 위의 임금은 위풍당당하게 우뚝 서서 전의를 북돋우고, 북소리 징소리 울려 적진의 간담을 서늘하게 만든다.

몸을 던지다시피 급히 달려드는가 하면 재빨리 빠져나가 신통력을 부리고, 어지럽게 돌아가는 혼돈 속에 천지가 온통 뒤집히도록 싸우고 또 싸우는구나!

사자 요괴 패거리들이 손대성 일행 세 사람과 맞서 반나절이 지나도록 싸우고 났더니 어느새 해가 저물었다. 저팔계는 입으로 게거품을 질질 흘리면서 두 다리에 맥이 풀렸는지 흐느적거리다가, 마침내 쇠스랑으로 허공을 한번 후려 찍더니 그대로 패하여 등을 돌리고 도망치기 시작했다. 그러나 맞서 싸우던 설사와 노사 두 요괴가 그냥 놓칠 턱이 없다. 요괴들은 냅다 호통을 치면서 일제히 무서운 기세로 달려들었다.

"어딜 도망치려고! 이거나 한 대 받아라!"

동작 둔한 저팔계는 재빨리 피하지 못한 채, 등줄기에 삼릉간을 한 대 얻어맞고 땅바닥에 거꾸러지고 말았다.

"틀렸구나! 틀렸어! 이젠 끝장이다!……"

숨차게 헐떡거리는 저팔계를, 두 요괴 중의 한 놈은 등덜미 갈기 터럭을 움켜잡고 한 놈은 꼬리를 잡아 구두 사자 앞으로 질질 끌어갔다.

"할아버님, 저희가 한 놈을 잡아왔습니다."

그 말끝이 채 떨어지기도 전에, 사화상과 손행자 역시 다섯 마리의 집중 공세에 밀려 패색이 짙어지기 시작했다. 요괴 다섯 마리가 기세등등하게 떼를 지어 한꺼번에 덤벼들자, 손행자는 솜털 한 줌을 뽑아 입에 털어 넣고 우물우물 잘게 씹어서 요괴의 무리들을 향해 "푸웃!" 하고 내뿜었다.

"변해라!"

외마디 기합 소리와 함께 솜털은 눈 깜짝할 사이에 1백 수십 마리나 되는 꼬마 손행자로 바뀌더니, 백택 사자와 산예 사자, 박상 사자, 복리 사자, 그리고 금빛 터럭을 가진 황사 요괴까지 에워싸고 한꺼번에 포위망 속으로 몰아넣었다. 사화상, 손행자 두 사람은 그제야 기세를 회복하고 그대로 밀어붙이면서 눈앞에 닥치는 족족 후려갈겼다.

저녁 무렵, 이들은 산예와 백택 두 요괴를 사로잡는 데 성공했다. 그러나 복리와 박상, 금빛 터럭의 황사는 놓치고 말았다. 가까스로 꼬마 손행자들의 포위망에서 빠져나간 요괴 세 마리는 허겁지겁 구두 사자에게 돌아가 이 사실을 알렸다.

늙은 괴물 구령원성은 사자 요괴 두 마리를 잃어버린 것을 알고 나머지 손자들에게 분부를 내렸다.

"우선 저팔계란 놈을 꽁꽁 묶어서 가두어놓되, 그 목숨은 해치지 말거라. 저편에서 우리 사자 둘을 무사히 돌려보내거든, 그때 가서 우리 쪽도 저팔계를 산 채로 놓아보내야 하니까 말이다. 만에 하나, 저놈들이 버르장머리 없이 우리 두 사자를 죽여 없애기라도 했다가는, 우리 역시 저팔계를 죽여서 그 목숨 값을 받아내고야 말 것이다!"

그날 밤 요괴들이 성밖에 진을 치고 편히 쉰 것은 더 얘기하지 않기로 하겠다.

한편 제천대성 손오공이 사자 요괴 두 마리를 떠메고 성벽 가까이 돌아가자, 이 광경을 지켜보던 늙은 옥화왕은 급히 명령을 내려 성문을 열게 하고, 힘센 교위(校尉) 2, 30명을 시켜 굵다란 밧줄을 떠메고 성밖으로 달려 나가, 사자 요괴들을 얼기설기 단단히 결박지어 성내로 끌어들이게 했다.

손행자는 술법에 걸렸던 솜털을 거두어들인 다음, 사화상과 함께 성루에 올라가서 당나라 스님을 만나뵈었다.

"고생들 했다. 이번 싸움은 정말 험악하기 짝이 없더구나. 오능이 붙잡혀 가서 목숨을 부지할 수 있을는지 모르겠다……"

당나라 스님이 칭찬을 겸해서 걱정스레 말했으나, 손행자는 한마디로 안심시켰다.

"아무 일도 없을 겁니다! 우리가 저 요괴 두 마리를 사로잡은 이상, 저쪽 놈들도 절대로 목숨을 다치지는 못할 테니까요. 우선 이 요괴 두 마리를 단단히 결박해서 가두어놓았다가, 내일 아침 저팔계와 맞바꾸면 됩니다."

젊은 왕자 셋이 손행자 앞에 머리를 조아리고 여쭈었다.

"사부님, 앞서 싸우실 때에는 몸이 하나밖에 안 보이셨는데, 뒤에 가서 일부러 패하신 척하고 밀리셨을 때에는 어째서 사부님의 몸뚱이가 백 수십 개로 늘어나셨습니까? 그리고 이제 요괴들을 사로잡아 가지고 성 가까이 돌아오셨을 때에는 또다시 몸이 단 하나로 되셨으니, 이게 무슨 법력이십니까?"

손행자는 싱긋 웃으면서 대답해주었다.

"내 몸뚱이에는 사만 팔천 가닥의 솜털이 붙어 있소. 여기에 술법을 걸면, 한 가닥이 열 가닥으로 나뉘고, 열 가닥이 백 가닥, 백 가닥이 수천 수만, 억 가닥으로 늘어나게 할 수가 있는 거요. 이것이 바로 몸뚱이 밖의 몸뚱이, 즉 '신외신(身外身)'의 술법이오."

왕자들은 하나같이 탄성을 지르며 오체투지(五體投地)의 정례(頂禮)를 드렸다. 이윽고 저녁상이 올라오자, 모두들 성루 위에 앉은 채로 식사를 했다. 어둠이 깔리니, 성가퀴 보루마다 등롱 불이 대낮처럼 환히 밝혀진 가운데 무수한 깃발을 휘날리며, 순찰병의 딱딱이와 방울 소리, 꽹과리 치고 징을 두드리는 소리에 북소리가 요란하게 울리고, 1경(一更)을 넘겨 시간이 바뀔 때마다 전시(傳矢)를 쏘아 날리고 화포를 발사하며, 군사들이 함성을 질렀다.

뜬눈으로 밤을 지새우다 보니, 얼마 안 되어 동녘 하늘이 밝아왔다.

늙은 요괴는 즉시 황사 요괴를 불러들여 간밤에 짜놓은 계략을 일러주었다.

"너희들은 오늘 조심해서 손행자와 사화상 두 놈을 잡는 데만 신경을 써라. 그 틈에 나는 아무도 모르게 슬며시 성루 상공 위로 날아 올라가서 그놈들의 사부와 옥화왕 부자까지 모조리 낚아채 가지고 한발 앞서 구곡반환동으로 돌아가련다. 거기서 너희들이 승리를 거두고 연락해 올 때까지 기다리고 있으마."

계략을 전해 받은 황사 요괴가 노사와 설사, 박상, 복리들을 거느리고 저마다 병기를 꺼내 잡게 한 다음 일제히 성밖 근처에 이르더니, 돌개바람을 휘몰아치고 안개를 빚어내며 기세등등하게 싸움을 걸었다.
 이편에서도 손행자와 사화상이 성벽 끄트머리까지 달려 나가 매서운 목소리로 요괴들을 꾸짖었다.
 "이 못된 놈의 도둑 괴물아! 어서 빨리 내 아우 저팔계를 돌려보내지 못하겠느냐! 그래야만 네놈들의 목숨을 살려줄 것이다! 만약 그렇지 않을 때에는 네놈들의 뼈를 모조리 으깨 가루로 만들고 몸뚱이의 살점을 갈가리 찢어 죽이고야 말 테다!"
 요괴들이 그런 소리를 받아들일 턱이 어디 있으랴, 다섯 마리 요괴들은 두말할 것도 없다는 듯이 다짜고짜 한꺼번에 덤벼들었다. 말이 통하지 않으니 이쪽 역시 나설밖에 다른 도리가 없다. 손대성과 사화상 두 형제는 제각기 지혜와 솜씨를 모조리 끌어내어 사자 요괴 다섯 마리의 집중 공격을 막아내기 시작했다.
 어차피 쌍방 어느 쪽이나 오늘은 결판을 내야 하느니만큼, 이번의 대결은 어제와 전혀 딴판으로 치열하기 이를 데 없었다.

 휘리릭, 휘리릭! 미치광이 돌개바람은 대지를 모질게 휩쓸고, 하늘을 온통 시커멓게 뒤덮은 안개 장막이 갈수록 짙어졌다.
 바윗돌이 데굴데굴 구르고 모래가 흩날리니 귀신마저 두려워 떨고, 숲을 떠다밀고 나무 그루터기를 쓰러뜨리니 호랑이와 이리 떼가 놀라 도망친다.
 강철의 창날은 사납게 날뛰고 도끼 날이 번뜩거리며, 쇠꼬챙이 철질려와 세모난 삼릉간에 넙죽한 삽날 달린 사명산은 너무나 독살스럽다.
 손행자를 통째로 삼켜버리지 못하는 것이 한스럽고, 사화상을 산 채로 잡아 끓이지 못하는 자신이 원망스럽기 이를 데 없다.

이편의 제천대성 한 자루 여의봉은 쥐락펴락, 움츠렸다 놓았다 하는 품새가 절묘하고 영특하기 짝이 없으며,

사화상의 항요보장은 천궁의 영소보전 밖에까지 명성을 떨치던 병기라 신통하기 비할 데 없다.

이번에야말로 솜씨를 뽐내보니 너르디너른 그 신통력, 서역 땅에 재간 떨쳐 요괴의 무리를 소탕한다.

바야흐로 털 빛깔이 구구 각색인 다섯 마리 사자 요괴들이 손행자와 사화상을 맞아 죽기 살기로 싸우고 있는 고비에, 늙은 요괴 구두 사자는 시커먼 먹구름을 일으켜 타고 곧바로 옥화성 문루 상공에 솟구쳐 오르더니, 엄청나게 커다란 그 머리통을 절레절레 흔들어 위협을 가했다. 반공중에 느닷없이 나타난 사자의 머리통을 보자, 성벽 위에 몰려서 있던 크고 작은 문무 관원들과 성을 지키고 있던 병사들은 기겁을 하다 못해 모조리 성벽 아래로 곤두박질치다시피 굴러 떨어져 누각 안으로 쫓겨 들어갔다.

늙은 요괴는 아가리를 쩍 벌려 가지고 우선 삼장 법사와 옥화 친왕 부자를 한입에 덥석 물더니, 다시 북쪽 감궁(坎宮) 방위 지상으로 내려가 저팔계마저 입에 물었다. 본래 이 괴물은 입이 아홉 개 달린 구두 사자라, 한 입으로는 당나라 스님을 물고, 또 한 입으로 저팔계를, 그리고 옥화 친왕과 첫째 왕자, 둘째 왕자, 셋째 왕자를 차례차례 하나씩, 이렇게 여섯 입으로 물고도 아가리가 셋이 남아 있었다. 괴물은 나머지 세 입으로 크게 고함쳐 손자들에게 알렸다.

"애들아! 나 먼저 간다!"

다섯 마리 젊은 사자 요괴들은 자기네 할애비가 성공을 거둔 것을 보더니, 하나같이 용기 백배, 더욱 신바람이 나서 두 형제 스님을 들이

쳤다.

 손행자는 성벽 위에서 갑작스레 비명과 아우성치는 소리가 들려오자, 적의 계략에 빠졌다는 사실을 알아차리고 즉시 수법을 바꾸기로 결단을 내렸다. 그는 사화상을 가까이 불러 주의를 준 다음, 팔뚝에 붙어 있던 솜털을 모조리 뽑아 입에 털어 넣고 우물우물 씹어 가지고 사자 요괴들을 향해 확! 뿜어 보냈다.

 "변해라!"

 솜털은 삽시간에 수천 수백 마리의 꼬마 손행자로 바뀌더니, 일제히 다섯 마리 사자 요괴를 향하여 성난 벌 떼처럼 달려들었다.

 결판이 난 것은 순식간의 일이었다. 제일 먼저 거꾸러진 것은 노사, 그 다음에 산 채로 붙잡힌 것이 설사와 박사, 뒤로 벌렁 나자빠져서 꼬마 원숭이들에게 찍혀 눌린 것이 복리 사자, 그리고 금빛 터럭을 자랑하던 황사 요괴는 뭇매질에 얻어맞아 죽음을 당하고 말았던 것이다. 성 밑까지 쳐들어가 고래고래 악을 쓰며 요괴들의 싸움을 독려하던 얼굴 시퍼런 부하 요괴와 조찬고괴, 고괴조찬 두 녀석은 사태가 심상치 않게 돌아가는 것을 눈치 채고, 재빨리 포위망에서 빠져나가 두 다리야 날 살려라 정신없이 뺑소니를 치고 말았다.

 성벽 위에서 관전하던 옥화주 관원들은 즉시 성문을 활짝 열어젖히고 밧줄 꾸러미를 들고 뛰쳐나가, 손행자 일행과 함께 다섯 마리의 사사 요괴들을 또 결박지어 성내로 떠메고 들어왔다.

 손행자와 사화상이 포로들을 내려놓기도 전에, 옥화주 왕비가 흐느껴 울면서 손행자 앞에 무릎 꿇고 큰절을 드렸다.

 "신승 사부님, 우리 전하 부자와 당신 사부님은 목숨이 결딴났습니다! 이 외로운 성을 장차 어찌해야 좋단 말입니까?"

 제천대성 손오공은 우선 술법 걸린 솜털을 거둬들인 다음, 왕비에게 정중하게 예를 올렸다.
"왕후 마마, 너무 걱정하지 마십시오. 우리가 그놈의 사자 요괴 일곱 마리를 잡았기 때문에, 그 늙은 요괴도 섭법을 써서 우리 사부님과 전하 부자를 납치해 간 것이 틀림없습니다. 일이 이렇게 되었다 해도 아마 그놈이 잡아간 분들을 섣불리 해치지는 못할 것입니다. 내일 아침 일찍이 저희 형제 둘이서 그놈의 소굴이 있는 산속으로 찾아가, 무슨 짓을 해서라도 반드시 그 늙은 요괴를 잡아 없애고 친왕 전하 부자 네 분을 구출하여 왕후 마마께 무사히 돌려보내드리겠습니다."
왕비와 궁녀들은 이 말을 듣고서 크게 마음이 놓여 모두들 손행자에게 공손히 절하며 거듭 당부 말씀을 올렸다.
"아무쪼록 전하 부자가 온전히 살아오셔서, 황실이 흔들림 없이 견고해지기만을 바랄 따름입니다."
사례를 마치자, 하나같이 눈물을 머금은 채 궁궐로 돌아갔다.
왕비 일행을 떠나보내고 나서, 손행자는 각 부의 관원들에게 분부를 내렸다.
"때려죽인 황사 요정은 가죽을 벗겨놓으시오. 산 채로 붙잡은 여섯 마리 사자 요정들은 단단히 가두고 자물쇠를 채워놓으시오. 밥을 좀 내오시면, 우리도 배를 채우고 눈 좀 붙여야겠소. 모두들 걱정 말고 안심하시오. 장담하지만, 여러분이 무사할 것은 내가 보증하리다!"
다음날, 손대성은 사화상을 데리고 상운을 일으켜 타고 떠나갔다. 출발한 지 얼마 안 있어 죽절산 상공에 이르러 구름을 낮추고 바라보니, 뜻밖에도 엄청나게 높은 산이었다.

산봉우리가 우뚝우뚝 벌려 솟구치고, 영마루 오르막길이 험준하고 기구하다.

깊은 계곡 시냇물이 잔잔히 흘러내리고, 가파른 절벽 앞에 비단같이 고운 꽃들이 향기를 쏟아낸다.

두루두루 치솟은 봉우리가 겹겹으로 포개지고, 오래된 산길이 구불구불 감돌았다.

진실로 두루미 날아드니 소나무에 벗이 생기고, 구름이 떠나가니 과연 바윗돌은 의지할 데를 잃었다.

검정 원숭이는 과일을 찾느라 양지녘으로 눈동자 데룩데룩 굴리고, 고라니 사슴은 꽃을 찾아 포근한 햇볕 즐긴다.

푸른 난새 지저귀는 소리 소곤소곤 부슬비 내리듯 들려오고, 노랑꾀꼬리 재잘대는 수다가 제멋대로 그칠 줄 모르고 이어진다.

봄이 오면 복사꽃 살구꽃이 고운 자태 겨루고, 여름철이 닥쳐오니 버드나무 느티나무가 무성함을 다툰다.

가을이 오면 누런 국화가 비단 폭을 펼쳐놓은 듯하고, 겨울이 되니 백설이 솜뭉치처럼 흩날린다.

사시팔절(四時八節) 철기마다 아름다운 풍광이니, 신선 사는 영주의 절경에 견주어도 손색없구나.

두 형제가 산머리 위에서 경치를 구경하고 있을 때였다. 어디선가 갑자기 얼굴빛 푸르뎅뎅한 요기 녀석이 손에 자루 짧은 곤봉을 삽고 북 튀어나오더니 산골짜기 언덕 사이로 쏜살같이 뛰어갔다. 그것을 본 손행자가 냅다 호통을 쳤다.

"이놈, 어딜 도망치려고! 여기 손선생이 왔다!"

손행자를 보고 기겁을 한 졸개 요괴, 엎어지고 자빠지고 떼굴떼굴 구르다시피 언덕 밑 골짜기로 뛰어 내려가기 시작했다. 두 사람은 놓칠세라 줄기차게 뒤쫓았으나, 얼마나 잽싸게 도망쳤는지 결국은 종적을 놓치고 말았다. 가던 길로 몇 걸음 더 돌아나가고 보니, 어엿한 동부가 한 군데 나타났다. 얼룩무늬 돌문 두 짝이 단단히 닫혀 있고, 문설주 위에 가로 새겨 넣은 석판에는 큼지막한 글씨 열 자가 해서체로 새겨져 있었다.

만령죽절산, 구곡반환동(萬靈竹節山, 九曲盤桓洞)

손행자 일행의 추격을 따돌리고 위험에서 벗어난 졸개 요괴는 동굴 안으로 뛰어들기가 무섭게 돌문 두 짝을 닫아걸고, 헐레벌떡 안으로 들어가서 늙은 요괴에게 급보를 전했다.

"어르신, 밖에 또 중 녀석 두 놈이 나타났습니다."

늙은 요괴가 묻는다.

"너희 대왕하고 노사, 설사, 박상, 복리들은 돌아왔느냐?"

졸개 요괴는 도리질을 해 보였다.

"보이지 않습니다! 그분들은 안 보이고, 화상 두 놈만이 산봉우리 높은 곳에서 이곳저곳 두리번거리는 것을 보자마자 돌아서서 도망쳤습니다만, 그놈들이 뒤쫓아오기에 동굴 문을 닫아버렸습니다."

늙은 요괴가 이 말을 듣더니, 고개를 툭 떨군 채 말이 없다. 그리고 한참 만에 갑자기 눈물을 뚝뚝 떨어뜨리면서 비통한 목소리로 외쳐댄다.

"불쌍한 것들! 내 손주 황사 녀석이 죽었구나! 노사도, 설사도, 박상, 복리들도 모조리 중놈의 손에 붙잡혀 성안으로 끌려 들어갔구나! 아아, 분하고 원통하다! 이 원수를 내 어찌 갚으랴!……"

한쪽 귀퉁이에서는, 사지 팔다리를 꽁꽁 묶인 저팔계가 옥화왕 부자, 당나라 스님과 더불어 한 덩어리로 처박힌 채, 언제 죽음을 당할지 몰라 전전긍긍 떨면서 요괴들의 눈치만 살피고 있었는데, 늙은 요괴가

'내 손자들이 중놈에게 붙잡혀 성안으로 끌려 들어갔다'는 소리를 듣고 귀가 번쩍 띄어 남몰래 기뻐하면서 스승에게 귀띔을 해주었다.

"사부님, 겁내실 것 없습니다. 전하께서도 근심하지 마십쇼. 우리 형님이 벌써 이기고 요괴들을 붙잡았으니까, 곧 이리로 찾아와서 우리를 구해줄 것입니다."

말을 마쳤을 때, 늙은 요괴의 목소리가 또 들려온다.

"애들아! 여기서 이놈들을 잘 지키고 있거라. 내 당장 쫓아 나가 그 두 중놈을 잡아 가지고 들어와서, 한꺼번에 요절을 내고 말겠다."

이윽고 늙은 요괴가 자리를 박차고 나서는데, 몸에는 갑옷 투구도 걸치지 않고 손에 병기를 잡지도 않은 채로 뚜벅뚜벅 걸어서 동굴 바깥으로 나갔다. 때마침 문밖에서는 손행자가 고래고래 악을 써가며 싸움을 거는 소리가 들려왔다. 늙은 요괴는 동굴 문을 활짝 열어젖히더니, 대꾸 한마디도 없이 그대로 몸을 던져 손행자에게 달려들었다.

손행자는 옳다 됐구나 싶어 철봉으로 선뜻 앞을 가로막았다. 그 사이에 사화상은 항요보장을 휘둘러 냅다 후려갈겼다. 그러자 늙은 요괴는 머리통을 절레절레 흔들더니, 갑자기 좌우 양편으로부터 여덟 개나 되는 머리통이 한꺼번에 돋쳐 나오면서 일제히 아가리를 쩍 벌리고 손행자와 사화상을 거뜬하게 물어서 동굴 안으로 끌어들이는 것이 아닌가! 두 사람은 미처 앗 소리조차 지를 틈도 없이 시자 아가리에 물린 채 동굴 속으로 끌려 들어가고 말았다.

"애들아, 동아줄을 가져오너라!"

"예에!—"

응답하는 두 목소리, 엊저녁 얼굴빛이 푸르뎅뎅한 졸개 녀석과 함께 구사일생으로 도망쳐서 죽절산으로 돌아온 고괴조찬과 조찬고괴였다. 늙은 요괴의 분부가 떨어지자, 두 졸개는 냉큼 밧줄 두 타래를 가져다 손행자와 사화상을 꽁꽁 묶어놓고 대령했다.

늙은 요괴가 손행자에게 삿대질을 해가며 악을 쓴다.

"요 괘씸한 원숭이 놈아! 너는 우리 손자 녀석을 일곱 명이나 잡아갔지만, 나도 중놈을 넷, 임금과 왕자들을 넷씩이나 잡아놓았으니, 이것으로 내 손자 녀석들의 목숨과 맞바꿀 만하게 된 셈이다!…… 애들아, 옹이 박힌 버드나무 몽둥이만 골라 가지고 와서 이 원숭이 놈을 한바탕 흠씬 두들겨 패라. 억울하게 죽은 내 손자 황사 녀석의 원수를 갚아주어야겠다!"

졸개 요괴 세 마리가 제각기 버드나무 몽둥이를 손아귀에 거머잡더니, 다른 사람은 놓아두고 그저 손행자 한 사람만 후려 때리기 시작했다. 그러나 손행자는 애당초 태상노군 어르신의 팔괘로 문무진화에 단련된 몸뚱이라, 그 따위 버드나무 몽둥이 찜질쯤은 고작 가려운 데를 긁어준다고나 할까, 손행자의 입에서 아프다는 비명 소리 한마디도 끌어낼 수 없거니와, 아무리 호되게 후려쳐도 꼼짝달싹하는 기색조차 보이지 않았다.

허나 곁에서 지켜보는 사람들의 심정은 그렇지 못했다. 졸개 녀석 셋이서 돌아가며 있는 힘껏 몽둥이질을 퍼붓는 광경에, 저팔계와 당나라 스님, 옥화왕 부자들은 하나같이 그 끔찍스런 형벌이 쏟아질 때마다 가슴살이 떨리고 온몸에 솜털이 곤두설 지경이었다.

얼마 안 있어 옹이 박힌 버드나무 몽둥이가 부러져나갔다. 몽둥이가 바뀌고 날이 저물도록 얼마나 때렸는지 이루 헤아릴 수도 없었다. 곁에서 사화상이 지켜보자니 너무나 혹독하게 매질을 하는 터라, 안쓰러움을 참다 못해 졸개 요괴들에게 버럭 고함을 쳤다.

"그쳐라! 내가 형님 대신 백 대를 맞겠다!"

늙은 요괴가 빈정거린다.

"네놈은 서두를 것 없다. 내일 아침이 되거든 네놈을 매질해줄 테니까! 한 놈 한 놈씩 차례대로 죽을 때까지 두들겨 팰 것이다!"

저팔계가 이 소리를 듣고 찔끔해서 자라목을 움츠린다.

"이크! 모레는 이 저선생이 얻어맞아 죽을 차례가 되겠는걸!······"

한바탕 매질을 더 퍼붓고 났더니, 해가 어둑어둑 저물기 시작했다. 그때서야 늙은 요괴도 진력이 났는지 졸개들에게 분부를 내렸다.

"얘들아, 일단 그쯤 해두고 등불이나 밝혀라. 너희들도 음식을 좀 먹고, 나도 금운와(錦雲窩)에 건너가서 눈 좀 붙여야겠다. 너희들 셋이서 모두 혼이 나보았을 테니 물론 잘 알아서 하겠지만, 정신 바짝 차리고 이놈들을 지켜야 한다. 내일 아침 날이 밝는 대로 매질을 계속하기로 하자."

늙은 요괴가 자리를 비운 뒤에도 졸개 세 마리는 등잔불을 밝혀서 옮겨다놓고 다시 버드나무 몽둥이를 가져다 손행자의 머리통을 두들겨 패기 시작했다.

"따다닥, 뚝딱! 후두둑 툭탁!······"

마치 야경 도는 순라꾼 딱딱이 치듯, 다듬잇돌에 방망이질하듯, 몽둥이 찜질은 빨라졌다 느려졌다 장단 가락을 맞춰가며 계속되더니, 그 밤이 이슥해질 무렵에야 요괴들도 제풀에 지쳐 몽둥이를 내려놓고 하나둘씩 주저앉아 끄덕끄덕 졸던 끝에, 마침내 모두들 잠에 곯아떨어지고 말았다.

손행자가 움직이기 시작했다. 우선 둔신술법(遁身術法)으로 몸뚱이를 조그맣게 움츠려 가지고 결박지은 밧줄에서 벗어나더니, 흐트러진 솜털을 후르르 털고 옷매무새를 가다듬은 다음, 귓속의 철봉을 꺼내 번쩍 휘둘러서 굵기는 우물의 두레박만큼, 길이는 20척이나 되게 늘려 가지고, 한참 곯아떨어진 졸개 요괴 세 마리를 가리켰다.

"요 고약한 짐승들아, 네놈들이 이 어르신에게 몽둥이 찜질을 흠씬 안겨줬다만, 이 어르신께서는 끄떡도 없으셨다. 이제부터 네놈들한테도 이 어르신께서 이 몽둥이로 한 차례 슬쩍슬쩍 건드려만 볼 테니까, 그 맛이 어떤지 한번씩 먹어보려무나!"

듣지도 못할 요괴들에게 중얼거린 다음, 철봉으로 한 마리씩 가볍게 툭툭 건드려 가지고 세 놈을 당장 고기 떡으로 만들어버린 손행자, 희미해진 등잔불 심지를 환하게 돋우어놓고 먼저 사화상의 결박부터 풀어주었다.

저팔계 녀석은 밧줄이 살 속에 파묻혀 들어가도록 꽁꽁 묶인 채 아픔을 참지 못하고 쩔쩔매다가, 이것을 보더니 심통이 나서 큰 목소리로 버럭 고함을 질렀다.

"형님! 내 손발이 꽁꽁 묶여 이렇게 부르텄는데, 날 먼저 풀어주지 않고 뭘 하는 거요?"

미련퉁이가 주책없이 악을 쓰니, 그 통에 곤히 잠들어 있던 늙은 요괴가 깜짝 놀라 그만 두 눈을 번쩍 뜨고 말았다. 요괴는 잠결에 고함 소리를 듣고 후닥닥 일어나 앉으면서 소리를 질렀다.

"누가 누굴 풀어준다고?"

뒤미처 늙은 요괴가 엉금엉금 기어 일어나는 기척에, 다급해진 손행자는 재빨리 등잔불을 훅 불어서 꺼버리더니, 사화상이고 스승이고 돌볼 겨를도 없이 철봉을 휘둘러 몇 겹이나 되는 문짝을 닥치는 대로 때려부숴가며 우선 제 한 몸부터 빠져 달아나고 말았다.

늙은 요괴 구두 사자가 대청으로 달려 나오면서 또 한 번 악을 썼다.

"얘들아! 어째서 불빛이 없느냐? 놈들을 도망치지 못하게 해라!"

그러나 어둠 속은 캄캄절벽일 뿐, 소리를 질렀어도 응답하는 놈이 없다. 등잔불을 켜들고 다시 나와 보았더니, 땅바닥에는 핏물이 질펀하게 흐르고 세 덩어리 고기 떡으로 바뀐 졸개들의 시체만 널브러져 있을 따름이다. 포로들을 살펴보니, 그나마 옥화왕 부자와 당나라 스님, 저팔계는 모두 그 자리에 묶여 있어 다행인데, 손행자와 사화상만이 온데간데없다.

횃불을 밝혀놓고 앞뒤로 쫓아가다 보니, 사화상이 미처 도망치지 못하고 복도 벽에 가슴을 찰싹 붙인 채 엉거주춤 서 있지 않는가! 늙은 요괴는 단숨에 그를 움켜서 자빠뜨려놓고 처음과 같이 밧줄로 단단히 결박지어놓은 다음, 또다시 손행자를 찾기 시작했다. 그러나 이중 삼중으로 닫아걸어놓은 겹문이 모조리 박살난 것을 보고서야, 손행자가 때려부수고 빠져나갔다는 사실을 깨달았다. 그는 더 이상 뒤쫓기를 단념하고 우선 파괴된 문짝부터 손을 대어 고칠 데는 고쳐 메우고, 깨져서 못쓰게 된 문짝에는 바윗돌을 옮겨다가 틀어막았다. 그리고 집안의 세간 살림이나 굳게 지키기로 한 것은 더 말할 나위도 없다.

한편, 요괴의 소굴에서 탈출한 제천대성 손오공은 구곡반환동을 벗어나자마자 상운을 일으켜 타고 곧장 옥화주 성으로 돌아왔다. 구름을 낮추고 내려서다 보니, 성루 상공에 각 처의 토지신과 신지(神祇), 서낭당 신령들이 기다리고 있다가 공손히 맞아들인다.

손행자는 괘씸한 생각이 들어 퉁명스럽게 물었다.

"자네들, 어째서 오늘밤에야 나타났는가?"

서낭신이 송구스레 아뢴다.

"대성께서 옥화주에 강림하신 것은 소신(小神)들도 잘 알고 있었습니다만, 옥화 친왕의 환대를 받고 계셨기 때문에 감히 찾아뵙지 못했습니다. 그래서 이제 옥화왕 부자와 여러분들이 요괴와 맞닥뜨리고 대성께서 마귀를 항복시키려 하시기에, 모두들 이렇게 찾아와서 문안드리고 영접하는 것입니다."

손행자가 한창 잡신들을 꾸짖어가며 화풀이를 하고 있으려니, 이번에는 금두게체와 육정육갑들이 이 고장 토지신을 하나 붙잡아 가지고 나타났다.

"대성, 저희들이 요 빤질빤질한 지리귀(地裏鬼)를 한 녀석 잡아왔습니다."

게체와 육정육갑들이 한꺼번에 나타나자, 손대성은 냅다 호통쳐 꾸짖었다.

"이 괘씸한 것들! 죽절산에서 우리 사부님을 보호해드리지는 않고, 무엇 하러 여기서 떠들썩하게 몰려다니고 있는 거냐!"

정갑신(丁甲神)이 얼른 여쭙는다.

"대성, 그 요괴는 당신이 도망쳐 나갔을 때 권렴대장을 다시 붙잡아 먼젓번처럼 도로 묶어놓았습니다. 저희들은 그놈의 법력이 몹시 크다는 것을 알고, 죽절산 토지신을 잡아내어 여기까지 끌고 왔습니다. 요 녀석은 이곳저곳 잘 뒤지고 다니기 때문에, 그 늙은 요괴의 근본 내력을 훤히 꿰뚫어 알고 있습니다. 대성께서 이놈을 한번 족쳐대시면, 늙은 요괴를 처치하시기도 좋고, 성승과 어진 옥화왕 부자를 고통에서 구해내실 수 있을 겁니다."

그제야 손행자도 화가 풀려 기쁜 낯을 띠며 죽절산 토지신을 흘겨보았다.

죽절산 토지신은 손행자에게서 말 한마디 듣기도 전에 지레 겁을 먹고 와들와들 떨면서 연신 머리를 조아려가며 아는 대로 줄줄이 털어놓았다.

"그 늙은 요괴는 재작년쯤 죽절산에 내려왔습니다. 구곡반환동은 본래 여섯 마리 사자들의 소굴이었습니다만, 그 늙은 요괴가 나타난 이

후부터 모두들 그놈을 할아버지로 떠받들어 모시게 되었습니다. 이 '할아버지'란 놈은 머리 아홉 달린 구두 사자로서, 별명을 구령원성(九靈元聖)이라고 부릅니다. 만약 대성께서 이놈을 없애버리시려거든, 반드시 동극묘암궁(東極妙岩宮)에 가셔서 그놈의 주인 되시는 분을 모셔와야만 굴복시킬 수 있습니다. 다른 사람은 그놈을 아예 잡을 생각도 말아야 합니다."

손행자는 이 말을 듣고 한참 동안 기억을 더듬어보더니, 혼잣말로 이렇게 중얼거렸다.

"동극묘암궁이라…… 그렇다면 태을구고천존(太乙救苦天尊)[1]이 그 주인이란 말인가?…… 옳거니! 그분이 타고 다니시던 것이 바로 머리 아홉 달린 구두 사자였으렷다? 얘기가 그렇게 되는구나! 하면……"

이어서 신령들에게 분부가 떨어졌다.

"게체, 금갑들은 토지신과 함께 돌아가서 남몰래 우리 사부님과 내 아우, 그리고 옥화주 친왕 부자를 계속 보호해드리고, 이 고장 서낭신은 이 도성을 수호하도록 하게."

여러 신령들이 제각기 분부 받은 대로 떠나간 것은 더 말할 나위도 없다.

결단을 내리고 여러 신령들을 흩어보낸 제천대성 손오공, 그 즉시 근두운을 일으켜 타고 밤새워 날아가더니, 인시(寅時, 3시~5시) 무렵

---

1 태을구고천존: 도교에서 동극현천상제(東極玄天上帝)의 화신으로 일컫는 신령. 『구고고(救苦誥)』에 따르면, '태을구고천존은 청화장락계(青華長樂界)의 동극묘암궁(東極妙嚴宮), 칠보방건림(七寶芳騫林)이란 숲에서 아홉 가지 빛깔의 연좌(蓮座)에 앉아 계시는데, 때에 따라 감응하고 서원(誓願)이 끝이 없으며, 대자대비한 마음으로 시방세계(十方世界)에 두루 나타나 중생들을 널리 제도(濟度)하고, 억겁(億劫)에 빠져 고통 받는 뭇 생령(生靈)을 건져준다' 하였다.

이 되었을 때는 벌써 동천문 밖에 이르러, 때마침 새벽녘 순찰을 돌던 광목천왕(廣目天王)과 천정역사(天丁力士)들의 의장 행렬과 딱 마주쳤다. 천신들은 행렬을 멈추고 두 손 모아 공손히 영접하며 물었다.

"대성께서는 어딜 가시는 길입니까?"

손행자도 정중히 답례를 건네고 용건을 밝혔다.

"묘암궁으로 가는 길이오."

광목천왕은 의아스러운 기색으로 다시 물어왔다.

"서천 길은 가지 않으시고 동천(東天)에는 무엇 하러 오셨습니까?"

"우리 일행이 옥화주에 이르러서 친왕의 환대를 받았소. 친왕은 세 아들을 우리한테 보내어 우리 형제들을 각각 스승으로 모시고 무예를 배우기 시작했는데, 뜻밖에도 사자 요괴 한패거리와 맞닥뜨리고 말았소. 그래서 이제 그 요괴의 주인 되시는 묘암궁 태을구고천존을 찾아뵙고 그분을 모셔다가 요괴를 항복시키고 우리 사부님을 구해드리려고 이렇게 찾아온 거요."

광목천왕이 빙그레 웃으면서 한마디 편잔을 준다.

"하하! 일이 그렇게 된 것은, 대성께서 남의 스승이 되실 생각을 하셨기 때문이지요. 그러니까 그토록 숱한 사자 떼를 들끓어 나오게 만드신 겁니다."

성격 대범한 손행자 역시 그 말을 부인하지 않고 껄껄 웃으며 받아들였다.

"하하! 맞는 말씀이오! 바로 내 그 욕심 때문에 이런 일이 벌어졌을 거요!"

이윽고 천장 역사들이 저마다 두 손을 한데 모아 절하며 앞길을 틔워주었다. 동천문에 들어선 지 얼마 안 되어 손행자는 묘암궁 앞에 이르렀다.

이마에 손을 얹고 둘러보니, 천상의 또 다른 절경이 눈앞에 활짝 펼쳐진다.

채색 구름이 겹겹으로 포개고, 보랏빛 서기가 무성하다.
기왓장은 번쩍번쩍 금빛 물결처럼 타오르고, 궁궐 문에는 옥으로 깎아 만든 짐승이 위엄 있게 늘어앉았다.
꽃은 쌍궐(雙闕)에 가득 차고 붉은 노을 휘감겼으며, 해는 높다란 숲에 비추어 푸른 이슬 영롱하게 반짝인다.
과연 천상의 모든 진인(眞人) 두루두루 모여 있고, 온갖 성인들이 어마어마하게 위엄을 드러낸다.
전각은 층층이 비단으로 에워싸고, 들창과 추녀는 곳곳으로 훤히 뚫렸다.
창룡이 도사려 보호하니 신광은 부드럽고 포근하며, 황도(黃道)의 광채 휘황찬란하니 서기가 짙게 드리운다.
이야말로 청화(靑華)에 신선이 영원히 즐길 만한 장락(長樂)의 경지이니, 이름하여 동극 묘암궁이라 일컫는다.

궁궐 문에는 무지개 빛깔의 어깨걸이를 입은 동자 하나 우두커니 서 있다가, 손대성이 급작스레 들이닥치는 것을 보고 즉시 궁궐로 들어가 아뢰었다.

"어르신, 궁궐 밖에 지난날 천궁을 뒤엎고 소동을 일으켰던 제천대성이 나타났습니다."

태을구고천존은 이 말을 듣더니 당장 측근에서 호위하던 여러 신선들을 불러 맞아들이게 하였다. 영접을 받으며 궁궐에 들어서니, 천존께서는 아홉 빛깔 연화대 위에 앉아 계신데, 이루 헤아릴 수 없는 서광이

찬란하게 비치는 한복판에 자리 잡았다. 손대성이 나타나자, 그는 연화대에서 내려와 반갑게 맞아주었다.

손행자가 우러러 문안 인사를 올리니, 그 역시 답례를 건네면서 물었다.

"대성, 이 몇 해 동안 뵙지 못했소. 예전에 소문을 듣자하니, 그대는 사도(邪道)를 버리고 부처님께 귀의하여 당나라 스님을 모시고 서천으로 불경을 가지러 간다 하던데, 아마 이제는 공덕을 다 이룩하신 모양이구려?"

손행자는 떨떠름한 미소를 띠며 이렇게 여쭈었다.

"공덕을 다 이루지는 못했습니다만, 이제 거의 다 되어가고 있습니다. 그런데 요즈음 당나라 스님을 모시고 옥화주에 이르렀더니, 옥화 친왕이 슬하의 세 왕자를 보내어 이 손선생과 형제들을 각각 스승으로 섬기고 무예를 배우게 하였습니다. 모처럼 제자를 얻게 된 저희들이 세 가지 병기를 그대로 본떠 만들어주려고 대장간에 맡겨두었는데, 뜻밖에도 밤중에 도둑이 들어 훔쳐 가고 말았습니다.

날이 밝아 도둑을 찾아 나섰더니, 병기를 훔쳐 간 놈은 다름아니라 옥화성 북쪽 표두산 호구동에 사는 금빛 터럭을 지닌 사자 요정이었습니다. 이 손선생이 꾀를 내어 병기는 무사히 되찾았으나, 그 요괴는 또 다른 사자 요정 몇 마리를 이끌고 쳐들어와서 이 손선생과 한바탕 싸움을 벌였습니다만, 그놈들 가운데 머리 아홉 달린 구두 사자 한 마리는 신통력이 굉장한 놈이어서 우리 사부님과 저팔계, 옥화 친왕 부자 네 사람까지 모두 물어 가지고 죽절산 구곡반환동에 있는 소굴로 돌아가버렸습니다.

이튿날 이 손선생과 사화상이 뒤쫓아갔으나 역시 그놈의 아가리에 물려 붙잡히고 말았습니다. 이 손선생은 동굴에 끌려 들어가서 단단히 결박 당한 채 몽둥이로 무수히 얻어맞은 끝에 겨우 술법을 써서 빠져나왔습니다만, 나머지 사람들은 아직도 그놈의 소굴에 갇혀 숱한 곤욕을 치르고 있습니다. 그 고장 토지신에게 물어보고 나서야 천존께서 그 늙은 요괴의 주인이 되신다는 사실을 알았기에, 이렇듯 머나먼 동천까지 달려왔으니, 부디 저와 함께 가셔서 그 요괴를 굴복시키고 여러 목숨들을 구해주시기 바랍니다."

태을구고천존이 그 말을 듣고서 즉시 선장(仙將)들에게 명령을 내렸다.

"너희들은 이 길로 사자 우릿간에 가서 사노(獅奴)란 놈을 이리 불러오너라. 대체 무슨 일이 벌어졌는지 물어봐야겠다."

장수들이 사자 우릿간으로 달려가 보았더니, 웬걸! 사자를 기르는 종 녀석이 쿨쿨 잠에 곯아떨어져 있는 것이 아닌가? 장수들이 흔들어 깨우자, 사노는 그제야 눈을 번쩍 뜨고 얼떨떨한 기색으로 대청에 끌려나와 천존 어르신을 뵈었다.

"구두 사자란 놈이 어디 있느냐?"

천존이 엄히 묻자, 사노는 눈물을 철철 흘리면서 연신 이마를 조아렸다.

"목숨만 살려주십쇼! 어르신, 목숨만 살려주십쇼!"

"손대성께서 여기 계시지만, 네놈을 때리지는 않을 것이니 어서 바른대로 아뢰어라. 어떻게 조심치 않아서 구두 사자란 놈이 우릿간을 빠져나가 도망치게 만들었느냐?"

"어르신, 제가 엊그제 대천감로전(大千甘露殿)에 들렀다가 우연히 술 한 병을 발견하고 멋도 모른 채 그만 훔쳐 마셨습니다. 술이 얼마나 독했던지 담뿍 취해서 곯아떨어지는 바람에 그놈의 고삐를 매어놓아야 하는 것을 그만 잊어버리고 말았습니다. 그래서 고삐가 풀린 틈에 구두 사자란 놈이 도망질을 친 모양입니다."

"그 술은 태상노군이 보내주신 것으로, '윤회경액(輪廻瓊液)'이란 술이다. 네가 그것을 마셨다면 사흘 동안 깨어나지 못했을 터인데, 그 사자란 놈이 달아난 지 오늘까지 며칠이나 되었느냐?"

손대성이 사노를 대신해서 이렇게 여쭈었다.

"토지신의 얘기로는 그놈이 재작년에 내려왔다고 했으니, 올해까지 한 이삼 년쯤 되었을 것입니다."

천존은 그제야 빙그레 웃었다.

"그렇군, 그래! 옳은 말씀이오. 천궁에서 하루는 속세에서 꼭 일 년이 되니까."

그리고 사노를 부른다.

"우선 일어나거라. 죽을죄는 용서해줄 테니, 나와 함께 손대성을 따라서 하계로 내려가 그놈을 수습하자꾸나. 다른 사람들은 날 따라나설 것 없이 모두 물러가 있거라."

이렇게 해서 태을구고천존은 손대성, 사노와 함께 구름을 타고 곧바로 죽절산에 이르렀다. 기다리고 있던 오방게체, 육정육갑, 그리고 죽절산 토지신령들이 한꺼번에 달려와 천존 앞에 무릎 꿇고 엎드려 영접했다.

손행자는 궁금한 일부터 물었다.

"그대들더러 보호해드리라고 일러두었는데, 그 동안 우리 사부님을 해치지는 않았는가?"

여러 신령들이 입을 모아 아뢰었다.

"요괴는 분을 삭이다 못해 지쳐서 잠이 들었습니다. 잠을 자느라 아무런 형벌도 가하지 않았습니다."

태을구고천존이 무겁게 입을 열었다.

"내 그 원성(元聖)이란 놈도 오랫동안 수행을 쌓아 득도한 진령(眞靈)이라, 그놈이 한번 소리쳤다 하는 날이면, 위로는 삼성(三聖)까지 놀라게 하고, 아래로는 구천지하(九泉之下)마저 들썩이게 만든다. 그러므로 섣불리 건드렸다가는 잡지 못할 것이다. 손대성, 그대가 저놈의 동굴 문 앞에 가서 싸움을 거시오. 그놈을 바깥으로 끌어내기만 하면, 내가 적당히 알아서 수습하리다."

이 말을 들은 손행자가 철봉을 뽑아 들고 동굴 입구로 뛰쳐나가더니, 고래고래 악을 쓰기 시작했다.

"이 못된 요괴 놈아! 우리네 사람들을 돌려보내지 못하겠느냐! 이 고약한 놈아, 우리네 사람들을 돌려보내라!"

목청이 터져라 몇 차례나 연거푸 고함을 질렀으나, 늙은 요괴는 잠에 곯아떨어지고 아무도 응답하는 사람이 없다. 마음이 조급해진 손행자는 기다리다 못해 철봉을 휘둘러가며 동굴 속으로 쳐들어갔다. 입에서는 욕설과 저주가 그칠 새 없이 터져 나왔다.

이때서야 늙은 요괴도 깜짝 놀라 두 눈을 번쩍 뜨고 일어났다. 모처럼 단잠을 깨뜨리는 바람에 울화통이 터진 요괴는 엉금엉금 기어서 일어나기가 무섭게 버럭 호통을 질렀다.

"오냐, 좋다! 정 그렇다면 싸워주마! 에잇, 내 이놈의 원숭이를……"

눈앞에 원수가 나타나자마자, 늙은 요괴는 머리통을 절레절레 흔들더니 그 커다란 아가리를 쩍 벌리고 물어뜯으려 덤벼들었다. 눈치 빠른 손행자가 잽싸게 돌아서서 바깥으로 뛰어나가자, 요괴는 발꿈치를 물어뜯을 듯이 바싹 뒤쫓으면서 욕설을 퍼부었다.

"요 발칙한 원숭이 놈, 어딜 도망치려고! 게 섰거라!"

그러나 손행자는 벌써 높다란 언덕 위에 훌쩍 뛰어 올라선 채 싱글

싱글 웃고 서 있다.

"그것 참 배짱 한번 두둑한 놈이로구나! 아직도 죽을 둥 살 둥 모르고 무례하게 굴다니, 여길 봐라! 네놈의 주인 어른 되시는 분이 안 보이느냐?"

허나 원수를 코앞에 두고 눈이 뒤집힌 녀석에게 그런 말이 들릴 턱이 없다. 늙은 요괴는 정신없이 언덕 위로 뒤쫓아 올라갔다.

이때 진작부터 기다리고 있던 태을구고천존이 중얼중얼 주어를 외우면서 엄한 목소리로 호통을 쳤다.

"원성아, 이놈! 내가 왔다!"

그제야 주인을 알아본 요괴가 더 이상 발악하지 못하고 움츠러들었다. 구령원성, 늙은 요괴는 마침내 사자의 본성을 드러내고 땅바닥에 네 발굽을 꺾은 채 넙죽 엎드리더니, 주인 앞에 끄덕끄덕 쉴새없이 머리를 조아렸다. 사자를 다루던 종 녀석이 천존 곁에서 불쑥 뛰쳐나오자마자 요괴의 갈기 터럭을 한 손에 움켜잡고 주먹으로 덜미를 백 수십 차례나 후려 때리면서 고래고래 악을 써가며 꾸짖었다.

"이 몹쓸 놈의 짐승아! 어쩌자고 도망질을 쳐서 나까지 못살게 굴었단 말이냐!"

주먹질이 소나기처럼 퍼부어졌으나, 사자 요괴는 입을 꾹 다문 채 아무 말도 못 하고 그저 때리는 대로 얻어맞기만 할 뿐, 꼼짝달싹도 하지 않았다.

사노는 어찌나 때렸던지 손이 아파져서야 겨우 주먹질을 멈추고, 즉시 비단으로 누빈 말다래〔錦韉〕를 사자의 등에 얹어 깔았다.

태을구고천존이 그 위에 훌쩍 올라타더니 호통을 지른다.

"이놈! 어서 가자!"

주인을 태운 구두 사자는 선뜻 몸을 솟구쳐 오색찬란한 구름 위에 올라서더니, 곧바로 묘암궁을 향해 돌아갔다.

손대성은 천존이 사라진 허공을 우러러 감사의 예를 올렸다. 그리고 곧장 동굴 속으로 들어가 우선 옥화 친왕부터 풀어주고, 그 다음에는 당나라 삼장 법사를, 또 그 다음에는 저팔계, 사화상, 그리고 세 왕자들을 차례차례 풀어주었다. 그는 아우들과 함께 느긋한 마음으로 동굴 속 이곳저곳을 뒤져 빼앗겼던 병기와 물건들을 찾아낸 다음, 일행을 데리고 문밖으로 나왔다.

이틀 동안 결박 당한 채 죽을 고생을 한 저팔계가 마른 나뭇가지를 얼마쯤 가져다 동굴 앞뒤에 쌓아놓고 불을 질러, 구두 사자가 자랑하던 명승절경 구곡반환동을 기와 굽다 내버린 가마터 폐허처럼 새카맣게 태워버리고 말았다.

손대성은 또 다시 여러 신령들을 놓아보내고 따로 죽절산 토지신을 시켜 그곳을 잘 지키도록 당부해두었다.

이윽고 떠날 때가 되자, 그는 저팔계와 사화상에게 분부하여 각각 술법을 써서 옥화왕 부자를 등에 업고 주성(州城)으로 돌려보낸 다음, 자신도 당나라 스님을 부축하여 귀로에 올랐다.

얼마 안 있어 주성에 도착하였을 때에는 그날 하루도 뉘엿뉘엿 저물어가고 있었다. 왕후 비빈들과 여러 관원들은 모두 달려 나와 일행을 맞아들이고, 서둘러 저녁상을 차려내어 다 함께 둘러앉아 식사를 했다. 일행은 모두들 곤욕을 치른 끝이라 녹초가 되어, 장로님 일행은 그대로 폭사정에서 편히 쉬고, 임금과 왕자들은 궁궐로 들어가서 하룻밤을 무사히 보냈다.

다음날, 옥화친왕은 또 영을 내려 소찬으로 연회를 크게 베풀었다. 옥화주의 관원들은 물론이요, 그 관할에 속한 고을의 대소 관리들까지 모여와서 한결같이 당나라 스님 일행에게 사은의 예를 행하였다.

손행자는 그 자리에서 옥화왕에게 청하였다.

"도축장의 백정을 불러들이셔서, 아직도 살아 있는 사자 여섯 마리를 잡고 황사 요괴까지 합쳐 모조리 가죽을 벗겨낸 다음, 그 고기를 여러 사람에게 골고루 나눠주어 맛보이도록 하십시오."

옥화 친왕 전하는 기뻐 어쩔 줄을 모르면서 즉시 사자들을 끌어내어 잡으라는 명령을 내렸다. 가죽을 벗긴 사자 한 마리는 본부에 남겨서 내외 여러 사람들이 식용으로 쓰게 하고, 또 한 마리는 옥화왕 부중에 속한 장사(長史) 이하 여러 관리들에게 나눠주어 맛을 보게 했다. 그리고 나머지 다섯 마리는 모두 살을 저며내어 한두 냥쭝 되는 고깃덩어리로 만든 다음, 교위들을 시켜서 옥화주 성 안팎에 있는 모든 군민(軍民)들에게 골고루 나누어주도록 했다. 비록 조금씩이나마 모두들 희귀한 짐승의 고기를 맛도 보일 겸 해서 그 동안 놀라움과 두려움에 들뜬 민심을 가라앉히기 위한 배려였던 것이다. 이리하여 사자 고기가 집집마다 돌아가자, 고을 안의 백성이나 군사들치고 당나라 스님 일행과 옥화왕의 너그러운 처사에 우러러 공경하지 않는 이가 없었다.

한편에서는 또 대장장이들이 세 가지 병기를 만들어놓고 손행자에게 머리 조아려 보고를 올리고 있었다.

"나리께서 분부하신 대로, 저희들도 일을 다 끝마쳤습니다."

손행자가 물었다.

"병기의 무게가 몇 근씩이나 되느냐?"

"금고봉은 천 근, 아홉 이빨 달린 쇠스랑과 항요장은 각각 팔백 근씩 됩니다."

대장장이의 말을 듣고 손행자는 흡족한 웃음을 지었다.

"그만하면 됐다!"

그리고 세 왕자들을 나오게 하여 각자 병기를 손에 잡도록 했다. 세 왕자는 병기를 들고 부왕에게 자랑스럽게 내보였다.

"아바마마, 오늘에야 이 병기가 완성되었습니다."

늙은 임금은 병기를 굽어보며 한숨을 내리쉬었다.

"그 병기 때문에 하마터면 우리 부자 네 목숨이 날아갈 뻔했구나."

젊은 왕자들이 아뢴다.

"그래도 신승 사부님께서 법력으로 저희들 목숨을 구해주시고 또 요사스런 괴물까지 소탕하여 후환을 뿌리뽑아주셨으니, 다행스러운 일이 아니겠습니까. 이제부터야말로 강산이 맑고 잔잔하여 태평성대의 세상이 되었습니다!"

늙은 임금과 왕자들은 대장장이들에게 상을 내려 그 노고에 보답했다. 그리고 다시 폭사정으로 건너가 스승의 은혜에 거듭 사례했다.

삼장 법사는 제자들에게 속히 무예를 전수하여, 갈 길에 그르침이 없도록 하라고 분부했다. 세 형제는 그날부터 왕의 저택 안뜰에서 저마다 병기를 휘둘러가며 왕자들에게 무예를 한 가지 한 가지씩 낱낱이 가르쳐주기 시작했다.

며칠이 안 되어서, 세 왕자들은 부지런히 배우고 연습한 끝에 마침내 공수진퇴(攻守進退)의 전법, 급박한 상황에 대처하는 방법과 지연전술, 그리고 일흔두 가지 술법에 이르기까지 익숙해져서 모르는 것이 없게 되었다. 이런 성과는 물론 세 왕자들의 마음과 뜻이 곧센 탓도 있으려니와, 무엇보다 먼저 손행자가 수고로움을 아끼지 않고 신력(神力)을 쏟아 부어, 1천 근짜리 철봉과 8백 근짜리 쇠스랑, 지팡이를 잡고서도 마음대로 휘두를 수 있게 만들어준 덕택이었다. 실로 감회 깊은 일이었다. 처음 만났을 때 왕자들이 혼자서 무예를 뽐내던 때와 비교한다면, 그 기량이야말로 하늘과 땅 차이가 되었으니 말이다.

좋은 인연으로 신령스러운 스승들을 만나게 되어, 무예를 익히
다가 사자 요괴들을 놀라 꿈틀거리게 만들 줄 어찌 기약했으랴.

요사스런 무리들을 소탕하고 사직을 안정시켰으니, 일체로 귀
의하여 변방의 오랑캐를 평정한 덕분이다.

구령(九靈)의 운수는 이미 정해졌으니 원양(元陽)의 이치에 부
합된 것, 사면으로 정통하여 도과(道果)를 이룰 것이다.

마음으로 주고받아 밝혔으니 그 신기(神技) 만고에 두고두고
전하여, 옥화성 고을마다 오래도록 태평성대 즐기리.

왕자들이 또다시 잔치를 크게 베풀어 스승의 가르침에 사례했다.
그리고 금은을 한 쟁반 가득 꺼내다 약소하나마 정표로 보답했다. 손행
자는 껄껄대고 웃으며 이를 사양했다.

"어서 도로 들여가시오! 어서 들여가요! 우리같이 출가한 사람들에
게 준들 그걸 받아서 무엇에 쓰겠소?"

곁에서 저팔계가 한마디 덧붙인다.

"금이나 은 같은 것은 사실 받을 수 없소. 그러나 내 이 옷가지가
사자 요괴의 발톱 이빨에 갈기갈기 찢겨버렸으니, 옷이나 한번 갈아입
게 해주시면 끔찍하게 고마워하리다."

왕자들은 곧 바느질 솜씨가 뛰어난 침모(針母)에게 분부하여, 손행
자 일행이 입고 있던 옷 모양과 빛깔 그대로 푸른 비단, 붉은 비단, 다
갈색 비단을 각각 몇 필씩 꺼내다 세 분에게· 한 벌씩 지어 올렸다. 세
사람은 기쁜 마음으로 그 옷을 받아 입었다. 이제는 무명이 아니라 비단
으로 지은 직철을 걸치게 된 것이다. 일행은 곧바로 행장을 꾸려 가지고
홀가분한 기분으로 출발했다.

옥화성 안팎에는 남녀노소를 가릴 것 없이 모두들 배웅하러 나왔

다. 나한이 속세에 강림하시고 생불이 하계에 내려오셨다고 믿지 않는 사람이 하나도 없었다. 풍악 소리가 질탕하게 울리는 가운데 전송 나온 인파와 오색찬란한 깃발이 펄럭펄럭 나부끼며, 길거리를 온통 메우고 흘러 넘칠 지경이었다. 바야흐로 집집마다 대문 밖에 향탁을 내다놓고 향을 사르는가 하면, 눈길 닿는 문전마다 채색 등을 밝혀 이들의 전도를 빌어주었다. 사람들은 먼 곳까지 배웅해주고 나서야 겨우 발길을 돌렸다. 그들 일행 네 사람은 비로소 옥화성 경내를 벗어나 서쪽으로 길을 잡았다.

이야말로 "근심 걱정 없이 부처님의 고장에 와서, 성심성의로 뇌음보찰을 찾아간다"는 격이다.

필경 영산까지 가는 길이 아직도 얼마나 멀 것이며, 어느 때에야 그곳에 당도할 수 있을 것인지, 다음 회에서 풀어보기로 하자.

■ 서유기─총 목차

제1권 제1회~제10회

옮긴이 머리말

제1회　신령한 돌 뿌리를 잉태하니 수렴동 근원이 드러나고, 돌 원숭이는 심령을 닦아 큰 도를 깨치다 · 31

제2회　스승의 참된 묘리를 철저히 깨치고 근본에 돌아가, 마도(魔道)를 끊고 마침내 원신(元神)을 이룩하다 · 63

제3회　사해 바다 용왕들과 산천이 두 손 모아 굴복하고, 저승의 생사부에서 원숭이 족속의 이름을 모조리 지우다 · 94

제4회　필마온의 벼슬이 어찌 그 욕심에 흡족하랴, 이름은 제천대성에 올랐어도 마음은 편치 못하다 · 125

제5회　제천대성이 반도대회를 어지럽히고 금단을 훔쳐 먹으니, 제신(諸神)들이 천궁을 뒤엎어놓은 요괴를 사로잡다 · 155

제6회　반도연에 오신 관음보살 난장판이 벌어진 연유를 묻고, 소성(小聖) 이랑진군, 위세 떨쳐 손대성을 굴복시키다 · 185

제7회　제천대성은 팔괘로 속에서 도망쳐 나오고, 여래는 오행산 밑에 심원(心猿)을 가두다 · 215

제8회　부처님은 경전을 지어 극락 세계에 전하고, 관음보살 법지를 받들어 장안성 가는 길에 오르다 · 243

제9회　진광예(陳光蕊)는 부임 도중에 횡액을 당하고, 그 아들 강류승(江流僧)은 아비의 원수를 갚고 근본을 되찾다 · 276

제10회　어리석은 경하 용왕 치졸한 계략으로 천조(天曹)를 어기고, 승상 위징은 서찰을 보내어 저승의 관리에게 청탁을 하다 · 308

제2권 제11회~제20회

제11회 저승 세계를 두루 유람하던 태종의 혼백이 돌아오고, 염라대왕에게 호박을 바치러 죽어간 유전(劉全)은 새로운 배필을 얻다 · 17

제12회 태종이 정성으로 수륙대회 베풀어 불도를 선양하니, 관세음보살이 현성(顯聖)하여 금선 장로를 깨우치다 · 53

제13회 호랑이 굴에 빠진 삼장 법사, 태백금성이 액운을 풀어주고, 쌍차령에서 유백흠이 삼장 법사 가는 길을 만류하다 · 98

제14회 심성을 가라앉힌 원숭이 정도(正道)에 귀의하니, 마음을 가리던 육적(六賊)도 혼적 없이 스러지다 · 127

제15회 신령들은 사반산에서 남모르게 삼장을 보호하고, 응수간의 용마는 소원 이뤄 재갈을 물리다 · 164

제16회 관음선원의 승려들 보배를 탐내어 음모를 꾸미고, 흑풍산의 요괴가 그 틈에 금란가사를 도둑질하다 · 196

제17회 손행자는 흑풍산에서 일대 소동을 일으키고, 관음보살은 흑곰의 요괴 굴복시켜 거두다 · 231

제18회 당나라 스님은 관음선원의 재난에서 벗어나고, 손대성은 고로장(高老莊)에서 요마를 없애러 나서다 · 270

제19회 운잔동에서 오공은 팔계를 굴복시켜 받아들이고, 삼장 법사는 부도산에서 『심경(心經)』을 받다 · 295

제20회 황풍령(黃風嶺)에서 당나라 스님은 재난에 봉착하고, 저팔계는 산허리에서 사형과 첫 공로를 앞다투다 · 327

제3권 제21회~제30회

제21회 호법 가람은 술법으로 집 지어 손대성을 묶게 하고, 수미산의 영길보살(靈吉菩薩)은 황풍괴를 제압하다 · 17

제22회 저팔계는 유사하(流沙河)에서 일대 격전을 벌이고, 목차 행자는 법지를 받들어 사오정을 거두어들이다 · 47

제23회 삼장은 부귀영화, 여색의 시련에 본분을 잊지 않고, 네 분의 성신(聖神)은 일행의 선심(禪心)을 시험해보다 · 77

제24회 만수산의 진원 대선은 옛 친구 삼장을 머물게 하고, 손행자는 오장 관에서 인삼과(人蔘果)를 훔쳐먹다 · 111

제25회 진원 대선은 경을 가지러 가는 스님을 뒤쫓아 잡고, 손행자는 오장 관을 뒤엎어 난장판으로 만들다 · 142

제26회 손오공은 인삼과 처방을 구하러 삼도(三島)를 헤매고, 관세음보살 은 감로(甘露)의 샘물로 나무를 살려내다 · 175

제27회 시마(屍魔)는 당나라 삼장을 세 차례나 농락하고, 성승(聖僧)은 미 후왕의 처사를 미워하여 쫓아내다 · 207

제28회 화과산의 요괴들이 다시 모여 세력을 규합하고, 삼장 일행은 흑송 림(黑松林)에서 마귀와 부닥치다 · 239

제29회 강류승은 재난에서 벗어나 보상국으로 달아나고, 저팔계는 사오정 을 희생시켜 숲속으로 뺑소니치다 · 269

제30회 사악한 마도(魔道)는 정법(正法)을 침범하고, 심성을 지닌 백마는 원숭이 임금을 그리워하다 · 297

제4권 제31회~제40회

제31회 저팔계는 의리를 내세워 미후왕을 격분시키고, 손행자는 지혜로써 요괴의 항복을 받아내다 · 17

제32회 평정산에서 일치 공조(日値功曹)는 소식을 전해주고, 미련한 저팔 계는 연화동(蓮花洞)에서 봉변을 당하다 · 56

제33회 외도(外道)는 진성(眞性)을 미혹하고, 원신(元神)은 본심(本心)을 도와주다 · 92

제34회 마왕은 교묘한 계략으로 원숭이 임금을 곤경에 빠뜨리고, 제천대성 은 사기 쳐서 상대편의 보배를 가로채 달아나다 · 128

제35회 외도(外道)는 위세 부려 올바른 심성을 업신여기고, 심원(心猿)은 보배 얻어 사악한 마귀를 굴복시키다 · 162

제36회 영악한 원숭이는 고집스런 승려들을 굴복시키고, 좌도 방문을 깨뜨 려 견성명월(見性明月)에 잠기다 · 193

제37회 임금은 귀신이 되어 한밤중에 당 삼장을 만나뵙고, 손오공은 입제 화로 변신하여 젊은 태자를 유인하다 · 226

제38회 젊은 태자는 모친에게 물어 정(正)과 사(邪)를 알아내고, 두 제자는 우물 용왕을 만나보고 진위(眞僞)를 가려내다 · 263

제39회 천상에서 한 알의 단사(丹砂)를 얻어 내려오고, 죽은 지 3년 만에 임금은 이승에 다시 살아나다 · 296

제40회 어린것에게 농락당하여 선심(禪心)이 흐트러지니, 세 형제는 각오를 새롭게 다지고 분발 노력하다 · 331

제5권 제41회~제50회

제41회 손행자는 삼매진화(三昧眞火)에 참패를 당하고, 저팔계는 구원을 청하려다 마왕에게 사로잡히다 · 17

제42회 제천대성은 정성을 다하여 남해 관음을 찾아뵙고, 관세음보살은 자비를 베풀어 홍해아를 잡아 묶다 · 52

제43회 흑수하(黑水河)의 요얼(妖孽)이 당나라 스님을 잡아가고, 서해 용왕의 마앙 태자는 타룡(鼉龍)을 사로잡아 돌아가다 · 88

제44회 삼장 일행이 강제 노역을 하는 승려들과 마주치고, 심성 바른 손행자, 요망한 도사의 정체를 간파하다 · 124

제45회 손대성은 삼청관 도사들에게 이름을 남겨두고, 원숭이 임금은 차지국 왕 앞에서 법력을 과시하다 · 159

제46회 외도(外道)가 강한 술법으로 농간 부려 정법(正法)을 업신여기니, 심원(心猿)은 성스러운 법력으로 사악한 도사들을 파멸시키다 · 193

제47회 성승(聖僧)의 밤길이 통천하(通天河) 강물에 가로막히고, 손행자와 저팔계는 자비심을 베풀어 동남동녀를 구하다 · 229

제48회 마귀가 찬 바람으로 농간 부리니 폭설이 나부끼는데, 스님은 서방 부처 뵈올 마음에 층층 얼음길 내딛다 · 263

제49회 삼장 법사 재난을 만나 통천하 수택(水宅)에 잠기고, 구고구난(救苦救難) 관음보살 어람(魚籃)을 드러내다 · 296

제50회 성정(性情)이 흐트러짐은 탐욕(貪慾)에서 비롯되며, 심신(心神)이 동요를 일으키니 마두(魔頭)와 만나다 · 331

제6권 제51회~제60회

제51회 심원(心猿)이 온갖 계책을 다 썼으나 모두가 헛수고요, 수공(水攻) 화공(火攻)으로도 마귀를 제압하지 못하다 · 17

제52회 손오공은 금두동에 들어가 한바탕 뒤집어엎고, 석가여래는 마왕의 주인을 넌지시 일러주다 · 52

제53회 삼장은 자모하(子母河) 강물을 잘못 마셔 잉태하고, 사화상은 낙태천의 샘물 떠다가 태기(胎氣)를 풀다 · 85

제54회 서쪽으로 들어선 삼장 법사는 여인국에 봉착하고, 심원(心猿)은 계략을 세워 여난(女難)에서 벗어나다 · 121

제55회 색마는 음탕한 수단으로 당나라 삼장 법사를 농락하고, 삼장은 성정(性情)을 지켜 원양(元陽)을 깨뜨리지 않다 · 153

제56회 손행자는 미쳐 날뛰어 산적떼를 때려죽이고, 삼장 법사는 미혹에 빠져 심원(心猿)을 추방하다 · 188

제57회 진짜 손행자는 낙가산의 관음보살에게 하소연하고, 가짜 원숭이 임금은 수렴동에서 또 가짜를 찍어내다 · 223

제58회 마음이 둘로 갈리니 건곤(乾坤)을 크게 어지럽히고, 한 몸으로는 참된 적멸(寂滅)을 수행하기 어렵다 · 252

제59회 당나라 삼장은 화염산(火燄山)에 이르러 길이 막히고, 손행자는 속임수를 써서 파초선을 처음 빼앗다 · 282

제60회 우마왕(牛魔王)은 싸우다 말고 잔치판에 달려가고, 손행자는 두번째로 사기 쳐서 파초선을 손에 넣다 · 316

제7권 제61회~제70회

제61회 저팔계가 힘을 도와 우마왕을 패배시키고, 손행자는 세번째로 파초선을 손에 넣다 · 17

제62회 육신의 때를 벗기고 마음 씻어 보탑을 깨끗이 쓸어내고, 요마를 결박지어 주인에게 돌리니 이것이 수신(修身)이다 · 54

제63회 손행자와 저팔계가 두 괴물을 앞세워 용궁을 뒤엎으니, 이랑현성 일행이 도와 요괴들을 없애고 보배를 되찾다 · 85

제64회 형극령(荊棘嶺) 8백 리 길에 저오능이 애를 쓰고, 목선암(木仙庵)에서 삼장 법사는 시(詩)를 논하다 · 118

제65회 사악한 요마는 가짜 소뇌음사(小雷音寺)를 세워놓고, 스승과 제자 네 사람은 모두 큰 횡액(橫厄)에 걸려들다 · 157

제66회 제신(諸神)들은 잇따라 독수(毒手)에 떨어지고, 미륵보살(彌勒菩薩)은 요마(妖魔)를 결박하다 · 191

제67회 타라장(駝羅莊)을 구원하니 선성(禪性)이 평온해지고, 더러운 장애물에서 벗어나니 도심(道心)이 맑아지다 · 224

제68회 당나라 스님은 주자국(朱紫國)에서 전생(前生)을 논하고, 손행자는 삼절굉(三折肱)의 진맥 수법으로 의술을 베풀다 · 257

제69회 심보 고약한 원숭이는 한밤중에 약을 몰래 만들고, 국왕은 연회석상에서 사악한 요마 얘기를 털어놓다 · 290

제70회 요마의 보배는 연기, 모래, 불을 뿜어내고, 손오공은 계략을 써서 자금령(紫金鈴)을 훔쳐내다 · 323

제8권 제71회~제80회

제71회 손행자는 거짓 이름으로 늑대 괴물을 굴복시키고, 관세음보살이 현성하여 마왕을 제압하다 · 17

제72회 반사동(盤絲洞) 일곱 요정이 근본을 미혹시키니, 탁구천(濯垢泉) 샘터에서 저팔계가 체통을 잃다 · 55

제73회 원한에 사무친 요괴들은 극독으로 해를 끼치고, 손행자는 요행으로 마귀의 금빛 광채를 깨뜨리다 · 93

제74회 태백장경(太白長庚)은 마귀 두목의 사나움을 귀띔해주고, 손행자는 변화술법을 베풀어 사타동(獅駝洞)에 잠입하다 · 132

제75회 심원(心猿)은 음양 이기병(陰陽二氣瓶)에 구멍을 뚫고, 마왕은 뉘우쳐서 대도(大道)의 진(眞)으로 돌아가다 · 167

제76회 손행자는 뱃속에서 늙은 마귀의 심성을 돌이켜놓고, 저팔계와 더불어 요괴를 항복시켜 정체를 드러내게 하다 · 206

제77회 마귀 떼는 삼장 일행의 본성(本性)을 업신여기고, 손행자는 홀몸으로 석가여래의 진신(眞身)을 뵙다 · 243

제78회 손행자는 비구국 아이들을 불쌍히 여겨 신령을 보내주고, 삼장은 금란전에서 요마를 알아보고 함께 도덕을 따지다 · 281

제79회 청화동(淸華洞)을 찾아서 요괴를 잡으려다 남극수성(南極壽星)을 만나고, 조정에 들어가 군주를 올바로 각성시키고 어린것들의 목숨을 살려내다 · 314

제80회 아리따운 색녀는 원양(元陽)을 기르고자 배필을 구하려 하고, 손행자는 스승을 보호하려 사악한 요물의 정체를 간파하다 · 345

제9권 제81회~제90회

제81회 진해 선림사에서 손행자는 요괴의 정체를 알아보고, 세 형제는 흑송림(黑松林)에서 스승을 찾아 헤매다 · 17

제82회 아리따운 요녀는 삼장에게서 양기를 얻으려 하고, 당나라 스님의 원신(元神)은 끝내 도(道)를 지키다 · 55

제83회 손행자는 여괴(女怪)의 근본 내력을 알아내고, 아리따운 색녀(姹女)는 드디어 본성으로 돌아가다 · 92

제84회 가지(伽持)는 멸하기 어려우니 큰 깨우침을 원만히 이루고, 삭발 당한 멸법국왕, 승려의 몸이 되어 본연으로 돌아가다 · 126

제85회 앙큼한 손행자는 저팔계를 시샘하여 골탕먹이고, 마왕은 계략 써서 당나라 스님을 손아귀에 넣다 · 159

제86회 저팔계는 위력으로 도와 괴물을 굴복시키고, 제천대성은 법력을 베풀어 요괴를 섬멸하다 · 194

제87회 하늘을 모독한 죄로 봉선군(鳳仙郡)에 가뭄이 들고, 손대성은 착한 행실 권유하여 단비를 내리게 하다 · 230

제88회 선승(禪僧)은 옥화현(玉華縣)에 이르러 법회를 베풀고, 손행자와 저팔계, 사화상은 첫 문하 제자를 받아들이다 · 261

제89회 황사(黃獅) 요괴는 훔쳐 온 병기 놓고 축하연을 베풀고, 손행자와 저팔계, 사화상은 계략으로 표두산을 뒤엎다 · 292

제90회 스승은 죽절산의 사자 소굴로, 사자 요괴들은 옥화성으로 각각 붙잡혀 가고, 도(道)를 훔치려다 선(禪)에 얽매인 구령원성은 끝내 주인에게 굴복하다 · 319

제10권 제91회~제100회

제91회 금평부(金平府)에서 정월 대보름 연등 행사를 구경하고, 당나라 스님은 현영동(玄英洞)에서 신분을 털어놓다 · 17

제92회 세 형제 스님이 청룡산에서 한바탕 크게 싸우고, 네 별자리는 코뿔소 요괴들을 포위하여 사로잡다 · 48

제93회 급고원(給孤園) 옛터에서 인과(因果)를 담론하고, 천축국 임금을 뵙는 자리에서 배필감을 만나다 · 79

제94회 네 스님은 어화원(御花園)에서 잔치를 즐기는데, 한 마리 요괴는 헛된 정욕을 품고 홀로 기뻐하다 · 108

제95회 거짓 몸으로 참된 형체와 합치려다 옥토끼는 사로잡히고, 진음(眞陰)은 바른길로 돌아가 영원(靈元)과 다시 만나다 · 139

제96회 구원외(寇員外)는 고승을 받아들여 환대하나, 당나라 스님은 부귀영화를 탐내지 아니하다 · 169

제97회 손행자는 은혜 갚으려 악독한 도적들과 마주치고, 신령으로 꿈에 나타나 저승의 원혼을 구원해주다 · 197

제98회 속된 심성이 길들여지니 비로소 껍질에서 벗어나고, 공을 이루고 수행을 채우니 진여(眞如)를 뵙게 되다 · 235

제99회 구구(九九)의 수효를 다 채우니 마겁(魔劫)이 멸하고, 삼삼(三三)의 수행을 마치니 도는 근본으로 돌아가다 · 269

제100회 삼장 법사는 곧바로 동녘 땅에 돌아오고, 다섯 성자는 마침내 진여(眞如)를 이루다 · 294

작품 해설 · 329

부록 · 483

■ 기획의 말

'대산세계문학총서'를 펴내며

　근대 문학 100년을 넘어 새로운 세기가 펼쳐지고 있지만, 이 땅의 '세계 문학'은 아직 너무도 초라하다. 몇몇 의미있었던 시도에도 불구하고, 전체적으로는 나태하고 편협한 지적 풍토와 빈곤한 번역 소개 여건 및 출판 역량으로 인해, 늘 읽어온 '간판' 작품들이 쓸데없이 중간되거나 천박한 '상업주의적' 작품들만이 신간되는 등, 세계 문학의 수용이 답보 상태에 머물러 있었음을 부인하기 힘들다. 분명한 자각과 사명감이 절실한 단계에 이른 것이다.
　세계 문학의 수용 문제는, 그 올바른 이해와 향유 없이, 다시 말해 세계 문학과의 참다운 교류 없이 한국 문학의 세계 시민화가 불가능하다는 의미에서, 보다 근본적으로, 우리의 문화적 시야 및 터전의 확대와 그 질적 성숙에 관련되어 있다. 요컨대 이것은, 후미에 갇힌 우리의 좁은 인식론적 전망의 틀을 깨고 세계 전체를 통찰하는 눈으로 진정한 '문화적 이종 교배'의 토양을 가꾸는 작업이며, 그럼으로써 인간 그 자체를 더 깊게 탐색하기 위해 '미로의 실타래'를 풀며 존재의 심연으로 침잠하는 작업이라 할 수 있다.
　우리의 현실을 둘러볼 때, 그 실천을 위한 인문학적 토대는 어느 정도 갖추어진 듯이 보인다. 다양한 언어권의 다양한 영역에서 문학 전공자들이 고루 등장하여 굳은 전통이나 헛된 유행에 기대지 않고 나름의 가치있는 작가와 작품을 파고들고 있으며, 독자들 또한 진부한 도식을 벗어나 풍요로운 문학적 체험을 원하고 있다. 새롭게 변화한 한국어의 질감 속에서 그 체험이 이루어지기를 바라는 요청 역시 크다. 그러므로 필요한 것은 어쩌면 물적 토대뿐일지도 모른다는 판단이 우리를 안타깝게 해왔다.

    이러한 시점에서, 대산문화재단의 과감한 지원 사업과 문학과지성사의 신뢰성 높은 출판을 통해 그 현실화의 첫발을 내딛게 된 것은 우리 문화계의 큰 즐거움이 아닐 수 없다. 오늘의 문학적 지성에 주어진 이 과제가 충실한 결실을 맺을 수 있도록, 우리는 모든 성실을 기울일 것이다.

'대산세계문학총서' 기획위원회